2014年度浙江省社科联省级社会科学学术著作
出版资金全额资助出版

浙江省社科规划一般课题（编号：14CBZZ09）

当代浙江学术文库

DANGDAI ZHEJIANG XUESHU WENKU

形式的表象与深意

——20世纪末中国小说艺术形式研究

俞敏华 著

中国社会科学出版社

图书在版编目（CIP）数据

形式的表象与深意：20世纪末中国小说艺术形式研究／俞敏华著 . —北京：
中国社会科学出版社，2015.8
（当代浙江学术文库）
ISBN 978 - 7 - 5161 - 6369 - 6

Ⅰ. ①形… Ⅱ. ①俞… Ⅲ. ①小说研究—中国—20 世纪 Ⅳ. ①I207.42

中国版本图书馆 CIP 数据核字（2015）第 147004 号

出 版 人	赵剑英
选题策划	田 文
责任编辑	易小放
责任校对	吴 鸣
责任印制	王 超

出 版	中国社会科学出版社
社 址	北京鼓楼西大街甲 158 号
邮 编	100720
网 址	http://www.csspw.cn
发 行 部	010 - 84083685
门 市 部	010 - 84029450
经 销	新华书店及其他书店

印刷装订	北京君升印刷有限公司
版 次	2015 年 8 月第 1 版
印 次	2015 年 8 月第 1 次印刷

开 本	710×1000 1/16
印 张	17.25
插 页	2
字 数	292 千字
定 价	59.00 元

凡购买中国社会科学出版社图书，如有质量问题请与本社营销中心联系调换
电话:010 - 84083683

总　序

浙江省社会科学界联合会党组书记　郑新浦

　　源远流长的浙江学术，蕴华含英，是今天浙江经济社会发展的"文化基因"；三十五年的浙江改革发展，鲜活典型，是浙江人民创业创新的生动实践。无论是对优秀传统文化的传承弘扬，还是就波澜壮阔实践的概括提升，都是理论研究和理论创新的"富矿"，浙江省社科工作者可以而且应该在这里努力开凿挖掘，精心洗矿提炼，创造学术精品。

　　繁荣发展浙江学术，当代浙江学人使命光荣、责无旁贷。我们既要深入研究、深度开掘浙江学术思想的优良传统，肩负起继承、弘扬、发展的伟大使命；更要面向今天浙江经济社会的发展之要和人文社会科学建设的迫切需要，担当起促进学术繁荣的重大责任，创造具有时代特征和地方特色的当代浙江学术，打造当代浙江学术品牌，全力服务"两富"现代化浙江建设。

　　繁荣发展浙江学术，良好工作机制更具长远、殊为重要。我们要着力创新机制，树立品牌意识，构建良好载体，鼓励浙江学人，扶持优秀成果。"浙江省社科联省级社会科学学术著作出版资金资助项目"，就是一个坚持多年、富有成效、受学人欢迎的优质品牌和载体。2006 年开始，我们对年度全额资助书稿以"当代浙江学术论丛"（《光明文库》）系列丛书资助出版；2011 年，我们将当年获得全额重点资助和全额资助的书稿改为《当代浙江学术文库》系列加以出版。多年来，我们已资助出版共 553 部著作，对于扶持学术精品，推进学术创新，阐释浙江改革开放轨迹，提炼浙江经验，弘扬浙江精神，创新浙江模式，探索浙江发展路径，产生了良好的社会影响和积极的促进作用。

2013 年入选资助出版的 27 部书稿，内容丰富，选题新颖，学术功底较深，创新视野广阔。有的集中关注现实社会问题，追踪热点，详论对策破解之道；有的深究传统历史文化，精心梳理，力呈推陈出新之意；有的收集整理民俗习尚，寻觅探究，深追民间社会记忆之迹；有的倾注研究人类共同面对的难题，潜心思考，苦求解决和谐发展之法。尤为可喜的是，资助成果的作者大部分是浙江省的中青年学者，我们的资助扶持，不惟解决了他们优秀成果的出版之困，更具有促进社科新才成长的奖掖之功。

我相信，"浙江省社科联省级社会科学学术著作出版资金资助项目"的继续实施，特别是《当代浙江学术文库》品牌的持续、系列化出版，必将推出更多的优秀浙江学人，涌现更丰富的精品佳作，从而繁荣发展浙江省哲学社会科学，充分发挥"思想库"和"智囊团"的作用，有效助推物质富裕精神富有现代化浙江的加快发展。

2013 年 12 月

小说形式问题的新探索
（代序）

从文学史角度回望 20 世纪末的中国文学，人们会记取一些什么呢？我想，有关形式问题的探讨，应该是不会忘记的。形式问题不仅是当时最切合文艺现实的一个理论问题，而且也造就了一批优秀的作家、批评家。像活跃于新世纪中国文坛的莫言、余华、苏童、毕飞宇等小说家，几乎都是形式问题理论探讨的受益者。至于文学批评，也是一度以形式问题为标杆，将那些积极倡导语言实验的批评誉为先锋批评。记得当时有一位批评家曾撰文，认为中国现当代文学的区分，应该以 1985 年为界，这之前延续了"五四"以来的现实主义批判传统；而 1985 年之后，因为形式问题的探讨，改变了中国文学的思想观念和实践方向，此后的中国文学就沿着形式的路数走下去。这样的论断，尽管过于夸大了形式问题的讨论对于 20 世纪 80 年代中国文学的影响作用，但也让我们见证了形式问题在一些批评家心目中占据着何等重要的地位。

俞敏华博士的研究论著，是专门探讨 20 世纪末中国小说中的形式问题，这一选题的价值和意义，我想很多研究者都熟悉。但我希望从另一个角度，也就是站在今天的角度，重新审视 20 世纪末中国文学对于形式问题的讨论。形式问题在文艺理论领域并不是新问题，但像 20 世纪 80 年代那样，将形式问题上升到绝对至上地位的情况，在当代中国文学发展历史上，的确少见。就如俞敏华在书中所说的，形式价值的新发现，构成了 1985 年以来中国文学发展的内在动力。或许当时人们并没有充分认识到它的价值和意义，但从今天的情况看，那些 20 世纪 80 年代过来，至今还活跃在创作第一线的小说家们，几乎都经历了形式问题的理论洗礼。如果说，在这之前的作家、批评家喜欢谈个人经历和社会历史话题，那么，从 1985 年之后，很多人都愿意谈文学的形式，尤其是文学形式中的语言问题。这样的文学意识，是形式问题讨论带来的。像马原、余华、苏童、孙甘露、北村等人的创作，非常自觉地贯彻着语言实验的意图，通过叙述方式的变幻，在语言形式上获得陌生效果。如莫言的《红高粱》和苏童的《红粉》、《妻妾成群》等作品，题材内容是民国年间和抗战时期的，故事发生时，作者还没有出生，当然谈不上直接经验，但这似乎并不影响他们的写作，就如莫言所说的，我们没有经历战争，但在银幕上见识过子弹飞舞的场面。对于他们而言，不是要经历了战争，再来描写战争，而是需要像说书人那样，通过绘声绘色的文学语言，制造一个比现实战争更加逼真的战争环境。所以，语言形式是作家写作时超越现实的一个杀手锏。批评家对作家们的这些文学探索，命名的方式有所不同，有的将这些创作概括为"新历史主义"，以区别于以往用现实主义方式创作的历史题材作品；也有的将这些创作命名为实验小说，大概是受到文学史上白话文学实验观念的影响。总之，形式问题在 20 世纪末，不是一个抽象意义上的可谈可不谈的理论问题，而是与文学创作紧紧绑在一起的文学实践问题。

然而，形式问题的探讨在 20 世纪 90 年代之后，似乎没有像原来预料的那样，大踏步地向前迈进。理论上，脱离具体实践的经院式的研究多起来，但对于作家创作的影响力，反倒是远远不如 20 世纪 80 年代。这其中的缘由，有一部分，大概是像俞敏华在论著中所说的，市场经济对文学的冲击，改变了人们对于文学的注意力。作家、批评家的兴奋点开始转移，形式不形式问题已经不再重要，重要的是如何应对商品大潮的冲击，所以，媚俗问题超过了对文学形式问题的关注度，在文学批评领域激起热烈讨论。还有一方面原因，我以为，20 世纪 80 年代的形式问题的探讨，尤其是文学语言的探讨，有自己的局限。作家、批评家比较多地是从纯粹形式的层面来切入文学问题，而从文化等深层层面的切入，反倒很少。所以，尽管作家、批评家都意识到文学语言等形式问题在文学创作和文学批评中的重要性，但翻来覆去，讲来讲去，就是那么几句话，新意不多，进展也不大。渐渐地，形式问题的探讨淡出了公众的视野，至少不再是一个引领全局的话题了。进入新世纪之后，我觉得文学形式的探讨，事实上还在进行，但一段时间是处在不自觉的摸索阶段。像莫言、贾平凹等作家，在描写乡村生活时，无意中触碰到语言形式的文化层面的问题，这就是乡土生活与方言表达问题。莫言在《檀香刑》中，用地方戏猫腔结构小说，高密方言成为作品叙事结构中难以移除的重要因素。贾平凹在《秦腔》中同样用地方戏来书写历史，方言的语言效果形成了小说叙事风格上最鲜明的特征。其他像阎连科的《受活》，韩少功的《马桥词典》，以及 2012 年《收获》杂志发表的金宇澄的《繁花》，方言的表现力在当代小说中似乎越来越强大。小说创作对于方言的发现，大大拓展了文学形式问题的思考空间，由此也揭示出地方文化、文学语言与小说形式之间的新问题。在这样的环境气氛下，读到俞敏华博士对 20 世纪末中国小说形式问题的研究论著，给人以特别大的鼓舞和快乐。

印象中的俞敏华做人做事都非常热情，2003 年我在编《莫言研究资料》时，曾选过她评论莫言的一篇文章，那时对《檀香刑》的表达方式，评论家之间争议很大，俞敏华是站在肯定莫言的一方，热情地为之辩护。10 年之后再来看她的文章，今天的研究者大概会觉得她有点预见性。我想，这样的预见不是她偶然撞上的，而是源于她的文学直觉和平时的思考。现在她能够系统地将自己的文学思考，以专著的方式，呈现在读者面前，我为之高兴，也愿意推荐给大家。

是为序。

杨扬

2014 年 9 月于沪上

目　录

导言　小说是有意味的形式

一　问题的提出

　　20世纪末期，是指20世纪80年代、90年代，这是中国社会生活、价值观念、文化生态发生巨大变革的20年，也是中国文学艺术发生演变的一个重要时期。这一时期小说的生存状态和艺术形态都发生了很大的改变，并产生了区别于以往并对未来小说发展史起决定性作用的关键要素。至今，这些要素仍值得我们再次去审思和论证，而小说艺术形式的问题为我们切入这些要素提供了一个很好的视角，同时，这也是由这一时期小说艺术自身演变的特征决定的。

　　纵观新时期以来的小说艺术演变史，我们发现：70年代末，中国小说发展刚经历了"文化大革命"的艰难期，过去长期存在的模式化的艺术观念及创作方法的影响力还很大，艺术水平起点较低，作品的数量和叙事技巧都处于亟待提高的状态。但是，作家们对小说艺术发展的探索却十分积极。比如，不断营造的"伤痕文学"、"反思文学"、"改革文学"等创作潮流，向国外文学资源借鉴各种表现技巧，探讨文学怎样表现生活、表现人道主义精神等问题，都体现了这种积极探索的精神。然而，"伤痕"、"反思"、"改革"等文学所倡导的艺术观念，都着重从内容角度来思考如何推进小说的发展，实质上，这种追求内容变化的思维方式并没有真正触动小说艺术观念的变革，也很难为小说发展找到新的活力。这可以从新中国成立后一些作家的创作中看出来，其间，小说的变化主要是内容或主题上的变化，如土改来了写土改，合作社来了写合作社，国家、社会提倡什么主题就写什么主题等，而对作品进行的评判也主要是出于内容和主题的评判，看待一部作品的优劣往往先看其思想内容是否站得住脚。现在看来，这种评判显然偏离了艺术审美的视角。因为判断一部小说作品是否优秀，不在于写了合作社还是写了土改，而在于作家多大程度上将这些东西转化成了艺术的语言和艺术的形式。所以，一定意义上说，新时期初期的文学仍深受以往长期存在的现实主义创作方法的影响，延续着在内容、主题上追求改变的思维方式。

进入 80 年代，小说艺术形式的问题开始凸显。70 年代末已经出现的"意识流"、"荒诞派"等小说在 80 年代初影响力逐渐加强。这些作品运用了新的表现技巧，使小说叙述方式及艺术结构发生了改变。到了 1985 年前后，文坛涌现出了阿城、韩少功、王安忆、莫言、残雪、马原、洪峰等作家，他们的创作使小说的艺术形式发生了巨大的改变。紧随其后，余华、苏童、格非、孙甘露等一批年轻作家又涌上文坛，并且，展开了一场轰轰烈烈的"形式实验"。这些作家的作品打破了人们阅读小说时习惯于知道故事内容和主题思想的阅读习惯，而不得不去关注故事的表述方式。有评论家在 1987 年就提出："从某种意义上说，以后的文学将越来越明确地站到怎么写的课题面前。从而对文学形式的本体意味做出应有的探讨。"① 这种从"写什么"转向"怎么写"的过程，实质上是小说艺术观念、创作思维、思考方式变化的过程。一定意义上说，"写什么"偏向关注内容的问题，"怎么写"偏向关注形式的问题。此时对小说艺术形式问题的重视，决定了中国小说艺术演变的新要素。到了 80 年代末期，小说艺术形式变革的势头明显减弱，并在 90 年代几乎归于沉寂。然而，90 年代小说的艺术形式本身却依然发生着深刻的变革，一方面，80 年代的艺术形式影响了其创作规范，另一方面，90 年代特有的市场力量又深刻地影响了其创作的发展路向，与 80 年代的形式变革要素之间构成了延承和变异的关系。所以，80 年代中期出现的这些形式上明显发生了变革的小说，从根本上触及了中国小说原有的规范和格局，不仅改变了小说艺术观念，开启了一种新的气象，也触动了以内容为中心的小说艺术价值的评价体系。因此，"形式"的变革是 20 世纪末中国小说艺术发生变化的真正开始，同时，小说艺术形式的问题也开始成了探讨小说艺术的关键问题。

二 "形式"的内涵

形式是一个简单而又复杂的概念，万物皆有形，或可视，或可触，或

---

① 李劼：《试论文学形式的本体意味》，《上海文学》1987 年第 3 期。

可感，形是物之所在。面对一个人，或胖或瘦，或高或矮，或美丽或丑陋，给人的第一印象是形；面对一幅画面，呈现在面前的色彩、光影、线条、明暗、形状、体量等要素，皆可称为形式；面对文学作品，其呈现出的那些语言文字，便可称为形式。

在中国古典文化语境中，"形式"未被进行系统的理论概括，其地位也很微妙。一方面，中国传统文论讲究"文以载道"，不管作者、读者还是评论者，看重文章的经世致用，相对来讲，文辞、格律或技巧等形式要素受关注的程度就要小一些；另一方面，"形式"却很"本真"地存在着。中国的文学批评家，虽然没有什么系统的语言学、修辞学或形式批评的方式，但评论中却能一点即着形式之要义。但是，在西方文论中，"形式"有较系统的概括，其地位的凸显主要在20世纪，此时的"语言论转向"①，突出了语言的中心地位，并成为贯穿俄国形式主义、布拉格学派、语义学、英美新批评、结构主义、符号学乃至解构主义的重要观点。这标志了"从关注世界的本质是什么"转向了"我们如何表述我们所知晓的世界的本质"的思维方式的转变。而进入"如何表述"的问题，离不开对形式的思考。一定意义上说，20世纪以来，人类思维变化与文学研究的重大突破之一，就是对形式的重新认识。新时期以来，我国的文学理论建设很大程度上受西方文论的影响，形式本体论于20世纪80年代以后发展起来，并迅速取得了很大进展，产生了一系列关于文学文体学、文学语言学以及叙事学等方面的理论著作及研究论著，对文学研究产生了指导意义。90年代以来，尽管文化研究、文学生态研究等理论不断发展，但对文学形式的关注热情依然存在，究其根本原因，在于当人们面对文学作品时，形式是不可回避的问题。

为了更清楚地阐释书中形式的概念，笔者首先对影响概念界定的知识源进行梳理。

第一，我国文艺理论界长期认同的与内容相对的"形式观"。这种观点中，将内容与形式视为两个相对的概念，认为艺术是由内容和形式共同构成的，并且，往往视内容为主体，形式为内容的附属，内容决定形式。在这样的观点中，很少将形式放在本体意味的层面进行思考。一定意义上

---

① 此概念主要参照了王一川的《语言与托邦》（云南人民出版社1994年版）与朱立元的《当代西方文艺理论》（华东师范大学出版社1997年版）。

说，这种思维方式源于人类追求对事物的明辨感，代表了人类认知事物的一个重要阶段。根据亚里士多德的论述，"形式"概念本身就因"内容"这一概念而生。这种观点在我国存在时间相当久，影响也相当广泛，80年代中期之前，对形式问题的思考基本都是放在与内容相对的层面进行的。比如，高长印主编的《新中国 40 年文艺理论研究资料目录大全：1949—1989》①，收集了百余篇关于内容与形式的论文目录，在这些论文中，除了 1985 年以后的少数几篇论文将艺术形式上升到了艺术本体论的维度外，其余绝大多数的论文持内容与形式对立的观点。其中，像这样的观点很普遍："内容是构成事物的各种内在要素的总和，形式则是内容的存在方式。内容与形式不是各自孤立的，而是有机地统一在一起的。内容与形式的区分又是相对的，它依一定条件的变化而变化。"② 同时，在我国文艺界，自 20 世纪 30 年代以来，二元对立思维方式逐渐占据主导地位，所以，在内容与形式的关系上，长期强调内容对形式的主导性，而且过分强调内容中的思想主导因素，结果过分地抬高了内容的决定作用，并抹杀了作家的创作个性以及对形式变化的追求。王元骧在《文艺内容与形式之我见》一文中对这种强调内容的决定作用的观点有过反思，他说："我们必须澄清这样一种自三十年代引进俄苏文艺理论以来在理论界所流传的这样一种似是而非的、不确切的表达形式：文艺就其内容来说与哲学、科学是一致的，所不同的只是它们的形式，即文艺是以形象，而哲学、科学是以概念来反映生活的。这样一来，作家艺术家在创作时好像首先获得了一种孤立的、抽象的内容（如抽象的生活本质、规律和思想观念之类），然后为了表达这些抽象内容的需要，才去考虑和寻求一定的艺术形式。这也就把这两种本来有着内在联系的成分机械地分割开了。而事实上，从作家艺术家开始创作的那一刻起，内容与形式就是不可分割而有机地联系在一起的。"③ 当然，王元骧虽然澄清了内容与形式的非孤立性，却依然认为："对文艺作品来说，在一般情况下，内容总是居于主导的方面，而形式归根到底是由内容派生出来，并为一定内容服务的。"④ 可见，在内容和形

---

① 高长印主编：《新中国 40 年文艺理论研究资料目录大全：1949—1989》，中国和平出版社 1992 年版。

② 朱兰芝：《艺术作品的内容与形式》，《理论学刊》1987 年第 2 期。

③ 王元骧：《文艺内容与形式之我见》，《高校理论战线》1992 年第 5 期。

④ 同上。

式的关系问题上，强调内容处于主导地位是这一观点的核心。在文学批评方面，20世纪80年代中期以前，对作品内容的批评要远远多于对作品形式的批评。因而，内容与形式相对的观点，既阐释了某种追求明辨事物的思维方式，但其将两者对立及过分强调内容的决定作用的缺陷也很鲜明。

第二，20世纪20、30年代俄国形式主义界定的"形式观"。该观点否认了内容与形式的二元对立，强调形式对内容的涵盖性，认为通过形式才能发现文学作品的"文学性"。其代表人物日尔蒙斯基如此写道："艺术中任何一种新内容都不可避免的表现为形式，因为，在艺术中不存在没有得到形式体现即没有给自己找到表达方式的内容。同理，任何表达方式的变化都是新内容的发掘，因为，既然根据定义来理解，形式是一定内容的表达程序，那么，空洞的内容就是不可思议的。所以，这种划分的约定性使之变得苍白无力，而无法弄清纯形式因素在艺术作品的艺术结构中的特性。"[①] 这种观点自80年代引入我国以来，在文学理论界引起了很大反响，既有效地冲击了内容决定形式的思维方式，也有效地推动了本体论的研究方法。随着英美"新批评"派、结构主义等分析方法的引入，对形式的分析则更有力地冲击了以往的艺术分析模式，走向了对语言、结构的观照。但是，俄国形式主义开创的形式批评方法，由于过分注重作品系统内部形式和结构的抽象概括，作品的丰富性往往在形式包含一切的解构中变成了一些抽象的符号或程式，对文学的理解，也变成了一种远离审美感悟的解释。所以，分析虽不乏细致与精确，却也一定程度上偏离了艺术的美感本性。可以说，因对作品作抽象形式分析，在一些批评家那里，"形式"反而变成了一个阻碍阐释"文学性"的概念。

第三，克莱夫·贝尔关于艺术是"有意味的形式"的"形式观"。克莱夫·贝尔认为："在每件作品中，以某种独特的方式组合起来的线条和色彩，特定的形式和形式关系激发了我们的审美情感。我把线条和颜色的这些组合关系，以及这些在审美上打动人的形式称作'有意味的形式'，它就是所有视觉艺术作品所具有的那种共性。"[②] 贝尔的形式概念主要是针对绘画、音乐等艺术形态展开论述的，论及诗歌时，他曾提出："在伟

---

① ［俄］日尔蒙斯基：《诗学的任务》，载方珊等译《俄国形式主义文论选》，三联书店1989年版，第211—212页。

② ［英］克莱夫·贝尔：《艺术》，薛华译，江苏教育出版社2005年版，第4页。

大的诗歌中，是形式的音乐造就了奇迹。诗人们在语言形式中表达了某种情感，这种情感与所写下的文字之间有着疏远关系。但是，它们之间存在着联系，这种情感不是纯粹的艺术情感。在诗歌当中，形式及其意味并非一切，因为形式和内容并不是一种东西。""形式负担着某种智性的内容，这种内容乃是一种情绪，它与生活中的情感相交织，并建立在情感之上。诗歌尽管也能给我们带来快感，但却不能将我们带入到那种审美至境，使我们超脱人世的一切，陶醉于音乐的、纯粹的视觉形式，其中原因就在于此。"① 可见，贝尔认为，语言形式并非是涵盖诗歌的一切要素，诗歌的形式与他所认定的那种纯粹的艺术形式也是有距离的，而且，他并没有对文学作品中的"形式"及"意味"作出过明确的阐释。然而，贝尔这一20世纪初期就提出的，从接受者的审美情感出发追问"艺术究竟以什么打动了我们"，并作出了"形式"的解答的观点，今天依然意义重大。因为他从审美情感这一角度，明晰了我们接受艺术品时所面对的对象——形式，它是呈示在我们面前的首要物体，那么，寻找形式的意味也是我们解读一切艺术品的必要途径。这恰如《艺术》的翻译者薛华在"后记"中写道的："贝尔认为艺术作品的本质属性就是'有意味的形式'，从而将艺术从历史故事、社会背景、道德劝诱、生活情感、技巧迷宫或浪漫联想中解放出来，给艺术界定了自身的价值和评判标准，可谓独树一帜。"② 贝尔的形式观有效地提示我们：如果跨越形式的存在而去获取所谓的内容，导致的结果只会是将更多的主观经验带入作品的阐释，只有将艺术视为形式才是最真实、也是最可靠的接近艺术本质的途径。

第四，我国古典文论中的"形式观"。由于从文言到白话这一话语系统的改变，对古代文论中的"形式观"作出明确的表达终究是一件难事，但或许正是这种不可避免的"隔"，使我们看到了古典文论对文学艺术形式的"本质性"表达。比如：孔子说，"言之不文，行之不远"；曹丕说，"文本同而末异，盖奏议宜雅，书论宜理，铭诔尚实，诗赋欲丽"；陆机说，"诗缘情而绮靡，赋体物而浏亮"；刘勰说，"四言正体，则雅润为本，五言流调，则清丽居宗；华实异用，惟才所安"。这些加上了着重号的词汇，在现在的批评系统中，都可视为是对文学形式的描述。像刘勰的

---

① [英]克莱夫·贝尔：《艺术》，薛华译，江苏教育出版社2005年版，第88页。
② 同上书，第165页。

《文心雕龙·体性》中将风格分为八类，即典雅、远奥、精约、显附、繁缛、壮丽、新奇、轻靡。如果用内容与形式的元素分析，这八种分类既指内容又指形式。在小说艺术形式方面，有研究者曾从庄子《外物篇》记载的"饰小说以干县令，其于大达亦远矣"来论述小说具有的形式本质，他说："'小说'而能饰，明明就标志着这里是'小说'而不是'说'，是一种样式的概念，并且把表达重点从'小说'的内容意义方面移到了'饰'的形式方面。'饰小说'之不同于'小说'，正在于它标志着小说是一种以'饰'作为根本形式特征的文体。"① 尽管这一论点的准确性有待进一步考证，但若从修辞逻辑上看，它对理解小说表达的方式具有一定的启发意义。在古典文学的批评实践上，很少有将形式与内容分得一清二楚的论述，现在看来，这种论述倒更接近于形式本体论。比如，现代作家鲁迅的《中国小说史略》一书，并没有明确区别内容与形式，但已有诸多关于形式本体的论述。因而，中国古典文论中这种没有明确划分内容、形式的思维，恰恰保证了艺术形式存在的本体性，以及小说艺术形式研究的合理性。

明晰了以上的"形式"，接下来阐释此书中界定的"形式"，这在表述上要方便得多。在形式与内容的关系上，本著作采用的观点更接近俄国形式主义者采取的"形式观"，认为形式就是有内容的形式，内容也是有形式的内容；内容对形式并不具主导性，形式不是根据内容的存在而存在的，形式不受内容的主导，相反，往往是不同的形式决定了不同的内容。但是，我并不赞同用形式的概念来包含一切关于内容的东西，或者像俄形式主义者那样极力用材料、手法等定义来取代内容与形式的分类。因为尽管形式是艺术的存在本质，从一个艺术品中，我们可以看到形式对内容的包容性，但是，在具体的批评实践中，不能用形式的术语来取代一切内容的术语或者对两者不加分割，而且 研究诸如主题、人物、题材等这些被纳入内容范畴的要素依然是有必要的。最佳的例证当属俄国学者瓦·叶·哈利泽夫著的《文学学导论》② 一书，此书于 1999 年问世后，2000 年再版，2002 年、2004 年又出了修订版，是目前俄国高校中较有影响力的教科书。书中论述文学作品的构成时，依然保留了内容与形式的概念，认定

---

① 王定天：《中国小说形式系统》，学林出版社 1988 年版，第 17 页。
② ［俄］瓦·叶·哈利泽夫：《文学学导论》，周启超等译，北京大学出版社 2006 年版。

了形式的意味的同时，沿用了传统文论中有关内容方面的主题、人物、肖像等术语，显示了理论的开放性和完整性。当然，保留内容这一术语时，我不采纳以往那种避开形式，直接诉诸主题、人物之类的研究方法，更反对直接通过主题思想或人物意识来判断作品的艺术价值。而倾向从作品的表述方式进入对作品意味的解读，主张从"形式分析进入意义"。因为这种从形式进入到内容的分析，能够保证对文学本体的观照，防止纯粹的外在的研究对文学性的规避或过度阐释，能最大限度地关注语言表述的方式与内涵，从而保证对"艺术性"的发掘。同时，形式批评过程中，我也不采取西方有些形式主义批评者那种对文本形式作抽象化的、程式化的分析方法，依然将生动具体的人物、主题、故事等纳入形式概念，不回避对文本作感悟式的阅读和阐释，这既是中国汉字语言系统不同于西方以表音为主的语言系统决定的，也有助于发现作家的新经验进入作品以后对形式变革的促进意义，并有助于从整体上考察艺术形式之美。

因此，小说本体是形式本体，小说就是有意味的形式。用"艺术形式"这一术语来确立研究对象的目的在于建构一种从"怎么写"进入"写了什么"的解读方式。在建构"怎么写"的解读方式时，我并不仅仅将形式限定为小说的技巧，而将其视作一个开放的概念，涉及语言修辞、叙述方式、故事结构、叙事内涵等诸多方面。实质上，对小说艺术形式作一种"是"字结构的界定，是一件十分困难的事情，因为话语体系的差异，既无法套用西方形式批评的概念，也无法复原中国古代文论的表述方式。从哲学层面上说，万物皆有形，没有形式，艺术也不成其为艺术，而且，艺术的形式跟人类的情感密切相关，既代表了作家的情感和思维方式，又直接对欣赏者或读者的内心情感发生作用。从文学层面上说，艺术的形式无非就是呈现在读者面前的那一堆文字。对小说来说，这一堆文字又有其独特性，这些或是讲述故事或是表述情绪的诸多要素，既会随着不同时代新出现的诸要素的变化而变化，也会随着不同参照对象的变化而变化。

形式的表象下暗含着诸多的深意，每一种形式的出现、流变常常代表着一种重要的社会文化征兆。王德威在《鲁迅之后——五四小说传统的继起者》一文中曾说过："本文以极短的篇幅，探讨三位作家（指鲁迅、茅盾、老舍）的局部特色，不只希望调整我们阅读中国现代小说史的比重，也愿唤起我们对文学形式流变的注意。形式不是白纸黑字、或是妙句花腔而已。它也征验了作家读者在历史时空内，碰触问题、引生对话的重要象征活动。"① 中国当代作家王安忆也说："事实上小说的形式是不能单独谈的，可以说小说本身就是形式。对我来讲小说就是人和人、人和自己、人和世界之间关系的形式。""好的故事本身就具有很好的形式。"②因此，与其给"形式"概念一个明确的框定，不如从各种小说文本出发，在具体的研究过程中"化解"和"实践"艺术形式的研究，使其成为根植于研究对象，借助外化的条件（已有的定义）而生发出的概念。在 20世纪末的中国小说现象中，我们可以看到诸多叙述者的身份、语言、故事结构等方面的变化，以及这些变化所带来的主题、生存经验的变化，这些都构成了本书中小说艺术形式的具体内涵。

总之，小说艺术的形式是内容与形式相结合的形式，其存在是精妙而又丰富的，它既是具象的、实在的叙述技巧、结构、事件等因素，又是抽象的美感。而从根本上讲，研究艺术形式是研究艺术之美，感受艺术之美，这也是支撑本书进行形式研究的根本旨归。就此，可以追溯至宗白华和高尔泰关于艺术形式的观念。宗白华的艺术形式观因为多从创作者的角度考虑问题，对艺术美的追求，不乏有种乌托邦的色彩，但其在内容与形式内涵的探讨上，不仅是将内容与形式相结合的形式观，而且，是将形式放于美的艺术维度中进行思考的形式观。他在论述艺术形式美时主张："真正的艺术家是想通过完美的形式感动人，自然要有内容，要有饱满的情感，还要有思想。"③ 并且一再强调形式美的"秘密"④，这个秘密使形式之于艺术、之于文学研究拥有了无尽的诱惑力。高尔泰则将艺术的形式

① 王德威：《众声喧哗——三○与八○年代的中国小说》，台湾远流出版公司 1998 年版，第 27 页。

② 转引自林舟《王安忆——更行更远更深》，载《生命的摆渡——中国当代作家访谈录》，海天出版社 1998 年版，第 28—29 页。

③ 宗白华：《艺术形式美二题》，载《宗白华全集·3》，安徽教育出版社 1994 年版，第399 页。

④ 此观点主要参照了宗白华的《艺术形式美二题》（载《宗白华全集·3》）与《常人欣赏文艺的形式》（载《宗白华全集·2》）两篇文章中的观点。前文中，宗白华以《浮士德》、《红楼梦》、陶渊明的诗、王羲之的字等为例，认为这些艺术品所传达的"秘密"都是依靠形式美来实现的，并认为形式加内容的完美结合所创造的形象创造了无穷的艺术魅力，给人无穷体会，探索不尽，又不是神秘莫测不可理解的。在后文中，宗白华认为："在艺术欣赏过程中，常人在形式方面是'不反省地''无批评地'，这就是说他在欣赏时，不了解不注意一件艺术品之为艺术的特殊性。"并借歌德的话，说"形式对于大多数人是一秘密"。

视作内容与形式相结合的形式，认为，美这个东西很难说它是内容还是形式，并且认为，艺术的本质是追求自由精神，是一种人道主义的情怀，艺术形式之美的最高追求也是这种精神及情怀。① 宗白华与高尔泰的形式观虽然因为时代的局限未能充分地展开论述并付诸实践，但他们提出的理念至今还是有借鉴价值的。

综合以往各种概念界定和理论阐释，本书认为，艺术形式的问题绝不仅仅是形式的问题，它还是艺术思维的问题，更是审美取向的问题。所以，探究形式即探究艺术之美，探究人文价值关怀。

三　"形式研究"的内涵

"形式"的界定为研究提供了一个较完整的认知概念，但在具体的研究过程中，找到一种具体可行的方法十分必要，本书采用的方法是在继承以往的研究成果并结合具体的研究对象的基础上形成的。

1. 研究综述

形式批评自 20 世纪 80 年代开始引起中国文坛的注意，并在作家、理论家、批评家的共同努力下，一度成为 80 年代文坛的热点。1980 年《文艺报》座谈会上，李陀说："文学创新的焦点是形式问题。"② 这一热点的形成与"文化大革命"结束以后西方文艺理论的影响分不开，也代表了中国文学批评"向内转"的趋势。过去很长一段时间，中国文学批评看重作家、作品与社会或政治意识形态间的关系，看重作品的思想内容是否体现了积极的政治意义等，这样的批评显然将批评的关注点引向了作品外

---

① 高尔泰在《人道主义与艺术形式》一文中强调："美这个东西，我们很难说它是内容还是形式。""所以艺术形式不是盛装内容的容器，不是一种可以把任何外在的理性结构容纳进来的语法逻辑，也不是可以传导任何信息的导体。""那种把外在的、凝固的理性结构当作内容的'艺术'不是艺术，那种把自身的形式当作外来信息传导物的'艺术'不是艺术，那种不是由于内在的需要（表现的需要）而是由于外在的需要（实用的需要）而'创作'的艺术不是艺术。""艺术是自由的创造。换言之，艺术创造是自由的肯定，这是艺术的一个本质规定性。"（载高尔泰《美是自由的象征》，人民文学出版社 1988 年版，第 229—265 页）从以上观点中，我们可以看到，高尔泰不仅否定了内容与形式的分裂，而且赋予艺术以自由与人道主义的灵魂。

② 转引自王尧《1985 年"小说革命"前后的时空——以"先锋"与"寻根"等文学话语的缠绕为线索》，《当代作家评论》2004 年第 1 期。

部的社会意识形态。而形式批评，有意识地疏离了文学的外部研究，将关注点引向了作品本身，注重文本内部构成因素的研究。所以，一定意义上说，形式研究是形式本体论的研究，是一种以文本阐释为基本主旨的研究。

目前，中国文坛的形式研究正在发展中，就现有的形式批评或形式本体研究的成果来看，按照时间脉络，大致分为三个阶段。当然，这种阶段化分期并不是绝对的，从一个阶段过渡到另一个阶段，影响的焦虑始终存在着，而且，也并不代表后一阶段就一定比前一阶段的研究成果显著，像80年代中期创造的理论高度，在今天依然被延续着。一定意义上说，按阶段区别主要是为了论述的方便。

第一，新时期开始到80年代中期以前，伴随着有意回避内容而进入形式的艺术探讨及研究，文坛出现了以王蒙为代表的"意识流小说"、宗璞为代表的"荒诞派小说"等具有形式新意的作品，文论界也开始了对形式的关注。此时的形式探讨主要集中于写作技巧、作品结构等与内容相对的概念。主要代表论文有：《文学的突破与形式的创新》①、《初探当代小说结构的发展趋向》②、《艺术形式具有相对的独立性吗?》③、《论形式》④、《"意识流"手法与短篇小说的艺术创新》⑤、《新时期小说形式美的变化》⑥、《论近年来小说视野的拓展和结构的变化》⑦ 等等。这些文章有效地突破了只考虑内容而不考虑形式的问题局限，将形式的问题作为一个重要的话题。这体现了文学探讨从文学主题、题材、思想内容、人物形象等内容局限中的松动和解脱。不过，这里对形式的探讨，很大程度上，并没有脱离内容与形式相对的思维方式和话语系统，对形式的重视或探讨，是为了反拨内容对形式的压抑，因而此时的形式概念并没有自己真正的独立性，结果导致讨论存在很多片面之处，许多文章简单地认为形式就是技巧或结构。

---

① 雷达：《文学的突破与形式的创新》《北京文学》1980 年第 1 期。
② 吴士余：《初探当代小说结构的发展趋向》，《求索》1983 年第 4 期。
③ 张灿全：《艺术形式具有相对的独立性吗?》，《吉林师范大学学报》（人文社会科学版）1985 年第 3 期。
④ 苏宁：《论形式》，《文艺研究》1985 年第 3 期。
⑤ 宋丹：《"意识流"手法与短篇小说的艺术创新》，《当代作家评论》1985 年第 5 期。
⑥ 吴士余：《新时期小说形式美的变化》，《当代文艺探索》1986 年第 1 期。
⑦ 张德祥：《论近年来小说视野的拓展和结构的变化》，《当代文艺思潮》1986 年第 1 期。

1987 年殷国明的《艺术形式不仅仅是"形式"》一文，对形式有了进一步的理解和阐释，可作为对此时期"形式观"的总结及突破。文中认为："形式，其确切地存在，其实在这种单向推论之中已经悄然隐逸。其实，形式本身常常会自行'隐没'的。在艺术活动中，一种完美的艺术境界是忘却形式的。而这种形式本身的被遗忘并不是形式的悲剧，而是它的幸运，因为这时人们才真正毫无阻挡地步入艺术家创造的艺术世界，艺术形式已最完满地实现了自己的美学价值。"① 对形式作此描述，显然要比当时纠缠于内容与形式的区分的形式观更深刻，也更贴近对文学的审美功能的认识。文章结尾写道："写到这里，我所感到惋惜的是，我们还不能完全舍弃内容与形式的界定，真正进入一个完全不用单一尺度所理解的艺术世界。尽管如此，我希望能够表达出这样一种思想，就是在艺术创造活动中，需要一种对特定的内容和形式在观念上的超越。因为在我看来，所谓的内容和形式，永远不是艺术的实体，而是我们认识艺术所借助的思维桥梁。而这种超越是在充分理解艺术活动整体的美学面貌基础上实现的。因此，我们的全部目的并不使人们在内容和形式的复杂关系中辗转反侧，而是唤起一种博大的美学精神。"② 批评者在此已深刻地感受到了内容与形式概念本身之局限，并且，深切地认识到了无论是内容还是形式，都只是认识和感受艺术之美的桥梁。而之所以对其论文作大量的引用，是因为这种将文学形式视为通向艺术精神世界的桥梁的方式，在今天看来，依然很有启发意义。

第二，20 世纪 80 年代中期以来，不再一味地强调形式之于文本或之于内容的重要性，不再简单地重复内容与形式相统一的观点，而形成了视形式为艺术本体的研究视点，进入了对艺术形式的较深入的研究。在语言符号学、叙事学、文体学等方面都取得了很大进展。

较早、较有代表性地提出形式本体意味并作出理论界定的文章，是1987 年李劼的《试论文学艺术形式的本体意味》一文。文章首先表达了重视形式的意旨，将新时期以来对艺术形式的探讨引向对形式本体论的关注。强调"从某种意义上说，以后的文学将越来越明确地站到怎么写的课题面前。从而对文学形式的本体意味做出应有的探讨"③。作家们从

---

① 殷国明：《艺术形式不仅仅是"形式"》，《上海文学》1986 年第 7 期。

② 同上。

③ 李劼：《试论文学形式的本体意味》，《上海文学》1987 年第 3 期。

"写什么"转向"怎么写"的过程，实质是小说艺术观念、创作思维、思考艺术的方式变化的过程。"写什么"指向作家对内容的关注，"怎么写"指向作家们对形式问题的关注，对小说艺术形式问题的重视，这才决定了中国小说艺术演变的新要素。李劼的这一文章概括并阐释了形式本体理论，提出了下述观点：

$$\text{语言}\begin{cases}\text{语感能力——文学语言}\\\text{编配能力——作品结构}\end{cases}\text{语义}\begin{cases}\text{文学语符意味}\\\text{作品结构意味}\end{cases}\text{文学形式本体意味。}[1]$$

这里明确提示了小说艺术形式本体意味就是语言，并且将语感与作品结构作为分析要素，既代表了从语言学或语言符号学视角对艺术形式进行的思考，也代表了以语言本体论作为形式本体论的研究思路。其他，如李劼的文章《论中国当代新潮小说的语言结构》[2]与徐剑艺的专著《小说符号诗学》[3]等是对此形式本体论的批评实践。李劼的文章以阿城的《棋王》、刘索拉的《蓝天绿海》、孙甘露的《信使之函》、马原的《虚构》等作品为例子，尝试性地论证了句子结构和叙事结构间的对称性。这是一种以小说语言为形式第一要素的分析方法，正如文中所言："小说语言作为第一性的文学语言，登上了当代中国的小说舞台。而人物形象以及小说中的各种景象和物象，则都是小说语言这一基本形象的衍化和发展。"徐剑艺的论著则借用此种方法较系统地分析了80年代出现的新潮小说，从语音、语义层面抽离出小说的表述特征，并抽离出人物形象，综合性地分析小说艺术的精神空间。

　　另外，较有代表性的论文，如李洁非、张陵的《"再现真实"：一个结构语言学的反诘》，从质疑传统文艺学的"再现真实"的角度，引发了对"真实观"的再思考，并以语言为论述中心，鲜明地表达了语言形式本体论观念。这里，关于真实观的变化，也反映了小说艺术观念从反映现实的真实观转向了用语言创造真实的真实观。黄子平在《意思和意义》中表达了对语言本体论的认识，他说："文学语言不是用来捞鱼的网，逮

---

① 参见李劼《试论文学形式的本体意味》，《上海文学》1987年第3期。
② 李劼：《论中国当代新潮小说的语言结构》，《文学评论》1988年第5期。
③ 徐剑艺：《小说符号诗学》，浙江大学出版社1991年版。

兔子的夹，它自身便是鱼和兔子。文学语言不是'意义'的衣服，它是'意义'的皮肤，连着血肉和骨骼。文学语言不是'意义'歇息打尖的客栈，而是'意思'安居乐业生儿育女的家园。文学语言不是把你摆渡到'意义'的对岸去的桥和船，它自身就既是河又是岸。"① 这种将语言视为至高的存在形态的表达方式，一定意义上，代表了那个时代以语言为本质的艺术形式观念的强大冲击力。

对艺术形式的重视，就是对语言的重视，视语言为形式的核心，并形成了语言符号学的分析方法。总体上说，这种语言符号学的分析方法，从语言及抽象的语符层面，将小说进行了脱离传统内容与形式之分的阐释，将小说视为一个语言的自足体，是一种进入小说内部的阐释，明显受索绪尔的语言学，以及结构主义、符号学等理论的影响。当然，其透彻性、自足性、封闭性及抽象性并存的研究特征，在为小说研究开拓新的批评空间的同时，也存在着许多不足之处。

这种以语言为核心的形式观也伴随着叙事学、文体学研究的繁荣。作为形式研究的重要组成部分，这些理论及其运用，在今天依然是分析的重要视野。

就叙事学来说，其最初的理论批评实践是从注意到了作品"怎么叙事"而不是"叙了什么事"开始的，像孟悦、季红真的《叙事方式：形式化了的小说审美特性》②，南帆的《论小说的心理——情绪模式》③ 等文章，就较早地注意到了叙事方式变化反映的人物心理或作家心理的变化。至今为止，叙事学已发展成为研究小说艺术的重要理论或方法。除了翻译的西方理论著作之外，较有代表性的专著有：徐岱的《小说叙事学》④、罗钢的《叙事学导论》⑤、胡亚敏的《叙事学》⑥、张开炎的《文化与叙事》⑦、傅修延的《讲故事的奥秘——文学叙述论》⑧、赵毅衡的《苦恼的叙述者：

---

① 黄子平：《意思和意义》，载黄子平《深思的老树的精灵》，浙江文艺出版社 1984 年版，第 45 页。

② 孟悦、季红真：《叙事方式：形式化了的小说审美特性》，《上海文学》1985 年第 10 期。

③ 南帆：《论小说的心理——情绪模式》，《文学评论》1987 年第 04 期。

④ 徐岱：《小说叙事学》，中国社会科学出版社 1992 年版。

⑤ 罗钢：《叙事学导论》，云南人民出版社 1994 年版。

⑥ 胡亚敏：《叙事学》，华中师范大学出版社 1994 年版。

⑦ 张开炎：《文化与叙事》，中国三峡出版社 1994 年版。

⑧ 傅修延：《讲故事的奥秘——文学叙述论》，百花洲文艺出版社 1993 年版。

中国小说的叙述形式与中国文化》①、格非的《小说叙事研究》②，等等。它们借鉴西方叙事学理论，结合中国小说作品，从叙事者、叙事视角、叙事模式、叙事结构等诸多叙事要素进行了详尽的阐释，并作出了新的理论概述。另外，南帆的《小说艺术模式的革命》③、陈平原的《中国小说叙事模式的转变》④ 等著作，则从"艺术模式"的角度分析不同时段小说的变化，赋予小说的叙述模式以本体意味，建立了与传统批评不同的梳理方式，产生了较大的影响。可以说，自20世纪80年代以来，叙事学已完全成为中国小说艺术分析不可跳跃的理论或方法。无论是对作家的理解，还是对作品的解读，或是对文学现象的分析，叙事学已成为分析文本的重要手段，也有效地表明了这样的观点：小说艺术是叙事艺术，叙和事构成了小说的基本要素。这种分析方法改变了直接进入主题学、题材学或意识形态的主观性分析的思路，使作品阅读成为一项重要工作。不过，我国的大多数叙事学理论没有脱离20世纪西方叙事学理论的框架。尽管杨义的《中国叙事学》⑤ 通过细读和梳理中国古代典籍，试图突破西方叙事学的模式，确立一个新的中国叙事学的立场——发现特定历史文化中形成的中国式的叙事智慧，建立中国自己的叙事学理论，以此用来跟世界对话。但其理论建构本身还有很多角度需深入探讨。总的来说，如今的叙事学离找到汉语真正的叙事智慧尚有一段距离，但它的确为解读小说找到了一条有效的途径。

就小说文体学来说，它的发展与符号学、叙事学的理念及分析方法的发展密不可分，并同样取得了长足进展。1985年及以后的两三年间，文体批评和对文体问题的理论研究走向自觉并逐渐成为热潮，特别是1987年各类关于文体学的理论文章及用文体学分析作品的文章成风涌之势。现有的代表著作是童庆炳主编的"文体学丛书"，包括：童庆炳的《文体与文体的创造》⑥、罗纲的《叙事学导论》⑦、王一川的《语言乌托邦——二

————————

① 赵毅衡：《苦恼的叙述者：中国小说的叙述形式与中国文化》，北京十月文艺出版社1994年版。

② 格非：《小说叙事研究》，清华大学出版社2002年版。

③ 南帆：《小说艺术模式的革命》，上海三联书店1987年版。

④ 陈平原：《中国小说叙事模式的转变》，北京大学出版社2003年版。

⑤ 杨义：《中国叙事学》，人民出版社2009年版。

⑥ 童庆炳：《文体与文体的创造》，云南人民出版社1994年版。

⑦ 罗纲：《叙事学导论》，云南人民出版社1994年版。

十世纪西方语言学美学探究》①、陶东风的《文体演变及其文化意味》②、蒋原伦、潘凯雄的《历史描述与逻辑演绎：文学批评文体论》③。另外，像申丹的《叙述学与小说文体学研究》④、李洁非的《中国当代小说文体史论》⑤ 等论著，也都产生了很大的影响。

可以说，80 年代中期以来，西方文论影响下的语言学、叙事学、文体学为主体的形式研究，取得了很大的成就，并成为分析、评论文学作品的重要手段。但总体上说，这类研究属于集中于作品语言本体的作品内部研究，而且，大量的研究论文或论著集中于对单部作品或形式实验感较强的作品的分析，很少将整个新时期以来的文学作品的形式作系统的梳理，也很少在梳理中拓展形式批评的新空间。

第三，20 世纪 90 年代以来，文学形式批评研究受到了文化研究的冲击，语言的问题也不仅限于形式技巧或对语言作抽象化的符号分析等，而考虑到了方言写作、中文写作等问题。但形式批评的生命力依然强盛，80 年代中期以来所发展的叙事学和文体学、语言学等理论及分析方法，继续成为小说批评的主要方式。比如，2004 年以来，山东文艺出版社出版的《e 批评丛书》，收入了郜元宝、施战军、吴义勤、谢有顺、杨扬、阎晶明等 10 位活跃于 90 年代的批评家的评论文章，其中就有大量文章采用了形式批评的方式。而且，这批年轻的批评家对形式的关注有了更宽阔的视野，除了语言符号范围的解读之外，他们将社会学、历史学的分析角度纳入进来，使形式批评具有了"文化"的意味。另外，像吴义勤的《长篇小说与艺术问题》⑥、王素霞《新颖的"NOVEL"——20 世纪 90 年代长篇小说文体论》⑦、郭宝亮的《王蒙小说文体研究》⑧ 等，都是当时体现形式批评的新成果。

值得注意的是，此时期一些学者在形式批评理论建构上继续作积极探

---

① 王一川：《语言乌托邦——二十世纪西方语言学美学探究》，云南人民出版社 1994 年版。
② 陶东风：《文体演变及其文化意味》，云南人民出版社 1994 年版。
③ 蒋原伦、潘凯雄：《历史描述与逻辑演绎：文学批评文体论》，云南人民出版社 1994 年版。
④ 申丹：《叙述学与小说文体学研究》，北京大学出版社 1998 年版。
⑤ 李洁非：《中国当代小说文体史论》，陕西人民教育出版社 2002 年版。
⑥ 吴义勤：《长篇小说与艺术问题》，人民文学出版社 2005 年版。
⑦ 王素霞：《新颖的"NOVEL"——20 世纪 90 年代长篇小说文体论》，光明日报出版社 2006 年版。
⑧ 郭宝亮：《王蒙小说文体研究》，北京大学出版社 2006 年版。

讨，其代表有赵宪章。他所提出的"形式美学"研究概念，从美学的角度进行形式的研究，认为"形式美学"不仅不回避操作性和技术性的"形而下"问题，将"形而下"作为最直接的对象，而且，研究要不拘泥和局限于"形而下"层面，要将古典美学的思辨传统与现代美学的实证方法融为一体，重在从哲学的层面全方位地考察形式的美学意蕴。他认为："这是使已经陷入困境的 20 世纪的形式研究摆脱偏颇和琐碎，从而获得新生，以崭新的姿态进入 21 世纪的有效途径。"[①] 赵宪章的观点，表现出了对以往纠缠于简单的叙事学或语言符号学的形式主义批评方法的不满，表现出了一种从美学角度考察的思维视角。他的《文体与形式》[②]、《形式的诱惑》[③]、《西方形式美学》[④] 等著作，对形式问题进行了认真的梳理，总结和提出了力图突破单纯的形式主义批评方法的理论建构。比如，他从"形式"的多重内涵出发，围绕"形式"这一概念，提出了"历史"、"技巧"、"物理"、"心理"四个元素，作为形式美学研究所必然涉及的四个方向，分别对应形式美学的外部规律、形式美学的内部规律、形式的物质形态、形式的精神形态。[⑤] 并且，根据这四个方向，区别出了形式美学边缘研究的图景，对应着的四个维度分别是：社会历史批评、形式主义美学、技术美学、审美心理学。这一提法，体现了将形式研究进行系统化的思维，给出了有关形式研究的不同维度的坐标系。同时，作为一种理论的归纳，与其说整合了不同维度的研究，不如说强调了形式研究在大的体系中所处的位置。这与韦勒克在《文学原理》中进行"新批评理论"建构时，首先引用了艾布拉姆斯的观点，以提示出世界、文本、读者、作者四个维度很相似。在具体的批评实践中，赵宪章的形式理论往往是把握着某一个维度的分析。比如，他分析了小说《美食家》的词频，通过对文中出现的"食"和"吃"等为中心的词汇的统计和解释，得出文本表达了美食者的自慰和自恋的意义。[⑥] 一定意义上说，这种分析

①　赵宪章：《形式主义的困境与形式美学再生》，《江海学刊》1995 年第 2 期。

②　赵宪章：《文体与形式》，人民文学出版社 2004 年版。

③　赵宪章：《形式的诱惑》，山东友谊出版社 2007 年版。

④　赵宪章：《西方形式美学问题》，南京大学出版社 2008 年版。

⑤　赵宪章：《形式的诱惑》，山东友谊出版社 2007 年版，第 11 页。

⑥　赵宪章：《形式美学之文本调查——以〈美食家〉为例》，《广西师范大学学报》（哲学社会科学版）2003 年第 2 期。

继承了形式主义批评的方法，与 20 世纪 80、90 年代建立的文体学、叙事学、语言学的形式批评有很大的相随性。他的另外一些分析日记体、词典体小说的论文，也都说明了这一点。赵宪章在形式理论实践上与形式主义批评方式的相承性，表明了他在形式美学探讨上的努力，也体现出了难有大突破的局限。这一点，不仅说明了形式批评与文本、语言密切相关，也说明了理论建构的难度。不过，其理论研究体现出的对形式本体意味的重视、对形式美学的提倡，有效地推动了新世纪以来的形式研究。

此外，就国外汉学界对中国文学进行形式批评的研究来看，许多批评家注重文本细读，并看重对文本中所隐含的社会、政治、文化主题的发掘。其中，王德威的研究较有开创性和影响力。他注重理论穿透与文本解读相结合的方式，在作品阅读上提供了许多细读分析的范本。

总之，就目前形式批评取得的成果来看，形式批评为文本研究找到了一种有效的方法，但也存在诸多不足：一是，着重 20 世纪 80 年代形式实验感强的作品的分析，而对 90 年代以来的许多文本，往往又采用了主题学、题材学等非形式批评的方式。然而，形式无所不在，即便一个形式相当传统的文本，也有形式的意味，一定意义上说，任何一个文本的形式都是不容忽视的。二是，许多分析限于对单个文本内部进行研究，还没有贯穿整个世纪末文学现象的研究专著，以及能够深入探讨形式变革的意义与背后深层原因的专著。尽管 20 世纪 80 年代文坛对艺术形式的批评，以及作家在艺术形式方面的探索突破了长期存在的文学规范，打开了小说新的认知空间，但 90 年代小说艺术形式的话题却匆匆收场，而形式如何推进小说艺术的变革仍然是一个值得探讨的问题。三是，因受西方语言符号学或结构学的影响，许多作品对语言进行抽象的、符号化的分析，但是，这种分析对大多数阅读者而言是否有效呢？从作品中抽离出诸多的符号或公式，是不是一种常态的阅读方法呢？对大多数读者而言，阅读小说关心的是作家用什么方法，讲述了什么故事，而不是进行抽象的语符统计。而且，就目前文学语言研究所关注的问题而言，许多研究者不仅注意到了叙述者、叙述方式的问题，也注意到了语言来源或语感的问题，那么，形式研究如何能推进对这些问题的解读呢？要突破这些困境，就得突破形式批评的格局。

2．研究方法及思路

正如前文所说，本书进行的小说艺术本体论的研究，视小说形式为传统意义上的内容与形式相结合的形式。形式研究是建构一种理解文本、理解艺术世界的思维桥梁，关注形式是为了关注艺术之美。那么，形式的诸多要素中，本书采用的是怎样的思路呢？哪些形式要素是考察的中心呢？这是一个涉及形式本体的理论问题，本书无意创建一种新的形式批评理论，但必将结合本书所要解决的问题，力图从文本研究的实践中，提升与运用一种切实可行的形式批评的方法。

本书要探讨的问题是 20 世纪末期小说艺术形式的变革，要解决的问题是：在世纪末的这 20 年间，形式发生了怎样的变化，支撑这些形式变革的关键要素是什么？其变革对小说艺术演变史有着怎样的意义？在笔者看来，对"形式"的理解既是语言的问题，又必须突破局限于文本内部语言的分析。

本书所认为的形式研究可以从两方面来说明。一方面，以文本研究为中心，运用现有叙事学、文本学、语言学的理论，进入对文本的阅读和分析，建构理解文本精神世界的桥梁。因为文学形式的研究本来就不仅是一个关于作品的形式技巧、策略、主题的问题，还是一个关于作者的精神世界的问题，一个关于时代的文化和哲学意识的问题。在对具体作品的解读过程中，以叙和事的关系构成了小说的基本关系为理论核心，通过叙述方式进入分析叙了什么事情为研究思路，进行文本的解读。叙述方式，也就是关于小说是怎么被叙述出来的问题，它在文本解读中，占有很重要的位置。因为对大多数阅读者来说，他们很关心小说的故事及故事是怎么被讲述出来的，叙述方式是对此的一种接近，而且，相对于直接进行语符的抽象分析来说，这样的分析更能接近小说的审美功能。为了分析与论述的可操作性，笔者基本采取了这样的分析思路：在叙述方式中，选择叙述者作为进入角度，以叙述者的存在形态或叙述口吻作为分析叙述方式的切口，然后，进入对叙述结构、叙事语言等诸要素的分析，并最终完成对作品所建构的精神世界的理解。这种方式为切近文本找到了有效的途径。可以说，在小说形式本体的研究中，本书的研究以故事是怎么写为切入口，然后进入语言的分析，将语感、作品结构纳入分析范围，寻找各个文本的不同形式。

　　另一方面，形式研究绝不是仅限于语言本体的研究。这并不是说形式的本体不是语言，而是说，目前我们所具有的语言为本体的形式批评，有将形式窄化和将形式批评机械化的倾向，而形式之美、艺术之美就不能单凭此法来发现。如果作一或许不是很恰当的比喻的话，形式批评如同发现一朵鲜花的美丽，花瓣的色泽、形状乃至数量，固然可以成为辨别其美的一部分，但若专工于列数出这些方面，只会过于匠气，是绝对说明不了其美的。若要说出其美，还要有种美的感受力和直觉力。这一点上，前面说的第一方面的形式本体批评，就有种匠气的特征，但这种匠气又代表了一种认真的态度，以及认识的途径，而后者的感受力与直觉力，也是绝不能少的。这种将形式视为一种美的直觉力的认识，在宗白华、高尔泰等形式观以及中国古代文论中就有体现。这种能力也有点类似于金圣叹的文学批评，其背后有着极强的对自己判断力和洞察力的自信。① 当然，金圣叹的批评并未摆脱中国古典批评中那种非系统化论述带来的玄乎感，那么，借助西方语言学中细致的分析方法，一定意义上，恰是对此缺漏的弥补。具体到对本书所要解决的问题而言，形式批评的直觉力来自史的眼界，即必须将众多文学文本放置在艺术演变史的进程以及时代文化意味变化的维度中来思考。同时，也必须有一种描述形式美的能力，判断其不同时期的"形式"样态。这就如同面对一朵鲜花判断其是雍容华贵还是清新淡雅一样，而且，我们必须面对的事物往往是很复杂的。但不管怎么说，梳理是一项重要的、可行的工作。从20世纪80年代到90年代，每个时期艺术形式所突出的要素各不相同，我所要判断和说明的就是这些要素不同之处在哪里，也就是始终将小说艺术形式作一个整体来观照。这种整体既指向一部作品在文学艺术演变史中体现了怎样的美学特征，也指向一个时期的作品凸显了什么显著的形式要素。

　　总的来说，本书采用的形式批评理论，借鉴了以往理论家、批评家的成果，既采纳了语言学、叙事学、文体学的具体研究方法，也吸收了中国古典文论中点评式的、整体判断式的研究方法，力图将细节式的语言分析与整体式的美学判断相结合，为形式研究找到美学的意味。

----

　　① 这里不是说笔者已经具备了这种判断力的自信，但本书所进行的论述，的确在努力建立这种自信，自认为这也不失为是一种理论探求。

3. 研究任务

研究过程中面临的如何筛选具体的研究对象是一项复杂而又艰难的工程，也决定着分析立场。作为一种形式本体研究，理当以能凸显形式变革要素的文本为研究对象。因而，所选择的文本并不一定是最优秀的作品，但若放在艺术演变史的流程中，必然是体现了形式变革意义的作品。

美国学者宇文所安在研究唐代诗歌时采用的立场，对我的研究很有启发意义，他认为，不是要从一个时代最伟大的诗人身上去发现时代的标准，而是要从那个时代的普遍标准来观察那个时代的作家和诗人。这是一个值得借鉴的立场，要认清事实的真相，进入历史现场比什么都重要。比如，对"朦胧诗"，在今天读来，似乎已经找不到什么朦胧的感觉了，但在当时却引起了轩然大波，那么，对它的形式的独特性的判断就离不开当时人们普遍的审美标准。面对当代小说文本时，我们也发现，我们所亲历的历史痕迹总在不经意间进入我们的思考过程。这是一把双刃剑：时代的物质生活、价值观念、审美理想等已化作了我们思考问题的一种内在经验，这种对自身经验的认同和正视，让我们获得感知事物的一种很好的方式，也是进入历史现场的不错的方式。但是，这也会带来困扰，让我们往往以一种想当然的看法进入对问题的思考，这势必导致思考的非科学性和非深刻性。那么，我们应该怎样与研究对象保持一定的距离，使我们对问题有一个更明晰的判断呢？为此，本书在开始梳理诸多 20 世纪末小说艺术形式的特征时，一方面，对各种文本及阅读来说，回到原初的阅读体验，成为最有力的出发点；另一方面，我也时时跳出这种阅读，以一种不断质疑的眼光看待当时文坛对这些文学现象的论述，这可以让我保持一定距离进行思考。

福柯的话是有启发的："历史的首要任务已不是解释文献、确定它的真伪及其表面的价值，而是研究文献的内涵和制定文献：历史对文献进行组织、分割、分配、安排、划分层次、建立序列、从不合理的因素中提炼出合理的因素、测定各种成分、确定各种单位、描述各种关系。"[①] 面对这诸多文学现象，每一位认真的评论者都有重新组织和面对这些材料的义务和权利，这样才有一种"穿透"的眼力。

---

① ［法］米歇尔·福柯：《知识考古学》，谢强、马月译，三联书店 2003 年版，第 6 页。

因而，本书的研究任务是，以形式批评为理论基础、为坐标横轴，以
20 世纪末小说艺术演变史为坐标纵轴，辨析小说形式要素的变化，并将
形式作为进入艺术精神世界的桥梁，探索支撑形式变化背后的要素以及小
说传达人类情感的能力。为此，也从米歇尔—布托尔那里找到了极大的自
信心，他说："研究小说的形式具有头等重要的意义。""对小说形式进行
的探索，使我们看到在我们习以为常的形式里有偶然的东西，使我们看清
这种形式，摆脱这种形式，在这种呆板的叙述之外，重新找到被这种叙述
所掩盖和隐藏的一切，重新找到那包围着我们全部生活的一切叙述。"①
将书命名为形式的表象与深意，即有此意。

---

① ［法］米歇尔—布托尔：《作为探索的小说》，载柳鸣九编选《新小说派研究》，中国社
会科学出版社 1986 年版，第 90 页。

上 篇

从叙述技巧到叙述策略的
变化——80 年代小说
艺术形式变化

　　任何新因素的出现都建立在比较的基础之上，对此时期形式要素的发掘，即建立在与新中国成立以来长期占统治地位的现实主义规范相互比较的基础上。这一现实主义规范，要求在题材选择、故事情节结构方面，遵循现实生活的面貌，注重作家反映现实生活、影响现实精神的能力，注重创造典型环境中的典型人物等。20世纪70年代末、80年代初期涌现于文坛的"意识流"、"荒诞派"小说，以"现代派"的表现手法，最先对这种规范发起了冲击。尽管这些作品在主题上依然没有脱离"伤痕"文学、"反思"文学的特性，但是，新的艺术表现技巧创建了新的情节结构，作品的艺术形式开始发生了改变。1985年前后出现的"寻根文学"潮流，力图从"文化"主题突破"现实"主题，从而将小说所表现的内容推向新的层面，并且，在客观上改变了叙述方式，为小说创造了新的艺术表现形式。80年代中、后期凸显于文坛的"先锋小说"，则推开了一股形式实验的潮流。在叙述者的姿态、叙述语言、结构等各方面的变革中，不仅使从内容、主题上求新的观念转变成了从艺术形式上求新的观念，而且，使小说创作脱离了以往现实主义创作规范的制约，改变了当代小说的艺术观。一定意义上说，"现代派"的写作手法及"寻根文学"都未脱净以往从内容上追求艺术变革的思维，没有将语言形式变革提升到本体意味的层面，只有到了"先锋小说"才实现了这一思维的根本性变化。

　　然而，历史总是复杂而又微妙的，它永远不会沿着人们预设的轨迹向前发展，"先锋小说"及其形式实验经历了迅速崛起和迅速归于平静的过程。1989年前后，"新写实小说"凸显于文坛，这也进一步显示了小说艺术形式实验滑向"边缘"，而日常生活叙事开始凸现的境况。就表现内容来讲，"新写实小说"与"先锋小说"表现了不同的美学形态，而且，就"新写实小说"在90年代的流行、而"先锋小说"在90年代的转向的事实来看，两者似乎应该放于不同的年代进行讨论。但如果从艺术形式要素——叙述者进入分析，我们会发现两者在形式变革及突破以往现实主义传统规范上的共同性。比如，虽然从表现形态上看，方方《风景》中的叙述方式与马原作品中的叙述方式有很大的不同，前者尽量让叙述者隐藏，后者尽量让叙述者呈现，但它们所体现的叙述姿态并不对立，而且，在许多作品中这两种叙述方式相互并存。最重要的是，在20世纪末的文坛语境中，它们共同体现了现代叙事方式的生成：即作家们摆脱传统小说中作者与叙述者不分离的方式，将小说艺术世界作为一个独立的、语言创造的艺术世界。无论叙述者的存在是显还是隐，它们都体现了叙述者主体性观念的增强。可以说，在凸显叙述者的主体性①这一问题上，它们是一个硬币的两面，共同推动着小说的传统的虚构观和真实观的转向，使小说言说的可能性得以在一个无限自由的空间中展开。金汉曾在《当代小说艺术演变史》中，结合当代小说文本，较明确地提出现代小说叙事②的重要特征在于："现代小说一般都采用现代叙事方法。区别现代叙事与传统叙事的主要方法就是辨别叙述者与作者的关系。在传统小说中，叙述者往往就是作者，或充当作者的代言人。""而在现代叙事小说中，叙述者与作者基本上是分离的。不管是采用第一人称还是第三人称叙事，作者都深深隐藏起来，自己躲在幕后，再虚拟一个叙述者，让整个叙述始终保持在一种冷静客观的分析性层面上，以保证所叙之事之人的客观性、原本性。叙述者一旦与作者脱离了关系，就会产生无限的叙事可能。"③ 因而，在20世纪末的文学空间中，"先锋小说"与"新写实小说"共同实现了一次深刻的转变，并影响了90年代乃至今天的小说创作。

那么，对20世纪80年代这段时期小说艺术形式的变化，我们不妨将

① 主体性概念是西方哲学中的一个重要概念。自康德始，这一概念在强调人的主体能动性方面有了别开生面的发展。在此，我借用哲学概念来指代叙述者在叙述主体格局中的地位或存在状态，原因在于：其一，当时一些小说中叙述者极尽彰显叙述之能，中国小说史上，叙述者从未像当时那样让人意识到它是一个如此重要的角色。其二，80年代中期也正是中国主体性问题大大凸显的时代，像刘再复的《论文学的主体性》在文坛引起了很大影响，主体性概念是当时人们思考问题的一个重要方面。其三，借用以往用来描述人的"主体性"这一概念，有点近似于将叙述者进行了拟人化的处理，将叙述者放于人的主体性的同等位置上考察，目的是为了更好地传达叙述者地位的重要性，强调叙述者的主观能动性，强调小说的虚构性，体现作家叙述意识的自觉，以区别于作家在作品中直接发言的叙述方式。

② 这里的现代与传统的概念，并不局限于社会学、历史学上的时间概念，更多地表达了观念的更新。比如，从社会学、历史学的角度来说，新中国成立后的大量作品必属于现代，但其体现的作者与叙述者不分的叙事方式，显然没有摆脱作者在作品中直接发言的传统，因而，在此归入的还是传统叙事。而鲁迅的作品，在20世纪初便发挥了叙述者的叙事能力，因而，可归入现代叙事。

③ 金汉：《中国当代小说艺术演变史》，浙江大学出版社2000年版，第7页。

"先锋小说"和"新写实小说"的艺术形式变化称为叙事策略的改变，是一种观念形态上的较彻底的变化，它不仅改变了小说的艺术形式，而且深刻地影响了以后小说的创作。而将"现代派"的写作技巧引发的艺术形式的变化称为叙述技巧的改变。80年代小说的艺术形式正体现了从叙述技巧到叙述策略变化的过程。"叙述技巧"与"叙述策略"这两个语汇的差异，主要为了说明其在形式美学上的差异性，叙事策略变革的作品在形式变革上显得更纯粹与彻底。

第 一 章

形式变革的启迪之声："现代派"的写作手法

一 技巧之变："意识流"、"荒诞派"小说

新时期的到来，给中国文学发展带来了新的契机，创作开始恢复正常。就作品所表现的主题内容来看，此时中国文坛似乎正经历着一个"诉说"的时代，作家们都迫不及待地将生活遭遇和内心苦闷倾诉出来，大量的"伤痕"文学、"反思"文学作品叙说着作家们在过去一段时期的生活经历。荣格认为，"创作冲动和创作激情来源于无意识中的自主情绪"①，我们对此可解释为：经历了"文化大革命"十年以及更长时间的精神压抑甚至身体劳害的作家们，正通过文学进行心灵苦难的释放。而这其中的绝大多数作品，多采用传统的现实主义写作手法，不仅表达的主题紧紧围绕着国家政治意识形态所提倡的内容，而且在故事情节的建构或叙述方式上，往往延承着"十七年"文学的传统。

就在此时，有两个文学事件值得注意：一是，王蒙从 1979 年开始，在短短的半年时间内推出了《布礼》、《夜的眼》、《蝴蝶》、《春之声》、《风筝飘带》、《海的梦》等多部中、短篇小说。这些小说表达的主题还是对过往生活的反思，对主人公承受的不公待遇的感叹及生活的感悟，依然怀抱着理性的思辨。但其中的心理描写，打破了惯常的条理性，脱离了当时"反思"文学普遍存在的范式，以致引起了"看不懂"的效果。在争辩中，人们称其为"意识流"小说②。当然，这里的"意识流"小说不

---

① ［瑞士］荣格：《心理学与文学》，冯川、苏克译，三联书店 1987 年版，第 19 页。

② 1979 年王蒙《夜的眼》发表后，引发讨论，厦门大学中文系同学给王蒙写信，认为此作"采取了一种新的表现手法——意识流。"王蒙回信作了基本肯定。（王蒙：《关于"意识流"的通信》，《鸭绿江》1980 年第 2 期）随后，文坛也掀起了关于西方"意识流"以及王蒙等作品是否是真正意义上的西方"意识流"的讨论。有许多人认为，王蒙的作品并不是真正意义上的"意识流"作品，比如，阎纲说："我以为把王蒙的小说同西方'意识流'区别开来具有根本意

同于西方文学中的"意识流"小说，但是，不管中国的"意识流"作品与西方的"意识流"作品有多大的差别，作为一种新的小说艺术形式的变革因素，一种新的写作手法正在中国文坛发生作用。

二是，1981 年作家高行健的《现代小说技巧初探》发表。这是一部关于现代小说写作技巧的理论著作，涉及意识流、怪诞、非逻辑、象征、情节、真实感等现代小说的理论问题。这部著作不仅是对西方现代派小说艺术技巧的探讨与介绍，实际上，更是对我国文坛长期存在的小说写作手法的挑战，在许多问题上，高行健直接宣判了传统文学认知观的过时和革新的必要。比如，他说，在现代小说中，"我们用结构的概念代替情节的概念"[1]；"现代作家再也不会像雨果描绘巴黎圣母院那样不厌其烦地细致描写环境了"[2]；"未来的小说家便可以将自己作品创作的全部过程展现给读者，只要能愉悦读者又于读者有教益的话"[3]，等等。此作引起了文坛的关注，先是冯骥才急切地发出了礼赞，他在给李陀的信中写道："我急急渴渴地要告诉你，我像喝了一大杯味醇的通化葡萄酒那样，刚刚读过高行健的小册子《现代小说技巧初探》。"[4]接着李陀给刘心武写了信、刘心武给冯骥才又写了信。他们都对高行健的论著提出了自己的看法，三个人的言语间都流露出对中国文学引进西方现代派文学写作技巧的肯定。

王蒙的小说和高行健的论著分别从实践和理论层面上，为我们理解20 世纪 70 年代末、80 年代初中国文坛的小说艺术形式变化打开了入口，

（接上页注）义。"（《小说出现新写法——谈王蒙近作》，《北京师范大学学院学报》1980 年第 4期）；方顺景则认为，其"具有'意识流'小说的某些显著特点，但并不完全是'意识流'的东西。"（《创造新的艺术世界》，《文艺报》1980 年第 8 期）而且，许多评论者给这种"意识流"以新的命名，较具代表性的有：宋耀良称其为"东方化的"（《意识流文学东方化过程》，《文学评论》1986 年第 1 期）；董之林称其为"拟意识流小说"（《通向"更加丰满"的路——关于新时期小说创作借鉴西方现代文学断想》，《社会科学战线》1986 年第 4 期）。在笔者看来，王蒙等人作品中的"意识流"，不管其多大程度上符合西方现代主义文本中的"意识流"，它产生的文化语境与西方现代主义不同，定有其自身的特色，但是作为一种创作手法，赋以"意识流"的名称也是未尝不可的。

① 高行健：《现代小说技巧初探》，花城出版社 1981 年版，第 72 页。
② 同上书，第 83 页。
③ 同上书，第 124 页。
④ 冯骥才：《中国文学需要"现代派"！——给李陀的信》，载何望贤主编《西方现代派文学问题论争集》，人民文学出版社 1984 年版，第 499 页。

即西方现代派的文学写作技巧正影响着中国小说的创作。其中，"意识流"与"荒诞派"小说是两股主要的创作潮流，它们在叙述作家以往经历方面，体现出了新的作品结构方式，以及更强的表述能力。

首先，关于"意识流"小说。正如上文所指，1979年到1980年间，王蒙连续发表了六篇以情绪流动的方式来结构文本的小说，引起了文坛的轰动，并使"意识流"小说的称号流行于中国文坛。这些小说特别注重人物内心意识的流动，以意识的流动来结构全文。与王蒙这些作品几乎同时期出现的、有的甚至比其稍早的作品还包括陆星儿的一些小说，如《女拖拉机手》、《歌词大意》，以及茹志鹃的《剪辑错了的故事》等。比如《剪辑错了的故事》（1979年）打破了顺时结构顺序，通过解放战争时期与"大跃进"时期生活片段的相互轮换，表现了极左思潮对党和干部的危害，在故事情节上，出现了时间的跳跃性、穿越性和非线性逻辑的特征。不过，评论界对这类叙述方式进行集中关注始于王蒙的作品，这与王蒙当时的文化身份和"意识流"手法在这些作品中的集中体现有关。

以《布礼》（1979年）为例，小说共分七个部分，每个部分又有若干小节，都以时间为标题。从这些时间标志中，我们可以发现，故事的内容涉及新中国成立前、"反右"时期、"文化大革命"时期及"文化大革命"结束时期，跨越了30多年的历史。这些时间的排列是混乱的，结构上，一会儿是新中国成立前，一会儿是"文化大革命"中，一会儿又回到了"反右"时期，这表明文本并不以物理性时间的先后顺序组织，它的故事内容处于时间的跳跃中。而组织这些时间跳跃的工具，或者说动力，就是叙述者心理意识的流动，正因为叙述者的意识在30年的不同时期穿梭、跳跃，才使得文章的结构打破了正常的时间顺序。王蒙谈及《布礼》的创作时就说过，因为不想把其写成一本流水账，就打破了时间线索。用他自己的话说，这是一种"心灵活动结构"："我认为客观世界与主观世界的精神活动的发展规律，既有相关的一面，又有不同的一面。客观世界总是按照时间的顺序从古到今这样发展的，是定向的……可是人的心灵的感情的运动却不见得……他有自己的心灵活动的逻辑……《布礼》的结构，我就是想表现出主人公心理活动的历程。这一个联系到那一个，既是强烈的对比，又是他精神力量的源泉；可以作比较，又可以作联系，看起来'乱'，但把时序一打乱，他就会给人不同的感觉……所以，人们的心灵，方寸之地，非常之小，但是它容纳的东西很多，它能够有大的跨度，而且能够重新加以排列组合。当然，这不仅仅是排列组合，而是把感情加进去了，这是精神的熔铸。我的小说结构就是这么来的。我觉得这种结构不是一种任意结构，而是一种心灵活动结构。"①

"意识流"的手法为描述人的感觉找到了良好的表达方法，王蒙的其他作品也都写了人对世界的感觉。比如，《蝴蝶》（1980 年）讲述了已当上副部长的张思远回到多年前下放的乡村的故事。通篇内容由张思远的意识流组成，将主人公以往在山村的生活、情感的经历及对现在生活的思考串联起来，指向其对生活的感悟。在张思远的思绪或感叹中，充满了反思的深情。《海的梦》（1980 年）追忆了往日对海的向往，并在今日面对海时，感悟了直面人生、直面逝去的青春的哲思。文中多次出现了这类反问句，如：

> 海，海！是高尔基的暴风雨前的海吗？是安徒生的绚烂多姿、光怪陆离的海吗？还是他亲自呕心沥血地翻译过的杰克·伦敦或者海明威所描绘的海呢？也许那是李姆斯基·科萨考夫的《谢赫拉萨达组曲》里的古老的，阿拉伯人的海吧？
>
> 也许，他愿意这样永远的，日久天长的仰卧在大海的碧波之上。然而，激情在哪里？青春在哪里？跃跃欲试的劲头在哪里？欢乐和悲痛的眼泪的热度在哪里？②

这一系列的反问句，追述出了主人公对大海的一片深情。而这片深情与其说是面对大海的，不如说是面对自己的内心，面对自己的青春的。正如有评论者曾详细地分析了王蒙小说中疑问句的文化功能一样③，这里所叙述的"海的梦"，是一种青春的梦，是一种人生理想的梦，这种人生理想是

---

① 王蒙：《在探索的道路上》，《首都师范大学学报》1980 年第 4 期。

② 王蒙：《海的梦》，《上海文学》1980 年第 6 期。

③ 郭宝亮著的《王蒙小说文体研究》，较仔细地解读了王蒙作品中疑问句的文化含义。比如，他认为："然而在我看来，疑问句的文化功能更为重要，它体现的是王蒙深层的文化精神。""因此，张副部长与老张头的身份互换与错位，昭示着社会历史的巨大变迁。当然，这种文化语境还不完全是疑问句所提示出来的，疑问句式所提示的是一种语调，而这语调正是作者对叙述事件的评价态度。"（郭宝亮：《王蒙小说文体研究》，北京大学出版社 2006 年版，第 16 页）

与时代、与国家、与民族的事业相结合的，也代表了一代人对过往特定历史时期所失去的青春的追怀，以及面对新生活时重新作出的自我定位。而这种追怀或自我定位，明显带有"反思"文学的特征。不过，若将王蒙的作品与《伤痕》、《苦恋》等作品比起来，王蒙面对过去时，更多地是指向自己的内心，指向自己对自我和对世界的认知的反观，所以，他的反思少了一点控诉和愤怒，而多了一种平和与理智。正如文章最后，缪可言怀着"这地方实在是好极了"的心情提前结束了度假，这意味着面对着跟他一样白了头的大海或梦想时，作者表现出了一种沉静及理智。这使得作品面对"文化大革命"造成的迫害有了超越"伤痕"、"反思"之外的更高意义上的认知。

又如，《春之声》（1980 年）写了工程物理学家岳之峰出国考察刚回国，坐闷罐子车回家的经历。这个经历充满了岳之峰的联想和感觉。比如，作品首句写道：

> 咣地一声，黑夜就到来了。一个昏黄的、方方的大月亮出现在对面墙上。①

这里出现了多个描述感觉的词汇。"咣"是一种声音的感觉，"黑夜"、"昏黄的"、"方方的"、"月亮"也都是知觉的结果，这并不代表现实就是黑夜，方的月亮也只是岳之峰的一种感觉。所以，这里与其是写现实，不如说是写叙述者对现实的感觉。小说《夜的眼》（1979 年），因为意识流的运用，表现出的新叙事特征则更鲜明。由于意识流结构情节带来的故事的非连续性，使读者初读作品时，很难明白故事的内容，很难明白主人公在做些什么。实际上，这是一个关于找领导办事的故事。主人公陈杲是生活在边远小镇的一个人，大概是 20 年前，他曾来过（或生活在）这个大城市，所以他受镇上人所托，去这个大城市找一位领导，而这位领导显然曾经与陈杲相识，大概也一起在镇上生活过。陈杲费了很大的劲才找到了领导的家，却受到了领导的儿子近于轻蔑的对待。故事所描述的就是陈杲内心各种各样的感觉。这种将感觉直接诉诸笔端，让人分不清现实情况究竟是怎样的写法，的确让当时向来注重"反映现实"的文坛为之一惊，

---

① 王蒙：《春之声》，《人民文学》1980 年第 5 期。

也让当时在"反思"中充满光明气息的文坛为之一振。怪不得阎纲在《小说出现新写法——读王蒙近作》一文中如此写道:"《夜的眼》吓了人一跳:'奇怪,小说难道可以这样写?'"① 总之,王蒙的这些作品写足了人物的心理意识和感觉。

但正如许多评论家所注意到的,王蒙的"意识流"与西方现代派作品中的"意识流"小说存在着很大差别,王蒙的作品只是借鉴了"意识流"这种表现技巧,而不是西方意义上的"意识流"小说。如果说,西方的"意识流"小说更多地表现了现代人在生存处境中所体现出的内心的惶恐、迷惘、非理性,那么,王蒙的小说表现的则是社会的责任、历史的使命、政治的反思等主题,小说尽管以联想、情绪、意识构篇,但依然保持着明确的现实生活逻辑,只要细加思考,我们就不难发现作品主人公所传达的思想情感与王蒙的思想情感的一致性,作者积极介入生活的特征在主人公身上同样有很明显的体现。王蒙自己也说:"但包括我自己的关于'意识流'的谈论是绝对皮相的与廉价的。我至今没有认真读过例如乔依斯,例如福克纳,例如伍尔夫,例如任何意识流的理论与果实。对于意识流的理解不过是我对于这三个流动,闪闪烁烁,明明暗暗,淅淅沥沥,隐隐现现,风风雨雨,飘飘荡荡。啊,这将是怎样摇曳多姿的文字!"② 换一角度而言,王蒙采用以人物心理活动为中心的结构方式,并不是刻意地模仿西方"意识流小说"的结果,更多的是出于表达内心强烈的社会理想、人生体验的需要。而在客观效果上,他以心理流动来结构小说的方式,解放了人物的"意识"和"感觉",并在最大程度上,使其成为表述的中心,改变了以故事情节、人物性格为中心的叙述方式。这是王蒙并不否认别人将他的小说称为"意识流"小说的原因,更是我们今天仍将其称为"意识流"小说的主要原因。

进一层次说,王蒙等作家采用"意识流"这一手法,为那些经历了历史创伤的知识分子找到了一种有效的表述途径,同时,也为他们寻找自我的身份找到了合理的表述方式。比如,众多的作品中,通过意识流动的方式来表达知识分子对自我身份的追问和确认,如王蒙的《蝴蝶》中如

① 阎纲:《小说出现新写法——谈王蒙近作》,《首都师范大学学报》(社会科学版)1980年第4期。
② 王蒙:《王蒙自传·第二部·大块文章》,花城出版社2007年版,第91页。

此写道:

> 路啊,各式各样的路!那个坐在吉姆牌轿车,穿过街灯明亮、两旁都是高楼大厦的市中心的大街的张思远副部长,和那个背着一篓子羊粪,屈背弓腰,咬着牙行走在山间崎岖小路上的"老张头",是一个人吗?他是"老张头",却突然变成了张副部长吗?他是张副部长,却突然变成了"老张头"吗?这真是一个有趣的问题。抑或他既不是张副部长也不是"老张头",而只是他张思远自己?除去了张副部长和"老张头",张思远三个字又余下了多少东西呢?副部长和"老张头",这是意义重大的吗?决定一切的吗?这是无聊的吗?不值得多想的吗?①

在这里,张思远副部长,发出了实现"拨乱反正"的身份变化后的人生感慨。在这些关于"老张头"、"张副部长"的身份的疑问句、反问句中,我们发现,"老张头"时期的被压抑或权利的被剥夺,以及"张副部长"时期与劳动者的远离,都不是叙述者所认可的真实的自我。而且,作为张副部长身份的叙述者通过不断进行身份追问,回忆着曾是老张头时期的自我,明显带有一种警醒现在自我的所作所为的意味,而对现在"张副部长"身份的质疑,来源于对"老张头"时期的劳动者身份的肯定。也就是说,只有当作为副部长的身份认同了老张头的身份后,才完成了自我价值的建构。可见,通过意识流动的方式,作为国家干部身份的张思远副部长实现了对作为被劳动改造者时期的老张头之间的连接,以此,同一人物的两个不同符号,实现了身份的整合和内心的平衡,并在身份追问中,最终确立了身份的合法性,而这一确立的过程及内涵,无疑与国家、民族的主流话题间保持着某种异常紧密的关系。

同样,在《灵与肉》(1980 年)中的许灵均那里,这种认同表现得更为直接和彻底,许灵均直接通过土地和乡野来对抗资产阶级的出身背景。许灵均面对着父亲,心思却飞向了他生活过的那片黄土地:

> 房间里的陈设和父亲的衣着使他感到莫名的压抑。他想,过去的

---

① 王蒙:《蝴蝶》,载《王蒙文集》第 3 卷,华艺出版社 1993 年版,第 72 页。

是已经过去了，但又怎能忘记呢？

　　而贫困的西北的某地却深深地吸引着许灵均：

　　不，他不能呆在这里。他得回去！那里有他的患难时帮助过他的
人们，而现在他们正盼望着他的帮助；那里有他汗水浸过的土地，现
在他的汗水正在收割过的田野上晶莹闪光；那里有他相濡以沫的妻子
和女儿；那里有他的一切；那里有他生命的根！①

从这段许灵均的内心意识中，读者发现，许灵均从内心深处认同的、向往
的是那个物质贫困却充满人情味的乡土，而不是父亲代表的那种物质丰厚
的生活。许灵均在生活方式的选择中，完成了对自我生命的认可。因而，
与其说"意识流"手法作为现代性的标志在作品中出现，不如说作者完
成了知识分子的人格塑造，而这一点与现实主义传统对知识分子的形象塑
造和自我身份认同是十分相近的。张贤亮在谈到《灵与肉》的创作时讲：
"我用了我过去不曾用过的一种技巧——中国式的意识流加中国式的拼贴
画，也就是说意识流要流成情节，拼贴画的画面之间又要有故事联系。这
样，就成了目前读者见到的东西。"② 也就是说，作者用了心理流动与情
节结构相结合的方式，既保持了故事情节的完整性，又能够充分调动艺术
手段表达内心丰富的情感，从根本上讲，还是延承了现实主义文学的艺术
形式和审美品格。

　　其次，关于荒诞派、超现实主义的小说。与运用"意识流"创作手
法的作品相比，这类作品似乎在形式上更接近西方现代派的风格，因为荒
诞不仅是一种创作的技巧，而且它更容易直接指向对世界的认知态度。不
过，20 世纪 70 年代末、80 年代初中国文坛的这类小说，运用了荒诞、变
形、夸张、象征等艺术手法，表述了现实生活中的荒诞与不合理的现象，
而这里的现实生活往往与特定的历史时期（常常是"文化大革命"）、特
定的政治意义（常常指"四人帮"的政治迫害）相联系，作家基本没有
脱离反映客观世界的真实观的包袱，这与西方"荒诞派"小说强调主体
体验的心理真实是不同的。此时期，具"荒诞派"风格的代表作是宗璞

─────────────

① 张贤亮：《灵与肉》，《朔方》1980 年第 9 期。
② 张贤亮：《心灵和肉体的变化——关于短篇小说〈灵与肉〉的通讯》，《鸭绿江》1987
年第 4 期。

的《我是谁?》、《蜗居》、《心祭》、《熊掌》、《核桃树的悲剧》、《泥沼中的头颅》等。

比如，《我是谁?》（1979 年）通过知识分子韦弥受迫害时产生的一系列幻觉以及非现实的意象，展示了知识分子被侮辱和被迫害的伤痛。文中韦弥经历了丈夫自杀、受人辱骂的困苦后，不断追问"我是谁"，并在追问中突然感觉自己和许多其他知识分子都变成了爬行的虫子，这样的叙事使作品带上了很强的荒诞感。作品如此写道：

> 韦弥恰恰在这时醒过来了。如血的残阳照着她蜡黄的脸，摔倒时脸上蹭破了两处，血还在慢慢地流出来。她猛地站起身，几滴血甩落在秋天的枯萎的土地上，落叶飘了下来，遮盖了血迹。
>
> "你这牛鬼蛇神！自绝于人民！"这声音轰隆轰隆地响着。"特务！黑帮的红狗！""杀人不见血的笔杆反革命！""狠毒透顶的反动权威！"批斗会上的口号一齐涌来，把韦弥挤得无处容身，只好歪歪倒倒无目的地走着，想要从声音的空隙里钻过去。
>
> 迎面跑来一个五、六岁的小女孩，红喷喷的脸儿有些熟识。顺着她跑来的路一定有个缝隙。韦弥朝孩子迎过去。女孩愣住了，转身逃走了，一面回头喊着："打倒韦弥！打倒孟文起！"
>
> "韦弥"这声音好奇怪。谁是韦弥？谁又是孟文起？他们和我有什么关系？我该往哪里走？该向哪里逃？而我，又是谁呐？真的，我是谁？我，这被轰鸣着的唾骂逼赶着的我，这脸上、心中流淌着鲜血的我，我是谁呵？我——是谁?①

从这段话中，读者可以发现，从耳畔不断回想的声音，到迎面走来的孩子的声音，再到自己内心涌动的声音，韦弥处在追问自我的疑问中，这种疑问显然来自于外界的迫害使韦弥对于原有的自我不得不发生的质疑，而且，这种质疑显然是不可靠的，因为外界的迫害就是不可靠的，而这种不可靠最终在韦弥对自我身份的确认中得到了解释。最终，韦弥又从一群飞翔的大雁中看到了"人"的归来，这是作品主题指向对政治迫害的思考和对生活依然充满希望的反映。像韦弥意识流动中想象自己、丈夫、同事

---

① 宗璞：《我是谁》，《长春》1979 年第 12 期。

变成了"毒草"、"毒虫"的意向就很有代表性，因为"毒草"、"毒虫"是"文化大革命"时期用于批判知识分子的术语。韦弥的意识中出现了这些意象，其实就表明作者将作品的主旨直接指向了对"文化大革命"的批判，这与意识形态保持了一致。值得一提的是，作品中关于大写的"人"的书写，与20世纪80年代初期人道主义精神的提倡有着紧密的相关性。在文学作品中，人道主义的主题作为作家们塑造"人"的形象的需要而呈现了出来。即，作家们在批判阶级斗争以及寻找突破阶级性限制的人生的表述中，表达着对苦难人生的同情，表达着对经历苦难的人群的坚毅品格的赞扬，同时，也探寻着人内心情感的丰富与坚守的意义，从而体现出了深切的人道主义关怀。

在表现手法上，《泥沼中的头颅》（1985年）更具荒诞感。开篇写了一个头颅从泥沼中顶出来，发出了"我看见天了!"的叫声，接着交代了头颅的主人为了寻找钥匙身赴泥沼，失去了双脚，又失去了双腿和躯体，最后只剩下了一个头颅的过程。钥匙象征着真理，头颅的主人对它的寻找象征着知识分子对真理的寻找，而且，故事后面又出现了一个更年轻的头颅，他们共同发出的"知其不可而为之"与"知其可而更为之"的声音象征着对真理的不懈追求，表达着作者对顽强的追求精神的热情歌颂。

又如，张辛欣的许多作品也具有"荒诞派"的特征。像《疯狂的君子兰》（1983年），用荒诞变形手法描写人物的心理。故事末尾，作品写了一个梦魇：卢大夫梦到自己追起了偷花贼，梦见如同人般高大的君子兰，连赵大夫也变成了君子兰。作者要借助这个梦魇来描述卢大夫因君子兰风波引起的烦乱和压抑。她的另一部作品《剧场效果》（1983年）则用诸多潜意识的心理活动和情绪的描述达到"荒诞"的效果，特别是作品最后部分，完全是"他"的心理描写。在这里，世界化作了"他"的感受。观众的笑声、剧情所需的机械的动作，"他"内心的焦灼、懊恼统统在字里行间流淌。这个作品中体现出的焦灼、压抑及与现实对抗的情绪很具有"现代派"的特征，也代表了一种倍受压抑的集体性话语。

"意识流"小说和"荒诞派"小说，以新的结构形式，表现了作者对现实的思考，"干预生活"的创作意识还深深地烙在作品中，他们并没有从观念上对小说艺术形式发出挑战。从对历史的反思，到对受伤害的心灵的抚慰，再到对人道主义主题的直接呼唤，乃至对于自我身份的不断确认等等，80年代初期那些经历了历史创伤的作家们借助现代派的表现手段，体现出了一代知识分子的价值建构。这一价值建构表现出了80年代知识分子的群体性特征，也彰显了知识分子的主体性。比如，作家们笔下的罗群、张思远、钟亦成、孙悦、何荆夫、李铜钟、许灵均等等，他们都有着一个共同的特征，即作为一名知识分子，并且是一名经历及承担了民族、国家苦难的知识分子，在"新时期"到来的时候，以一种肩负历史、民族、国家责任的使命感，控诉着历史的错误，彰显着知识分子参与新时代建设的主体性和积极性。正如经历了迫害的钟亦成所说：

> 二十年的时间没有白过。二十年的学费没有白交。当我们再次理直气壮地向党的战士致以布尔什维克的敬礼的时候，我们已经不是孩子了，我们已经深沉得多、老练得多了，我们懂得了忧患和艰难，我们更懂得了战胜这种忧患和艰难的喜悦和价值。①

在这里，人物对苦难的感谢，不仅是因为经历磨砺后心智变得成熟了，更是因为重新参与社会建设、并拥有了存在主体的身份确认后的激动与热情，这种建构自然而然地结合了对国家、政策的期冀。

王德威在《被压抑的现代性》一书中认为："'五四'以来的新文学，表面上看或许很现代，但骨子里却未必如此——叙事规格的全盘西化并不保证作品的内容就更新了。"② 新时期初期的这些小说，也恰恰与这类叙事相符，作品中对西方现代派技巧的运用，并没有体现出中国小说叙事中现代性的生成，其中绝大多数作品明显带有那一时期知识分子的集体话语特征。具体表现在：作品的主题不是指向人生的无奈或对生活意义的质疑，或个体主体性的生存困境，而是指向社会的、历史的、政治的集体性的思考。正所谓："其实，这些作家作品，只是采用了西方现代小说的叙述形式，其叙事的主题指向仍然是传统的社会化、历史化和政治化的。从本质上说，他们的作品并不具备真正的现代品格，但从小说的外在形态上看，又有很鲜明的现代叙述形式。我们把这样一些作品姑且称之为'前

---

① 王蒙：《布礼》，《当代》1979年第3期。

② ［美］王德威：《被压抑的现代性——晚清小说新论》，宋伟杰译，北京大学出版社2005年版，第27页。

现代叙事’小说。”① 所以，“荒诞”更多的是作为一种艺术的表现手段的存在，而不是一种哲学的存在；“意识流”的存在更倾向于提供一种传达心声的良好途径，而不是制造一种天马行空的文本。

值得一提的是，这些创作手法不管是在西方史上还是在中国现代文学史上，都不是什么新鲜事物。它不同于西方“意识流”和“荒诞派”小说自不必多言，将其与五四时期的小说相比，这种手法也已经在当时普遍使用了。像鲁迅、郁达夫等作家的作品中，对这些方法都有了精湛的使用。然而，之所以在 80 年代又引起那么大的轰动，当然是与过去 30 余年间中国文学的现实主义传统的极端权威地位有关系的。这从一个侧面说明了，新中国成立后我们新成长起来的作家在知识源上的限制；也从另一个侧面说明了，这些手法与作家、读者们的再次见面，体现出了新的文学气象。所以，虽然技法并不新颖，但无论如何，这些作品借鉴西方“现代派”技法，体现了作家们放弃传统表现手法，打破正常的现实逻辑关系，用新的表现手法结构作品的追求与探索，这不仅开拓了中国当代小说新的表现技巧，也为此后当代小说形式变革的全面展开发出了启迪之声。

二　书写青年人生活的“现代派”小说

1985 年刘索拉的《你别无选择》、《蓝天绿海》，徐星的《无主题变奏》等作品，以扑朔迷离的语言，嬉皮士式的反传统、反世俗的情绪，表达了一代年轻人的某种特殊的精神状态，从而被文坛认为是“现代派”的真正的代表作。② 这些作品一方面开创了中国当代“现代派”小说的新写法，但其本身存在的精神裂隙也让人对其现代性提出了质疑，而情绪流动结构文本带来的形式新意不仅让人了解了一代年轻人的思绪，而且具有了一些超越情绪宣泄之外的内涵，这些内涵才真正构成了作品真诚的、真实的现代感。

《你别无选择》（1985 年）讲述了音乐学院一群年轻的、充满新潮音

---

① 金汉：《中国当代小说艺术演变史》，浙江大学出版社 2000 年版，第 188 页。

② 陈晓明认为："但现代派的高潮直到 1985 年才到来，刘索拉的《你别无选择》（《人民文学》1985 年第 3 期）和徐星的《无主题变奏》（《人民文学》1985 年第 7 期）被认为标志着中国真正的‘现代派’横空出世。"（陈晓明：《表意的焦虑：历史祛魅与当代文学变革》，中央编译出版社 2002 年版，第 74 页）

乐理念和生活理念的学生，反抗学院迂腐的教学制度和虚假平庸的教师，以各自的方式寻找自己的人生价值的故事。音乐学院学生学习音乐的背景、音乐般的语言节奏、狂躁与不安的情绪成为结构文本的关键因素；"选择"与"别无选择"的精神冲突，交响乐般的语言流动，打破了传统的线性叙事，张扬了一群年轻的音乐学子的激情。

《蓝天绿海》（1985 年）以一段歌词开篇，"Let it be"的重复和旋律营造了一种回环的语境。这部小说明显缺少鲜明的故事情节，以意识或情绪流动来结构文本。我们看到，主人公"我"是一位正要走进录音棚开启音乐事业的女歌手，"我"对现实充满了困惑也充满了反抗，对周围千篇一律的歌星充满厌恶和无奈，对同样正经八百地从事音乐工作的母亲和父亲也保持着排斥的距离。而唯一能与"我"交流的只有蛮子，只有蛮子让"我"感到友谊的存在。"我"和她一起逃课，一起挥霍金钱，一起偷偷地抽蛮子父亲的香烟，又偷了姐姐的那本都是外国歌的歌本，并在路上大声吟唱，以别人的斥责为乐，"我们"还在晚上一起去逛公园，"我"装扮成男孩儿搂着蛮子的肩膀等等。但蛮子却因为吃了可疑的堕胎药死了，而"我"也在怀念和忧伤中，开始着或继续着录音棚的生活。

徐星的《无主题变奏》（1985 年）在人物情绪的流动、故事情节的混乱上，比刘索拉的作品更甚。整个作品就是一个无主题的变奏曲，没有什么故事情节，甚至也没有什么明确的主题，只是以"我"对生活的情绪为唯一的中心。而"我"处于一阵阵的厌倦、困顿、不安甚至迷失中：

> 我搞不清除了我现有的一切以外，我还应该要什么。我是什么？更要命的是我不等待什么。①

其中"我"跟女友老 Q 的关系似乎能让人抓着点什么，但这里既没有爱情的执著也没有爱情的痛苦，老 Q 似乎是"我"生活中必不可缺的存在，然而，当老 Q 反复规劝"我"去学校报考时，"我"就和她分手了。"我"的世界充满混乱，唯一能让读者肯定的似乎就是"我"对世俗规范的厌恶、对学院教育的嘲弄以及对成名的不屑。

之所以对三部作品进行情节概况的简介，主要目的是为了说明其形式

---

① 徐星：《无主题变奏》，《人民文学》1985 年第 7 期。

与"现代派"之间的联系。这三部作品的共同特征是表达了年轻人对传统体制的反抗及充满困惑的情绪，而这种表达直接来源于作品形式中对自我情绪的全面凸显。《蓝天绿海》和《无主题变奏》借用"我"这一叙述者，对情绪的传达相当直接。《你别无选择》虽然不以"我"的情绪为表述对象，但作品中对贾教授的嘲讽、对学院制度的揶揄，无疑成功地营造了这种情绪。若将这三部以意识流动为结构中心的文本与之前王蒙等作家创作的"意识流"小说相比，这里较明显地突出了年轻人那种飘忽不定的对抗与迷惑，不像后者那样充满"反思"或"对未来充满希望"。因而，在这一点上，这三部作品更接近对现代性情感的表达，那些充满跳跃感的语句，进一步远离了常规的故事内容，更倾向于传达一个个躁动不安的自我，以及制造一种无主题的混乱生活。

虽然这种叙述形式与西方现代派的作品有很大相似之处，如《你别无选择》模仿了美国现代作家约瑟夫·海勒的《第二十二条军规》，《无主题变奏》模仿了美国作家赛林格的《麦田里的守望者》，但是，这种高扬的情绪也与西方现代派之间留下了许多罅隙，主要原因在于作品对躁动、不安等情绪的传达有种故作姿态的叙事特征。就《你别无选择》而言，叙述语言流畅，甚至充满音乐的质感，而其充满宣言式的语言，难掩向社会宣扬某种生活方式的冲动。比如，李鸣的执著退学、孟野的不按照规章办事、"猫"、"懵懂"、"时间"这三位女生的另类生活，这些人的行为似乎都与贾教授的"生气"分不开。这不得不使人怀疑这样设置带有很强烈的表达另类生活或对抗的动机。这些生活方式或理念，虽然构成了对传统的对抗，却也只不过是一种生活方式而已，其宣扬式的叙述语言背后，拥有一种强劲的发言的自信或自负，而这种自信或自负并未脱离新中国成立以来形成的对世界作判断的话语方式，甚至，有了种故意调制的做作。当然，这种语言方式也代表了一代年轻人渴望塑造自我的一种生存状态，80年代许多年轻人的生活状态就是如此的。但不管怎么说，这些让情绪一泄而出的语言，多多少少有了种虚浮的感觉，有了种恣意张扬的味道，这与真正地体味人的生存困境的现代感之间尚存距离。

在我看来，更能体现形式新意的倒是作品中若隐若现所传达出的悲伤和痛苦，恰是这些悲伤和痛苦增强了作品对现代人生存困境的表现力。刘索拉的作品比徐星的作品表现得更强烈些。比如，《你别无选择》中，小个子反复擦着功能圈，在其即将出国的每一天里，他擦得更多了。而小个子走了，大家也在毕业即将各奔东西之时，保留了功能圈。在这里，功能圈已经作为一种友谊及同学生活的记忆而存在着，这使得功能圈在文本中有了代表依恋情谊的意味，使得这样一个反复出现的物件带上了情感的力量。又如，文章结尾处叙述了森森获奖这一事件。森森获奖这个结局使大家兴奋起来，这意味着希望和未来，意味着某种对现有生活的对抗力量的升腾。文中写道：

> 顿时，一种清新而健全、充满了阳光的音响深深地笼罩了他。他感到从未有过的解脱。仿佛置身于一个纯净的圣地，空气中所有混浊不堪的杂物都荡然无存。他欣喜若狂，打开窗户看着清净如玉的天空，伸手去感觉大自然的气流。突然，他哭了。①

森森的哭，有着许多意味，使作品在对抗、情绪宣泄或张扬某种生活方式之外，有了种眷恋的情感，指向了人内心的脆弱和温暖。因为有这样一种对脆弱的观照和温暖的情感，使得作品对乱糟糟的情感有了种穿越性，多多少少增加了些许厚重感，以及现代人在时空转变、岁月如梭中对于生命感悟的现代感。

这种情感在《蓝天绿海》中表现得更突出。作品中反复出现对"蛮子的死"的叙述，使"我"的生活显得更加孤寂与迷惘，也使"我"与蛮子的情谊显得更加伤感。"我"对蛮子的眷念穿越生活的平庸和烦扰，一阵阵地袭向"我"的内心，文中写道：

> 蛮子，你可千万别再吃那药了。
> 蛮子你别忘了你喜欢的那首歌"我的心属于我"你别忘了小时候把芙蓉花瓣捋下来算算好运气你别忘了不相信人并不是你的特长你别忘了还有一些事情你想都不会想到……②

这段充满音乐质感的话语，充满了哀伤与关爱的情调。"你别忘了"的反复出现，就像乐曲中的节奏点，绵延了"我"的思念和忧伤。所以，在

---

① 刘索拉：《你别无选择》，《人民文学》1985 年第 3 期。
② 刘索拉：《蓝天绿海》，《上海文学》1985 年第 6 期。

这种情绪的结构中，文本更体现了一种内在结构的完整性，比语言表述所流露出的叙述的疯癫有了更令人感动的特质。

三 "现代派"写作技巧的文学史意义

新时期初期这些运用"现代派"写作手法、或称为"现代派"小说的作品，在形式上体现出的共同特征是：叙述者将视角引向人物的内心，关注情绪的流动。这样，以情绪流动结构文本的方式改变了以故事情节链作结构的方式。尽管许多作品并没有完全突破故事情节的框架，但明显不再以讲述完整的、跌宕起伏的故事情节为叙事重心了。

若从中国小说艺术发展史看，中国小说的传统重视故事情节的连贯性，惯于营造故事情节的跌宕起伏，故事往往以情节取胜。西方现代小说译介进来后，"淡化情节"的小说开始出现。虽然"五四"时期小说已经完成了中国小说对传统以情节为中心的结构方式的转换，但是，之后的70余年，中国小说的艺术结构方式并没有因此有很大的转变，依然注重故事情节的连续性。这不仅体现了传统的影响力，也有着现实主义创作规范的影响力。当然，这种创作传统本身并不存在着优劣，并不是影响小说发展的主要因素，因为任何民族，不管其思维有怎样的恒定性，在此种思维中都有产生优秀作品的可能性。问题是，在20世纪整个小说艺术演变流程中，政治意识形态借助这种力量对文学产生了诸多限制，并以此导致了创作模式的单一化。其中，最重要的一个特征是，30年代以来"塑造典型环境中的典型人物"的创作观念占据了绝对主体的地位，特别是新中国成立后，随着政治意识形态控制力的加强，绝大多数作品形成了固定的情节结构模式。如：要突出主要的、正面的人物，要突出正面人物的高、大、全，要突出情节发展中正、反面人物的对抗性，而且，结果必然是正方取胜等等。这诸多限制使小说在主题深化、意蕴空间的拓展上越来越窄。新中国成立后大量的长篇小说就是例子。陈美兰在《当代长篇小说创作论》一书中，对50、60年代反映农村生活的小说进行了分析，从规范化的情节中概括出了"一体三极"的矛盾支架形式[①]：

---

① 陈美兰：《当代长篇小说创作论》，上海文艺出版社1991年版，第82页。

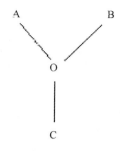

"A"指反动阶级的代表力量，"B"指富裕中农或农村中资本主义的代表力量，"O"指社会主义的代表力量，"C"指党内的异己者。在情节的发展中，最终的胜利者是"O"。而且，除农村题材外的其他题材，如知识分子的题材，也形成了固定的模式。在这些作品中，人物命运的推动力都与阶级立场或阶级身份不可分割。这既反映出作家对现实生活认知的模式化，也是艺术结构方式的模式化。可以说，当一种艺术形态逐渐趋向单一化时，即使这种形态曾经产生了很大的影响，都应该被反思。

以意识流动为中心来结构文本正是对这种模式化的突破。像王蒙、茹志鹃、宗璞、张贤亮等人的作品，尽管只是为了更好地表达内心进行的反思活动而在结构情节时用了一点技巧，但却引起了长期只见情节雷同、阶级立场鲜明的故事情节的文坛的震动。刘索拉和徐星等人的作品，则在语言的表述上更近于将个体情绪倾泻而出，形成了各个人物故事多头并进的情节结构。

这种形式的出现与"文化大革命"结束以后对历史的反思、对人的主体价值的发现紧密相连。无论是运用"意识流"、"荒诞派"技巧表现带有政治意识形态话语意味的小说。还是刘索拉、徐星等人表达年轻人躁动不安情绪的小说，一定程度上，都代表了对个体、对人的审视和认同，代表了经历"文化大革命"之后，人们对自我、对生活的一种重新思索，即人们渴望在感受自我中找到新的生活的意义。若与"伤痕"、"反思"作品相比，意识流动的结构，意味着作品更能指向内心的思考。比如，王蒙的小说对失去的青春的反思显然比一些"伤痕"或"反思"文本深刻一些。像《伤痕》中，主人公面对自我受到的迫害、母亲受到的迫害、乃至自己对母亲的伤害，总是力图找到某一责任的承担者，当然，最终这一承担者落在了"文化大革命"身上。而王蒙的作品，虽然也在为逝去的青春伤怀，但最终并没有将这种伤怀化为一种指责，而更多的是一种内心的承担和面对现实的生存智慧。像张思远（《蝴蝶》）与缪可言（《海的梦》），堪称代表。张思远在老张头与张部长的角色变幻中，找到了对过往岁月的怀念和自责，更找到了对当下的自我的一种清醒的认知。缪可言在面对大海的追忆中，最终找到的与其说是伤怀，不如说是一种平静与理智。像刘索拉、徐星等表现年轻人的生活理想的作品，尽管其思绪的飞扬略显张扬与做作的姿态，但毕竟表达了一代青年的激情与情感。

新时期初期小说中"现代派"写作技巧的运用，对现实主义小说创作手法和主流地位的冲击，成为"现代派"写作技巧的重大意义，然而，更有意义的是其所开启的是整个 80 年代乃至今天为止的小说艺术观念的变革。当人们面对王蒙的"意识流"作品而发出感慨的那一时刻起，"现代派"的写作技法便深深地震撼了中国的文坛。在此后的文坛中，现实主义和现代主义艺术并存、交融，推进着中国小说艺术的前行。这样一种现象的出现，既代表了此时期人们对新的写作手法的渴望，又代表了现实主义手法受到了挑战，而且，多种艺术手法并存的现象，代表了文学的发展步入了一种良性时期。80 年代以后，这种多元存在的状态，代表了文学发展的常态。更进一步讲，中国文坛随后发起的"寻根文学"、"先锋小说"等文学潮流，都是运用了现代主义的表现技巧，塑造了新的文体样式，引发了小说艺术形式的大变动。

值得一提的是，在艺术形式的层面进行阐述的"现代派"在 80 年代经历了独特的文化语境，当时并不是如此单纯地作为技巧进行阐述的。最引人注目的是 80 年代关于"现代派"进行的论争，现在看来，这是一次出离于文学艺术技巧层面的论争，其包含的问题是庞杂而多样的，换言之，80 年代关于现代派的问题面临着十分复杂的社会背景和话语纠结。最具典型的特征是在这些论争中，既有关于现代主义的内涵、写作技巧等文学艺术层面的问题，又掺杂着"现代派"与资本主义、社会主义国家性质以及中国的现代化、现代性等问题。在论争中，不乏诸多从政治着眼、用阶级分析的方法评价西方现代派文学的思维方式，将其上升为资产阶级的消极、颓废等情绪来看待。比如，有评论文章就持如下观点——"形形色色的现代派作品，绝大多数是色情、苦闷、彷徨、颓废的"，"现代派解决社会矛盾的办法，多数是可笑的，有的是反动的，其中的消极因素也不可忽视"①。实际上，当时论争中大多数否认"现代派"的文章都

---

① 李正：《未来决不属于现代派》，《外国文学研究》1981 年第 1 期。

是将"现代派"放在社会学的层面进行探讨的，对其产生的警戒心理也大多来自对资本主义或者是其文化的警戒。随着中国现代化建设目标的提出，"现代派"的议题除了姓资姓社之类的社会性质问题的讨论之外，又与现实的社会建设目标相纠结。正如有评论家指出："在'现代派'与'现代化'之间建立起直接的关联，是 80 年代前、中期的一种特定的理解'现代'的方式。'现代派'是一种与'物质生产'和'科学技术'的进化史相匹配的'高级'文学形态，并表现了一种更'复杂'的现代生存状态。以'现代化'作为衡量'现代派'的价值标准，事实上是在单一的现代性纬度上来认知'现代派'，而完全忽略了现代主义文艺本身所包含的'反现代'的层面。"① 因而，现在看来，80 年代的"现代派"，并不仅仅是技巧层面的问题，甚至不是单纯的文学或学术的问题。这也从另一个层面说明了现代派技巧的推行和坚守的难能可贵以及文学史的重大意义。

　　因而，从小说艺术形式的整体美学功能上来说，这些运用"现代派"写作技巧的作品，尽管追求主题变化的诉求还是很明显，叙述者直接表达作者心声的意愿还是很强烈，作品体现的"集体意识"还是很鲜明，但是，结构方式的改变，丰富了作品的意旨，表现了与长期存在的"塑造典型环境中的典型人物"的艺术思维方式以及反映客观存在的现实生活的创作规范的区别，它的存在成为了当代小说艺术形式变革的启迪之声。

---

　　① 贺桂梅：《后/冷战情境中的现代主义文化政治——西方"现代派"和 80 年代中国文学》，载程光炜编《重返八十年代》，北京大学出版社 2009 年版，第 116 页。

第二章

使命背负之下的形式新意：
"寻根文学"的形式

一　叙述与结构方式的变化："文化"
命题下的形式新意

有评论家曾作如此描述："如今回忆起来，'寻根文学'似乎是一夜之间从地平线上冒出来的。不知道什么时候开始，'寻根文学'之称已经不胫而走，一批又一批作家迅速扣上'寻根'的桂冠，应征入伍似地趋赴于新的旗号之下。'寻根文学'很快发展为一个规模庞大同时又松散无际的运动，一系列旨趣各异的作品与主题不同的论辩从核心蔓延出来，形成了这场运动的一个又一个分支。"① 的确，无论是从哲学层面、文学史层面还是艺术思维方式转变的层面，在中国当代文学史上，"寻根文学"都是一种复杂、丰富的存在，我们要真正弄清它的来龙去脉并非易事。作为一场"运动"，它有着较清晰的理论建构及创作理念，以寻找中国传统文化之根为重任，一方面，力图在传统文化的叙述中，深化新时期以来"反思文学"的主题；另一方面，通过文化图景的建构，突破现实主义的创作规范，寻求艺术形式的创新。诸种"寻根"理论为创作实践设置了维度，既开拓了新的主题，又与新时期诸多创作潮流一样，使创作带上了强烈的使命意识。

一定意义上，当运动的推动者们发起号召之时，它尚局限于追求作品主题及内容的改变的艺术思维方式中，并没有真正地实现形式自觉。然而，阿城的《棋王》（1984 年）、《树王》（1985 年）、《孩子王》（1985年），李杭育的《最后一个渔佬儿》（1982 年）等"葛川江系列"，韩少功的《归去来》（1985 年）、《爸爸爸》（1985 年）、《女女女》（1985

---

① 南帆：《札记：关于"寻根文学"》，《小说评论》1991 年第 3 期。

年),王安忆的《小鲍庄》(1985 年),乌热尔图的游牧世界,郑万隆的《老棒子酒馆》(1985 年)等"异乡异闻系列",张炜的《古船》(1987年)等代表作,以寻找文化之根之名,成功地运用了新的叙述手法,为小说艺术形式变化提供了新意。在 80 年代的时候,"寻根文学"就曾被许多评论家推为"新潮小说",并被推崇至"形式变革"的先锋位置[1],这显然与当时一些批评家对形式变革的倡导密不可分。比如,李劼的文章《论文学形式的本体意味》一文中,有效地发掘了《爸爸爸》、《小鲍庄》等作品中的形式新意,将它们与《冈底斯的诱惑》、《你别无选择》等作品一并视为标志着文学形式本体性深化的文本:"从八五年开始的先锋派小说是一种历史标记。这种示记的文学性与其说在于'文化寻根'或者现代意识,不如说在于文学形式的本体性演化。也即是说,怎么写在一批年青的先锋作家那里已经不是一种朦胧不清的摸索,而是一种十分明确的自觉追求了。这种自觉追求把原来踟蹰在印象色彩中的意象相当生动地凸现出来,使情绪的流动上升到了一个个高远深邃的象征。冈底斯(《冈底斯的诱惑》)、小鲍庄(《小鲍庄》)、丙崽(《爸爸爸》)、老井(《老井》)、寻找歌王(《寻找歌王》)、TDS 功能圈(《你别无选择》)等等,已经不再是客观的描绘,也不再是主观的印象,而是一种隐喻,或者一种涵义深广的意象。于是,一种意象主义在这些先锋派作品中悄无声息地蔓延开来,成为一个把怎么写的误题推向一个富有魅力的高度的文学运动。"[2] 当然,评论者在这里所说的先锋派小说与后来文学史的定义并不是范畴完全相同的概念,但是,其所强调的形式变革的重要性和本体性意味,代表着当时文学艺术变革的本质性诉求。《爸爸爸》、《小鲍庄》这两部"寻根小说"代表作位列其中。不仅代表了作品本身创作技巧的高超,也从另一个角度说明,寻找文化之根的创作意图与"寻根小说"艺术形式的变化形成了相互促动的关系。因此,辨析"寻根小说"艺术形式的新意,成为论述的首要任务。

若与新时期以来的其他作品相比,"寻根文学"中的叙述者不再以现

---

① 80 年代中期的文坛,对"新"的追求成为一种文学精神,而且,许多评论并没有对"寻根文学"作品和"先锋小说"进行细分 甚至将一切新的变化都称为"新潮小说",像李劼、李庆西、王玮等的评论文章,都将"寻根文学"作品与"先锋小说"统称为"新潮小说"。

② 李劼:《论文学形式的本体意味》,《上海文学》1987 年第 3 期。

实题材为叙述对象，也不像"现代派"小说那样，以人物的意识流动为叙述对象，而是以具有抽象意义的文化为叙述对象，从而在叙述者的叙述姿态与故事时空背景的设置上明显区别于传统现实主义规范的文本。

首先，在叙述者的叙述姿态上，叙述者以"文化"为叙述对象，叙述者和叙述对象之间往往建构了一种新的、非判断式的叙述关系，叙述者趋向对叙事对象作冷静客观的描述，并构成一种疏离关系。这体现了作家切入现实的不同角度，也隐含了一种思维方式的变革。

以阿城的"三王"——《棋王》、《树王》、《孩子王》为例。如果从叙述方式切入，我们发现，"三王"的叙述者都是"我"，身份是知青。若从作品中的人物来概括叙述对象，《棋王》是王一生、《树王》是肖疙瘩，《孩子王》从标题及讲述的故事主角来看，似乎是小学老师"我"的故事，但实际上，它的叙述对象依然建立在"他者"身上，因为"我"的行为推动力其实是学生王福及其父亲王七桶。这些人物（叙事对象）的言行与"我"的知青身份有明显区别，叙述者与叙述对象之间构成了一种不可知式的叙述距离，表现出人物所作所为总高于"我"的理解力的叙述姿态。借用叙事学观点，这里的叙述者小于作品中的人物，叙述者尽量保持一种描写人物、不对人物作主观分析的叙述方式。也就是说，在这些以"我"为叙述者的作品中，重新树立了"他者"的叙事对象，突破了"伤痕"、"反思"文学等作品对自我内心情感的直接审视、反思，而将叙事的重心转向了对"他者"的观照。《棋王》、《树王》、《孩子王》中"我"与王一生、肖疙瘩、王福等人物的相识过程，都经历了一种从不知到知的过程，人物的整体形象也在这种过程中慢慢浮现出来。与直接对人物进行判断或定性的叙述方式相比，这种慢慢浮现叙述对象的过程包含着"我"对叙述对象的不加判断，换句话说，叙述者"我"对叙述对象的态度有明显的低姿态性，字里行间透露出对象的存在高于"我"的存在的叙述意味。像《孩子王》中，尽管"我"是老师，王福是学生，从身份定位上，"我"应该高于王福，但实际上，最初"我"就是在王福知道哪些字是真正的生字的启发下，决定怎么教学的，后来，王福与我打赌，也是王福胜出了，文章写到了"我"阅读王福的作文《我的父亲》后的感受：

　　我呆了很久，将王福的这张纸放在桌上，向王福望去。王福低着头在写什么,大约是别科时功课,有些黄的头发,当中一个旋对着我,我慢慢看外面,地面热得有些颤动。我忽然觉得眼睛干涩,便挤一挤眼睛,想,我能教那么多的东西么?①

王福对父亲的描述深深地感动了"我",并引发了"我"对自身教学的有效性的思考。将此作与同样叙写老师与学生关系的《班主任》相比,叙述姿态的差异显而易见,如果说《班主任》中老师对学生的拯救者姿态及对自身的反省性带有强烈的政治话语特征的话,那这里的"我"与学生之间建立的这种平等的而且迳于"倒过来"的关系,将叙述的主旨引向了政治教育之外的层面。两者代表了两种不同的思维,这种转变代表了时代意识观念的转变。

如果说阿城的作品中叙述者与叙述对象间还有种由"不知"到"知"的叙述过程,那么,在韩少功的《归去来》、《爸爸爸》、《女女女》以及王安忆的《小鲍庄》等作品中,叙述者对叙述对象控制力减弱的叙述特征集中表现于冷静客观的叙述格调上。在这些作品中,叙述者摆脱了具有卓越的洞察力和无可怀疑的判断力的叙事形象,尽量保持一种平静的叙述口吻叙写故事。在笔者看来,叙述者这种不作控制的叙述姿态,是作家们进入"文化"叙事,对抗或穿越政治话语形态叙述方式的体现。更重要的是,来自叙述对象"文化"本身的丰富内涵,使作家在对它进行叙事时,不能也不必像政治意识形态话语叙述那样作出明晰的价值判断。评论家吴亮论述《小鲍庄》时说:"《小鲍庄》对我难以抵挡的影响恐怕正来自这么一种超然风格——那不偏不倚的、冷峻而不动情的客观主义描述,在记叙农村平淡无奇的生活面貌和偶尔因劫难而引起的心理微澜方面,在刻画农民的忍耐力、亲善感、寡欲、个性压抑、麻木和健忘方面,以及在忠实地记载那些通过日常生活的缓慢流速而体现出来的文化潜意识方面,都取得了还其本来面目的效果。我认为这一效果首先源于它的客观主义立场,当然同时还源于它时松时紧的并置型结构,源于它知人识世的达观态度,源于它藏而不露的深厚的人道精神。"② 这段论述恰恰说明了叙述者保持与叙事对象的疏离感而创作出的叙述效果。将其概括为"客观主义

---

① 阿城:《孩子王》,《人民文学》1985 年第 2 期。
② 吴亮:《〈小鲍庄〉的形式与涵义——答友人问》,《文艺研究》1985 年第 6 期。

描述"是比较准确的。这都源自于叙述者保持的独特的叙事姿态。

　　值得注意的是，在"寻根文学"作品中，这种"客观主义描述"的态度并不是一以贯之的，叙述者时不时流露出了对观念表述的急迫性。比如，《棋王》中，车轮大战后，叙述者对其作了如下评论：

　　　　夜黑黑的，伸手不见五指。王一生已经睡死。我却还似乎耳边人声嚷动眼前火把通明，山民们铁了脸，捎着柴火在林中走，晰晰呀呀地唱。我笑起来，想：不做俗人，哪儿会知道这般乐趣？家破人亡，平了头每日荷锄，却自有真人生在里面，识到了，即是幸，即是福。衣食是本，自有人类，就是每日在忙这个。可围在其中，终于还不太像人。倦意渐渐上来，就拥了幕布，沉沉睡去。①

　　叙述者的这番表白，试图将读者引向对王一生"吃"与"棋"的生存方式的理解，但这种引导却暴露了叙述者对王一生作道家理想人格定格的意图。尽管作者从主观愿望上或许是想通过这种定格的努力来达到对现实的对抗，但对一个人物（王一生）作抽象化的概括，无疑反映了作者急于表达某种意识、观念的急迫，当这种急迫性强加于人物身上时，人物生命本身的鲜活性就受到影响了。在这一点上，我认为，原因是阿城的写作没有完全脱离传统"载道"观念，或者说，过分抽象化的"传统文化"代表形象的塑造，反而使其作品产生了观念化过重的色彩。

　　而另一个更能说明问题的例子是《小鲍庄》（1985年），其开头与结尾表现出的形式美是不统一的。自开篇始，一场没完没了、下了七天七夜的大雨，将故事拉向了一个遥远的、分不清具体年月的时空中，并极力保持着一种冷静的语调，建构一个充满仁义的保守的村庄，给人一种虚幻的历史时间距离。但在捞渣死亡并被塑造成一位少年英雄形象之后，充满虚幻感的"仁义空间"发生了变化：鲍仁文在不断地应时而作中当上了作家，向来总被歧视的处境也改变了，建设子上班去了，捞渣家的房子也被翻修了，村里还修上了纪念碑……总之，一些特别"实"的、特别具有时代特征的物象进入了故事。尽管作品最后试图用鲍秉义的曲儿来重新拉出一种虚远感，但这里的"实"与前面的"虚"形成了一种审美阅读上

──────────
① 阿城：《棋王》，《上海文学》1984年第7期。

的对差，这里对这些充满生活气息的现实事物的书写，表明了作者在写日常生活与写抽象的"文化空间"之间的游离。

如果将这种客观立场的不坚定性和表述的游离性，与我们前面梳理出的"寻根文学"产生的背景相连，我们也不难理解，这主要还是源自作家处于特定环境下所背负的使命感。"寻根文学"作家大多数是知青身份，过往时代的印痕在他们身上还是比较重的。如果与此时期同样风靡文坛的"先锋小说"作家比起来，他们受传统现实主义创作束缚更重一些，他们在内容观念上变革的追求更甚于艺术形式变革的追求，而且，"寻根文学"提出本身意在从民族文化内核的发掘上来充实文学创作的资源。

其次，在故事叙述过程中，因为叙述的对象是文化，文化自身有种抽象性和模糊性的特征，所以，故事的时空背景往往模糊而又抽象，叙述对象也往往有种跨越具体时代语境的特征。在"寻根文学"作品中，存在着大量代表模糊的时空概念的语汇。比如，《爸爸爸》中出现了诸多"据说"、"说不清楚"、"似乎"、"好像"、"谁知道这是怎么回事呢"这样含混模糊的字眼；《小鲍庄》开篇以"七天七夜的雨，天都下黑了"将故事带入了一种充满神秘色彩的特殊的时空；阿城的《棋王》、《树王》、《孩子王》虽然时空比较确切，但实际上叙述对象具有跨越时代语境的传统历史人文特征。可以说，这种模糊时空的叙述方式与前面谈及的叙述者与叙述对象的特殊关系，共同建构了"寻根小说"独特的叙述姿态，这与作品所要寻找的"文化之根"分不开。

其中，《归去来》中那个"我"第一次进去，出来时却将"我"弄得"莫名其妙"的村寨极具代表性。如果我们将目光转向这种模糊性效果创造的过程，我们会发现，这里的叙述语言及结构方式很有意思。小说开篇写道：

　　　　很多人说过，他们有时第一次来到某个地方，却觉得那个地方很熟悉，不知道是什么原因。①

这里明确地表明："我"第一次来到这里，我以前没有来过这里。而接下来，"我"开始不断地探寻我是否来过这里的问题，而每次的回答似乎都

——————————

①　韩少功：《归去来》，《上海文学》1985 年第 6 期。

是没有来过这里，其中明确表述的语言就有三处，每一次"我"都十分
坚定地表示"我没来过这里"。而与此同时，"我"的言行却表现出一副
与村寨里的人相识的样子：喝茶、聊天、探问"熟识"的人，甚至有了
一次似是而非的情感经历等等。这里表现出了内心想法和行为对立的差
异，显示出了"我"在村寨中的处境。而这个外界时空在"我"自身言
行的对立及不确定性中，显得更加模糊，"我"的表述越坚定，村寨的神
秘性越强。最后，"我"只能逃离了村寨，而且最终不仅没有弄清自己是
否来过这里的问题，反而连自己是谁也被弄糊涂了。文章如此结尾：

> 我愕然了，脑子里空空的。是的，我在旅社里，过道里蚊虫扑绕
> 的昏灯，有一排临时床。就在我话筒之下，还有一个呼呼打鼾的胖大
> 脑袋。可是——世界上还有个叫黄治先的？而这个黄治先就是我么？
> 我累了，妈妈！①

在"我"在村寨这个空间的生活中，事情变得越来越令人困惑了。
从整个作品的结构中，我们虽然可以从字里行间推断出一些时空背景，比
如，这个村寨经历过接纳知青的年月，可能未曾避免过全国性的饥荒等
等。但令人感到"奇怪"的方言显示了封闭性和恒久性，这足以引导读
者进入遥远又模糊的时空去感受"我"的经历。

这种模糊故事时空背景的叙事效果，是"寻根作家"跨越抒发强烈
的时代责任感的美学风格而转向书写"文化意味"的必然结果。在这里，
叙事者穿越具体的时代背景限制，进入对文化人格、文化精神主题的表
现。作者试图通过虚构特定的文化形态来更好地表现自身超越当时政治形
态语境的美学理想，而且，文化主题本身就带有抽象性特征，这又与作品
的结构发生了关联。比如，曾受评论家诸多赞誉的《小鲍庄》的结构。
陈村说王安忆的《小鲍庄》："你说过，想用写最具体的来表现最抽象的，
这话乍一听能把人听糊涂。读了《小鲍庄》，似乎找到眉目了。"② 王安忆
自己也说，作品的写作就是因为"静静地、安全地看那不甚陌生又不甚
熟悉的地方，忽而看懂了许多。""我写了那一个夏天里听来的一个洪水

---

① 韩少功：《归去来》，《上海文学》1985 年第 6 期。
② 陈村：《关于〈小鲍庄〉的对话》，《上海文学》1985 年第 9 期。

过去以后的故事，这故事里有许多人，每一个人又各有一个故事。一个大的故事牵起了许多小的故事；许多小的故事，又完成着一个大的故事。我想讲一个不是我讲的故事。就是说，这个故事不是我的眼睛里看到的，它不是任何人眼睛里看到的，它仅仅是发生了。发生在哪里，也许谁都看见了，也许谁都没看见。"①　显然，这段表白提示了一种新的小说文本结构方式，即用空间结构来代替时间流程的结构方式。这的确给文坛带来了许多惊喜，而其透着股神秘之气的开篇便是最好的例子：

> 七天七夜的雨，天都下黑了。洪水从鲍山顶上轰轰然地直泻下来，一时间，天地又白了。
>
> 鲍山底的小鲍庄的人，眼见得山那边，白茫茫地来了一排雾气，拔腿便跑。七天的雨早把地下暄了，一脚下去，直陷到腿肚子，跑不赢了。那白茫茫排山倒海般地过来了，一堵墙似的，墙头溅着水花。
>
> 茅顶泥底的房子趴了，根深叶茂的大树倒了，玩意儿似的。
>
> 孩子不哭了，娘们不叫了，鸡不飞，狗不跳，天不黑，地不白，全没声了。
>
> 天没了，地没了。鸦雀无声。
>
> 不晓得过了多久，象是一眨眼那么短，又象是一世纪那么长，一根树浮出来，划开了天和地。树横漂在水面上，盘着一条长虫。②

这种透着神秘之气、不确定性的时空本身构成了一个象征体系。像《小鲍庄》象征着仁义延存的文化，《棋王》虽然有较明晰的知青生活背景，然而，王一生却是一个超越固有历史时空的庄禅文化的象征人物，其存在实际上亦是超越具体的历史时空的。有的时候，正是因为故事背景本身的模糊和不确定性，为故事情节的变化创造了更大的可能性。比如，《爸爸爸》给我们呈现了一个不知始于何年何月的山村时空，在这个时空中，留给读者的与其是一些具体的事项、难以弄清确切时间的历史，不如说是一个个人物意象，而一个人物意象往往可以借助多个层面的时空故事来呈现。像丙崽就存在于各种各样的生存层面中，如山寨本身构成了一个大层

---

① 王安忆：《我写〈小鲍庄〉》，《光明日报》1985 年 8 月 15 日。
② 王安忆：《小鲍庄》，《中国作家》1985 年第 2 期。

面，德龙夫妇构成一个层面，仁宝父子构成一个层面，山寨中各种人物各自的命运和生存状况又构成各个层面，等等，最终，这些层面又都在展示丙崽这一形象时，有了交叉和整合，整个结构好比是围绕着某个中心议题的各种旋律，已经完全打破了传统现实主义艺术手法追求的故事情节的完整性和因果性。

同时，只要我们作概括，我们就可以发现，那些模糊时空背景、以"文化意味"为书写中心的"寻根文学"作品，其结构中心要素基本是一些具有象征意味或体现特定文化人格的人或物，它们基本上超越了现实主义所定义的现实事物。这种抽象、象征意象的出现，在中国小说艺术形式发展中有着很重要的意义。如果仅从出现的时间上说，它可算是"先锋小说"为"虚构"扬名的先声。比如，《爸爸爸》中的鸡头寨、《女女女》中的家乡、《小鲍庄》中的小鲍庄这些有着特殊意味的时空，就充满着文化象征意味。而像丙崽（韩少功《爸爸爸》）、"葛川江"上的渔佬（李杭育《最后一个渔佬儿》）、画师（李杭育《沙灶遗风》）、陈三脚（郑万隆《老棒子酒馆》）、猎人尼库（乌热尔图《琥珀色的篝火》）等等，则是文化类型的象征和抽象化人物。显然，这里的时空和人物与传统现实主义作品中的"典型环境"、"典型人物"已有很大不同，并且，这些体现文化人格的人物形象，带上了文化哲学和生命哲学的意味，具有很强的鲜活性。

比如，《老棒子酒馆》中的陈三脚就给人留下了深刻印象。故事结尾，老棒子找到了陈三泰，这是陈三脚让他找的，而且说是能帮他还钱的人物，实际上，陈三泰只是一个十三四岁的孩子，但身上体现出的精气神却大有陈三脚的作风：

> "你急什么？等我长大了，一个子也少不了你的。你不就是老棒子吗！"他挑战式地把那个戒指往老棒子手里一拍，"你好好活着等着我，咱们先用这个做保，到时候我给了你酒钱，你得把这个还给我。要是丢了，我可饶不了你！"①

单听这种口气怎么样都无法将其与一个十二三岁的小孩子联系在一起，然

---

① 郑万隆：《老棒子酒馆》，《上海文学》1985 年第 1 期。

而,细细体会这样的话语,又活生生地代表了有义气、敢担当这样一种精神,在短短的几句话语中,生命的个性和活力跃然纸上。郑万隆说,"在我的小说中,我竭力保持着这些生命的感觉","我小说中的世界,只是我的理想和经验世界的投影。我不是企图再现我曾经经验的对象或事件,因为很多我都没有也不可能经验过,而且现实主义并不等同再现"①。这是他所创作的"异乡异闻系列"的成功密码,郑万隆借助一个汉族淘金者和鄂伦春人杂居的山村,书写了生存的热情、沉郁、坚韧和悲怆。"寻根文学"的诸多优秀作品,正是在生命关怀的层面,突破了单纯的异域风情的"文化"书写,开创了小说表现的新形式。

可以说,最终表现出来的结构方式上的突破,是"寻根作家"有意识地开掘文化意味的结果。它有意识地摆脱了特定的时空背景,使作品带上了文化意味的抽象性。同时,它也从客观上突破了以往大量现实主义小说拥有明确的时空框架及价值判断的模式,使小说艺术的形式有了新的结构要素及哲学内涵。所以,"寻根文学"的到来,给文学带来的不仅仅是人们观照世界的方式以及人生态度上的变化,还有文学创作的思维和形式上的变化,诸如《爸爸爸》、《小鲍庄》这样的作品,在艺术形态方面的确给人一种全新的感受。

二 寻求突破政治话语形态的文化假定

华莱士·马丁说:"叙述的形式就是某些普遍的文化假定和价值标准——那些我们认为是重要的,平凡的,幸运的,悲惨的,善的,恶的东西,以及那些推动着由此及彼的运动者——的实例。"② 在诸多"寻根文学"作品中,体现"文化假定和价值标准"的是有意识地寻求对"十七年"以来的政治意识话语形态的突破,这是"寻根文学"作家寻找文化叙事主题过程中的有意创新。若将这种寻求与过去相当长一段时期里我们只一味强调文学的政治主题,而忽视文学的其他主题的创作比起来,这种寻求体现了进入新时期以来,现实主义传统的改变。当然,在"寻根文学"出现之前,汪曾祺、刘绍棠、邓友梅、贾平凹、林斤澜等描写市井

---

① 郑万隆:《我的根》,《上海文学》1985 年第 5 期。
② [美]华莱士·马丁:《当代叙事学》,伍晓明译,北京大学出版社 2005 年版,第 79 页。

风俗的作品已有了这方面的特征，这些作品展现了文学创作中生成的自觉的文化意识。"寻根文学"的大量出现，则再次推动了对这种文化意识的探索，可以说，其寻找文化之根本身就带有强烈的突破政治压力下的文学发展形势的诉求，同时，其追求的文化意识体现了政治与文化多重关系下对艺术本体性的探索。

其中表现得最明显的是阿城的"三王"，这些作品中的叙述话语充满了对某种政治语境或时代环境的背离。比如，"文化大革命"中嘹亮的歌声，它曾是那个时代激昂人们情绪的伟大之音，但在"三王"中明显地体现出叙述者对它的对抗情绪，这种情绪直接反映了作者与时代政治意识相背离的态度。如，《棋王》开篇写道：

> 车站是乱得不能再乱，成千上万的人都在说话。谁也不去注意那条临时挂起来的大红布标语。这标语大约挂了不少次，字纸都折得有些坏。喇叭里放着一首又一首的语录歌儿，唱得大家心更慌。①

在这里，"临时挂起来的大红布标语"是"谁也不去注意"的，而被意识形态大势宣扬的"语录歌"是"唱得大家心更慌"。若从政治形态考察，这些标语和音乐本应是令人振奋的。同时，车站上的混乱场景与后文所表达的王一生乱中取静的神态又正好形成了对抗关系，明显地体现出叙述者对车站场景的反感，对王一生的安静的赞许。如此叙述的深层原因来自于作者对某种政治语境的疏远甚至背离。

在《孩子王》中，对这种对抗性的叙事则着墨更多。文章写道：

> 课文抄完，自然开始要讲解，我清清喉咙，正待要讲，忽然隔壁教室歌声大作，震天价响，又是时下推荐的一首歌，绝似吵架斗嘴。②

不仅叙述者"我"被歌声吓了一跳，正常的教学也受到了影响。这与当时绝大多数认为这些歌声有振奋人心作用的人们相比，"我"的感觉的确

---

① 阿城：《棋王》，《上海文学》1984 年第 7 期。
② 阿城：《孩子王》，《人民文学》1985 年第 2 期。

不同寻常。而与"我"相熟的来娣的表现则更强烈。作品这样写道:

> 来娣在门口停下来,很泄气地转回身来,想一想,说:"真的,老杆儿,学校的音乐课怎么样?尽教些什么歌?"我笑了,把被歌声吓了一跳的事讲述了一遍。来娣把双手叉在腰上,头一摆,说:"那也叫歌?真见鬼了。我告诉你,那种歌叫'说'歌,根本不是唱歌。杆儿,你回去跟学校说,就说咱们队有个来娣,歌子多得来没处放,可以请她去随便教几支。"①

来娣会作曲,也希望到学校教音乐课,当然,她所教的音乐课不是那些流行的喊口号式的歌曲,而是真正的追求音乐美感的歌曲,并且最后真的与"我"合作写出了一首歌,曲子中体现出了"识字"、"读书"、"文章"等学习内容。作为读者,我们可以推断这些话语与当时的"革命"、"红旗"等话语构成的背离性。

当然,阿城的这几部小说中体现出的与当时时代价值观的对抗不仅表现在歌声上,也体现在其他很多方面。比如,在《棋王》中人们都熟悉的王一生对"吃"和"棋"的专注,这与当时绝大多数知青受时代感召而产生的行为是不同的,不管是有意还是无意,王一生这种独特性的深意是显见的。作品中有一个细节很明显地表现了这一点:王一生的精湛棋艺无人能比,影响王一生棋艺的关键人物却是一个捡烂纸的老头。这样一位江湖人士,与居庙堂之高的人相比,无论从社会地位还是生存处境来说都十分低下,但像极了隐于山林中的高人。所以,许多人从中读出了庄禅哲学,这也不无道理。但从这样的表述中,我们也看到了作者自觉不自觉地与庙堂对抗的姿态。

又如,《树王》的时代及事件背景是 60 年代发生在西双版纳的那场轰轰烈烈的伐木造林运动,从各类图片和报刊文字资料来看,那时候,人们对改造自然充满了强大的自信心和豪情壮志,少有人意识到热带雨林被破坏后的后果。然而,通过小说中对这一事件背景的展示,我们发现了作者与当时主流意识不一样的声音。作品没有强烈的控诉,甚至没有什么明确的判断,只是写道:

---

① 阿城:《孩子王》,《人民文学》1985 年第 2 期。

> 我心中乱得很，搞不太清砍与不砍的是非，只是不去山上参加砍伐，也不与李立说话。知青中自有几个人积极得很，每次下山来，高声地说笑，极无所谓的样子，李立的眼睛只与他们交流着，变得动不动就笑，其余的人便沉默着，眼睛移开砍树的几个人。①

李立是伐木运动的积极响应者，作品在这里没有对李立提出反对声音，但叙述了"我"与李立那些积极参与砍伐的人的距离，并且，将叙述对象投向了树王肖疙瘩守着一株大树的言行。从叙述对象的选择中，我们可以看出作者与那场轰轰烈烈运动的对抗性。

在阿城的另一部小说《孩子王》中，因为选择了教育题材，使得这种对抗性表现得更突出，文章中有一处细节写了"我"对学生作文的要求：

> 听好，我每次出一个题目，这样吧，也不出题目了。怎么办呢，你们自己写，就写一件事，随便写点什么，字不多，但一定要把这件事老老实实、清清楚楚地写出来。别给我写些花样，什么"红旗飘扬，战鼓震天"，你们见过几面红旗？你们谁听过打仗的鼓？分场那一只破鼓，哪里会震天？把这些都给我去掉，没用！清清楚楚地写一件事……②

一部作品的形式表象下总隐含着作者对于生活价值的取向，那么，我们就从阿城的这些叙事话语中，看出了其对特定时代环境的一种突破，看出了其对"毛话语"的一种背叛。

阿城的作品从故事话语结构的内容中，直接表述了对某一时代的政治语境或政治内涵的对抗，并且，从其展示的人和物的意象中，如棋、字、树等，链接中国传统文化的内核，明确地表明了作者对庄禅文化的追求，其所对抗的便是政治意识形态所规约的世俗人生功利。而其他诸多"寻根文学"的代表作，虽然较少涉及特定时代的特定价值观念的书写，有

---

① 阿城：《树王》，《中国作家》1985 年第 1 期。

② 阿城：《孩子王》，《人民文学》1985 年第 2 期。

的甚至完全模糊了时空背景，但从整体上，它们通过选择文化主题，实现了建构新的话语形态，体现出了对人类生命本体和生存方式的思索。比如，李杭育的"葛川江系列"，通过一批从事传统生活方式的"最后一个"形象，体现面对社会生活变化时对传统的留恋和返察，更通过展示这些人物身上的那些"精"、"气"、"神"，来试图挽留传统的理想人格，也为人物赋予了文化的力量。韩少功的《爸爸爸》、《女女女》、《归去来》等作品，将时空拉向充满神秘的象征意味的原始生态环境，通过种种无可言明的人、事，以象征式的手法去展示个体、种族的命运和生存奥秘，窥视中国文化的某种本质性内涵。王安忆的《小鲍庄》则故意虚化故事的时空背景，通过书写封闭状态中一个村庄的一群人的自在的生存方式，去探索中国传统仁义文化熏染之下的生存逻辑和精神诉求。其他的许多作品，如乌热尔图、张承志等人书写特殊地域的民族生存图景的作品，也都系列地展示了独特的、超越现实世界的审美形态。也就是说，作家们在追求自己的艺术世界的自由构建，并没有让代表时代规约或价值观的情感干扰自己的艺术构建。从而，"寻根文学"以一种集体化地展示各种文化传统或意象的方式，实践了对政治主题所要求的诸如"伤痕"、"反思"、"改革"等话语的超越。

三　"寻根"体现的使命意识

从关注政治主题转入探讨文化主题后，"寻根文学"作品在叙述方式及结构方式上都开创了新意，然而，其所探寻的"文化"主题、"寻根"主题既成就了"寻根文学"的艺术形式的创新，又使其背负了另一个超越政治主题之外的沉重包袱。陈思和曾概括过"文化意识"的内容，他说："所谓'文化寻根'意识，大致包括以下三个方面：一、在文学美学意义上对民族文化资源的重新认识与阐释，发掘其积极向上的文化内核（如阿城的《棋王》等）；二、以现代人感受世界的方式去领略古代文化遗风，寻找激发生命能量的源泉（如张承志的《北方的河》）；三、对当代社会生活中所存在的丑陋的文化因素的继续批判，如对民族文化心理的深层结构的深入挖掘。这虽然还是启蒙主义的话题，但也渗透了现代意识的某些特征（如韩少功的《爸爸爸》）。但这三个方面也不是绝对分开的，许多作品是综合地表达了寻根的意义。"① 这诸多方面的追求，无论从何种角度都说明了"寻根文学"在面对创作时所持的观照传统文化的意图和使命，所以，正是因为文化探寻的强烈，使创作带上了沉重的使命意识。一定意义上，"寻根文学"并没有摆脱文以载道的传统思想，虽然这并没有严重到影响一些优秀作品表达的艺术创新，但认识这一点，我们便可明确"寻根文学"作品在形式变革上的非自觉性。

最能充分地体现这一特征的是"寻根文学"运动发起时的情境。1984 年 12 月在杭州召开的"新时期文学：回顾与预测"会议是发起"寻根文学"运动的重要平台，是一次对"寻根文学"的到来具有启示意义的会议。在这次会议上，虽然没有明确提出"寻根"的口号或者宣言，但大家都对现有的文学状况表示了不满，并探讨了"文化"的主题。亲历者曾如此描述："这次会议不约而同的话题之一，即是'文化'。我记得北京作家谈得最兴起的是京城文化乃至北方文化，韩少功则谈楚文化，看得出他对文化和文学的思考由来已久并胸有成竹，李杭育则谈他的吴越文化。而由地域文化则引申至文化和文学的关系。"② "寻根文学"的倡导者及实践者韩少功坦言其作品受到了会议的启发："大家都对几年来的'伤痕文学'和'改革文学'有反省和不满，认为它们虽然有历史功绩，但在审美和思维上都不过是政治化'样板戏'文学的变种和延伸，因此必须打破。这基本上构成了一个共识。至于如何打破，则是各说各话，大家跑野马。我后来为《上海文学》写作《归去来》、《蓝盖子》、《女女女》等作品，应该说都受到了这次会上很多人发言的启发，也受到大家那种八十年代版本'艺术兴亡匹夫有责'的滚滚热情之激励。"③

"杭州会议"之后，韩少功的《文学的"根"》、阿城的《文化制约着人类》、郑万隆的《我的根》、李杭育的《理一理我们的"根"》、郑义的《跨越文化断裂带》等文章纷纷发表，成为"寻根文学"的理论标杆。他们所倡导的理论基点是中国文学要从传统民族文化中发掘自己的根源。比如，韩少功在文章开篇便提出"绚丽的楚文化到哪里去了"的疑问，

---

① 陈思和：《中国当代文学史教程》，复旦大学出版社 1999 年版，第 277 页。
② 蔡翔：《有关"杭州会议"的前后》，《当代作家评论》2000 年第 6 期。
③ 韩少功：《杭州会议前后》，《上海文学》2001 年第 2 期。

并通过对苗寨及湖北等地习俗的描述,寻找文化之根,认为:"文学有根,文学之根应深植于传统文化的土壤里,根不深,则叶难茂。"① 阿城在《文化制约着人类》中着重强调应重视民族文化自身的价值,指出:"中国文学尚没有建立在一个广泛深厚的文化开掘之中。没有一个强大的、独特的文化限制,大约是不好达到文学先进水平这种自由的,同样也是与世界文化对不起话的。"② 郑万隆开篇便告诉读者:"我出生在那地方——黑龙江边上,大山的折皱里,一个汉族淘金者和鄂伦春猎人杂居的山村。""因此,那个地方对我来说是温暖的,充满欲望和人情,也充满了生机和憧憬。"并表明:"黑龙江是我生命的根,也是我小说的根。"③ 李杭育说:"我以为我们民族文化之精华,更多地保留在中原规范之外。规范的、传统的'根',大都枯死了……规范之外的,才是我们需要的'根'……"④ 郑义痛感于传统文化在"五四"及新中国成立后的被毁,提出要"跨越文化之断裂带"⑤。

从以上列举的关于运动的发起过程和理论文章发表的情况,我们可以看到,"寻根文学"的到来,有着强烈的"运动"操作特征,它们有着明确的理论追求,这种追求一致表明了以文化书写为创作的精神源泉,而且,这些文化之根普遍地存在于"中原文化"之外,存在于被忽视的边缘少数民族地区以及曾经被割断的历史中,这样具有明确理论建构的文学潮流在文学史上并不常见,当然,理论与创作的并行,更代表了当时渴望创新的激情,而这激情中也势必包含着诸多的使命感。为此,有两个方面值得特别注意。

其一,大多数"寻根文学"的理论倡导者或运动的发起者,就是创作的实践者,创作者们参与运动的激情和追求是异常鲜明的,这很容易造成创作意念先行的现象,而事实也正是如此。王安忆曾回忆阿城到上海号召作家们参与这场运动的事实,她写道:"他似乎是专程来到上海,为召集我们,上海的作家。""他很郑重地向我们宣告,目下正酝酿着一场全国性的文学革命,那就是'寻根'。他说,意思是,中国文学应在一个新

① 韩少功:《文学的"根"》,《作家》1985 年第 4 期。
② 阿城:《文化制约着人类》,《文艺报》1985 年 7 月 6 日。
③ 郑万隆:《我的根》,《上海文学》1985 年第 5 期。
④ 李杭育:《理一理我们的"根"》,《作家》1985 年第 9 期。
⑤ 郑义:《跨越文化断裂带》,《文艺报》1985 年 7 月 13 日。

的背景下展开，那就是文化的背景，什么是'文化'？他解释道，比如陕北的剪纸，'鱼穿莲'的意味——他还告诉我们，现在，各地都在动起来了——西北，有郑义，骑自行车走黄河；江南，有李杭育，虚构了一条葛川江；韩少功，写了一篇文章，《文学的"根"》，带有誓师宣言的含义，而他最重视的人物，就是贾平凹，他所写作的《商州纪事》，可说是'寻根'最自觉的实践。"① 在那个充满诗性及文学热情的时代，这种号召显得自然而又可行，王安忆的《小鲍庄》便在这种影响力之下创作出来了。可以说，"寻根文学"号召者的意图和雄心是明确的，作为一种推动文学变革的力量，这种意图或雄心无可厚非。但或许也正是因为这份意图和雄心，形成了一种急急切切的创作氛围。创作者们迫切地用文化的主题去取代政治的主题，迫切地去寻找文化之根。这种取代的思维方式，作为一种艺术思维来说，其实质并没有完全脱离"伤痕"、"反思"、"改革"文学的思维范式，主观动因上，它们是否真正实现了艺术表述的个性化、自觉化，还是令人怀疑的。正如有评论家所分析的："'文化寻根文学'是'反思文学'的递进。但在我看来，所谓穿越政治进入文化，不是不要政治，而是政治生活依然是作品的一个基本面。由此以来我们就看到了'文化寻根文学'的一大问题——回避政治、远离政治现实，躲到传统和民间中去，这就是中国'寻根'文学多少缺乏历史的深厚感的原因，并进而影响了作品深厚的历史与现实含量。假如我们把传统作为一个静态的对象去把握，如果这个对象很丰富，那么这个作品相对来说好一些，如果这个对象很苍白，那么这个作品就很平面。"②

　　"寻根文学"不仅创作的目的性特别明显，更严重的是一种为理论而创作的现象开始出现。在一种跟风的潮流下，许多评论家、创作者亦将凡涉及文化、地域描述的作品都纳入"寻根文学"的旗下，从而造成了文化反思力度和向度上的良莠不齐，甚至许多作品所探讨的"寻根"只是对异域风情的追求，或对一些传统习俗的简单"复古"，并没有树立真正的现代意识。莫言曾作过如此评述："到了 1985 年韩少功写了《文学的"根"》，阿城写了《文化制约着人类》，实际上就是一种反思和觉醒，他

---

① 王安忆：《"寻根"二十年忆》，《上海文学》2006 年第 8 期。
② 吴炫：《穿越当代经典文化——"寻根文学"及热点作品局限评述之一》，《南方文坛》2003 年第 3 期。

们的文章的深层意蕴我不可能理解，但根据我粗浅理解，那时候我也意识到一味地学习西方是不行的，一个作家要想成功，还是要从民间，从民族文化里吸取营养，创作出有中国气派的作品……但他们的文章在当时引起强烈的共鸣则是肯定的。当然，所谓的'寻根'很快又走向了反面，那就是出现了一批专门描写深山僻壤、落后愚昧、痴呆病态、泼妇刁民的作品，好像这就是我们的根子，其实，这是巨大的误解。但就是在这样的翻来覆去的过程中，作家们都慢慢找到了自我，各自的面貌在这个过程中越来越清晰了，优秀的作家都渐渐地具有了自己的写作面孔。"① 在这里，莫言一针见血地指出了书写偏远的"文化现象"的作品并不都是"寻根文学"的作品，而一味地追求所谓的偏远文化势必会影响到"寻根文学"的质量。

所以，"寻根文学"沉寂多年以后，批评家吴俊认为："这说明'寻根文学'的理论表面上是一种历史思维的方式，而实质上却是静态、静止的思维方式。它把一种可能性当成了绝对性，并且无限地提升了'失落的文化'的价值高度。但它同时又并不想也不愿沾上反现代、反文明的嫌疑。这就使'寻根文学'陷于一种进退维谷的尴尬境地。如果对此处境没有明确的自觉意识，只能说明'寻根文学'的理论立场确有其不彻底的暧昧性。只是这种暧昧性在当时还处于潜在状态，否则，应该会引起理论（表达）上的警觉。"② 在这里，评论者已清晰地注意到了"寻根文学"陷于进退维谷的境地的根本原因——思维方式的静态化，而所谓的静态化来自于理论立场上对其对象"文化"的青睐或批判态度的暧昧不明。这些论述，敏锐地触及到了"寻根文学"的不足之处。

其二，不管作家们倡导的"寻根文学"理论是否成熟，不管当初是什么样的动机促使完成了这场运动，"寻根"毕竟是当时一些年轻作家寻求文学突破的新途径。创作者们从政治话语场转入对民族传统文化的追溯、反思时，在客观效果上，使文学找到了一个新的表述维度。同时，因着"文化"主题自身的丰富性和包容性，叙述者面对"文化"主题时舍弃了以往现实主义作品中那种一味地对事物作判断的姿态，而采取冷静、客观化的叙事立场，从而使作品的内涵变得更为丰富了，为文学回归到文

---

① 莫言、王尧：《莫言王尧对话录》，苏州大学出版社 2003 年版，第 125 页。
② 吴俊：《关于"寻根文学"的再思考》《文艺研究》2005 年第 6 期。

学的本体产生了积极的推动作用。如果将"寻根文学"作品与"伤痕"、"反思"、"改革"以及当时发生了较强影响力的知青作家的作品相比，诸多优秀的"寻根"作品为文学史提供了新的文学形式。批评家谢有顺就说："文化'寻根'失败了，但'寻根文学'本身则充分展示出了一些青年作家的杰出才华。特别是他们坚定地把目光从现实中移开，使当代作家开始触及超越层面的话题，并从单一的社会批判模式中解放出来，建立起了文化批判的维度，这为一九八五年后当代小说进行以虚构为主要策略的叙事革命提供了一种可能。"①

　　"寻根文学"作品产生的这种激情和号召，为其迅速成为文坛一股潮流作出了不可估量的贡献，同时，也恰是这种激情性和潮流性，为诸多"寻根文学"作品艺术审美情感表述的模糊性埋下了伏笔。换句话说，"寻根文学"运动的意图是相当明确的：倡导者们对"根"的文化的发掘意在探寻其背后的民族文化动力，意在从民族文化中寻找中国文学写作的可靠性。若要探寻引发这一运动的源头或深层次因素，笔者认为，可追至自"五四"以来的反传统文化革命。自当时特定历史时期知识分子提出这种革命姿态以来，传统文化的存在一直暧昧不明，或者频频遭受主流话语形态的质疑。新中国成立以后，在政治意识形态话语占据统治地位的局面下，所谓的传统之根更是成了受压制的对象，即便有些以地域文化为描述对象的作品，比如"山药蛋派"之类，也被强大的、统一的革命式政治话语所裹挟。80年代中期，这批作家试图通过"寻根"来发掘文学写作的新意，无疑是对"五四运动"以来开始并逐渐占据强势地位的意识形态的一次反拨。

　　如果说"寻根"是人类的某种天性，那么，80年代"寻根文学"的出场代表了一种新的文化生存气象的到来，作品的背后隐藏着中国社会超越长期以来政治话语控制局面的集体吁求。从这个意义上说，"寻根文学"的出现有其必然性及象征性，而这种吁求也体现了急迫性和功利性，结果是"寻根小说"形式创新上的非自觉性，即：一方面，作品以新的叙事关系的建构和新的结构方式，展示出了小说发展的力量；另一方面，作品中又不乏急切地表述作者的观念、意图的痕迹。像前文所论及的叙述

---

　　①　谢有顺：《叙事也是一种权利》，载《从俗世中来，到灵魂里去》，郑州大学出版社2007年版，第121页。

姿态的游离性、一些作品过分追求异域文化的主题,王一生、丙崽这样带有很强的观念性的人物,都是这一局限的表现。因而,无论是"寻根文学"作家对传统文化主题的倡导,还是各种以"文化"为主题的作品的蜂拥而至,若从艺术表现力的角度考察,"寻根文学"的意义并不在对民族文化之根的深刻探讨,亦不在将创作的主题转向了对文化精神的探讨,而在于一些优秀作品,在叙述方式、结构及思维方式上的变化,这些变化成为 80 年代文学走向自身、走向文体自觉化的标志。

第 三 章
形式实验与真实观的变化：
"先锋小说"的形式

一 "元小说"与叙述主体：执著于叙述手法的改变

一般而言，"先锋小说"① 形式实验的最大功效是建立了小说艺术形式的本体意识，改变了中国小说艺术的审美精神。而对"先锋小说"作形式分析，首先无法越过的问题是作者在叙述技巧与手法实验方面的显著表现。

---

① 关于"先锋小说"的定义及范畴的问题，李兆忠在《旋转的文坛——"现实主义与先锋派文学"研讨会纪要》（《文学评论》1989 年第 1 期）中认为，"先锋小说"这一概念泛指当时一切"与西方现代哲学思潮、美学思潮以及现代主义文学创作密切相关，并且在其直接影响下的"，"其作品从哲学思潮到艺术形式都有明显的超前性"的小说，王蒙的"意识流"小说，韩少功、阿城等的"寻根小说"，刘索拉、徐星等的"现代派文学"，以及马原之后的形式主义小说都包括在内。许志英、丁帆主编的《中国新时期小说主潮》（2002 年）一书认为，"先锋小说"是寻根方兴未艾之时，文坛兴起的另一股小说实验的思潮，以马原、孙甘露、余华、残雪、苏童、叶兆言、北村等人的作品为分析对象。李洁非在《中国当代小说文体史论》（2002 年）一书中认为，1985—1986 年出现了一批新兴作家，包括莫言、刘索拉、徐星、残雪、马原，1987年后出现了"后先锋小说"，包括洪峰、余华、格非、苏童、叶兆言、孙甘露、北村、林白、陈染等。陈晓明选编的《中国先锋小说精选》（1993 年）一书中，收录了苏童、格非、余华、孙甘露、北村、叶兆言、潘军、扎西达娃、吕新、黄石的作品。本书主要采纳文坛关于"先锋小说"的基本共识的概念，即南帆所说，"'先锋小说'的首要特征是叙事实验，并且只有当以叙事为轴心集结为一个纲领明确的文学集团时"，"'先锋小说'的命名才成为必要；王蒙、汪曾祺、莫言、韩少功、残雪、刘索拉等分别开始了叙事实验，但他们都是单兵作战，并且他们的叙事更多地与某一个显眼的主题重叠在一起。而马原及其后继者，流露出共同的叙事兴趣，标志着一个以叙事为轴心的文学派别已经成型。"（南帆：《边缘："先锋小说"的位置》，载《问题与挑战》，海峡文艺出版社 2002 年版，第 529 页）因而，笔者选取 20 世纪 80 年代至 90 年代初期，具有实验文本性质的、在形式变革方面较有影响力的作家作品为分析对象。其中马原是形式变革的核心人物，余华、苏童等作家是其后一批年轻的形式实验者，而莫言和残雪凸显于文坛的时间明显早于他们，许多文学史将他们归入"新潮小说家"或"现代派作家"，但基于他们创作的独创性，以及在文学史上对年青一代作家的影响力，在此，笔者仍然将他们归入"先锋小说家群"进行讨论。

其中较早且产生了较大影响力的作者当属马原,其作品《冈底斯的诱惑》(1985 年)、《虚构》(1986 年)、《旧死》(1987 年)等,为中国小说叙事变革提供了最初的"形式实验"文本。可以说,在 20 世纪 80 年代的文学背景中,马原的出现是对现有艺术成规的强烈挑战,他为当代文学提供了一种新的叙事方式及思维方式,并掀起了长达数年的"先锋小说"实验运动,马原也因此成为一个影响作家的作家。正如有评论家对《冈底斯的诱惑》作的评述:"这部小说彻底摒弃了中国传统小说的种种框框,十分成功地把新的语言因素和新的结构因素掺入小说创作,从而给中国当代文学提供了第一部形式主义小说的经典之作。"①　就马原打破的传统小说叙事框框而言,吴亮称其为"马原的叙述圈套"②:"马原通过真事真说和假事真说的方法——我曾猜测过他的《虚构》和《道神》均有大量想象的情节——让自己进入一种再创经历、再创体验和再创感受的如临其境的幻觉,而这幻觉正好是被马原十分真实地经验到的——即在写作时被经验,或者说,是在叙述过程里被经验。在此,追问事情是否如此这般地发生,完全是不必要的。但我相信马原被自己的虚构能力和幻觉骗得不轻,除了年龄、身高、籍贯和履历,他关于自己的真实记忆不会太多太详细。他很大程度上是生活在他编织出来的叙述圈套中了。"③

实质上,马原的独特性乃是"元小说"叙事独特性的体现,这给众多小说家树立了新的叙述规则,对当代"先锋小说"叙述技巧和手法的试验产生了重要的意义。而最根本的意义在于小说艺术观念的改变,从叙述话语表述方式到叙述观念的变化上,体现出作者将直接发言的权力让位给了叙述者,通过叙述者主体性的建立,作者行使了虚构的权力。从"元小说"的叙述技法中,我们也可以推断出"先锋小说"在形式本体意味上的创建。

所谓"元小说",简言之,就是"关于小说的小说"④,在叙述话语中,叙述者提示出如何创作小说的过程,或者将叙述的形式本身作为题

---

① 李劼:《论中国当代新潮小说》,《钟山》1988 年第 5 期。
② 吴亮:《马原的叙述圈套》,《当代作家评论》1987 年第 3 期。
③ 同上。
④ [美]华莱士·马丁:《当代叙事学》,伍晓明译,北京大学出版社 1997 年版,第 93 页。

材，借以让读者意识到小说的小说性。美国的帕特里夏·沃（Patricia
Waugh）在她的专著《元小说》（*Metafiction*）中认为："元小说是一种
写作模式，在一个更广泛的文化运动中而言，它通常指向后现代主
义。"① 并且具体地归纳了区别于其他后现代主义小说的叙述技巧，包括
矛盾（Contradiction）、悖反（Paradox）、拼贴（objets trouves：metafiction-
al collage）、互文过量（Intertextual overkill）等。② 加拿大的高辛勇也认
为："更有一种自反现象则把叙事的形式当为题材，在叙事时有意识
地反顾或暴露叙说的俗例、常规（conventions），把俗例常规当作一种
内容来处理，故意让人意识到小说的'小说性'或是叙事的虚构性，
这种在叙说中有意识地如此反躬自顾，暴露叙说俗例的小说可称为
'名他小说'（metafiction 或译'元小说'、'后设小说'）。"③ 显然，
"元小说"具有清晰的虚构指向性。中国当代文坛"元小说"的出
现，尽管尚且不能完全归于后现代主义小说的行列，但体现了与中国
传统小说叙事完全不同的思维方式，技巧的改变意味着新的小说观念
的变革。

以马原的《冈底斯的诱惑》和《虚构》为例，我们可以看到叙述者
如何实践着虚构小说的目的。

如《冈底斯的诱惑》的第 15 节，叙述者讨论起小说的构思：

　　a. 关于结构。这似乎是三个单独成立的故事，其中很少内在联
系。这是个纯粹技术性问题，我们下面设法解决一下。

　　b. 关于线索。顿月截止第一部分，后来就莫名其妙地断线，没
戏了，他到底为什么没给尼姆写信？为什么没有出现在后面的情节当
中？又一个技术问题，一并解决吧。

　　c. 遗留问题。设想一下：顿月回来了，兄弟之间，顿月与嫂子
尼姆之间将可能发生什么？三个人物的动机如何解释？

　　第三个问题涉及技术和技巧两个方面。④

---

①　Patricia Waugh, *Metafiction：The Theory and Practice of Self-Conscious Fiction*, London：
Methuen, 1984, p. 21.

②　Ibid. , pp. 137 – 149.

③　［加拿大］高辛勇：《修辞学与文学阅读》，北京大学出版社 1997 年版，第 93 页。

④　马原：《冈底斯的诱惑》，《上海文学》1985 年第 2 期。

如《虚构》的第 19 部分，临近故事结束时，叙述者跳出故事情节链，说了如下一段话：

> 读者朋友，在讲完这个悲惨的故事之前，我得说下面的结尾是杜撰的。我像许多讲故事的人一样，生怕你们中间一些人认起真：因为我住在安定医院是暂时的，我总要出来，回到你们中间。我个子高大，满脸胡须，我是个有名有姓的男性公民，说不定你们中的好多人会在人群中认出我。我不希望那些认真的人看了故事，说我与麻风病患者有染。①

无论是关于小说结构方式的介绍，还是对叙述者自我身份的交代，马原这里都将叙述过程呈现给了读者，将读者对故事的注意力拉向了对叙述过程的重视。值得一提的是，在叙事中交代叙事的实验手法，以往许多作品都有所体现，比如，新时期初期王蒙在《杂色》（1980 年）中写道："这是一篇相当乏味的小说，为此，作者谨向耐得住这样的乏味坚持读到这里的读者致以深挚的谢意。"但是，这些作品并没有对叙事观念产生质的影响。而马原将这种叙述交代作为建构故事内容的一部分，他灵活地运用叙述者，将叙述小说的过程不断地呈现在话语层面，叙述者总是在叙述故事的时候不断地提醒着自己讲故事的身份，总在不断地告诉读者这个故事是如何被叙述出来的。这里以一种强势的话语逻辑，干预着读者对故事内容本身的兴趣，而不得不关注作品的叙述方式。更重要的是，叙述者还不断地提示读者这个故事的真实性，这又大大打击了人们对故事内容信息获取的可信度。像他的《虚构》、《上下都很平坦》等作品，都将对创作过程的叙述指向表述出这样的观点：故事内容是虚构的。

"元小说"的叙述技法，在"先锋小说"中频繁出现。以下是选择了几部代表作，从中摘录的体现"元小说"叙述话语特征的一些语句：

---

① 马原：《虚构》，《收获》1986 年第 5 期。

作品名称	作者	发表时间	出处	体现"元小说"特性的叙述话语
瀚海	洪峰	1987	《中国作家》1987 年第 2 期	我的故事如果从妹妹讲起，恐怕没多大意思。我刚才所讲到的那些，只不过是故事被打断之后的一点联想。它与我以后的故事没有关系，至少没有太大关系。所以今后我就尽可能不讲或少讲。这有助于故事少出现茬头，听起来方便。
枣树的故事	叶兆言	1988	《收获》1988 年第 2 期	有一位四十年代常在上海小报上发表连载小说的作家……直到有一天，他突然决定以尔勇的素材，写一部电影脚本，创作冲动才像远去的帆船，经过若干年的空白，慢慢地向他漂浮着过来。我深感这篇小说写不完的恐惧。
请女人猜谜	孙甘露	1988	《收获》1988 年第 6 期	这一次，我部分放弃了曾经在《米酒之乡》中使用的方式，我想通过一篇小说的写作使自己成为迷途知返的浪子，重新回到读者的温暖的怀抱中去，与其他人分享二十世纪最后十年的美妙时光。
南方的情绪	潘军	1988	《收获》1988 年第 6 期	我搁笔已久。没有写东西的一个原因是气候极端反常。于是我坐到案前，准备写一篇叫做《南方的情绪》的小说。
南方的堕落	苏童	1989	《时代文学》1989 年第 5 期	我厌恶香椿树街的现实，但是我必须对此作出客观准确的描写，这是没有办法的事情。

此外，像帕特里夏·沃提到的拼贴（objects trouves：metafictional college）、互文过量（Intertextual overkill）等技巧也是作为"元小说"的一种有效手段在先锋作品中得到体现。比如孙甘露的《请女人猜谜》（1988年）就提供了互文的技巧。叙述者在《请女人猜谜》的文本中，叙述了《眺望时间消逝》的写作过程和内容，两个文本互为文本。并且，后一文本的出现故意模糊了叙述本身的清晰性，双方在内容上构成了相互消解的关系。这种写法在孙甘露的另一作品《岛屿》（1989 年）中也表现突出。

这种双重文本的写作，同博尔赫斯的《曲径分岔的花园》一样，体现了作家对叙述意义的新的理解，作家们试图通过多重文本，构成一种文本间意义的互动性和消解性，小说的主题自然存在于其他文本的互动与互补中，变得不确定和模糊化。

"元小说"的叙述元素，体现了叙述方式的新变，也引起小说文本结构、语言等各方面元素的改变。像《冈底斯的诱惑》中结构作品的是多个故事：猎熊的故事，陆高、姚亮与一位姑娘的故事，看天葬的故事，顿珠、珠月的故事等等。在"元小说"叙述元素的作用下，作品故事情节的线性发展链往往被打破，显现了事件被分割、叙事拼贴化、时间空间化等诸多特征。因为小说叙事中强调的是叙述者控制叙述过程及虚构叙述的可为性，故事内容之间没有逻辑上的联系，故事的内容是由叙述者结构的，而且，在叙述中，叙述者为了显示其虚构之能或叙述的主体性，故意模糊人物的身份和故事发生的时间，因而结构的主线是叙述者的叙述权限。当叙述者在《虚构》中郑重其事地告诉读者，"我得说下面的结尾是杜撰的"时，以往读者阅读现实主义文本时所建立的真实性经验，早就烟消云散了。

有评论家曾对"元小说"与先锋性作如此论述："大约从《项狄传》开始，元叙述便有先锋性出现，它采用的是叙述者与想象读者间的对话，而这种对话强调的是艺术与生活间存在的差距，提示的是矛盾性；另一重要特征是斯特恩的元叙述保持人物低于语境，具有反讽性，透视的是生活中某种荒诞的东西，目的与功能也就不一样了，这使得叙述与元叙述拉开了距离，二者形成一种张力，这样就提供一种新的可能性。"[①] 80 年代中后期出现的"先锋小说"中的叙述者正是通过对叙述过程的提示，干扰了读者对故事内容的"直观"理解，并将读者对故事的理解引向另一层面，以此打破小说尽可能真实地书写现实生活场景的观念，却强调了艺术与生活之间的距离。

从实质上说，这里放弃的是作者直接在作品中对事物发出判断的叙述方式，从而确认了叙述者本身的主体地位。这种方式意味着作家对现实看法的改变，即这种叙述者对叙述主体性确认的背后，隐藏着作者对现实世界判断的非确定性，也是对读者判断空间的预留。马原在处理真实与虚构

---

① 刘恪：《现代小说技巧讲堂》，百花文艺出版社 2006 年版，第 163 页。

关系时，宣称了对以往创作规范的不满，他说："比如'现实主义'创作原则。不错，文艺创作是离不开现实的，因为人类的社会生活是任何文艺创作的原料基地，但是这不等于现实生活就是文学艺术作品，不应当将现实主义视为一条僵化的教条，更不等于尊重现实主义，就去复制现实照搬现实，甚至去解释、体现现实中的某些政策条文。"① "作家可能更在乎另一个方面——真实。"② "对于小说家来说，所有的真实都是以片断的方式进入内心。"③ 自然而然，进入虚构世界的小说，故事的真实判断并不建立在现实主义那种事实的对应性上，而要在诸多的不确定性中去体会和寻找。

作为一个有阅读经验的读者，我们应该相信作者力图用一些提示虚构的语言来使读者更清楚地认识真实，这也是"元小说"带给中国小说观念更新的核心要素。华莱士·马丁的话极为恰当，他说："'小说'是一种假装。但是，如果它的作者们坚持让人注意这种假装，他们就不假装了。"④ 这种叙述技巧的运用，为小说叙述形式提供了新的可能性，而这种新的可能性，为读者提供了一条重要信息：作家们正通过展示叙述者对叙述过程的控制力和主体性，来展示小说叙述远离现实主义的创作原则，彰显小说的虚构性特征。当然，这是诸多作品中彰显虚构性特征的一个方面。这种"叙述"的"假装"的确立，成为"先锋小说"的重要标志。也就是说，正是从叙述话语层面，先锋作家们进行了叙述变革的宣扬。正如苏童所说："虚构不仅仅是幻想，更重要的是一种把握，一种超越理念束缚的把握，虚构的力量可以使现实生活提前沉淀为一杯纯净的水，这杯水握在作家自己的手上，在这种意义上，这杯水成为一个秘方，可以无限地延续你的创作生命。虚构不仅仅是一种写作技巧，它更多的是一种热情，这种热情导致你对于世界和人群产生无限的欲望。"⑤

这里我们也注意到了一个有趣的问题，即"先锋小说"喜欢用第一人称叙述者"我"来宣布对故事虚构的权力。一方面，如上文所言，这

---

① 马原：《现实与虚构》，载《虚构之刀》，春风文艺出版社 2001 年版，第 1 页。
② 同上书，第 14 页。
③ 同上书，第 15 页。
④ ［美］华莱士·马丁：《当代叙事学》，伍晓明译，北京大学出版社 1997 年版，第 229页。
⑤ 苏童：《虚构的热情》，载《苏童作品精选》，长江文艺出版社 2007 年版，第 349 页。

种写作技巧在极大程度上体现了叙述者确认故事的虚构、确认艺术与生活的距离的主体性；另一方面，当我们将其认定为叙述者而非作者的言语时，我们也依然把握到了作者的"心声"。依然以马原为例。他在作品中迫不及待地宣布：

> 我就是那个叫马原的汉人，我写小说。我喜欢天马行空，我用汉语讲故事，汉字据说是所有语言中最难接近语言本身的文字，我为我用汉字写作而得意。全世界的好作家都做不到这一点，只有我是个例外。①

文字中透露了作家虚构、创造的自信和坚决。这个被文坛称作"大马"的马原，在当时拥有超强的自信力。据《收获》一编辑评述："马原绝对自信，心直口快，有时却又天真得像小孩。文学界一度流传过关于他的一则笑话，说是马原想自己筹资设立一个文学奖，在文坛看了一圈后，他还是决定把奖颁给自己。"② 从这段描述中，我们可以看到作家个性对作品的影响。在我看来，马原的小说并不是小说艺术感很强的优秀之作，即其意义并不在于作品的优异性，而在于小说形式革新上的开创性。这种意义之所以在马原这里树立了，与他张扬的个性有关，也与时代给予"先锋作家们"的生活环境有关，因为那是一个对形式变革充满绝对信心的时代。作家和批评家都强调"怎么写"来对抗"写什么"，强调形式就是内容，充满了沉迷于"怎么写"的自信。现在看来，这种充满"形式自信"的感觉叙事，既提示了虚构之能，表明了小说的虚构本质，但也暴露了中国作家在叙事策略上并不高明的弱点。其最大危害在于，文学观念转变的问题越来越成为一些专业人士内部讨论的问题，而忽视了广大读者的阅读需求。而他们之中许多作家体现出的渴望出名与被认可的姿态，体现了中国先锋派走向体制与文坛中心的努力，这也成为他们日后无法更长久地保持先锋姿态的重要原因。

在"元小说"，或者这样一种叙述手法中，最突出的技术要点便是：叙述者不断地将叙述过程本身呈现给读者。但如果超越技巧层面的话题，

---

① 马原：《虚构》，《收获》1986 年第 5 期。

② 程永新：《一个人的文学史：1983—2007》，天津人民出版社 2007 年版，第 156 页。

我们可以发现，从"元小说"叙述技巧的运用中，我们看到了虚构之于小说创作的重要性。可以说，"先锋小说"形式实验所传达的叙述者的主体性的发挥，以及由此表达的小说艺术真实观的改变是至关重要的。作家们不再局限于对现实的模仿或反映，而是将小说作为一个独立的艺术空间，一个可以进行自由想象的艺术空间。由此，我们也可以解释，在诸多"先锋小说"作品中，即使没有了"元小说"中那般叙述者喋喋不休地对叙述过程的交代，也会有对精神世界的超乎现实极致的客观描述。

比如，莫言在《红高粱》中对血腥的描写，残雪作品对冷酷的亲情的描述，余华作品对暴力的描述，等等。从叙述策略上来说，这些话语的生成，与作者所持的小说艺术是虚构的艺术的观点是分不开的，与作者赋予叙述者以无限的虚构能力分不开的。正如有评论家所分析的："先锋小说不仅由于塑造了一种新的叙述者而给读者带来了关于世界和人生的新的经验和感受，而且对中国小说艺术的发展起了相当大的促进作用。先锋小说触动了中国作家和读者关于小说的观念。今天的小说作者和读者可以忘记先锋小说的叙述圈套和叙述策略，可以重新开始塑造合乎情理的人物和构思逻辑分明的情节，甚至可以重新迷恋一个义正词严进行说教的叙述者，但是他们在短期内不会忘记先锋小说的叙述者并将清醒地认识到小说作品中的叙述者是由作者造就的。而这是一个重要的认识。"①

因而，尽管许多"元小说"尚存在着故意将叙述弄得复杂化的不高明之处，但是，"元小说"叙述方式大量被运用的事实，透露出了小说艺术观念变革的讯息，表达了小说从封闭走向开放叙述的形式的可能性，这是小说家们看待世界的思维方式发生变化的结果。这种方式的影响力显然比"元小说"叙述方式本身更深远。

二　不确定性:穿越常规叙述时序的话语

在"先锋小说"作品中，我们注意到了频频出现这种叙述话语，如：

---

① 程永新:《一个人的文学史:1983—2007》,天津人民出版社 2007 年版,第 72 页。

父亲就这样奔向了耸立在故乡通红的高粱地里属于他的那块无字的青石墓碑。他的坟头上已经枯草瑟瑟，曾经有一个光屁股的男孩牵着一只雪白的山羊来到这里……有人说这个放羊的男孩就是我，我不知道是不是我。我曾经对高密东北乡……① （着重号系笔者所加，以下亦如此）

那时正巧碰上仲夏时节的梅雨。那天早上天气有点凉，那个姓张的人带着一个瘦弱的女孩沿着泥泞的谷道艰难地朝村子里走来。

"直到现在，"老人回忆说，"我还不知道他的名字。他的女儿好像叫小青。现在她已经老了．在后村住着，也不叫这个名。"②

那个女人的呼喊声持续了很久，我是那么急切和害怕地期待着另一个声音的到来，一个出来回答女人的呼喊，能够平息她哭泣的声音。可是没有出现。现在我能够意识到当初自己惊恐的原因，那就是我一直没有听到一个出来回答的声音。再也没有比孤独的无依无靠的呼喊声更让人战栗了，在雨口空旷的黑夜里。③

男孩小拐出生三个月后就不吃奶了，多年以后王德基回忆儿子的成长，他竟然不记得自己是怎么把小拐喂大的。④

在这类叙述中，加着重号的话语是叙述者跳跃出原来叙述时序的一种叙述。通过诸如"那天"、"现在"、"那"、"多年以后"、"回忆"等词语，作品在原有的叙述空间中多出了一层，甚至多层叙述空间，使故事发生的现场一下子指向了过去，一下子又指向现在，一下子又指向过去某一时刻的当下。就像苏童《刺青时代》中的这个例子，"男孩小拐出生三个月后就不吃奶了"是对过去某一事件的陈述，是一个过去式的结构，"多年以后王德基回忆儿子的成长"则将故事拉向了过去完成时的状态，而"他

① 莫言：《红高粱》，《人民文学》1986 年第 3 期。
② 格非：《青黄》，《收获》1988 年第 5 期。
③ 余华：《呼喊与细雨》，《收获》1991 年第 6 期。
④ 苏童：《刺青时代》，长江文艺出版社 1993 年版，第 2 页。

竟然不记得自己是怎么把小拐喂大的"又将故事拉向现在进行时态的结
构。如果用安贝托·贝柯分析《西尔薇》用的"闪回"、"闪进"的评论
术语①，叙述者在这里不断地用"闪回"和"闪进"的方式，打破固有
的叙事时间，或是弥补一些事实，或是迫不及待地回到故事的某一点，交
代事情的进展，造成了因叙事时间跳跃而产生的迷幻感。这些叙述仿佛是
前行路程中不断跳跃出来的分岔路口，使读者产生一种既迷惑不解又被深
深吸引的阅读感。这种迷离与多维度的时空的制造，显然，越来越将清晰
的事情变得充满不确定性和模糊性，这与现实主义创作原则追求的固定的
时间、地点、事件，以及清晰的故事情景有了很大的不同。然而，如果我
们细细地体会这种不确定性和模糊性，我们是否会突然发现，它们与我们
日常生活的经验更接近呢？现实生活中，我们是不是也经常对诸多事物充
满着犹疑和无法判断的情绪呢？当我们在思考某一问题的时候，实际上支
撑着我们当下的思考的，不仅仅是事件当下的某一状态，还包括过去、现
在、未来的诸多元素的杂糅。所以，暂且忽略其中多多少少包含的作家们
故意玩弄叙述技巧的意图的话，我们可以下此判断：这样一种叙述的方式
解码了一个我们日常生活中某种体验的真实存在。正如余华所言："在人
的精神世界里，一切常识提供的价值都开始摇摇欲坠，一切旧有的事物都
将获得新的意义。在那里，时间固有的意义被取消。十年前的往事可以排
列在五年前的往事之后，然后再引出六年前的往事。同样这三件往事，在
另一种环境时间里再度回想时，它们又将重新组合，从而展示其新的意
义。时间的意义在一片宁静里随意变化。"② 我以为，发掘时间的意义是
小说存在的最大的智慧。

　　可以说，这种叙述方式，打破了传统的线性叙述时间结构，叙述者不
断地进入过去或未来的叙述时间中。这在许多作家身上体现于对"回忆"
的重视，而有些作品则干脆让整个作品建立在"回忆式"的结构中。比
如，格非的《褐色鸟群》（1988 年）。故事的情节比较简单："我"在河

_____

　　① ［意］安贝托·贝柯认为："《西尔薇》中最基本的机制是在闪回和闪进之间变幻不定，
而且频繁使用一组一组的嵌入式的闪回。""每个故事都有一个叙事时间……但叙事者……和其
它人物却可以先于叙事时间的事。或者他们可以暗示有些事已经正如预料地发生过了。像热拉
尔·热奈特说的，一个闪回好像能弥补一些先前被作者遗忘的事实，而闪进则似乎是作者在叙述
中的迫不及待。"（安贝托·贝柯：《悠游小说林》，俞冰夏译，三联书店 2005 年版，第 33 页）
　　② 余华：《虚伪的作品》，《上海文论》1989 年第 5 期。

边小屋写作,遇到了一位叫棋的姑娘,"我"以回忆的方式向她讲述了"我"与一位穿栗色靴子的女人的故事。最后,"我"又一次遇到了一个在"我"看来是棋,而遭到她自己否认的女孩。整个故事就套在一个"回忆"的框架中,力图通过回忆来向读者讲述清楚自己的经历,作品中的"我"就直接抒发:"回忆就是力量。"回忆框架的建构,形成了一个"大闪回",使叙事时间形成了倒流式、跳跃式的形式,故事存在于"我"对事件回忆的过程中,至于回忆的可靠性以及故事的清晰性,似乎并不是叙述者所要关心的问题,反而,叙述者有故意利用回忆具有的模糊性来制造迷宫的嫌疑。

如果将马原的小说与格非的小说进行比较,我们发现,马原总是以庞杂的故事内容或情节线索来创造陌生化的阅读效果,格非则喜欢用一系列复杂的细节来使简单的故事内容或情节变得复杂起来。因此,格非的作品往往能够抖搂出一条较为明晰的故事链,而马原的作品抖搂出来的依然是千头万绪,但两者在叙事策略上所体现的智慧,一样值得尊重。比如,马原的《虚构》中也出现了时间混乱的描述,当"我"走出麻风村时,文章写道:

> 我发现有什么东西不对头,是什么呢?对了,时间。我知道又出了毛病了。①

马原以故事中时间的混乱来展示叙事时间的混乱,在故事的结尾通过一种时间上的不存在性来指涉经历的不确定性。而在《褐色鸟群》中,更多的则不是通过叙事时间本身的模糊,而是通过一系列不断令人迷糊的细节来提示经历的不确定性。比如,"我"明明已确认 1992 年春天在郊外遇到的那位跟瘸子在一起的女人就是多年前"我"跟随了很久的穿栗色靴子的女人,甚至"我"已在她的卧室看到了一双栗色靴子,但"我"的"确认"却遭到了这个女人的否认。而且,她还告诉"我"从河里捞起了一辆自行车和一个年轻人的尸体,以此再次模糊"我"的判断。这样的细节描述,使得并不模糊的叙事时间却有了模糊的叙事内容。

这种"闪回"、"闪进"的跳跃叙述,不仅体现在作家对叙事时间的

---

① 马原:《虚构》,《收获》1986 年第 5 期。

突破，也体现在作家在叙述时将所指的重心转向了能指的重心。若与注重叙事所指的清晰性和条理性的小说相比，"先锋小说"对能指的呈现和玩味，体现在对叙述形式的玩味。因而叙述的能指化是"先锋小说"话语的显要特征，并在能指化中使文字产生了绵延感和缠绕感。

在所有代表作家中，将这种特征推向极致的无疑当属孙甘露，其在《信使之函》（1987年）开篇作的"喋喋不休"的描述很有代表性，从第一个"信是纯朴情怀的感伤的流亡"到最后一个"信是一次移动"，"信是……"的句式，被使用了50多次。每一次"信是……"的叙写，都是词语在想象和梦幻效应上的一次新的演进，词语自身的流动带来了蜿蜒、流畅和混杂，使文本超越了传统的能指和所指的对应框架，而词语连缀带来的能指的恣意狂放代替了所指的清晰与明了。

叙事中时间的变动以及所指功能的凸显，产生了叙事意义的模糊和不确定性，而且，无论从哪个角度衡量，"先锋小说"这种不确定性、模糊性已成为显著的标志：一方面，这显然是作家在叙述策略上的变革；另一方面，一个作家所用的文体与形式，通常是作家如何处理他与现实关系的一个隐喻或象征。所以，这既是语言、文本结构的特征，也是作家对世界的体悟与认知。如同叙事技巧大师博尔赫斯借助迷宫打开新的现实秩序，"先锋小说家"在叙事话语中体现出的这种不确定性，表明他们打破了现实主义的认识观，树立了对世界的新的理解方式。在他们看来，世界的一切都是不可确定的、不可轻易作出判断的，诸如"伤痕"、"反思"式的确信或价值判断，是不可行的。而现实主义小说作品中，人物形象的典型性、个性化，环境描写的衬托性，故事情节的清晰性，在"先锋小说"作品中也被颠覆了。代之而来的，是叙述者不断地打破叙述时间流程，模糊人物形象的印迹，甚至用数字取代人物姓名，使故事情节线索变得繁复多变，在结构上产生强烈的跳跃感，而艺术世界中的现实变得异常复杂与令人难以捉摸了。

海德格尔在《存在与时间》中认为，时间从过去流向将来只是神话，只是形而上的迷误。通过叙述策略的改变，"先锋小说家"在对待时间这一问题上，也找到了自己的独特理解。正如余华所说："因此现实时间里从过去走向将来便丧失了其内在的说服力。似乎可以这样认为，时间将来只是时间过去的表象。如果我此刻反过来认为时间过去只是时间将来的表象时，确立的可能也同样存在。我完全有理由认为过去的经验是为将来的事物存在的,因为过去的经验只有通过将来事物的指引才会出现新的意义。拥有上述前提以后,我开始面对现在了。事实上,我们真实拥有的只有现在,过去和将来只是现在两种表现形式……由于过去的经验和将来的事物同时存于现在之中,所以现在往往是无法确定和变幻莫测的。"① 从作家对时间的认识中,我们看到了这些作品与现实主义创作规范的不同。因而,不确定不仅是一种叙述的方式,更是对世界的认识态度。"先锋小说"向我们表明,世界并不是黑白对立,人物不是简单的阶级立场分明,事件不再是只有一种发展的可能性,甚至时间也不再是过去走向未来那么清晰的。

三 艺术真实观与精神世界的重建

叙述者主体功能的发挥,叙事时间、叙事结构等诸要素的变化,无疑显示了"先锋小说"注重叙述过程,即"怎么写"的形式策略。从这些变革因素中,我们也不难发现其与卡夫卡、罗伯—格里耶、博尔赫斯之间的联系。这种联系的紧密性,既表明了中国当代作家体现的现代主义、后现代主义的艺术精神,也表明了"先锋小说"的叙事方式在世界文学范围中的普遍性。然而,不管如何,在中国小说艺术演变史的范畴中,"先锋小说"的叙事革命带来了深刻的影响。而其深刻性不仅在于所运用的叙事策略与现实主义叙事传统的背离,更在于其艺术精神世界的突围性。当"先锋小说"将语言的演练拉向一个从未有过的高度时,其所表达的精神生活,也正试图努力找到与以往认定的"现实"不一样的"存在"。恰如米兰·昆德拉所说:"小说家考察的不是现实,而是存在,而存在不是既成的东西,它是人类可能性的领域,是人可能成为的一切,是人可能做的一切。"② "先锋小说"似乎是发现"存在"的最佳实践者。

那么,"先锋小说"勘探了怎样的存在呢?在上文关于叙述者的主体性及叙述时间、结构的分析中,我们已发现了其许多特质,在此,我们主要强调的是其独特的精神气象。其中,最鲜明的莫过于"先锋小说"对暴力及怪异世界的书写。

---

① 余华:《虚伪的作品》,《上海文论》1989 年第 5 期。

② [捷克]米兰·昆德拉:《小说的艺术》,唐晓泽译,作家出版社 1992 年版,第 44 页。

　　残雪是呈现充满荒诞感与异化性世界的显著实践者。她通过《公牛》（1985 年）、《山上的小屋》（1985 年）、《黄泥街》（1987 年）、《苍老的浮云》（1989 年）等作品，叙写了人与人之间的冷漠、猜忌、残暴，世界的扭曲、变形、恐怖，内心的焦灼、不安、变异，展示了奇异的精神世界。她在创作中如此执著地表达着世界的龌龊、人情的冷漠、人性的坚冷，是中国当代文学史上无人可比的。如《山上的小屋》（1985 年），以"我"的体验为叙述主线，展示的是一家人的"别样"生活。"我"纠缠于山上的黑风、狼的嗥叫及不断整理抽屉的行为引起的焦躁与不安中，而"我"身边的母亲、妹妹和父亲与"我"的不安紧密相关。文中写道：

　　　　我心里很乱，因为抽屉里的一些东西遗失了。母亲假装什么也不知道，垂着眼。但是她正恶狠狠地盯着我的后脑勺，我感觉得出来。每次她盯着我的后脑勺，我头皮上被她盯的那块地方就发麻，而且肿起来。我知道他们把我的一盒围棋埋在后面的水井边上了，他们已经这样做过无数次，每次都被我在半夜里挖了出来。我挖的时候，他们打开灯，从窗口探出头来。他们对于我的反抗不动声色。

　　　　父亲用一只眼迅速地盯了我一下，我感觉到那是一只熟悉的狼眼。我恍然大悟。原来父亲每天夜里变为狼群中的一只，绕着这栋房子奔跑，发出凄厉的嚎叫。

　　　　小妹偷偷跑来告诉我，母亲一直在打主意要弄断我的胳膊，因为我开关抽屉的声音使她发狂，她一听到那声音就痛苦得将脑袋浸在冷水里，直泡得患上重伤风。①

　　之所以对原作进行大段的引用，是因为在"先锋小说"出现之前，还没有人像残雪那样将家人的关系写得如此凄冽，其中的荒诞与怪异很难用其他文字进行再次阐释。在这一短篇小说中，与其说残雪创造了一种新的艺术形式，不如说这些文字本身就给人一种强烈的刺激。语言所极力表达的人与人的精神隔膜的主题似乎已经取代故事本身，给读者带来了强烈

----

① 残雪：《山上的小屋》，《人民文学》1985 年第 8 期。

的形式意味。而残雪自己也似乎对作品创造的这种充满"极致感"的精神世界充满热情，她一直追求着一种来自于内心并能透视灵魂的写作，正如她自己所说："精神的层次在当今正以比以往任何时代都要明晰的形式凸现着，这一方面是由于自然科学的飞跃发展，另一方面则是由于人类对于精神本身的深入探讨和不断揭示。"① 今天，当我们看待残雪的时候，我们依然将其认为是"先锋小说"最强的坚持者，而这种坚持显然与残雪的创作一开始便直指精神世界的重建有关，或者说，与其他"先锋小说家"相比，残雪有更坚定的精神内核。

残雪这种充满荒诞感和异化性的生存世界，也是 80 年代中后期先锋小说家们建构艺术世界的方式。余华前期的作品极具代表性，像《十八岁出门远行》（1987 年）、《现实一种》（1988 年）、《古典爱情》（1988年）、《往事与刑罚》（1989 年）、《河边的错误》（1988 年）、《鲜血梅花》（1989 年）等作品，充满血腥和暴力。余华简直就是一位暴力的迷恋者，他曾如此叙述自己一度对暴力的迷恋："我在 86 年，87 年里写《一九八六年》、《河边的错误》、《现实一种》时，总是无法回避现实世界给予我的混乱。那一段时间就像张颐武所说的'余华好像迷上了暴力'，暴力因为其形式充满激情，它的力量源自人内心的渴望，所以它使我心醉神迷。让奴隶们互相残杀，奴隶主坐在一旁观看的情景已被现代文明驱逐到历史中去了，可是那种形式总让我感到是一出现代主义的悲剧。人类文明的递进，让我们明白了这种野蛮的行为是如何威胁着我们的生存。然而拳击运动取而代之，在这里我们可以看到文明对野蛮的悄悄让步。即便是南方的斗蟋蟀，也可以让我们意识到暴力是如何深入人心。在暴力和混乱面前，文明只是一个口号，秩序成为了装饰。"② 对暴力的如此迷恋，是余华走向文坛时带给读者的强烈冲击。

其他作品，像洪峰《奔丧》（1986 年）中对亲人死亡的冷漠，苏童《刺青时代》中少年小拐们的斗殴，《南方堕落》中香椿树街中"带有霉菌味的空气"，以及莫言《透明的红萝卜》（1985 年）、《枯河》（1985年）等作品中关于饥饿、压抑、孱弱等感觉的描写等等，诸种意象足以构成"先锋小说"的"异端世界"。因而，有些评论家曾用"审丑"来

①　残雪：《残雪的文学观点》，《延安文学》2007 年第 4 期。

②　余华：《虚伪的作品》，《上海文论》1989 年第 5 期。

概括"先锋小说"的美学特征（比如王洪岳的《审美的悖反：先锋文艺新论》，社会科学文献出版社 2005 年版）。我以为，审丑的这一话语形式背后更隐含了这一代作家特有的情结。李陀在《漫谈纯文学》中就敏锐地指出："80 年代的文学虽然强调形式变革，但那时对形式的追求本身就蕴含着对现实的评价和批判，是有思想的激情在支撑的，那是一种文化政治。"① 这种文化政治应当是一代作家关于历史、关于政治的特殊记忆和体验。有位评论家曾明确地将这种体验归于"文化大革命"的体验，他说："如果忽略了对'文革'毛语体系的敏锐把握，研究中国先锋文学将是徒劳的，因为'文化大革命'正是毛语最活跃的时期，当然也是话语暴力对心灵的震撼最强烈的时期。"② 这段论述，直接明确了"暴力"叙事的精神内核，即与"文化大革命"的暴力生存相关的人性揭示。"先锋作家们"选择了这样的语言方式来表述"文化大革命"与人性，余华曾说："所以我觉得八十年代的一些事件，给我们的心理带来的冲击，把我们'文革'的经验全部调动起来了。"③ "文化大革命"十年，正是这其中许多作家的童年和少年时期，此时的所见所闻构成了他们创作的精神资源。如果借用德里达提到记忆的"事后性"概念时所说的话，"记忆的特殊之处在于它不是心理的特性，而是心理的本质：抵抗，因而确切地说，是对踪迹的强烈开启"④，那么，先锋小说家们的这种开启是深刻的，也是这一代作家独有的。所以，一定意义上说，"先锋小说"的凸显有独特的历史印痕。

就文学史的意义而言，有意思的倒不是"先锋小说"的经验，而是先锋小说家们对这种存在于人内心深处的历史记忆的表述方式，已完全不同与"右派"、"知青"作家的表述方式。一定意义上，他们更注重语言形式本身带来的艺术想象世界的构建，对伤痛的表达，不再以集体式

① 李陀：《漫说"纯文学"》，《上海文学》2001 年第 3 期。
② 杨小滨：《中国先锋文学与"毛语"的创伤》，载刘青峰编《文化大革命：史实与研究》，香港中文大学出版社 1996 年版，第 424 页。
③ 王尧：《1985 年"小说革命"前后的时空——以"先锋"与"寻根"等文学话语的缠绕为线索》，《当代作家评论》2004 年第 1 期。
④ Jaques Derrida, Writing and Difference, tran, Alan Bass（Chicago：University of Chicago Press, 1978）p. 201. 本段话的中文翻译，引自杨小滨《中国先锋文学与"毛语"的创伤》，载刘青峰编《文化大革命：史实与研究》，香港中文大学出版社 1996 年版，第 426 页。

的、意识形态式的话语为引导，而是以艺术形式本身的纯粹性为标志。所以，我们也不难解释，诸多作家笔下的人物何以将各种刑罚演绎得一丝不苟。在这些作品中，已经完全不存在像"伤痕文学"代表作《班主任》中面对迫害发出的"救救孩子"的呼喊声了，而是更多地向读者呈现出一个极致的精神世界。与传统现实主义的创作规范相比，"先锋小说"在人物的设置和情节安排上，一方面，他们对细节的描述达到了无比细腻的程度，语言传达的"感觉"相当丰富。另一方面，关于暴力、异化等主题的书写带上了对存在进行哲学思考的意味，即对现实的思考拥有了抽象化、哲学化的形式意味。作家笔下的暴力不是作为一种现实，而是作为一种思考呈现出来的。当然，暴力与怪异的艺术世界是"先锋小说"精神世界的一个重要方面，而像对旧有形式规范的挑战也同样表现出了"极致性"，也正是从这个意义上，"先锋小说"体现了强烈的颠覆传统的意图，体现出了强烈的"先锋性"。

四　"先锋"与"形式"间的价值建构

从叙述技巧到真实观的变动，在中国当代小说史上，"先锋小说"成就了形式变革的新意。若回到文学史的现场，我们再次探讨"先锋小说"与艺术形式变革间的关系，可以发现，"先锋小说"的出场离不开1987年《人民文学》和《收获》上的集中展示。1987年《人民文学》第1、2期合刊集体推出了孙甘露的《我是少年酒坛子》、北村的《谐振》、叶曙明的《环食·空城》等作品。《收获》的第5、6期则集体推出了苏童的《一九三四年的逃亡》、余华的《四月三日事件》和《一九八六》、孙甘露的《信使之函》、格非的《迷舟》等作品。这些作品以鲜明的话语意识和形式实验掀起了一股热潮。而批评家和编辑可以说是制造"先锋文学"热潮背后的核心力量，是文坛酝酿已久的小说艺术形式变革的观念及激情的推动者。

探讨形式内涵及追求艺术形式的创新是20世纪80年代中国文坛的热点话题之一。在1980年《文艺报》座谈会上，李陀就说："文学创新的焦点是形式问题。"[1] 80年代初主要局限于与传统意义上的内容相对的技

　　① 转引自王尧《1985年"小说革命"前后的时空——以"先锋"与"寻根"等文学话语的缠绕为线索》，《当代作家评论》2004年第1期。

巧、结构等方面的探讨，至 80 年代中后期，逐渐形成了不再一味地强调形式之于文本或之于内容的重要性、不再简单地重复内容与形式相统一的观点，而形成了视形式为艺术本体的观点，李劼的《试论文学形式的本体意味》一文是重要标志。在文章中，李劼强调了"怎么写"的意义，并以"语言"为中心建构了形式的本体意味。对形式的关注，包含着文学在当时语境下的特殊诉求："人们习惯于从一种社会学、文化学的角度看待一个新的文学运动。当他们谈及'五四'新文学时，总是先强调新文学的反帝反封建意义、强调新文学所蕴含的新文化、新观念、新道德，然后才仿佛是捎带性地提及白话文代替文言文的进步。而且，即便谈及这种文学形式的革命，也总是努力把它引向通俗化、大众化、平民化之类的社会意义和人道主义立场，很少有人从文学语言本身的更新来思考新文学的性质……结果，人们将许多对语言的探讨和对形式的追求都冠之以'为艺术而艺术'之名，从而粗暴地驱入'象牙之塔'。直至历史缓慢而滞重地碾过了几十年之后，这座人为的'象牙之塔'才吱吱嘎嘎地倒塌下来。人们在倒塌的象牙之塔旁边重新思考起了语言，重新琢磨起了形式。因为正如人是一个自足的自主体一样，文学作品是一个自我生成的自足体……形式不仅仅是内容的荷载体，它本身就意味着内容。在写什么和怎么写之间，很难把前者决定为文学家们创造的最终目的。"① 可见，形式之于文学创作的意义，带有反叛内容核心观并寻找所谓的文学自主性的意味。有意思的是，李劼在文中为其理论阐述所找到的那些依据（作品），则被称为"先锋派小说"。这里的"先锋派小说"包含了马原的《冈底斯的诱惑》、王安忆的《小鲍庄》、韩少功的《爸爸爸》、郑义的《老井》、刘索拉的《你别无选择》、阿城的《棋王》等。这些作品在叙述形式上之于文学传统叙述上的变革，显然是作者将其称为"先锋"的关键因素。

　　因而，形式作为"先锋小说"的关键要素，既有其叙事革命的特征，也是当时文学语境中对形式的关注力度使然，这也自然而然地使其纳入了寻找文学发展的自主性、独立性乃至纯粹性的诉求中，它体现了中国文坛在 80 年代对毛泽东时代的艺术机制的反叛意识。80 年代对西方文学理论的译介和接受也有着强烈的强调文学"形式"研究的偏向，像 80 年代被译介进来的韦勒克、沃伦合著的《文学理论》（1984 年），体现的核心精

---

① 李劼：《试论文学形式的本体意味》，《上海文学》1987 年第 3 期。

神便是对文学性的追求。在整个中国当代文学语境中，这些意识都被赋予了强烈的“文学自主”的意味。1987年在《收获》上集体亮相的余华、苏童、格非等作家的作品正符合了这样的叙事变革。由此，我们也可以认为，“先锋小说”的出场与文坛本身对“纯文学”的诉求密不可分，而这种诉求并不始自“先锋小说”。

这样的一种出场背景也给我们一种提示：“先锋小说”根本不需要作什么“先锋”的突围，便已经有了一种良好的生存环境，他们的出场本身更是文坛对形式变革希望的寄托。这样看来，这些被称为“先锋小说家”的出场与当时文坛中那段对此类新作的认同声音密切相关，这种认同显然与80年代初期以来文坛那种急切地寻找文学新的发展方向有关。比如，从借鉴西方现代派作品的写作手法，到建构“寻根”理论，并从创作实践上进行文化批判和文学建构，中国的文学在“文化大革命”后有种强烈的要摆脱政治话语束缚并寻找文学发展自主性的想象与呼唤。因而，“新潮”、“探索”等是当时文坛的关键语。李劼曾作过这样的描述：“按照我在《中国现代文学史（1917—1984）论略》一文中的论述，85年左右兴起的文学新潮把中国文学推入了一个新的历史空间。我把这一新的历史开端称之为中国当代文学史，而把这之前的文学史划入自‘五四’新文学运动以来的中国现代文学史。作为这种划分的重要依据之一，就是我所说的那个世纪性的转折：如果说在85年文学新潮发生之前的整个现代文学史基本上是承袭了西方十九世纪的古典文学并且在这一文学的影响和笼罩下发展过来的话，那么在85年文学新潮发生之后的中国当代新潮文学则显示了二十世纪世界文学的各种特征。”① 从这段描述中，我们可以看出，批评家怀着无比激动的、期待的心情面对着文坛的“新潮小说”，因而，我们可以推断，被后来文学史所普遍认同了的马原、余华、苏童、格非为中心的“先锋小说家群”的出场，完全被这种强烈的对“新潮小说”的赞同的姿态所推崇着。从众多的资料来看，当时较著名的批评家，如，李陀、吴亮、程德培、李劼、王晓明、殷国明、陈思和、南帆等，基本对被纳入“新潮文学”的作品作过肯定的评价。而且，像马原、余华、格非等作家，在走进大众视野之前，都曾受过在北京的李陀或在上海的程德培、李劼等评论家的赞赏或提携。

① 李劼：《论中国当代新潮小说》，《钟山》1988年第5期。

　　比如，有评论家认为马原、余华等人在艺术形式上进行的变革有开创之功，曾作过如此评论："但不论怎样，先锋小说作家后来的作品，不但没有超过他们自己，甚至也没有能超过他们的模仿者，这实在是一件十分可悲的结局。"① 并认为："马原、洪峰及更年轻的苏童们便异军突起，使先锋小说得以从困顿的僵局中走出。"② 更有作家对 1987 年以后的叙述革命充满了期待："1987 年以后，不再是马原一个人孤独奋斗，格非、苏童、余华、孙甘露等'后新潮小说'家们都以其各自独特叙述特色参与了这场小说的叙述革命。"③ 可见，不管是被称为"后新潮小说"还是"先锋小说"，马原、余华、苏童、格非、孙甘露等这些年轻作家的创作，自出场始便被纳入了形式变革的框架中，同时，他们的出现也无疑壮大了变革的力量，在众多的评论家的眼中，这些年轻的"先锋小说"的出现成就了 80 年代艺术形式变革的高潮。

　　这种思想在李劼的《论中国当代新潮小说》、陈晓明的《后新潮小说的叙事变奏》等文章中有集中体现。李劼的文章，以语言形式变革有无受到本体论意义上的重视为内在依托，梳理了"寻根"、"现代派"小说至马原为转折的"后新潮小说"的变革脉流。他认为："如果说人们过去把文学的发展理解为某种题材的选择和某个主题的深化之类的话，那么现在的寻根小说则向人们表明，文学创作更为实质性的进展似乎在于叙事方式和语言形式的变换上。就文学本身而言，这是寻根小说最有意义的成就。只是对于大多数寻根文学的作家们来说，他们对此的认识仍然是朦胧的，从而他们的努力也是不自觉的。"④ "而这些所谓的'现代派小说'，主要是体现了现代生活观念和行为方式，在文学本体上所获取的进展并不比寻根小说更为突出。"⑤ "在这样的历史背景下，以马原为主要代表的形

---

　　① 赵玫：《先锋小说的自足与浮泛——对近年先锋小说的再认识》，《文学评论》1989 年第 1 期。该文涉及的"先锋小说"有残雪的《黄泥街》、刘索拉的《你别无选择》、莫言的《红高粱》、韩少功的《爸爸爸》、张承志的《糊涂乱抹》等，这显然包括了文学史通常意义上的"现代派"、"寻根"文学的作品，这既有评论的文学现场的问题，也说明对"先锋派"的界定是不明确的，任何创新在那个时代都被视为"先锋"，体现了对"先锋"的热切期待。

　　② 同上。

　　③ 秦立德：《叙述的转型——对"后新潮小说"一种写作动机的考察》，《文学评论》1993 年第 6 期。

　　④ 李劼：《论中国当代新潮小说》，《钟山》1988 年第 5 期。

　　⑤ 同上。

式主义小说向传统文学观念和传统的审美习惯作了无声而又强大的挑战。从这个意义上说，马原式的形式主义小说，乃是新潮文学最具实质性的成果。这种形式主义小说的确立，将意味着中国新潮文学的最后成形和中国当代文学的一个历史性转折的最后完成。"① 从这三段论述中，我们不难发现作者建构了从"寻根"、"现代派"到"先锋小说"的前进式的脉流，而且，这种脉流被赋予完成了文学观念革新历程的意义。陈晓明是在 90 年代较多地使用"先锋小说"称号的批评家，在《后新潮小说的叙事变奏》一文中，他对"先锋小说"创建的叙事方式作了探讨，从叙述时间、感觉及开放的文本等方面，认证了以马原为始作俑者，余华、苏童、格非、刘恒、叶兆言等为中心的"先锋小说家"作品创建的实验性意义。

　　然而，值得注意的是，李劼和陈晓明这两篇文章以形式或叙事的名义将"先锋小说"推向艺术变革高潮的同时，也流露出对形式实验本身的焦虑及不安。李劼的文章已较清楚地看到了"新潮作家的生存状况与他们的精神追求的巨大分裂"，看到了作家们面对权势与金钱诱惑的危机。作者是以这样的论述为文章作结的：

　　　　我不想在一片悲凉的气氛中结束我的论述。因为对于整个新潮作家来说，他们应该为自己的努力感到自豪。他们在一个没有形式本体意识的文学世界里树立了形式意识，他们在不把文学当文学的国度里推出了自觉的也是自主的文学，他们在一个没有精神的本体结构的文化空间里构造了具有强烈的形而上指向的小说文本。总而言之，他们在用自己的创作开始重新书写中国文学。我把这样的创作归于当代中国文学，而我认为所谓当代中国文学，也必须具备这样的创作精神和这样的审美精神。我想最后与我的讨论对象们同声称：
　　　　也许我们一无所有，也许我们拥有一切。②

　　从这篇成稿于 1988 年 5 月的文章的字里行间中，我们已经可以感觉到作者激情背后的担忧，有种华丽盛会中的虚空感，有种盛会将过去的不安。
　　而陈晓明那篇写于 1989 年 2 月的文章，直接指向了形式实验引起的

---

① 李劼：《论中国当代新潮小说》，《钟山》1988 年第 5 期。
② 同上。

大众阅读障碍："毫无疑问，后新潮小说的多重变奏表明当代小说叙事所达到的难度和复杂度，小说叙事也逐渐演变为莫测高深的方法论活动。实验性的'开放'面向叙事方法领域，却背向接受大众'封闭'。实验肯定要蒙受冷落的礼遇，先锋们不得不吞实寂寞的苦果。"① 到了其在 1991 年写的《最后的仪式——"先锋派"的历史及其评估》中，他不仅以一种追述的方式界定了"先锋小说家"的范畴，而且将 1989 年定为先锋小说形式开始退化的分界点，认为其间故事与古典意味发出的对形式探索力量的冲击是最主要的原因。②

　　因而，"形式"是占据 80 年代文坛的重要话语力量，而这种力量直接推动和阐释着"先锋小说"的历程。一定意义上说，马原、余华、苏童、格非、孙甘露等年轻作家的出场，正是理论界和批评界对形式探讨的结果，也大大符合了文坛对形式实验的追求。因而，文坛自然而然地将他们进行集体化的展示统称为"先锋小说家"，并为文学寻找突破以往的文学机制再一次找到了生长点。

　　从另一个层面讲，如果从词义上考察"先锋"的意义，那么，这样的文学场及这批年轻的"先锋小说家"出场时周围那种认同的呼声，使我们看到中国的"先锋"与西方语境中所说的充满战斗性、斗争的艰难性、社会批判性、历史批判性等特征的"先锋"不尽相同。如果要说"先锋"的艰难，之前那些运用新写法、被文学史命名为"寻根"或"现代派"的作家们，已经作了积极的开拓，一定意义上，他们承担了后来被命名为"先锋小说家"的这批作家的"先锋"任务。当然，他们的出场同样也得到众多批评家给予的极高的欢呼声。批评家李劼曾说："1985年以后的中国新潮小说作家，既不是思考的一代，也不是迷惘的一代，更不是垮掉的一代。他们是幸福的一代。他们用文学换取了生存需要的一切需求，票子，房子，娘子，儿子，外加如日中天的名声。"③ 虽然，这样

---

　　① 陈晓明：《后新潮小说的叙事变奏》，《上海文学》1989 年第 6 期。
　　② 陈晓明认为："如果把 1989 年看成'先锋派'偃旗（旗）息鼓的年份显然过于武断，但是 1989 年'先锋派'确实发生某些变化，形式方面的探索的势头明显减弱，故事与古典性意味掩饰不住从叙事中浮现出来。"（陈晓明：《最后的仪式——"先锋派"的历史及其评估》，《文学评论》1991 年第 5 期）
　　③ 李劼：《中国八十年代文学的历史备忘录》（http://www.163disk.com/fileview_1140068.html）。

的表达有些情绪化,因为毕竟一代作家有一代作家的命运及奋斗轨迹,但是,说他们是幸福的一代,却是不无道理的。他们的出场即便算不得一帆风顺,也算得上风和日丽,即使有过几阵暴雨,也自然地加快滋养了新生命的成长。

这样一种轰轰烈烈、风和日丽的景象却为"先锋"的"走形"埋下了伏笔。面对"先锋小说",我们不得不正视的一个事实是 90 年代的转型及先锋精神的式微。在 90 年代及以后,大部分"先锋作家们"从形式策略上转移了,像马原、洪峰、孙甘露等鲜有作品出版,余华从暴力叙事转向日常生活的温情显而易见,格非与苏童则对历史故事越来越拥有叙事的兴趣,莫言情绪洋溢的语言受到了过分夸张的质疑等等,更明显的是,市场对创作的影响力加强了,"先锋小说家们"的作品成为了受大众欢迎的作品。许多批评家对此发出了批评的指责,有人称为先锋的转向与退化。① 当然,若从艺术形式表现力考察,许多不再纠缠于形式表演的"先锋小说家"的作品在语言的表述力度上更强了,其建构故事的能力也不亚于之前的作品,像《妻妾成群》(1989 年)、《活着》(1992 年)、《许三观卖血记》(1996 年)等作品自有其叙事的精妙之处。但是,90 年代的"先锋小说"之所以受到许多专业批评家的批评,最大原因在于作品体现的与市场的合谋性使其丧失了先锋的锐利姿态,使期望他们能为中国文学作品带来深刻精神力度的期待者们感到了深深的失望,进一步讲,当文坛的批评家和编辑们以极大的热情和无比的关怀去为一些年轻的作家们打造"先锋"符号的时候,这样的失落注定是会到来的。

然而,更有意思的是,这一充满极致意味的"先锋小说"迅速发生转变的事实,也让我们不得不对"先锋小说"艺术形式本身进行反思。因为叙事形式与精神世界的建构是密切相关的,"先锋小说"对语言形式的寻找与精神世界的建构是同步的。而实际上,后期精神锐度的削减在前期作品的形式策略中已透露出了危机。正如前文所说,许多作品与卡夫卡、罗伯—格里耶、博尔赫斯等作品拥有很大的相似之处,这种相似性本身就包含着影响的危机。比如,许多作品中叙述者反反复复地交代叙述的

---

① 陈晓明认为:"'先锋派'在 90 年代前期就出现明显的退化,尽管他们获得了可观的社会效益和经济效益,但这并不能掩饰他们在艺术上的无所作为。"(陈晓明:《表意的焦虑:历史祛魅与当代文学变革》,中央编译出版社 2002 年版,第 110 页)

过程已显得语言不够洗练；欧化的句式表明了没有将汉语言本身的穿透力发挥得很好；虚构本身作为小说艺术的本质特征，在"先锋小说"作品这里得到了最好的彰显，然而，将虚构不断地作为一种策略加以呈现，却也暴露了对生活认知的"虚浮"，因为过分沉溺于技巧与想象力作用的艺术世界，恰恰暴露了艺术家精神底气的不足。

因此，"先锋小说"的到来是80年代初期以来文坛呼唤形式本体论的结果，寄托了众多理论家、评论家乃至编辑对整个文学话语形态变革的热切期待。反过来，"先锋小说"执著于叙述方式的改变，让我们看到中国小说的文本之变、语言之变，一定意义上，其形式策略给人一种艺术世界的纯粹感，是80年代追求艺术本体、艺术自足的绝佳表现文本。然而，某些文本流于叙述技巧层面的展示，加上作家直面现实世界时精神向度上的不足，使"先锋小说"在艺术形式上的变革没有深入地进行下去。但是，不管怎么说，作为一次对中国的小说艺术起了重大影响力的文学潮流，其体现出的形式变革的纯粹性便是令人敬仰的文学性的追求，其最大的意义就是改变了中国小说固有的现实主义传统，使中国的文学对"真实"的理解走向了一个高度，因而也在20世纪末小说对世界及生命的理解上产生了深刻的影响。

第 四 章

客观写实与俗世的审美：
"新写实小说"的形式

一 客观化叙述：叙述的策略和立场

"新写实小说"[①] 在文坛上凸显的时间稍晚于"先锋小说"，并恰好是"先锋小说"热闹劲已过之时，因此，它的出现被诸多评论家认为是文学低谷中的一道强心剂。而其在艺术形式上体现出的与"先锋小说"形式实验的不同特征，使文坛为之兴奋，并引发文坛对其进行热烈的讨论。在一次关于"新写实小说"讨论会上，有评论家对其特征作了如下描述："过去的小说语言完全是按一个方向发展的，即主题方面，几乎每一句话都要包括与主题同样的意义。而在新写实小说中，它的每句话并不趋向于一个什么主题，它主要侧重于把现实中的各种可能性表达出来，形成话语的张力，从而具备故事的生成能力。传统小说讲故事，结局是设计好的，语言便直奔那个故事而去。几句话就可以说清楚。现代派讲故事，虽然表达了立体的主题，但这立体是主观的，而新写实讲故事却没有预先的设计，故事虽然完成了，但那组成故事的过程性叙述却具备多种可能，这样，故事也就丰富了、复杂了，如同生活中的一样不容易说清。传统小

---

① "新写实小说"是以 1988 年、1989 年出现的新作为基础，在批评家与作家共同推动下进行的命名。据现有资料来看，1988 年 10 月在江苏无锡召开的、由《文学评论》编辑部和《钟山》编辑部共同组织的"现实主义与先锋派"讨论会，以及 1989 年《钟山》第 3 期推出的"新写实小说大联展"起了很大的推动作用，特别是后者在卷首语中对其的定义，使 '新写实小说'成为理论建构比较清晰的文学现象，尽管并非所有参与联展的作品都被统一在这宣告之中，其概念自产生起也拥有许多不明确的因素，但"新写实"这一定义由此却被广泛使用了。其代表作包括池莉的《烦恼人生》（1987 年）、《不谈爱情》（1988 年）、《你是一条河》（1991 年），方方的《风景》（1987 年）、《黑洞》（1988 年）、《纸婚年》（1991 年），李晓的《继续操练》（1986 年）、《关于行规的闲话》（1988 年），刘恒的《狗日的粮食》（1986 年）、《伏羲伏羲》（1988 年），刘震云的《塔铺》（1987 年）、《新兵连》（1988 年）、《单位》（1988 年）、《一地鸡毛》（1990 年），叶兆言的《艳歌》（1989 年）、《关于厕所》（1990 年）等。

说的象喻关系非常明显，故事背后总喻指着一个什么东西，而新写实小说的背后却没有这种象喻结构。"① 正如这位评论家所概括的，"新写实小说"形成的这种"如同生活一样"的语言是其重要标志。那么，对其进行阐释，离不开对叙事者的叙事姿态的阐述。

如果与以往现实主义创作规范相比，"新写实小说"体现的客观化叙述方式十分明显。在以往的现实主义创作规范中，作者"干预生活"的立场很鲜明；而在"新写实小说"作品中，叙述者则保持着一种冷静、客观的叙事姿态，创造一种记录事实的叙事效果。

比如，池莉的《烦恼人生》（1987年）以一种类似于记流水账的方式，记录了印家厚从早晨醒来到夜晚入睡这一整天的生活；方方的《风景》（1987年）从一个被埋在自家窗下的早夭婴儿的视角，将一个缺乏温情的家庭的琐事，以及七哥的生存法则作了一番不动声色的描述；刘震云的《一地鸡毛》（1991年）描述了小林一家生活的繁忙、庸常，但却绝不作什么"价值的评估"；刘恒的《白涡》（1988年）将周兆路的中年危机化成了一个个生活细节，无论是情感的激荡还是事业的竞争都给读者留下一种不起波澜的阅读感，叙述者将自身对人物价值观念的判断深藏在话语的客观描述中，正如小说最后写道：

> 他在掌声中晕眩。这是对他人生的慰藉。他一步一个脚印的走到了这里，他理应骄傲的。朦胧中他有一种身轻如燕的感觉，推动了束缚，他想到哪里就能飞到哪里！
>
> 他在飞黄腾达。
>
> 一个声音悄悄地告诉他：当心！他笑了。他知道那声音来自何方。
>
> 周兆路已经没有恐惧。②

周兆路的情感和事业都在这短短的瞬间有了新的变化，但究竟应该怎样看待这种变化，周兆路自己没有明确的答案，叙述者没有说，作者更没有去作判断，唯有"周兆路已经没有恐惧"这一句话，留给读者无尽的猜想

---

① 汪政：《新写实小说的位置》，《上海文学》1990年第4期。

② 刘恒：《白涡》，《中国作家》1988年第1期。

和体味。

特别值得提及的是方方《风景》的开篇，以一系列"七哥说"，完成了客观化的展示，既呈现了一个不动声色记录生活的叙述者形象，又呈现了一个活灵活现的七哥。比如，作品写道：

> 七哥说，当你把这个世界的一切连同这个世界本身都看得一钱不值时，你才会觉得自己活到这会儿才活出点滋味来，你才能天马行空般在人生路上洒脱地走个来回。
>
> 七哥说，生命如同树叶，来去匆匆。春日里的萌芽就是为了秋天里的飘落。殊路却同归，又何必在乎是不是抢了别人的营养而让自己肥绿肥绿的呢？
>
> 七哥说，号称清廉的人们大多为了自己的名声活着，虽未害人却也未为社会及人类作出什么贡献。而遭人贬斥的靠不义之财发富的人却有可能拿出一大笔钱修座医院抑或学校，让众多的人尽享其好处。这两种人你能说谁更好一些谁更坏一些么？
>
> 七哥只要一进家门，就像一条发了疯的狗毫无节制地乱叫乱嚷。仿佛是对他小时候从来没有说话的权利而进行的残酷的报复。①

在一长串的"七哥说"中，叙述者将七哥形象及其生存逻辑推向了读者。读者在这里看到了一位对世间的一切毫不在乎却将自身的利益放在首位的七哥，他的关于抢夺别人的"营养"、清廉、财富乃至死亡的认知，沉浸于自我建构的所谓竞争生存逻辑中。不过，在一连串的"七哥说"中，细心的读者会发现：这里展示的七哥对世界的认知只是属于七哥的，叙述者在这里极力地摆出了一副不动声色进行记录的姿态，这样做的目的，无非是保持叙事的客观化效果，使读者接触到作品的人物。有意思的是，作者在整个小说的首句却表明了自己的叙述目的，文字中引用了波特莱尔的话语："……在浩漫的生存布景后面，在深渊最黑暗的所在，我清楚地看见那些奇异世界……"② 这实际上已经表明叙述者在选择自己的叙述对象时所作出的价值取向，即作者力图展示世间的恶。对于有经验的读者而

---

① 方方：《风景》，《当代作家》1987 年第 5 期。

② 同上。

言，这样的讲述方式，还是比较容易判断出作者虽然试图展示恶，但并不代表作者本身秉持着对恶的欣赏态度。实际上，方方在叙事《风景》这篇小说时，对生活在棚户区的贫困家庭投去了理解和同情的目光，这些不作任何评判的，对人性之恶、生活之恶进行的赤裸裸展示，体现了作家对社会底层平民百姓生存本相的关注。方方自己说："我的小说主要反映了生存环境对人的命运的塑造。比如，方方在小说《风景》中，借助一个已死的婴儿的叙述，以一种不动声色的笔法，描述了七哥一家猪狗不如的生活，描述了七哥小时候的苦难生活，长大后被扭曲的生活法则。可见，与其说叙述者用了近乎零度的姿态在展示七哥的生活，不如说作者借助这样一种叙述技巧来走进七哥的生活，来了解甚至理解七哥式的人物的生存环境。

所以，"新写实小说"借助客观化的描述，摒除了以往书写现实题材作品中常有的那种高高在上或者是全知全能的叙述姿态，不再以启蒙、超越、劝诫、拯救、批判的叙述姿态来关怀现实，而是对生活作了现象学式的还原，这种还原的背后，体现的正是作者们对日常生活的关注和对芸芸众生的忙碌人生的关怀。

在中国文学史上，很长一段时间，作家一直被要求在作品中体现"干预生活"的立场，从对人物好坏、善恶的定性，到故事情节发展的方向，乃至阶级立场的表达都有着明显的框架，故事情节、人物形象的模式化痕迹也很鲜明。即便是新时期初期的"伤痕"、"反思"、"改革"等现实主义作品，也没有完全摆脱作者对作品中的人物及故事情节作出明确的价值规范的写作模式。像《班主任》中叙述者饱含激情的对祖国未来的担忧，《乔长长上任记》中对改革艰辛义无反顾的承担等等，都清晰地表达着作者对生活现实的价值判断，显示出一种"主人翁"的精神。而"新写实小说"笔下的现实叙述却充满了叙述者价值判断表述的非直接性甚至是模糊性、不确定性。叙述者似乎没有了对故事中的生活内容和人物言行进行筛选和判断的权力了，他所做的就是将一切都记录和描述下来。

因而，有评论家曾借用罗兰·巴尔特"零度写作"的概念，将"新写实小说"体现出来的这一叙事特征概括为"零度情感"写作。比如，《钟山》的"新写实小说大联展"的卷首语就把小说的特征概括为："灰色背景，低调叙述和感情零度。"① 一些评论家则把"新写实小说"的特征与后现代主义倾向相连。王干说："我认为它们充分体现了一种后现代主义倾向。后现代主义实际超越了现实主义的这种客观还原的要求，自然需要作家冷却感情的热度，进行一种无调性无色彩的冷面叙述。"② 王干强调："后现代主义要求作家消解对生活的种种主观臆想和理念构造，纯粹客观地对生活本质进行还原。在还原的过程中，作家要逃避自己意识判断、理性侵犯。作家写作的过程不是理性分析，而只是被动地接受生活给予的种种现象……作家叙述时是一片真实，一片透明，不带任何偏见，不掺入半点属于自己的杂念，只是原原本本把生活具象原始地还原出来，以达到一种完整的而不是支离破碎的，现象的而不是理念的真实。"③ 这样的论述尽管不失概念化，但也反映出了"新写实小说"客观化地描述对象的创作特征。

当然，如同提出"零度写作"的巴尔特首先承认的——"写作是一种功能：它是创作与社会之间的联系，它是因其社会目的而得以改造的文学性的言语活动，它是因其具有的人的意志而被理解并因此与历史的重大转折密不可分的形式"④ ——创作过程本身就不可能是超离世外的，"写作的零度"或"零度情感"的写作并不意味着作家对现实审视的情感零度，而是更多意味着作家叙事的策略和技巧，以及作家面对现实的方式的改变。这种变化在 80 年代前期及"先锋小说"作品中已有所体现，但"新写实小说"表现得更集中了，加上其叙述了现实生活的各种细节，增强了作品的可读性，使其迅速流传开来。

"新写实小说家们"通过创造这种叙述者的姿态，赋予写作一种新的视角和眼光。"新写实小说"代表作家刘震云曾说："新写实这个概念的提出主要是为了和五十年代的现实主义相区别。五十年代的现实主义实际上是浪漫主义，它所描写的现实生活实际在生活中是不存在的。浪漫主义在某种程度上对生活中的人起着毒化作用，让人更虚伪，不能真实地活着。'文革'以后的'伤痕'文学、'反思'文学、改革文学也是五十年

---

① 《新写实小说大联展·卷首语》，《钟山》1989 年第 3 期。

② 王干：《近期小说的后现实主义倾向》，《北京文学》1989 年第 6 期。

③ 同上。

④ ［法］罗兰·巴尔特：《符号学原理——结构主义文学理论文选》，李幼蒸译，三联书店1988 年版，第 70 页。

代现实主义的延续，《乔厂长上任记》中的乔光朴、《新星》中的李向南如果在现实中一定撞得头破血流。所以现在提倡新写实，真正写生活本身是很有意义的。"① 刘震云的概括虽然不够全面，但是，一定意义上，这种概括表明了"新写实小说"对传统叙事的新突破，以及作家对现实的更成熟的理解。

这种冷静客观的叙事，在一些"先锋小说家"笔下已经有所表现，但总体上看，"新写实小说"中客观化的叙事方式与"先锋小说"中那种故意彰显虚构性和想象力的叙述方式形成了鲜明的对比。在"先锋小说"中，叙述者不断彰显自己叙述故事的身份，对故事的进展作出交代，干扰读者将小说故事作为现实的阅读体验；而"新写实小说"恰恰没有这种指涉虚构的热情，尽量让事实"客观"地显现，并通过呈现生活细节，拉近读者对故事的理解，让读者直接进入"现实"体验。与"先锋小说"彰显虚构之能，并将艺术现实不断推向精神世界的极致不同，"新写实小说"沉浸于对日常生活琐事的客观描述。那么，这是不是意味着两种叙述方式的对立呢？这里值得注意的一点是，无论是"先锋小说"彰显叙述者的虚构之能，还是"新写实小说"隐藏叙述者的虚构之能，叙述效果的操纵者都让位给了叙述者，而不是传统意义上的作者。因而，两类作品中叙述者不同的叙述姿态，都是建立在对"艺术真实观"的新的理解上的，他们共同突破了长期存在的作家与叙事者不分，作家必须在作品中直接表明自己鲜明的价值判断的"真实观"，两者在赋予叙述者创造和虚构小说艺术世界的主动性这一点上是相同的。因而，这两种不同的方式都体现了叙述者主体性的提升，共同表明了 20 世纪中国小说叙事观念的变革。

二　日常生活：面对现实的美学机制

刘震云说："我写的就是生活本身。我特别推崇'自然'二字。崇尚自然是我国的一个文学传统，自然有两层意义，一是指写生活的本来面目，写作者的真情实感，二是指文字运行自然，要如行云流水，写得舒服

自然，读者看得也舒服自然。"① 他的这段话，一定程度上足以代表"新写实小说"体现的"日常"叙事特征。如果说，几年前的"先锋小说"以一种"陌生化"的语言和时空交错的结构形态来反抗长期处于中心地位的现实主义文学传统，突出其形式变革的新意，那么，"新写实小说"显然正以与其相反的方式，来突出形式变革的特征。在"新写实小说"中，读者感受更多的是朴素、平实、日常化的口语，是依照自然时间结构的故事，是作家们力图展示的生活的"原汁原味"。

日常生活细节是"新写实小说"的写作重心。像《一地鸡毛》，就从一块馊豆腐写起，写上班、下班，写孩子、亲戚等每天纠缠在小林夫妻俩日常生活中的琐事。像《单位》、《官人》以及《白涡》、《风景》、《烦恼人生》、《不谈爱情》等等，要么以单位为场景，要么以家庭为场景，集中的焦点都是事关"日常"的油盐酱醋、饮食起居。即便写爱情、事业之类的主题，也揉碎在了"日常"中。其中，池莉的小说最具代表性。她的大部分作品都是书写芸芸众生的日常生活，她以武汉市民的活动为题材，写一些庸常人生中零零碎碎的身边琐事：吃饭、睡觉、经济拮据、住房拥挤、恋爱、结婚、怀孕生子、上班下班、夫妻间的争吵、婆媳间的矛盾、同事间的钩心斗角、丈夫的移情别恋、妻子的不依不饶、生活的平淡无奇或活着的点滴乐趣等等。比如，在《不谈爱情》（1989 年）中，爱情的女主人公吉玲是花楼街长大的，男主人公庄建非是小楼房里长大的，前者住在汉口有名的小市民居住区，后者是知识分子家庭。两者之间的爱情，从一开始就带上了世俗的偏见，吉玲与庄建非从恋爱到结婚的每一次交往，都充斥着吉玲对自己出身的掩饰或改变的愿望及努力，直到最后，庄建非的父母终于来到了花楼街，吉玲又一次赢得了胜利。爱情整个被生活琐事包裹着，不是悲怆厚重，也不是浪漫诗意，而是有了种小市民的欢悦和市侩气。如小说最后庄建亚认为"哥哥没有爱情"一样，爱情就是日常的情绪和生活。"现实"与"生活"高于"爱情"，这不仅代表着一种生活，更代表着一种生活的心境——池莉将爱情的世俗感表达得淋漓尽致了。正如文中所说：

　　　　婚姻不是个人的，是大家的。你不可能独立自主，不可以粗心大

---

① 转引自丁永强整理《新写实作家、评论家谈新写实》，《小说评论》1991 年第 3 期。

意。你不渗透别人别人要渗透你。婚姻不是单纯性的意思，远远不是。妻子也不只是性的对象，而是过日子的伴侣。过日子你就要负起丈夫的职责，注意妻子的喜怒哀乐，关怀她，迁就她，接受周围所有人的注视。与她搀搀扶扶，磕磕绊绊走向人生的终点。①

池莉对婚姻、爱情、生活的诸种概括，的确也成为 90 年代激荡读者心灵的精彩文字，如果与"先锋小说家"注重修辞的反复变化的话语方式相比，这种充满"俗味"的话语的确更容易让人记住并复述，并且这样的小说也更容易受到读者的欢迎。我以为，能带来印象深刻的阅读效果的最大原因是池莉对生活真相的直击，让读者感受到了那种似曾相识。

"新写实小说"建构这种"日常生活"审美机制的另一个有效手段，体现在结构安排上，故事的时间依据现实时间的顺序，即叙事基本上依循现实时间的先后顺序展开。当然，这不是所有作品的选择，但的确体现了对生活的"原汁原味"的美学追求。像《烦恼人生》的结构顺沿着印家厚起床、渡江、上班、吃午饭、接儿子、下班、回家这一天生活的时间顺序而展开。《太阳出世》依循结婚、怀孕、生产、育婴、过周岁这一孩子出生的时间过程而结构作品。更重要的是，在时间流中构筑的要素，不存在因果律的原则，这与以往现实主义要求揭示事物背后的本质规律形成了巨大的反差。在这里，决定世界存在的仅仅只是事物的现象，现象就是本质，生活就是如此。在这种依时间顺序结构的故事流程中，结局永远是无法预料的，给阅读者一种事件正按照生活本身状态在流动的感觉，这显然得益于叙事视角的选择。当然，在"新写实小说"作品中，不乏对生活作出的概括和判断的语句。比如，《一地鸡毛》结尾中小林对生活的乐趣和无奈的感叹；《烦恼人生》中印家厚对被生活磨砺得已不再优雅的妻子的感叹；《不谈爱情》中对爱情婚姻的点拨等等。但与以往现实主义作品中的叙事方式不同，"新写实小说"的这种概括更多出自一种对生活的平视视角，叙述者或者作者并没有对小说中的生活进行判断，对生活的概括来自事件的过程或人物，如果用托多罗夫的说法，这些作品中的叙述者小于人物。

"新写实小说"将诸多的生活细节搬入小说，创造了"日常生活"，

---

① 池莉：《不谈爱情》，《上海文学》1989 年第 1 期。

创造了生活的"原汁原味"。这体现了 80 年代末期以来，中国当代社会将日常生活审美化的特征，越来越多的读者关心起饮食起居的生活，越来越多的人正远离对形而上概念的言说而转向对自身生活的关注，人的思想观念和艺术世界都变得"实在"起来了。有许多评论家将"新写实小说"的这一特征与后现代主义的诸种特征相联系。比如，有评论家认为："受后现代思潮影响，中国文学 80 年代后期出现了一些具有后现代因素的文学创作，新写实小说便是其中一种。"① "它更多呈现主体消解、平面化、多元性、不确定性等倾向，在很大程度上表现了与'后现代主义思潮'相通的美学趣味和价值立场。"② 如果单从"新写实小说"表现内容的"日常生活化"来说，用后现代主义思潮理论进行分析，的确见出了他们的一些特征，但在笔者看来，"新写实小说"表现日常生活的问题，更重要的原因并不在于其是否受后现代主义思潮影响的问题，而在于在 80 年代末、90 年代初的中国文化语境中，作家将日常生活进行审美化的表述如何体现出了一种新的审美力度。

如果我们将像"新写实小说"中所表现的各种人物与以往现实主义作品中表现的"典型人物"相比，可见其已经完全取消了"典型环境中的典型人物"的概念。对以往现实主义文本中的人物塑造，我们可以借用卢那察尔斯基的话来说明，他说："用删除、抹掉一系列不需要细节的方法，实现现实中的典型特征。"③ 相反，"新写实小说"恰恰是力图再现每一个细节，人物的诸种特征是生活赋予他们的。许多读者可以看到自己与印家厚、小林之间的相似性，许多读者也可以感受到如七哥般的生存的异态与艰辛、庄建非式的生活的无奈。但这些人物构不成传统意义上的典型，作家在创造他们的时候，没有将其塑造成典型的有宏大志向的人物，读者在阅读中也不会将其认为是生活的典型。其中产生的对人物生存状态的认同，与其说来自人物的典型性，不如说来自生存的"现实感"。池莉就说："我认为将来中国的史诗性作品将是很现实的，但这并不是想要干预生活，我很怕直露地写出思想，而认为应该含而不露。我对人的感受很

① 王敏：《论新写实小说的后现代性》，《福建论坛》2005 年第 4 期。

② 同上。

③ ［俄］卢那察尔斯基：《社会主义现实主义》，载中国科学院文学研究所苏联文学组编《苏联作家论社会主义现实主义》，人民文学出版社 1960 年版，第 53 页。

敏感，中国人很苦，能自我忍耐，印家厚这样的人在社会上比比皆是，我的作品完全是写实的，写客观的现实，拔高了一个，就代表不了人类。作者的作用只是在技巧上的凝炼，使小说不那么单调、枯燥、冗长和无意义，实际上是生活现象的集中、提炼，是生动的细节的组合，《烦恼人生》中细节是非常真实的，时间、地点都是真实的，我不篡改客观现实。所以我做的是拼版工作，而不是剪辑，不动剪刀，不添油加醋。"[①] 可见，"新写实小说"中的现实，不是作家力图提炼的典型的现实，而是细节化的生活场景。

三　温情与对抗：双向维度中的审美品格

"新写实小说"在对日常生活的展示上，开辟了"写实"作品新的叙事空间，并且代替了"退潮"的"寻根文学"和"先锋小说"，迅速成为备受市场欢迎的流行文本。像池莉的小说，不仅销量不错，而且频频被改编成电视剧，成为大众喜闻乐见的产品。有评论家作此论述："新写实从总体上是虚构的小说，但那夫妻情、家务事等各种生活的碎片，却似未经加工的生活原型原态的实录。崇尚真实、务实和求实的读者，从新写实小说体验到如临其境的真实记录的魅力，在实拍似的人物画面中见到自己的影子，找到自己的悲欢。所以社会读者将偏爱与理解给了新写实小说，而不大满意那些疏离时代生活而又故做姿态的作品。"[②] 那么，读者为什么将这种偏爱给予"新写实小说"？"新写实小说"的出现乃至流行，是意味着小说家对大众审美趣味的趋同，还是标志着中国当代小说的发展历程中产生了新的力量？"新写实小说"所描述的现实，是作家们无可奈何地认同现实，还是拥有更深刻的意义呢？

　　如果从"新写实"产生的背景来看，我们就会发现其出现本身包含着当时文坛对于新的现实主义的一种期待。作为一股创作潮流，"新写实小说"在文学史上地位的确立得益于当时文学批评力量的推动，其中，1988 年 10 月《钟山》杂志与《文学评论》杂志联合召开的"现实主义

---

①　转引自丁永强整理《新写实作家、评论家谈新写实》，《小说评论》1991 年第 3 期。

②　中国社会科学院文学研究所当代文学研究室：《"新写实"小说座谈辑录》，《文学评论》1991 年第 3 期。

与先锋派文学"的讨论会起了很大的作用。在此次会议上，批评家们将"新写实小说"作为重要的文学现象提出来，并且，《钟山》杂志从 1989 年第 3 期开始，专门开辟了"新写实小说大联展"专栏，并在其"卷首语"中对"新写实小说"作出了这样的命名：

> 所谓新写实小说，简单地说，就是不同于历史上已有的现实主义，也不同于现代主义"先锋派"文学，而是近几年小说创作低谷中出现的一种新的文学倾向。这些新写实小说的创作方法仍是以写实为主要特征，但特别注重现实生活的原生形态的还原，真诚直面现实、直面人生。虽然从总体的文学精神来看，新写实小说仍划归为现实主义的大范畴，但无疑具有了一种新的开放性和包容性，善于吸收、借鉴现代主义各种流派在艺术上的长处。新写实小说在观察生活、把握世界的另一个特点就是不仅具有鲜明的当代意识，还分明渗透着强烈的历史意识和哲学意识。但它减退了过去现实主义那种直露、急功近利的政治色彩，可追求一种更为丰厚更为博大的文学境界……①

尽管并非所有参与联展的作品都能被统一在这一宣告之中，其概念自产生起就带有诸多暧昧不明的因素，但这一命名的确使"新写实小说"成为理论建构比较清晰的文学现象，从这一最初的命名中，我们也可以看出其包含的批评界对现实主义创作手法的创新意识的肯定是异常鲜明的。那么，"新写实小说"究竟要表达怎样的现实品格呢？

首先，我们回到"新写实小说"所表述的"现实"这一问题。正如前文所述，这里的现实不是以往现实主义所追求的本质化的、典型化的现实，不是作家"干预生活"后的现实，而是充斥着吃、喝、睡、玩等日常细微琐事的现实。作品中的人物既不是英雄，也不是受难者，仅是一群活着的人，是些地道的小人物。像小林、印家厚、七哥等等，在现实生活面前多多少少表现出了无可奈何乃至平庸无常的生活状态。这样的审美取向，显然与 90 年代中国大众普遍的精神状态相吻合，即在一个无须张扬高昂理想和战斗精神的时代里，人们在经济发展为主导的场域空间中，不

---

① 《新写实小说大联展·卷首语》，《钟山》1989 年第 3 期。

需要也不可能指点江山般地抒发豪情或愤世嫉俗，踏实的"生活"几乎是这个时代的处事原则，而所谓的好坏是非变得很难判定。"新写实小说"用客观化的叙事手法展示生活中最基本的生存本相，建构的正是这种"生活着"的精神状态。像方方所说："我的小说主要反映了生存环境对人的命运的塑造。如《风景》中的七哥，生活在一个猪狗不如的环境中，他的心态必然是异化的，生活在条件舒适的大房子里的人有的只是空虚，而七哥有的只能是焦躁，是改变命运的强烈的愿望……所以这里面的是非善恶难以用一个标准去判断。生存环境迫使人这样，别人为什么就应该活得比七哥好呢？所以我们可以理解乃至原谅七哥的做法。他要改变命运也只能这样做，只能靠手腕，碰运气才能出头。同情他们，但我们自己却不能这样做的。"[1] "个人没有力量和社会相抗拒，只能对现实无可奈何地认可。但内心世界和外在世界又不平衡，内心世界是很痛苦的，但又不能一直保持内心紧张，毕竟还得在这个世界上生活下去，只能看破一切，违心地干。把它当作谋生的手段，从谋生角度来看，一切都是无所谓的。"[2]

又如，池莉的《不谈爱情》将浪漫、纯洁的爱情不动声色地描述成了生活中无可奈何的、或者说没有其他选项的选择，最后，庄建非圆满地解决了问题，成功地带吉玲回了家，并积累了处理问题的经验。但文章的结尾写道：

> 只有建亚一直耿耿于怀，对吉玲不冷不热。她在日记中写道：哥哥没有爱情，他真可怜。而她自己年过三十，还没有找着合意的郎君，她认为当代中国没有男子汉，但当代中国也不容忍独身女人。她又写道：我也可怜。[3]

建亚的这番表白，成为切近生活本相的经典表述。从这里也可见出 90 年代以来池莉的文本以及文本中的话语成为大众如此青睐的原因，因为人们不得不惊叹池莉作品中人物语言对生活表述的精确。

---

[1]　转引自丁永强整理《新写实作家、评论家谈新写实》，《小说评论》1991 年第 3 期。
[2]　同上。
[3]　池莉：《不谈爱情》，《上海文学》1989 年第 1 期。

　　这种面对"活着"、面对"日常"的立场,带来的必然是作家们对生活中藏污纳垢或悲欢离合的理解和宽容,因而,"新写实小说"的美学品格中带有面向世俗的温情感,脱不了对俗世的快乐的拥抱。在诸多"新写实小说"文本中,尽管也表现现实的烦恼或忧伤,乃至无可奈何,但总体上说,是充满阳光的,是能够击破困难的,起码能够承受现实的。比如,《烦恼人生》中劳累又忙碌了一天的印家厚在即将入睡的那一刻,发出了如此的感慨:

> 　　印家厚关了台灯,趁黑暗的瞬间抹去了涌出的泪水。他捏了捏老婆的手,说:"睡吧。车到山前必有路,船到桥头自会直。"
>
> 　　老婆,我一定要让你吃一次西餐,就在这个星期天,无论如何!他没有把这话说出口,他还是怕万一做不到,他不可能主宰生活中一切。但他将竭尽全力去做!
>
> 　　雅丽怎么能够懂得他和老婆是分不开的呢?普通人的老婆就得粗粗糙糙,泼泼辣辣,没有半点身份架子,尽管做丈夫的不无遗憾,可那又怎么样呢?
>
> 　　印家厚拧灭了烟头,溜进被子里。在睡着的前一刻他脑子里闪出早晨在渡船上说出的一个字:"梦",接着他看见自己在空中对躺着的自己说:"你现在所经历的这一切都是梦,你在做一个很长的梦,醒来之后其实一切都不是这样的。"他非常相信自己的话,于是就安心入睡了。①

一天的生活结束了,印家厚面对着他的现实人生,抛弃了自己一闪而过的暧昧情愫,而曾经认为粗俗的老婆变得异常可爱起来了,这无疑是对现实生活的一种妥协或者说是热爱。

　　这一点,与"先锋小说"的美学品格形成了鲜明的对比。与余华书写死亡、苏童直露地呈示人性之恶、格非执著于技巧的建构等美学品格相比,"新写实小说"因为琐碎的日常生活叙事而显得温情得多。对此,我们不妨越过 80 年代的时间界线,以刘恒的《贫嘴张大民的幸福生活》为例来说明。这部发表于 1997 年,并被改编成电视剧的中篇,将 80 年

---

　　①　池莉:《烦恼人生》,《上海文学》1987 年第 8 期。

代末期"新写实小说"延续下来的温情作了最淋漓尽致的发挥。主人公张大民苦中作乐的精神，张大民对住房、结婚、弟妹等困难问题的逐个解决，充满了平民式的幽默和快乐。在这部作品中，充满着生活的艰辛，甚至是生存下去的艰难，偶尔也掺杂点反映社会问题的情绪，但最终表现出的色彩是明亮的。在这里，明亮和温情是作家面对现实的一种态度。

进一步说，"新写实小说"所表现的现实是 80 年代、90 年代中国社会所面临的新的生存处境，特别是到了 90 年代以后，许多作品将注重"日常生活"的叙事特征进行了发挥，使作品带上了俗世的快乐感和温情色彩，从表现的内容到审美品格的追求都很切近大众的心理，这也是"新写实小说"在 90 年代流行的一个关键要素。

其次，"新写实小说"带来的日常生活审美化的书写，在 20 世纪整个中国文学史上究竟意味着什么？有评论者认为："至于 80 年代后期不事声张悄然而至的新写实小说，则在'文革'后文学甚至整个二十世纪中国新文学发展史上，第一次将文学上诸种'关怀现实的主义'在文学之外的兴趣减至最低限度，使叙事文学作品过度膨胀的社会功能向审美复合经验的感性化传达回缩。我们知道，正是在这一点上，文学作品才区别于其它文字成品，获得自身质的规定性。"[①] 同时，此文又认为："与'伪现代派'的对抗姿态相反，新写实小说出之以一种准备与现实主义原则相妥协的姿态。而实际上，它对现实主义的反叛才真正带有某种现代主义的意味：它在现实主义的内部处处攻城略地，几乎在每一点上都要寻求一种证明：并非只有现实主义原则才适合于按照接近常人的审美层次和知解能力的方式去认识和表现'现实'。相反，当作家违背现实主义原则的各种规约的时候，'现实'反而充满更多的意趣和魅力。这是一种典型的反讽或曰戏拟。"[②] 这里的论述尽管带有强烈的情绪色彩，但的确站立于批判以往现实主义的基础上，发掘了"新写实小说"的历史意义。若将"新写实小说"放于五四时期已出现、30 年代革命文学为主流、40 年代以来大众文艺为中心的现实主义传统视野中考察，它更多地体现了从现实

[①] 张业松：《新写实：回到文学自身》，《上海文学》1993 年第 7 期。

[②] 同上。

主义流脉中体现的小说的变化①，即作家们在远离政治意识形态或泛政治意识形态的历程中，创建了一种新的"现实"，一种充满"世俗味"的现实。从现实主义发展流脉来说，一种关注生存中世俗事物及日常生活本相的现实主义正在形成。

实际上，作品书写的"现实内容"的改变本身就带有深层的内涵。在西方思想史上，世俗化指人类社会向现代转型的产物，它标志着日常社会在道德层面摆脱了宗教意识形态的束缚。而在中国社会的转型中，它更带有有意识地去消解一种强制话语形态，标志着文化走向多元的特征。正如有评论家所言，世俗化"所消解的不是制度性宗教神权，而是准宗教性的、集政治权威与道德权威于一身的专职王权以及教条化的国家意识形态"②。因而，"世俗"进入作家的视野，代表着人们对日常生活而不是社会、政治生活的关注，这也反过来论证了，"新写实小说"不免会带上些温情的或俗世的快乐的色彩。到了 90 年代，这种俗世的快乐，愈演愈烈，《贫嘴张大民的幸福生活》是一个显例，另外一个极为有趣的代表作是《小姐你早》（1998 年）。小说的主要人物戚润物，作为大学教授，她的生活只有科研和教学，她不仅完全将丰富多彩的生活方式拒之于身外，还要忍受丈夫的婚外情。而最终，在李开玲的开导下，戚润物不仅"修理"了丈夫，在离婚这件事情上取得了大大的胜利，也使自己从单调的、沉重的、乃至迂腐的生活中摆脱了出来。故事表现的一个很重要的细节就是戚润物早饭质量的改观，原来，她的早饭简单得只有白水煮饭，而离婚后，她的早餐变成了各种营养粥或养颜粥了。在这里，戚润物大学教授的身份将作品指向了更为深刻的隐喻。因为在新时期初期以启蒙为主旨的小说中，知识分子往往是启蒙者，这里却成为受启蒙者，而启蒙的力量也不是来自什么崇高的理想或抱负，而是来自日常生活的快乐。

然而，当我们看到 80 年代这股"新写实主义"文风对传统构成了冲击并开创了新的创作形式的时候，我们从它在 90 年代的流行趋势中，也看到了暗藏的危机。这种危机正来自不断弥漫开来的温情。这就如同我们

---

①　之所以说其为现实主义流脉，主要是相对于"先锋小说"进行的变革而言的，前者更多体现了现实主义的创作手法及题材选择，后者更接近于现代主义的表现方式。但实际上，如果将两者都放在与以往现实主义传统相对比的层面进行考察的话，都体现了对传统的突破。

②　陶东风：《社会转型与当代知识分子》，三联书店 2000 年版，第 69 页。

常讲的青蛙与温水的故事，当一只青蛙被投入一锅滚烫的水时，它会因疼痛一跃而起，从而挽回自己的生命。而当它被投入一锅温水，并慢慢被加热的时候，等到水煮开时，它已经失去了跳跃而出的力量。所以，有时温暖难免可怕。那么，当90年代大部分作家与读者热衷于这种"新写实小说"的温情的时候，整个文坛是否正在制造着一股面对现实的温水呢？也就是说，当我们的作家丧失了对现实或精神世界的锐利审视力的时候，温情也就变得浅薄与暧昧了。这不得不让我们反思，创作何为？

总的来说，"新写实小说"以客观写实手法所表现的"现实"，体现了与以往"干预生活"、"塑造典型环境中的典型人物"的现实主义创作原则的背离，也体现了作家们对小说艺术形式变革的新追求。在诸多"写实"的表象下，"新写实小说"表现的生活的日常细节、庸俗的人生、变异又普泛存在的生存法则，意味着作家们向世俗的靠近。而"新写实小说"广受大众读者青睐的事实，既提示了小说艺术表现形式的通俗化本相，也标志着中国社会进入市场经济时代后，中国的文学艺术越来明显地受到了消费市场的操控。

中 篇

影响中的新变——90 年代 小说艺术形式变化之一

　　90 年代的小说艺术形式，既受到 80 年代小说艺术形式的影响，又有自己的独特性。本篇所探讨的主要是其受 80 年代小说艺术形式变革影响的方面。

　　有评论家曾说："如果把 1989 年看成'先锋派'偃旗息鼓的年份，显然过于武断，但是 1989 年'先锋派'确实发生了某些变化，形式方面探索的势头明显减弱，故事与古典性意味掩饰不住地从叙事中浮现出来。"① "先锋派"的改变是否就一定以 1989 年为界标，尚待考证，然而，正如这位评论家所言，进入 90 年代以后，因为"先锋小说家们"创作风格的变化，以及市场因素对创作影响力的加强，形式实验的势头的确明显减弱。比如，马原、孙甘露等在 80 年代将形式实验演练得十分决绝的作家，在 90 年代少有作品出版；余华的创作风格明显发生了转变，其代表作《活着》（1992 年）、《许三观卖血记》（1995 年）等，一改前期作品的冷酷、凄冽，将叙事之笔转向日常生活，将故事与温情融注于叙事笔端；苏童的文笔虽依然充满细腻与婉润，但自《妻妾成群》（1989 年）始，历史故事与日常生活越来越成为显著特征，到了《离婚指南》（1991 年）等作品，则将日常生活叙事完全纳入笔端。当然，这些事实并不是说 90 年代完全没有形式实验，90 年代依然有许多作家关注着形式的变革。比如，北村依然坚持着自己的文体实验；一些 60 年代出生、90 年代活跃于文坛的作家，如述平、李洱、张旻、陈染、林白、朱文、韩东等不断创建着新的艺术形式；一些刊物，如《花城》也力图推出一些新的实验文本来体现形式的创新性。但是，从整体气象上看，在 90 年代中国文坛上，80 年代"先锋派"进行的那种形式实验的气势已经减弱，作家、评论家们很少执著于语言形式的变革或游戏了，也就是说，形式变革显然已经不是 90 年代文坛突出的问题。

　　形式实验衰微的 90 年代小说，却深受 80 年代小说形式变革观念的影

① 陈晓明：《表意的焦虑：历史祛魅与当代文学变革》，中央编译出版社 2002 年版，第 97 页。

响。特别是"先锋小说"以及"新写实小说"等开创的形式新意，一直影响着90年代小说的整体创作规范。最明显的体现是："新历史小说"通过虚构历史故事，进一步实践了虚构的叙事策略；80年代已出现的调侃意味的语言，在90年代有了更广泛的流行；"新生代小说"以个体经验的叙事特征，延续了语言对感觉的描述力度。可以说，90年代小说在叙述方式、结构、语言上的改变，既延承了80年代小说艺术形式实验的策略，又体现了小说艺术观念的更新。当然，90年代毕竟拥有自己不同的文化语境，新的艺术形式正在为文学的发展提供新的可能性。在杂乱纷呈、作家心态各异的90年代，无论作者还是读者，都在一种无法崇尚纯粹形式之变的语境中，急切地寻找新的艺术形式，以表达新的情感。像前面列举的"新历史小说"、调侃意味的语言、"新生代小说"也都有其明显的90年代文学特征。但不管怎么说，这些小说在形式探索上体现的历史延续性很明显。

因而，概括90年代小说的艺术形式，惊讶于时间的绵延与影响的无处不在。诸多看似90年代才出现的形式特征，却在80年代已经埋下伏笔，甚至可以说已经被实践得如火如荼，而当这番形式实验似乎已经变得没有新意之时，却又新作频出。在这样的情况中，力图给时间一个明确分期，或者给某一时间段中的作品一个明确的概述并非易事，因为我们随时面临着某种艺术形式的绵延的状态。确切地说，90年代的形式探索，注定无法像80年代那样有个明晰的时间限定，我们所能做的也正如福柯所说的"对整体历史的共时性把握"。

第 五 章
小说之虚与实的极致演练：
"新历史小说"的形式

一　作为故事形式的历史：兼论 80 年代的作品

"新历史小说"① 的出场与"先锋小说"的艺术形式变革之间有着紧密联系，它的许多作者就曾是 80 年代"先锋小说家"的主力②，不过，与 80 年代执著于语言形式的革新相比，这里的叙事更执著于历史故事的讲述。实际上，讲述历史的过程，往往让作家们充满了虚构故事的热情，这既表明了"新历史小说"的历史叙事继续实践着小说的虚构观，也表

---

①　"新历史小说"在文坛的显现和命名，主要体现在不同于新中国成立以来的革命历史小说的叙事特征上。一般来说，《红高粱》（1986 年）因叙述抗日战争的独特视角而被许多评论家认为是"新历史小说"的开启之作。1993 年，王彪选编的《新历史小说选》（浙江文艺出版社，1993 年）为"新历史小说"的正名起了积极的推动作用，并视乔良的《灵旗》（1986 年）为突破《红高粱》叙事的承前启后之作。而 80 年末期开始，余华、苏童、格非、叶兆言等"先锋小说"主力作家对历史叙事的沉迷，无疑为其出场酿造了声势。及至 90 年代，文坛的"新历史小说"创作情况，可以堪称呈风起云涌之势。主要代表作有：莫言的《红高粱》（1986 年）、《丰乳肥臀》（1995 年）、《檀香刑》（2001 年），乔良的《灵旗》（1986 年），格非的《迷舟》（1987 年）、《敌人》（1991 年），苏童的"枫杨树"系列（1986 年年）、《妻妾成群》（1989 年）、《我的帝王生涯》（1993 年），余华的《鲜血梅花》（1989 年），叶兆言的"夜泊秦淮"系列（1987 年）、《枣树的故事》（1988 年），李晓的《相会在 K 市》（1991 年），刘震云的《故乡天下黄花》（1991 年）、《故乡相处流传》（1993 年）、《故乡面和花朵》（1998 年），刘恒的《苍河白日梦》（1993 年），王安忆的《纪实与虚构》（1993 年）、《长恨歌》（1995 年），陈忠实的《白鹿原》（1993 年），王小波的《红拂夜奔》（1998 年），李洱的《花腔》（2002 年）等。

②　如果以王彪的《新历史小说选》所收录或罗列出的作品为例，属于知名"先锋小说家"的作品有：苏童的《1934 年的逃亡》（1987 年）、《罂粟之家》（1988 年）、《妻妾成群》（1989 年）、《十九间房》（1992 年）、《米》（1991 年）、《我的帝王生活》（1992 年），格非的《敌人》（1990 年），余华的《古典爱情》（1988 年）、《风琴》（1989 年），叶兆言的《追月楼》（1987 年）、《状元镜》（1987 年）、《枣树的故事》（1988 年）、《半边营》（1990 年）、《披甲者说》（1990 年）、《十字铺》（1990 年）、《日本鬼子来了》（1991 年），李晓的《民谣》（1992 年）等。

明了历史是作为故事的形式而存在的。一定意义上说，"新历史小说"的出现具有展示 80 年代中期以来小说艺术观念变革成果的意义，极尽虚构之能的叙述策略"碰撞"历史故事后，使执著于形式变革的小说发出了"俗性"的魅力，不经意间，现代性的艺术观对接了中国传统的审美习俗。

在此，虚构已然成为作家们的叙事法宝。王安忆在《纪实与虚构》（1993 年）的封面上赫然写道：

> 我以交叉的形式轮番叙述这两个虚构世界。我虚构我的历史，将此视作我的纵向关系，这是一种生命性质的关系，是一个浩瀚的工程……我还虚构我的社会，将此视作我的横向关系，这则是一种人生性质的关系，也是个伤脑筋的工程……

作家在这里明确告诉我们她所叙事的故事是虚构的。苏童也说道："我的创造也许只在于一种完全虚构的创作方式，我没见过妻妾成群的封建大家庭，我不认识颂莲、梅珊或陈佐千，我有的只是'白纸上好画画'的信心和描绘旧时代的古怪激情。"① 想象与虚构的特征代表着 80 年代以来中国当代作家新的小说艺术观念，而将这种虚构之力赋予历史，让历史处于想象的维度中，则一定意义上说明了虚构的极致，即历史都可以虚构，小说还不能虚构吗？将历史与虚构交融，则使艺术形式变革重心从语言表述技巧的实验转向了对精彩故事的呈现。

对大多数"新历史小说"作品而言，其叙述者表现出来的叙述姿态丰富了历史小说的形式。新中国成立后大量革命历史小说，为了增强史实性，往往采用第三人称全知叙事或者第一人称追忆亲历故事的方式。而"新历史小说"的叙述者则多体现其虚构历史故事的主体性，大量采用虚构的、第一人称的叙述者，或第三人称限知的叙述者，特别是使用虚构的、第一人称的叙述者明确地体现了小说的虚构之能，叙述者本身的暧昧不明或虚构性，给所叙述的历史带来诸多的虚幻感。根据布斯在《小说修辞学》② 中对叙述者的论述，我们将这些第一人称叙述者"我"分为

---

① 苏童：《苏童文集·婚姻即景·自序》，江苏文艺出版社 1996 年版。

② ［美］韦恩·布斯：《小说修辞学》，付礼军译，广西人民出版社 1987 年版。

"戏剧化叙述者"和"非戏剧化叙述者"。前者——"戏剧化叙述者"中的"我"既是故事的讲述者，又是作品中的一个人物，并且参与到故事情节中去，"我"在故事中是一个生动、鲜明的形象，"我"的行为、思想和意志影响着情节的变化，是作品中一个至关重要的角色。后者的"我"只是故事的讲述者，超然于故事之外，专司叙述职能。无论哪一种"我"，作品似乎都更热衷于讲述故事的过程以及内容的故事性，而不是传统意义上的史实性。

作为"戏剧化叙述者"的第一人称叙述者，以苏童的《我的帝王生涯》（1992年）为代表。"我"是整个故事的中心和主角，"我"完成并讲述了自己当上皇帝又沦落为走索艺人的一生。从最初"我"不想当皇帝而当上了皇帝，不得不告别自己心爱的一切，纠缠于争权夺利以及惶恐的焦虑之中——到后来，王位被端文夺走，陷入生活的穷困潦倒——直到最后，过起了"白天我走索，夜晚我读书"的艺人生活。故事的年代、背景、人物都是虚构的，依据的纯粹是一种虚构帝王人生的自信。在这里，"我"将自己的经历讲得头头是道，将人物安排得活灵活现，充分展示了叙述者"我"进入角色的自信和自如。以"我……"的方式叙述，一改以往叙事帝王的方式，而贴近了帝王的内心，展露他的所思所想，哪怕是那些模糊不清的思绪也不放过。这样的叙事是作者极强的想象性体验的产物，这种想象性体验也赋予文本书写各种人生况味的可能性，帝王的人生便成了一种为了书写人生况味的虚构人生。

作为"非戏剧化叙述者"的代表作，刘恒的《苍河白日梦》（1993年）展示了娴熟的叙述技巧。故事是一位百岁老人向一位陌生人讲述自己经历的故事。叙述者"我"就是这位百岁老人，而在故事中是年仅16岁的奴才。故事是"我"所经历的故事，但故事并不是"我"自己参与的故事，确切地说是"我"看到的别人的经历，"我"对故事情节的发展没有任何参与意义。作为地主曹家奴才的"我"，充当了曹老爷的药童和密探的角色，整日喜欢做些爬房顶之类的活，因而"我"理所当然地知道了许多外人所不知道的发生在曹家的事情。比如，曹老爷因怕死而制作的各种奇怪的药，二少爷恋母、参加革命等"莫名其妙"的行为，二少奶奶与洋人生了小孩等等。整个历史就是通过"我"看出来、讲出来的。这是一个旁观者的角度，"我"对故事的进程不起任何作用，而且"我"的讲述限定于一个16岁奴才的判断力范围之内，特别是对人物的情感判断、情节的发展不会超出这个视野，体现了一种"非戏剧化叙述者"叙述的超然与客观性。同时，又因为叙述者"我"的百岁老人的身份，使故事的发生与讲述之间拉开了一段时间距离，这种距离又使"旁观"的历史变得暧昧不明。作品开篇的题记让人久久回味：

> 孩子，我的故事讲完了。
> ——老者
> 老人家，我拿它怎么办呢？
> ——作者 L①

这种对话似乎提示读者历史只发生于讲者与听者之间，而故事篡夺了历史本应有的庄严与神圣，成为讲述者个人视野中的历史想象。而事实上，这种将历史感化为当下感的阅读效果，正是作者有意为之的，且明显地体现于作品的时间标题上。作品分为两部分，第一部标题是"1992 年 3 月"，第二部标题是"1992 年 3 月至 4 月"。标题中的年代正是作品写作的年代，即故事讲述的年代，这无疑给出一种被讲述的故事仿佛就是一个今天的故事的信息。这显然与 20 世纪 80 年代以来的新历史主义的历史观相吻合，正如克罗齐所说："每一部真正的历史都是当代的历史。"②

有时，第一人称叙述者在同一部小说中既是"非戏剧化叙述者"，又是"戏剧化叙述者"。如王小波的《红拂夜奔》（1998 年），前面 1—5 章中的叙述者"我"作为故事的讲述者，具有跨越时空、洞悉事态的能力，讲述了李靖、红拂、虬髯公在大隋及大唐的故事，这时的"我"是"非戏剧化叙述者"。后面几章不断地穿插进"我"现在的生活故事：证明费尔马定理，与小孙同居，写小说等等，这里的"我"又有了戏剧化叙述者的特征。"我"这双重叙述者的身份，自由地出入故事之间，李靖（李卫公）的世界是我现在生活世界的对照，现在的生活世界又恰恰是过去生活的复现。将物理的时间转化成相互沟通的精神时间，制造一种是是非非、相近相似的体验。小说将作者的写作状态与故事的进展相混合，有意

---

① 刘恒：《苍河白日梦》，江苏文艺出版社 1993 年版，第 1 页。

② ［意］本尼戴托·克罗齐：《历史和编年史》，载［英］汤因比等《历史的话语》，张文杰译，广西师范大学出版社 2002 年版，第 40 页。

凸显作者是怎么写作的，这样的书写在当代许多小说叙述中都有表现，这是当代许多小说叙述中的一大特征，比如，马原在《冈底斯的诱惑》中可谓把这一特点发挥到了极致，这种手法在"新历史小说"中的运用，使其带上了一种穿越历史几千年，将过去拉向现在的感慨。

以第三人称为叙述者的作品，在"新历史小说"中也大量存在。像乔良的《灵旗》（1986 年）、苏童的《妻妾成群》（1989 年）、格非的《敌人》（1990 年）、叶兆言的《追月楼》（1987 年）、陈忠实的《白鹿原》（1993 年）等作品都是以第三人称叙述的。与以往革命历史小说中的第三人称叙述相比，绝大多数"新历史小说"消除了确证历史史实的叙述口吻，将讲述的历史变成了呈现的历史，而且，是充满不确定的、多元镜像的历史。比如，乔良的《灵旗》开篇便有意识地限定了叙述的视角：

> 最先看到的是那根青篾竹扁担。扁担头上系一条二尺半长的白色孝布。布在夹着水腥气的东南风里瑟瑟摆动。于是，出殡的行列徐徐走进青果老爹的视界。①

这里，叙述者将焦点对准青果老爹，通过青果老爹的视界进入历史。青果老爹眼前出现的是安葬九翠的队伍以及多年以前那汉子的所作所为。那汉子其实就是老爹自己，但作品没有采用第一人称"我"的视角，而采用了第三人称的视角，使整个文本保持了客观、冷静的叙述基调。在这里，历史存活于一位当年参加过红军，当了红军的逃兵，又成了复仇者的汉子的所作所为中，汉子的行为带出了当年红军被杀戮的惨状，也带出了最贴近个人情感的历史现实。从老爹的视界到汉子的视界，这样的历史现实是通过层层隔阻才最终显山露水的，这又使叙述自身带上了历史的苍凉感，找到了一种"形式的意味"。

无论采用哪一人称进行叙述，其叙述视角的独特与丰富，其叙述方式的多样，都使历史充满了变化的可能性，历史变得不再单一。特别是通过想象与虚构的有效手段，一改往日那种二元对立的思维方式，将曾经被意识形态所经典化的历史，变成了充满各种不确定性与偶然性的、细节化的历史。不管中国 80 年代、90 年代的"新历史小说"是否或多大程度上受

---

① 乔良：《灵旗》，《解放军文艺》1986 年第 10 期。

到西方新历史主义的影响,其历史书写都无疑代表了一种新的史观。新历史主义的代表海登·怀特曾说:"历史学家在努力使支离破碎和不完整的历史材料产生意义时,必须要信用柯林伍德所说的'建构想象力'(Constructive imagination),这种想象力帮助历史学家——如同帮助精明能干的侦探一样——利用现有的事实和正确的问题来找出到底发生了什么。"①"事实上,历史——随着时间而进展的真正的世界——是按照诗人或小说家描写的那样使人理解的,历史把原来看起来似乎是成问题和神秘的东西变成可以理解和令人熟悉的模式。不管我们把世界看成是真实的还是想象的,解释世界的方式都一样。"②海登·怀特为历史的虚构与想象寻找到合理的解释。那么,反过来,文学本身具有的想象与虚构的特征,又为历史的"真实"提供了合法性。更确切地说,曾经被经典化的历史是充满意识形态控制的想象与虚构的历史,而"新历史小说"将意识形态控制转向了对艺术特征的重视,转向了对历史的不确定性的重视,这无疑是变革中的一种进步。

二 历史形式下的非历史叙事

"新历史小说"的虚构策略,使故事成为形式要素浮现于文坛,并成为突破以往历史叙事的重要标志。而当历史成为故事被叙事时,这些"新历史小说"不仅触动了历史观念的变化,也触动了小说所展示的精神维度。从前面我们所列举的"新历史小说"作品中,我们已经看出,这些历史小说完全不同于以往展示历史史实为中心的历史小说,有些甚至根本不是什么传统意义上的"历史题材"小说,但它们的历史动机、历史文化氛围、历史情境却是鲜明的。一方面,它们展示了完全不同于以往历史小说展示的历史面貌,但又因为它们不以历史为中心,所以它们的目的绝不是颠覆以往的历史面貌。另一方面,它们无疑体现了作家在历史观念、艺术观念上的突围和创新。与其说作家们有意反叛传统的历史观以引起轰动,以新的历史观展示历史,不如说他们所书写的历史世界是艺术化

---

① [美]海登·怀特:《作为文学虚构的历史文本》,载张京媛主编《新历史主义与文学批评》,北京大学出版社1993年版,第163页。

② 同上书,第178页。

的历史世界，是小说手法创造出来的历史世界。这里的历史只是一种叙说的情境，而现实生存境遇以及对人的生存的现代哲性思索是小说所要表达的"真实"。正如米兰·昆德拉所说："任何一部小说都要回答这个问题，人的存在是怎么回事？其诗意何在？"① "新历史小说"对"追问人的存在是怎么回事"的接近，使其最大限度地摆脱了以往那种意识形态控制的、情节雷同的历史，而成为寻找个人话语的有效文本。一定意义上说，"新历史小说"对历史的叙事其实已经转移了对历史本身的兴趣。

莫言谈到《丰乳肥臀》（1995年）的创作时曾说："我想这种所谓有历史感对一个小说家来说并不是他追求的目标，而且我也确实不知道是否一个人在小说中可以刻意地表现那种历史感。我想真正的小说家他所有的着眼点还是在写人上面，当然这也是老生常谈了。至于历史事件、历史过程以及各种各样的天灾人祸只是我表现人物所需要的环境。所以我的小说里面的历史事件看起来很真实，其实是虚构的，是出于表现人物的需要而创造的一种环境。"② （着重号系笔者所加）这里强调的"历史感"已经不是什么历史事实的简单呈现，而是一种厚重的生命感了。比如，长篇小说《红高粱家族》（1987年），如果从历史事件层面来讲，它表现了抗日战争的历史，书写了那一段特殊的历史时期生活在高密东北乡的那群人的经历，其中，尽管也充满着日本人的血腥屠杀，充满抗日者的流血和勇气，但显然，作者已将抗日的历史转化成了展示人性、人情、生命存在力的历史，它已不是以往《地雷战》、《地道战》或《敌后武工队》等作品中表现的抗日战争史了。比如，作者在小说的献言中如此写道：

> 谨以此书召唤那些游荡在我的故乡无边无际的通红的高粱地里的英魂和冤魂。我是你们的不肖子孙。我愿扒出我的被酱油腌透了的心，切碎，放在三个碗里，摆在高粱地里。伏维尚飨！尚飨！③

这段充满想象力和神奇感的文字，呈示了"我"与故乡、"我"与故乡的历史的奇妙感。"我是你们的不肖子孙"表明的是一种面对历史的态度和

---

① ［捷克］米兰·昆德拉：《小说的艺术》，唐晓渡译，作家出版社1992年版，第162页。
② 林舟：《生命的摆渡——当代作家访谈录》，海天出版社1998年版，第203页。
③ 莫言：《红高粱家族》，解放军文艺出版社1987年版。

距离；"心"的"扒出"则表现了一种渴望自己的灵魂与故乡、与历史灵魂融合的情愫。所以，莫言将故乡和历史的书写放在了书写人的灵魂层面上进行，莫言也因为对高密东北乡的书写而在文学史上留下了自己不凡的足迹。可以说，在莫言的历史小说中，我们看到了红高粱的象征意义，看到了"我爷爷"、"我奶奶"没有束缚的爱情，看到了高粱地里的每一个生命的强劲的生存活力，看到了芸芸众生的悲苦又欢悦的命运。我们也看到了莫言一次次地借助历史的时空，书写了家族和个人的传奇，淋漓尽致地展示他那汪洋恣肆的语言，天马行空的想象。

而像 90 年代引起较大反响的作品《白鹿原》（初刊于《当代》1992年第 6 期、1993 年第 1 期）则将历史进行文化意味的阐释。值得一提的是，《白鹿原》自发表以来即受到诸多评论家的注意，并受读者喜爱，却曾一度受到主流意识形态的批评，但最终在作者的修改之后，获得了"茅盾文学奖"。作品进行不断的修改，这一过程本身就戏剧性地说明了历史叙事的虚构性特征，我们也从作者删除诸多性描写及充满神秘感的语言中，看到作品一步步凸显出的文化阐释质因。作品涉及到的历史叙事包括中国民主革命时期乡村社会的变迁史、国共两党的斗争史等等，但作者将解释这一切历史的核心对准了文化，使作品通篇弥漫着一股文化的味道。鹿子霖、白嘉轩以及朱先生、冷先生都是以一种文化人格的身份出场的，白家与鹿家的争夺说到底是对宗法文化执掌权的争夺。白嘉轩是宗法文化的结合体、象征体，他的复杂和深刻性绝不亚于文化自身包含着的糟粕与精华的复杂性，他办学堂、灾荒之年分粮，解决白鹿原上人的温饱问题等行为体现了儒家文化的坚毅、温和及气魄，他的举止无疑给原上的老百姓带来了福音。然而他的行为又暗含着一种让人不安的压抑和不平。正如黑娃所感到的白嘉轩的腰杆太硬了，这其实是黑娃对封建宗法文化的感应，他的反抗和回归亦是对文化的反抗与回归。这种文化意味的凝结，甚至使作品不惜对人物直接进行符号化的描述，比如，以下是对冷先生的一段介绍：

> 冷先生是白鹿原上的名医，穿着做工精细的米黄色蚕丝绸衫，黑色绸裤，一抬足一摆手那绸衫绸裤就忽悠悠地抖；四十多岁年纪，头发黑如墨染油亮如同打蜡，脸色红润，双目清明，他坐堂就诊，门庭红火。冷先生看病，不管门楼高矮更不因人废诊，财东人用轿子抬他

或用垫了毛毯的牛车拉他他去，穷人拉一头毛驴接他他也去，连毛驴也没有的人家请他他就步行着去了。财东人给他封金赏银他照收不拒，穷汉家给几个铜元麻钱他也坦然装入衣兜，穷得一时拿不出钱的人他不逼不索甚至连问也不问，任就诊者自己到手头活便的时候给他送来。他落下了好名望。①

在这里，我们可以看到冷先生注重个人修养，奉行治病救人不嫌贫爱富的原则，活脱脱一个儒家文化的代言人。作品体现出的对白嘉轩的赞赏、对鹿子霖的贬抑倾向，特别是对黑娃从反抗到回归认祖的情节的设置，都体现了作品对儒家传统仁、义、礼的认同；而代表原上正统的文化群体对小娥的残酷杀害，以及白灵、黑娃的死亡，又体现了作品认同儒家正统时的犹豫。只可惜这种犹豫很微小，作品总体上并没有摆脱对宗法文化的认同姿态，并没有对宗法文化作出深刻的反思。不过，作品在试图发现一个民族精魂的叙事中，也提示我们对文化本身的合理性与其在历史潮流中发生的变化进行思考。不管如何，将历史书写化身为文化书写的形式，体现出了作品超越史实记录，从而开启对推动历史的原因进行探讨的尝试。

　　若将此小说与《红旗谱》（1957年）相比较，我们明显可以发现两者的不同。从一定意义上说，这两部小说都涉及了国家历史、家族历史的主题，而且，在人物设计上，都有将人物进行符号化概括的倾向。不过，一部是借助阶级性来概括，一部是借助文化性来概括。《红旗谱》中朱、冯两家的矛盾被阶级性所概括，体现了无产阶级革命的胜利，斗争的进程也围绕着阶级矛盾而展开；整个作品的故事情节按照革命历史规则进行，家族间几代人物的关系也少有变化，这都体现了现实主义原则中将阶级性定性为"共性"、"典型性"的创作原则。而《白鹿原》在符号化概括的倾向中，显然选择"文化"作为"共性"或"典型性"的内核，白、鹿两家代表了两种不同文化所奉行的生存法则的兴替。若与《红旗谱》相比，《白鹿原》中文化本身的复杂性打破了阶级性规约的单一性，使走出白鹿原的年轻后辈们有了更丰富的人生，增强了作品意旨的丰富性。一定意义上，这两部作品代表了不同时代对决定历史的推动力的不同定性，而

───────────

① 　陈忠实：《白鹿原》，人民文学出版社1993年版，第6页。

正是这种定性的不同，使小说作品的意蕴发生了明显的变化，《红旗谱》是为了表现阶级性而创造了一段阶级斗争的历史，《白鹿原》则在文化主题的追求中，淡化了国家、民族斗争的历史而创造了一些富有丰富的文化意味的人物形象。

　　90 年代另一部"新历史小说"的代表作——刘震云的《故乡面和花朵》（1998 年），以乡村为叙写对象，以嘲讽的语言探讨了历史。一定意义上，其与《白鹿原》一样打破了意识形态讲述的历史，而试图从文化层面探讨历史的动因。但是，后者更多地从儒家文化中去寻找，而前者用了大量"支离破碎"的情绪流动式的语言，打破了对文化进行的抽象式建构，通过乡村中拉杂的人物来叙写历史，历史叙事中展示的文化是一种乡野文化，并充满解构的意味。将历史推动因或历史存在本身集中于乡野，集中于乡野中的琐小事物，其本身就体现了对历史的一种重新认知。作者自己也为这种历史叙事寻找着依据，他说："历史让每一个人去叙述都有增减，每一个人都在创造历史，每一个人都在叙述历史，每一个人也都在扭曲历史，这种扭曲对文学太重要了。历史不仅仅是二次世界大战，火烧阿房宫。历史上一个村妇丢了一只鸡，其意义同滑铁卢大战是同样的。世界上没有一个人说的不是假话，这种假不是对错那种假，而是对真相的无意识增减。《故乡面和花朵》就是从语言的虚拟中呈现我对世界的真实感觉。"① 语言的虚拟与真实表达了作家对世界的新的理解。在这部 200 余万字的作品中，结构层次安排复杂、时空无规律替换，叙述语言充满了对情绪沉变的书写。我们在作品中可以经常见到这样的语言：

　　　　令我不满意的另一处细节，就是关于思想浴的问题。对于那场我们亲人之间的旁若无人的谈舌，当时我们有一个共同的默契：我们理他们干什么？我们理他们能得到什么好处和收获呢？——而我们爷俩儿或姐俩儿在一块谈一阵，却好像相互洗了一次思想浴。我们相互擦擦背，搓搓泥，接着感情的春风又像羽毛擦着我们的耳朵眼儿或像温柔的小手在我们身上按了一次摩一样让我们骨酥肉软或者干脆像半夜

---

　　① 周罡、刘震云：《在虚拟与真实间沉思——刘震云访谈录》，《小说评论》2002 年第 3 期。

领着一个孩子到野地里挖了一个坑要埋掉他一样让他恐怖地大叫——
很难说这里不摩擦出惊人的思想火花和让人惊叫的霹雳与闪电——一
句话能改变一个世界呢，一句话能改变一本书的意义呢，我们会心和
意味深长地笑了；而恰好说完这个，接着又出现了冰块的冷场，当时
我们还感到不好意思呢。但是到了回忆录中，孬舅却把这思想桑拿和
思想浴说成是单方面的而不是相互的了，他见了我没有什么——我
说，我见了他就好像洗了一次思想浴。①

这里，我们看到一气呵成的长句，絮絮叨叨地将"我"脑中那些想法一
股脑地倾泻而出，拉拉杂杂的没有什么逻辑，其中充满调侃意味或反讽意
味的词汇，又再次增强了叙事的"混乱感"。将爷俩儿或姐俩儿的谈话比
作"思想浴"，并用"惊人的思想火花"这样带有严肃意味的词汇来提升
谈话的高度或重要性，仿佛这是一次严重的历史事件。而实际上，这只
是一场关于生活中无关紧要的小事件的谈话，说话的人也只是与以往理
解的历史大事件无关紧要的人物。这样，叙事将我们惯有的、对历史主
体的认识进行了解构。或许，作品所要表达的意思就是：历史的主角就
是这些被我们惯常经验忽视的小人物，而这些小人物既然已成为历史的
主角，他们的言行也理当用那些重大的、庄严的词汇来修饰。因而，这
里与其说在写历史，不如说在写生活，而生活本身就是历史，拉拉杂杂
的琐碎生活同所谓重大人物的重大历史举措一样，构成了历史最真实的
一部分。

在"新历史小说"的创作潮流中，历史已经变成了一种非历史的存
在，诸多文本书写历史的目的指向了历史之外的意旨，这种创作的开放性
给文本带来了新的形式变革的可能性。比如，韩少功的《马桥词典》
（1996 年），这并不是一部严格意义上的"历史小说"，也不能成为"新
历史小说"的代表作，但其用词条来发掘人生、发掘历史的动机，叙写
历史场景的叙事方式，又让我们看到了历史的韵味。作品通过词条提供的
小视角，构造了一段完整的历史，整部小说的 115 个词条提供的视角，则
构成了相互交叉的关系，提供了一副多层次的历史图像。并且，与《故
乡面和花朵》等作品一样，在历史碎片的叙事中，实现了对乡村的触摸。

---

①　刘震云：《故乡面和花朵》，华艺出版社 1998 年版，第 3 页。

在此，历史本身的认识方式与认知层面，在"新历史小说"的创作中发生了改变。正如福柯在《知识考古学》中所说："不连续性曾是历史学家负责从历史中删掉的零落时间的印迹。而今不连续性却成为了历史分析的基本成分之一。"①

可见，在"新历史小说"的文本中，历史是一个特殊的、真实的存在，作家们极尽虚构之能去构建历史的气蕴、历史的细节，却怀抱着直击现实、直击人生的真实感悟的理想。于是，借着历史故事的讲述，作品或写人性、或写家国族史、或写故乡、或写童年的记忆、或写江湖风云、或写人生叹喟，等等，历史幻化成了充满想象力和当下体悟感的世界，正应了新历史学派所持的那句"一切历史都是当代史"。

进一步说，90 年代出现的"新历史小说"不仅创造了历史书写的新的类型，也折射了人们对历史和小说关系的认知新层面。历史和小说都是叙事的艺术，两者在选材、材料的组织、甚至讲述目标上都有着惊人的相似性，都是抱着表达人类生存状态的真实性的伟大目标，有时也不免带上点知史可以明鉴的目的。而实质上，两者也都在尽力地创造一种身临其境的感觉，而并非是什么真正客观地还原事实。正如后现代主义学说所认为的："历史和小说都是话语、人为构建之物、表意体系，两者都是从这一身份获得其对真相的主要拥有权。"② 从这个意义上说，历史与小说形成的互动关系或互文性，才真正地有效地调动了历史，激活了历史。当然，对于 90 年代"新历史小说"的创作者们而言，或许并没有如此自觉的意识，因为至今没有哪位作家直接宣称自己受到了新历史主义的影响，甚至也很少有作家是真正借助小说文本来揭示历史的虚构性，并以此揭示所谓的历史史实背后的权力或政治内涵的。对于作家们来讲，更多的是调动所谓的历史场景、历史画面来建构富有历史感的故事的冲动而已。但是，不管怎么说，这类作品的出现，呈现的不仅仅是故事的精彩性，更使我们对于历史本身有了再次的思考，使我们对所谓的历史权威有了反思。

① ［法］米歇尔·福柯：《知识考古学》，谢强、马月译，三联书店 2007 年版，第 8 页。
② ［加拿大］琳达·哈琴：《后现代主义诗学：历史·理论·小说》，李杨、李锋译，南京大学出版社 2009 年版，第 127 页。

三　意义的维度:史传传统的颠覆

"新历史小说"继承了 80 年代小说艺术观念的变革成果,为小说艺术史提供了新的艺术形式,那么,这种形式究竟给中国文学的发展提供了怎样的意义呢? 一部作品、一位作家、一种文学现象,只有纳入文学史的视野,在艺术流变和文化语境的纵横坐标中,才能准确判断其存在的价值和意义。"新历史小说"所放置的这个纵横坐标是中国文学长期存在的史传传统,而与其形成最有差异性的比较文本是新中国成立后的那些历史小说。

史传传统在中国小说史中一直占据着强势地位,这与中国古代小说与历史的地位差距有关,也与人们"崇史"的思维定式有关,而小说中的历史小说更可谓是一种极为复杂的存在。大致说来,由于"以史为鉴"的影响,文学寻找史实的可靠性既是文学家的一种史实认同心态,也是一种表述技巧,即找到历史,似乎就找到了发言权。但毕竟史家求其"汰虚课实",文学家求其"好奇认真"①,两者是有区别的。文学首先得承认其虚构性。而问题似乎形成了一个矛盾体,即一方面,中国文学叙事是"崇史"的,另一方面,中国文学又是求"好奇认真"的。形成这种局面的关键并不在于文学是否虚构了历史史实,而在于,从阅读史来说,"崇史观"影响下的读者往往习惯于从文学作品中读出历史史实,而忽视文学本身的、乃至历史史实本身的虚构性。因而,在史传传统中,历史(不管虚不虚构)都为建构发言的权威性而存在。那么,作为要获得发言权的历史,当然极力要谋杀虚构性,彰显其史实的权威性。为了这种目的,所叙的历史也自然极易滑向被意识形态所控制的境遇。当然,诸多历史故事乃至野史的叙事中不乏文学的精彩手法,只不过,还是因为"崇史观"的影响,人们更看重历史小说经世治国、安邦抚民的道理,容易忽视艺术本身的审美力。这也不难理解。中国民间普遍流行的对《三国演义》的解读,不是将其当成文学作品来读,而是当成历史的借鉴,甚至当

---

①　周英雄在《小说　历史　心理　人物》一书中,引用了钱钟书《管锥编》中的话:"屈原(天问)取古来'传道'司马迁'不敢言'之'轶事'、'怪物',条诘而件询之,剧类小儿听故事,追根穷底,有如李贽《焚书·童心说》所谓'至文出于童心',乃出于好奇认真,非同汰虚课实。"并将其概括为:"也是就是史家求其'汰虚课实',而文学家求其'好奇认真'。"(东大图书公司 1989 年版,第 32 页)

成学习如何使用权术的文本来读。这既说明了中国文学作品有能将人生世相的世俗情怀纳入其内的优势，但也说明了纯粹艺术精神追求之缺失。

　　史传传统延续至新中国成立后，在"十七年文学"的艺术成就中颇占一席之地，一大批优秀的长篇历史小说，如《青春之歌》（1958年）、《红岩》（1961年）、《红旗谱》（1957年）、《李自成》（1963年第一卷出版）等，以其气势的恢宏，人物形象的典型、生动立足于文坛。这个时期突然出现的历史小说的集中爆发以及作家们对历史的热衷态度，一方面，来源于20世纪上半期中国战争史带来的丰富题材，特别是刚刚过去的抗日战争和国内革命战争，许多写作者都是战争的亲历者或见证者。另一方面，也源自于意识形态对现实题材书写的限制与规约。然而，在特定的政治文化背景中，历史小说也未能摆脱文化政策的束缚，将文学作为行使作家背负的社会革命职能的功能观依然深深地影响着历史小说题材。正如有评论家所评论的："作者的创作目的都是为了力求真实地再现历史生活的本来面目。"① 而这里的历史生活的本来面目，是被政治意识形态所规约了的面目。

　　暂且不论小说中所再现的历史是否就是真的历史原貌这一问题，这类作品使我们不得不思考这样的问题：承担了再现历史原貌重负的小说，真的能找到其接近"再现历史的真实性"的途径吗？它是拓宽了还是缩减了小说的言说空间呢？我们从作品中可以看到，越是拘泥于历史材料的小说，越是不能展示其艺术活力。以《李自成》为例，它"与中国其它的叙事作品一样"，"从第二卷以后也出现了艺术上的疲软现象。这除了作家的功力的原因之外，与作家的历史观念也有关系。过分强调历史小说要忠实于历史真实，在那么长的时间跨度中严格按照历史事件发生的时序，让作品中的人物与历史事件一一对应，必然会导致驱使作品中的人物去演示历史，重事、重史而不重人的结果"②。一个力图再现历史史实的文本往往是不甚成功的，而那些真正能把握历史精神的闪亮点却往往在作品的虚构处。此外，为了再现历史事实，反映历史的发展规律，作家们将"写什么"放置于中心位置，首先强调主题思想"站得住"③（梁斌语）。

---

①　金汉：《中国当代小说艺术演变史》，浙江大学出版社2000年版，第131页。
②　同上书，第149页。
③　比如，梁斌在《漫谈〈红旗谱〉的创作》中写道："我写这部书，一开始就明确主题思想是写阶级斗争。""书是这样长，都是写阶级斗争，主题思想是站得住的，但是要让读者从头到尾读下去，就得加强生活的部分。"（《人民文学》1959年第6期。）

结果，在人物塑造、情节设置上过分受政治意识形态制约，作家有种强烈的表达思想立场的意愿，这样势必影响作品的艺术张力。

　　以上我们对史传传统历史小说的评论，并不想否认其在小说史中的地位，更不是要否认其中的优秀作品。在这里，我们所指出的是这种长期存在的思维定式影响了小说的书写方式，特别在一定的社会背景和政治环境下，制约了小说的发展。像新中国成立后创作的大量"再现型历史小说"，其在人物塑造、艺术布局、史诗性的追求等方面都取得了很大的艺术成就，但由于受当时政治意识形态以及固有的历史观念、创作模式的影响，作家们所反映的历史、塑造的人物形象带上了浓厚的政治认识偏向，使艺术表现力大打折扣。如当时人们普遍认为《红旗谱》值得称赞的优点在于"它记录了三十年代战斗的声音，它以令人信服的真实的艺术形象描述了党和人民直可追溯的血缘谱系，从而也有力的号召我们——更加发扬光大，直到千秋万代"①。《青春之歌》中林道静的光辉性是她终于从小资产阶级知识分子转变成了无产阶级革命战士。由于时代的特殊性，对于这样的主题，我们不必妄加批判，但这样的历史叙事不仅说明了历史观念和艺术观念的局限性，而且更有力地证明了历史小说再现历史史实的不可能性。况且，背负着再现历史史实目的的创作反而使小说文本减少了虚构之笔自由驰骋的空间，它们所表现的真实性也很容易随着时间的流淌而消退。实质上，这种遵循历史史实的再现性思维是将生活真实与艺术真实相混淆的思维，那么，这种思维有没有影响文学的发展，蒙蔽作家们创作时对生命、对人生的真实感触呢？答案是肯定的。中国文学史上很长一段时期，以为将生活的场景、规律或以阶级性为共性的典型搬入作品就是创造了艺术的真实，甚至单纯地以为写亲历的事件便能给文本带来真实，于是，一大批作家为了写作而去做诸如"深入生活"、"体验生活"的事，很难想象，一个要如此体验生活的作家群是处于怎样一种创作状态中的。

　　相反，"新历史小说"文本是作家们虚构历史的话语产物，作家们卸下了还原历史史实的沉重包袱，而去想象、创造历史。周梅森写完《军歌》（1988 年）后，论及创作过程时，曾发表过这样的言论："我这个没有经历过战争的人是否也能在稿纸上铺开战争的图画，写出战时的种种心

---

① 胡苏：《革命英雄的谱系》，《文艺报》1958 年第 9 期。

态形式，种种残酷选择，种种悲剧，壮剧或丑剧？一句话，也就是说，我是否有能力完成一场既属于历史，又属于我个人的战争？"① 事实表明，小说家们写出的作品完全能比经历过战争的人写出来的作品更精彩。"新历史小说"是创造性的历史小说，虚构、创造历史是"新历史小说"最显著、最令人震撼的元素。它不仅打破了长期以来史传传统的历史小说叙事方式，而且向读者表明作家自由地创造"历史"的小说比拘泥于被认定了的历史史实的小说，更能展示小说的艺术特质，更能创造出真实感。因而，与新中国成立后大量的史传传统的革命历史小说相比，"新历史小说"回归了小说独有的虚构智慧。

20世纪新历史主义带来的历史观念的改变，是人类思维的一次大转变，在"每一部真正的历史都是当代的历史"②，以及话语想象性特征的确认中，人们对历史有了重新解读。20世纪末风靡中国文坛的"新历史小说"也向人们提示了一个简单的事实：小说无法承担还原历史史实的重担，小说只有用自己的言说方式才能接近真实。历史小说所要复现的与其说是历史事实，不如说是一种历史况味，它是借助历史的外壳"说出只有小说才能说出的东西"（米兰·昆德拉语）。这种东西便是现代小说艺术不断追求的真实——一种揭示人类存在的真实，而反过来，这也确认了文学接近真实的唯一途径便是想象和虚构，即"用语言来弄虚作假"③。

从诸多优秀的"新历史小说"文本中我们可以看出，在历史与小说的关系上，它们强烈地表达了小说回归小说艺术表现方式的艺术观念。但无可否认，"新历史小说"向书写存在的真实的循进过程中，大量的作品尚存不足。许多作品由于过分沉溺于对历史故事的消解、解构，过分追求对历史故事的游戏，以及对历史况味本身的繁复叙述，导致了精神定位上的模糊不清，缺乏对当下生存体验的警醒和审慎性。比如，刘恒的《苍河白日梦》，叙述者"我"冷静地呈示了曹家大院中许多不为人知的事实，那些使历史变得晦暗不明的话语，让我们体味到了历史的沧桑，却消泯了价值判断的"可为"。《妻妾成群》展示了封闭、压抑及摧残人性的

---

①　周梅森：《题外话》，《中篇小说选刊》1988年第3期。

②　[意]本尼戴托·克罗齐：《历史和编年史》，载汤因比等《历史的话语》，张文杰译，广西师范大学出版社2002年版，第400页。

③　[法]罗兰·巴尔特：《符号学原理——结构主义文学理论文选》，李幼蒸译，三联书店1988年版，第6页。

历史故事，却因为作品极力为之的历史的时间与空间的距离，将生存情境拉向了精神审度的遥远化。更值得注意的是，在"新历史小说"的云涌之势中，产生了一种不严肃的历史态度，许多作家将虚构之能变换成了游戏历史。90年代以来，大部分宫廷艳遇、皇亲国戚的历史小说，充其量不过是一些野史片段的重新组合，实质上满足的还是根深蒂固的"窥史"欲望，当然也就没有逃离传统的崇史观。

这里，我们不得不谈的是，小说中的历史叙述充满虚构性是一种文学创作的原则，是我们对待历史的一种尊重和理性原则，而不是一种被利用来捏造事实的手段。新世纪以来，一些战争剧和历史剧却完全无视历史的尊严，为了吸引观众而随意地捏造一些神奇的细节。比如，频频出现的女子抗日队伍或特工队伍，神勇无比的英雄个体，以及赤手空拳足以打败装备精良的日军或伪军的超级武功，等等，在这里，历史和战争充满传奇性和虚构的激情，这样的一些作品与我们所谈的"新历史小说"的虚构性是不同的，前者往往出于一种娱乐和制造历史事件的目的，后者则追求历史真实性以及人性的真实性，对历史依然是一种尊重，更是对人的生命力的表达的尊重。

从根本上说，艺术的创造性与对待历史的严肃性是不矛盾的，许多优秀作品通过虚构历史表达人的生存境遇的时候，触摸到的正是历史的精魂。但许多作品，滥用虚构历史的权力，将虚构变成了戏说乃至娱乐的手段，也就是说，当历史与文学的本质都可以用虚构来维系时，作家们却因为确证了虚构的事实而过于欣喜若狂地进行了对虚构的展示，这时，创作的虚浮感便出现了。

第 六 章

调侃的语言:以王朔、
王小波的小说为中心

一　王朔式的调侃:兼有优越、伤怀情绪的调侃

　　20 世纪以来,我们的文学总在一种严肃的语调中进行着,小说所说的话总是努力地告诉读者,这代表的是某种本质,这是在表明某种态度等等,而 80 年代后期以来,调侃与谐谑的语言风格开始生成,并迅速成为 90 年代显著的话语方式。这种话语方式是包含着多重意味的方式,是处处表露着我们与时代的矛盾、纠结的方式,它代表着我们从黑白分明的时代走向了杂语融合的时代。在这里,不管是会心一笑,还是无奈的转移,或者是隔膜的戏谑,调侃与谐谑的语言为认识我们的小说叙事与时代精神打开了一个窗口。

　　王朔的小说便是其中的代表。从时间上看,王朔的创作始于 80 年代,其作品最初在《收获》发表时,编辑将其与"先锋小说家"的作品放在一起,但作为文学史的共识,我们不将王朔的作品归入"先锋小说"①,并且,当"先锋小说"形式实验衰微时,王朔的小说却在其电视剧制作的推动下,迅速成为市场新宠,使其充满"痞子味"的语言在 90 年代的文坛产生了深刻的影响。可以说,王朔在中国当代文坛上占有重要地位,有人甚至将其概括为"王朔主义"②,而要深刻地理解王朔必须从理解其

---

　　①　1987 年第 5 期和第 6 期,致力于推出文坛新秀、新作的《收获》集中刊发了余华、格非、苏童、叶兆言等后来被称作"先锋派作家"的作品,其中,王朔的《顽主》(第 6 期)并列其内,但历史却给了我们"先锋派作家"属于 80 年代中后期,而王朔属于 90 年代的印迹。这与不同的创作风格有关、与当时评论界的关注重心有关,也与市场文化相关。

　　②　王一川在《中国电影的后情感时代——〈英雄〉启示录》(《当代电影》2003 年第 2 期)中提出这一词汇,并且在其文章《想象的革命——王朔与王朔主义》(《文艺争鸣》2005 年第 5 期)中认为:"可以简单地说,王朔的广泛而巨大的社会影响的造成,靠的就是一种不得不用王朔主义来概括的东西。所谓王朔主义,是指通过王朔的作品和其他媒介行为呈现出来的以调侃去想像地反叛又缅怀权威、破坏规矩又自我扯平、标举又消解个人主义的精神。属于王朔主义的并非王朔一人,而是可以包括若干相关人物,如刘恒、冯小刚、刘震云、王小波、李晓明、赵宝刚、姜文、夏钢、刘一达等。"

话语方式开始。

调侃是王朔作品最引人注目的话语方式。王朔自己就曾自信地宣称："我的小说靠两路活儿，一路是侃，一路是玩，我写时不是手对着心，而是手对着纸，进入写作状态后，词儿噌噌的往上冒。"① 例如，发表于《收获》1987 年第 6 期上的《顽主》是其代表作，作品中写了一个"三 T"公司，这是一个以"替人解难、替人解闷、替人受过"为宗旨的公司，作品中的人物用一副副最正经的表情干着最荒唐无聊的事情，甚至包括替别人谈恋爱。作品所塑造的这群玩世不恭者的形象发出的对生活、对世界充满嘲讽的话语，一时间成为街头巷尾为人熟知的语言。许多评论文章都曾引用《顽主》中于观开导王明水医治手淫习惯的这段话来说明问题，于观说：

> 不要过早上床熬得不顶了再去睡内裤要宽松买俩铁球一手攥一个黎明即起跑上十公里室内不要挂电影明星画片意念刚开始飘忽就去想河马想刘英俊实在不由自主就当自己是在老山前线一人坚守阵地守得住光荣守不住也光荣。②

这一长串没有停顿的叙述，将手淫习惯与英雄人物以及老山前线守阵地的情景相连，创造了一种侃味十足的表达效果。出现在这里的"老山前线"、"守阵地"等话语，完全没有了本来应该具有的严肃意味，反而成了说话者制造吸引力的一种噱头。

《顽主》中塑造的人物形象也充满调侃意味，明显地表现了对所谓"知识分子"的调侃。作品中的宝康、赵舜尧、王明水是以有身份、有地位的知识分子形象出场的：宝康是作家，赵舜尧是长者，王明水是医生。但外在的身份却为他们内在人品带来了更具嘲讽意味的写作空间。宝康，作为一个作家，追求虚荣，为人虚假，言行不一致；赵舜尧只是"面目和蔼，文质彬彬"，骨子里却空虚、无聊，一副想成为青年导师的模样；王明水则以虚伪的手段掩饰自己的无能与不负责任。而相反，于观、马青、杨重等人开办了"三 T"公司——替人解难替人解闷替人受过，以赚

---

① 王朔：《我是王朔》，《王朔最新作品集》，漓江出版社 2000 年版，第 165 页。
② 王朔：《顽主》，《收获》1987 年第 6 期。

钱为目的，生存的方式也足够荒唐，具有讽刺意味，但比起宝康、赵舜尧、王明水等这些"知识分子"形象来反而不乏坦诚，并展露了些许生存的温情。如果说，作品对宝康、赵舜尧、王明水等道貌岸然者的调侃不乏讥讽之意的话，那么，作品对于观、马青、杨重等人的叙事则充满了为之一笑的调侃意味。比如，作品中写道：

> 马青兴冲冲走到前面，对行人晃着拳头叫唤着："谁他妈敢惹我？谁他妈敢惹我？"
> 一个五大三粗，穿着工作服的汉子走近他，低声说："我敢惹你。"马青愣了一下，打量了一下这个铁塔般的小伙子，四顾地说："那他妈谁敢惹咱俩？"①

马青一伙本来是因为对生活感到无聊而出去叫嚣和找人打架的，在周围似乎没有人理他们的情况下，他们一伙误以为自己很强大，有了越来越嚣张的气势，结果却在一位身材比他们高大的人的一声低声应和中，突然"蔫"了下去。从马青的话语中，从"我"到"咱俩"的改变，创造的场景极具反讽效果。这种"侃"，不仅是人物的一种说话声调，也是一种生存状态。

在王朔作品中，最引人注目的调侃莫过于他对一些"政治话语"、"严肃话语"的调侃，特别是对那些人们耳熟能详的正统权威话语的调侃，通过展露这些话语表面上的冠冕堂皇来彰显它们实质上的空虚伪善，以及所谓的的"政治理想主义"和"道德规范"，使读者在阅读时感到"揭露"和"砸碎"时特有的痛快淋漓。比如，在他的作品中我们经常可以看到类似的句子：

> 又是一个像解放区的天一样晴朗的日子。②

> 发奖是在"受苦人盼望好光景"的民歌伴唱下进行的，于观在

---

① 王朔：《顽主》，《收获》1987年第6期。
② 王塑、沈旭佳：《浮出海面》，《当代》1985年第6期。

马青的协助下把咸菜坛子发给了宝康、丁小鲁、林蓓等人。①

　　回到家，吴胖子他们在玩牌，见到我就说："我媳妇回来了，所以我们这个党小组会挪到你这儿继续开。"他又指着一个大脸盘的陌生男人说，"这是我们新发展的党员，由于你经常缺席，无故不交纳党费，我们决定暂时停止你的组织生活。"②

这里，王朔随意地借用了"解放区的天"、"受苦人盼望好光景"、"党小组会"、"新发展的党员"、"党费"、"组织生活"这类在中国历史上具有庄严感、崇高感、使命感的词汇，将其用来表达一种不正经的生活，使得这些词汇的使用充满了游戏的意味，词汇本身的权威性或严肃性也就在一种调侃中丧失殆尽了。这样一种调侃，貌似王朔对于政治权威充满了对抗的力量。然而，是不是如此呢？我们如果仔细体会王朔语言，就会发现，不仅调侃的声音并不是作品的全部，而且，其调侃背后有着其他多种不同的声音。可以说，对这些不同的声音的理解才构成我们对王朔式调侃的全面理解。其中，对青春的伤怀和叙述者的优越感是调侃之外的两种重要声音。

　　《动物凶猛》（1991 年）是王朔 90 年代创作的重要作品，此作较明显地代表了王朔作品中体现出来的三种声音。第一种声音是调侃，这主要表现在叙述者叙述那帮混迹于街头的少年们过着逃课、打架的生活时发出的无所事事、漠视一切的声音。与前面所说的"顽主"一样，这些少年的"痞子"特性，使王朔的小说被赋予"痞子文学"③ 的称号，甚至王

---

① 王塑：《顽主》，《收获》1987 年第 6 期。

② 王塑：《玩的就是心跳》，作家出版社 1989 年版，第 32 页。

③ 许多评论将顽主称为痞子，并上升为王朔是不是痞子的争论。在本书看来，关于王朔是不是痞子一说，一定意义上，是 90 年代文坛一批人借着商业的名义进行的一种活动，具有深厚的商业意味。当然，有些评论家用这个词汇时，也有不满于王朔诸多言论而进行论辩的意味。比如，《王朔：大师还是痞子》（高波编，北京燕山出版社 1993 年版）、《痞子英雄：王朔再批判》（刘智峰编，中华工商联合出版社 2000 年版）等书籍就收集了许多关于"痞子"的论争。本书由于更关注王朔的作品，对此话题并不展开论述。但也并不放弃"痞子"这一词语，认为其与"顽主"的称谓在某种程度上存在共同性。不仅如上文所言，认为其代表了一种新型的人物形象，而且，认为其引发出了一种新的说话风格，对于这种风格，王一川在《想象的革命——王朔与王朔主义》以及《语言神话的终结——王朔作品中的调侃及其美学功能》（《学习与探索》1999 年第 3 期）等文章中，就将其概括为调侃。

朔本人也"坦诚"自己就是写"痞子文学"①，这种人物形象以及他们那种调侃一切的话语方式成为了文学史上的新类型。

比如，小说如此写了"我"与高洋他们一伙，在父母为"我"择校而被迫分别后的初次见面：

> 我自动脱离学校队伍，大大方方走过去，心中充满有这么一群朋友的骄傲。班里的很多同学看着我，受到老师的催促，走远了。
>
> 许逊递给我一支"恒大"烟，我便也站在街头吸了起来，神气活现地乜眼瞅着仍络绎不绝从我们身边经过的游行队伍，立刻体会到一种高人一等和不入俗流的优越感。②

在众人之中，"我"与高洋他们迅速为伍以及看待周围同学的眼光，显示了他们的与众不同，而且是一种自我感觉相当不错、漠视他者的与众不同。如果说，游行的同学代了一种存在方式的话，那么，"我"与高洋这伙人则显示了对其他同学生活方式的不屑和调侃。

叙述者的第二种声音是对青春的伤怀。《动物凶猛》是一个关于少年记忆的故事。叙述者以回忆的方式叙述了自己的年轻往事，记忆中流露着对青春的眷念及淡淡的伤感。小说被改编成电影《阳光灿烂的日子》时，很好地发掘了这种声音，将其拍摄成了一个追忆青春情感的片子，表达了叙述者年少时萌动的初恋及青春期急于证明自己的冲动。而且，因为伤感声音的存在，使许多读者或观众从中得到了怀恋情感的满足。在王朔的其他一些作品，如《空中小姐》（1984 年）、《一半是火焰 一半是海水》（1986 年）中，都以恋人的死亡来表达这种伤感。《顽主》则以三 T 公司成员工作结果的无可奈何来体现这种对现实的伤怀。

---

① 王朔对别人称他的作品为"痞子文学"显然是不满的，但是，他也并不直陈其对抗性，他说："强烈的同情心迫使我替他们做一些解释：就概念而言，痞子这词只是和另一些词如'伪君子''书呆子'相对仗，褒贬与否全看和什么东西参照了。叫做'痞子文学'实际只是强调这类作品非常具有个人色彩，考虑到中国文学长期以来总板着道学面孔，这么称呼几乎算得上是一种恭维了……如果大家只会用这种方式说话那就这么讲吧。显然概念的产生有它的必要性，可以使我们的生活更简单一点。"（王朔：《自选集序》，载《王朔自选集》，华艺出版社 1998 年版，第 3 页）这或许就是王朔的聪明之处。

② 王朔：《动物凶猛》，《收获》1991 年第 6 期。

第三种声音是叙述者展现自身优越感的声音。如《动物凶猛》中有一个叙述者"我"叙述自己学习情况的细节。小说还叙述了"我"因迷恋米兰而天天逃课，天天到她家与她约会的情节，从叙述功能来看，这一情节在交代"我"与米兰的感情上，已经完成了叙述任务，但叙述者却在这一情节中，又叙述了"我"的成绩：

　　　不久，我们开始期末考试，我凭着悟性和胡诌八扯的本事勉强应付过了语文和政治、历史的考试，而数、理、化三门则只好作弊，抄邻桌同学的卷子。最后也都及格了，有几门还得了高分，这不禁使我对自己的聪明洋洋自得。①

如果从情节与故事中人物的行为功能关系分析，我们可以推断，叙述者"我"叙述自己考试这一叙述行为，对整个故事情节并未产生功能性的影响，即对"我"的逃课生活、对"我"对米兰的迷恋，乃至表述我们这帮人整天无所事事的生活都不产生"干涉"。那么，这里为什么会出现这样的叙述，这样的叙述又代表了叙述者怎样的一种心态呢？我们首先要获取的还是成绩这一信息，我们很容易注意到叙述者表达了这么一层含义："我"没有认真学习，但我取得了好成绩。那么，这里对叙述者学习还不错的标榜是显而易见的。因而，这一并不对情节构成影响的叙述行为，向我们提示了叙述者良好的自我感觉，我们不妨将其称作优越感。这种优越感的发掘为我们进一步理解王朔的文本提供了必要的视角。

　　这种优越感在前期作品《空中小姐》、《浮出海面》、《一半是火焰一半是海水》中处理男女爱情故事时表现得更明显。比如，《空中小姐》用第一人称叙述者"我"，讲述了多年以前发生在"我"与王眉间的故事。故事的讲述带有追忆的特征，追忆的想象和对事件的描述直接体现了叙述者对待事件的一种态度，文中直接体现为"我"对"我"与王眉的交往过程的态度。这是一种怎样的情感呢？从相识到恋爱，到"我"离开王眉，乃至王眉的死亡，以及死亡后通过王眉同事追述两者之间的感情，字里行间，充满了王眉深爱着"我"，而"我"却未能给她一段幸福的伤感、悲伤及自责。比如，文中写道：

───────────
① 　王朔：《动物凶猛》，《收获》1991 年第 6 期。

　　叫我深深感动的不是什么炽热呀、忠贞呀、救苦救难之类的品德和行为，而是她对我的那种深深依恋，孩子式的既纯真又深厚的依恋。①

从这种叙述的语气中可以看出，作品表述了这样一种关系：王眉对"我"的爱比"我"对王眉的爱要深厚得多，这种爱在王眉与我的相处中，我并没有好好地体会，于是，王眉死后，"我"有种深深的忏悔。但这种伤感之中，是否隐含着其他的意思呢，"我"的忏悔是否真的像"我"所表述的那样难以自拔呢？本来，忏悔是最能表述一个人对爱的真诚的元素，但这里，问题恰恰出在叙述者忏悔时不断地强调王眉对"我"的念念不忘这一点上。这里的叙述者与其说为了忏悔而怀念，不如说叙述者为展示自己所得到的爱而怀念。从叙述者不断地确认自己被爱着的信息中，我们不难感到叙述者来自内心的认为自己被爱的自豪。沈同平（王眉后来的男朋友）与"我"交谈的那段话就明确地向读者提供了这样的信息：王眉一直爱"我"，而且，并没有忘记"我"。比如，沈同平对"我"说：

　　她的的确确一直在爱着你。那年，她在天津学习，我也正巧在北京开会，周末她来，一脸激动不安的神情。我问她出了什么事？她哭了，半晌才说："我看见他了，在另一列火车上。我忘不了他。"我说："也许你们应该再谈一次。"她说："不不，我不是那个意思，再谈也是没用的。我只是忘不了他，你懂吗？"我点点头。实际上我点头时并没全懂。她不愿再到杭州疗养，尽管去杭州我也可以同去。我们在杭州也有个疗养院。她执意要去大连，最初我想她是不愿再蹈伤心地……②

　　所以，表面上，是"我"在追述一段令人伤感的爱情，这种伤感很大程度上是"我"造成的。但实际上，这种不平衡的感情，不仅是谁爱谁多一点的问题，而且是叙述者一直在彰显被爱的可靠性的问题。也就是

①　王朔：《空中小姐》，《当代》1984 年第 2 期。
②　同上。

说，在这种爱情的追忆中，叙述者有种"被爱"的自得。叙述者对这种爱的可靠性或爱的确证，我们可以用"优越感"一词来概括，即叙述者叙述这段感情的过程，也是确认自己被他人所爱的过程，并且，隐含着这种被爱的幸福带来的自豪感。

这种暗含有优越感的话语表达方式不禁让我们联想到"伤痕"、"反思"以及新中国成立以来长期存在的富有权威性的政治话语的表达方式。虽然两者用于不同的表述目的，王朔的文本主要塑造了一批"痞子形象"，其他作品主要塑造了道德的、权威的发言者，但是，使用这种语言的文本都有种自认为其见识高于一切的内在精神诉求。陶东风曾作如下评论："王朔本人以及他的小说中那些满口撒野的痞子们身上体现的恰好是另一种高人一等的'贵族'气（虽然不是西方意义上的贵族），就拿性来说，在一个性禁忌依然没有解除的社会，满口脏话与男女乱交不也是一种特权么？王朔与他作品中的'顽主'们在满口撒野的时候不无得意洋洋地炫耀其优越感。"① 这段话是评论者反对有人认为王朔小说有平民化倾向而发表的，但他对"痞子们"貌似反抗权威、貌似走向平民的姿态背后的深层含义的分析极为准确。如果将这一点与我们前面所发现的叙述者的多重声音，特别是彰显自身优越性的声音相连，则不难理解王朔作品中包含着的这种炫耀感和优越感。

当确认了这种具优越感的声音以后，我们回头再看王朔式的调侃时，就拥有了更深刻的理解。可以说，调侃话语给王朔作品带来了巨大的成功，甚至影响了90年代的话语表述形态。但是，这种成功仅仅代表了一种话语表达方式的流行的成功，并不代表王朔真正与新中国成立以来那种文学思维对抗的成功。在轰轰烈烈的"我是流氓我怕谁"的调侃声中，在貌似与政治话语对抗的表面下，包含着深刻的建构另一种发言的优越性的冲动，包含着一种从新的时代经济浪潮中取胜的聪明策略，这与真正的变革传统认知世界的思维方式是存在距离的。

有评论者说："'顽主'一方面要反叛'最高指示'及与此相连的政治国家传统，但另一方面又对它充满感激和怀念之情。因此，'顽主'的

① 陶东风：《90年代小说的热点与走势的个案分析之一——王朔与所谓"痞子文学"》，载葛经兵、朱立冬编《王朔研究资料》，天津人民出版社2005年版，第374页。

调侃无法不陷入一个深刻的悖论。"① 究其原因，这与王朔的经历有很大关系。王朔与其笔下的顽主们一样，出生和成长在一个革命文化盛行的时代，他们的成长深受革命文化的影响，并且，他们的父辈多多少少都是得了革命的功绩而使生存显得与普通大众或知识分子有所区别的人物。换言之，他们的根性是"红色的"，然而，虽然深受昔日革命文化的影响，却在北京的城市文化中有着失落者的心境。当以这种失落者的心境面对过去和未来时，他们充满了对现实生活的不满，并一直想建构实际生活处境上的主流式地位。所以，面对现实，他们融合着反叛、认同、重新建构、自嘲等复杂的情感。因此，在王朔的小说中，我们看到了其调侃的声音的复杂性，看到了其对主流政治和现实的复杂甚至说有点暧昧不明的态度。

而王朔自己的解释则是作家表现的只是某一类日常生活语言。他说："咱们这个圈子，不是你想说真话就能说，也不是你知道某些事就能为了说假话而说假话，我必须面对的是：我的书面语言库中没有一句真话，你不用有目的地做假，一说就是假的，而你用这种语言库的语言说真话，听着就跟假话似的。就在这种时候，你可以说是一种失语状态吧。要说话，你就非得说假话，你也只会说这种话，但这种话明摆着不是我想的那意思，我要说的事用这种话说不出来，所以我只能用开玩笑的方式、调侃的方式说，我用这种方式是想让对方知道，我说这些不是真的，别往真的里边想，别那么实在地想。"② 不得不说，王朔的确是认知生活和面对大众读者的高手，然而，这是否也隐隐地透出了这样的信息，生活本来就是如此的，而作者既然是对生活语言的搬用，那么，作者只是对这种调侃的一种认同而已，而不是审视和批判？

我们不妨引用另一个批评术语"反讽"来进行参照。根据 Irena R. Makaryk 汇编的《当代文学理论大全》（*Encyclopedia of Contemporary Literary Theory：Approaches，Scholars，Terms*），现代意义上的"反讽"概念始自 18 世纪末 19 世纪初，它不仅是一种修辞，更是一种对世界的认知态

---

① 王一川：《京味文学第三代：媒介场中的 20 世纪 90 年代北京文学》，北京大学出版社 2006 年版，第 62 页。

② 王朔、老侠：《写作与伪生活》，载葛红兵、朱立冬编《王朔研究资料集》，天津人民出版社 2005 年版，第 106—107 页。

度，它承认世界本质的悖论性并采取一种矛盾的态度对待世界，它也是一种自我的批评和无休止的讽刺。①　随着新批评对这一术语的运用，"反讽"已成为理解当代文学和当代文化现象的重要术语。哈钦说："正如艾柯所说的那样，在他自己的后设小说和他的符号学理论阐述中，这种'反讽的游戏'是极其错综复杂地包含在目的和主题的严肃性当中。事实上，后现代主义的反讽也许是当代的人们走向严肃的唯一途径。"②　就反讽的功能而言，华莱士·马丁的话极为确切，他说："反讽可以毫不动情地拉开距离，保持一种奥林匹斯神祇式的平静，注视着也许还同情着人类的弱点；它也可能是凶残的、毁灭性，甚至将反讽作者也一并湮没在它的余波中。"③　显然，王朔从来没有打算将自己湮没于自我嘲笑中。也有评论者认为："反讽诗学是一个具有多重立体含义的理论体系，它的核心质素是指向否定与颠覆的，应该说，正是这种否定性与颠覆性的艺术思维与观物方式应合了近百年中国作家在解构传统礼教文化与极左权力话语方面的需要，促进了中国文学的多元主体性的建立。"④　可见，反讽将成为我们认识世界的一种新的开放思维，这种思维与新中国成立以来长期形成的二元对立的思维方式有着本质的不同，而文学上对这种思维方式的改变，自新时期以来也是显而易见的。王朔的调侃、讥讽和幽默的语言风格，无疑是一种重要的标志。但如果用"反讽"这一术语内在的严肃性、颠覆性和自我批判性意义来理解的话，王朔话语中优越感的存在导致了叙述者对事物判断的武断，这与"反讽"的真正内涵是有差距的，这暴露了"王朔式调侃"无法达到的深度。

二　王小波式的调侃：兼有智性与幽默色彩的调侃

王小波是 90 年代中国文坛一重大风景。或许因为这位才俊青年的早

---

① Irena R. Makaryk, *Encyclopedia of Contemporary Literary Theory*：*Approaches*，*Scholars*，*Terms*，University of Toronto Press，1993，p. 572.

② Linda Hutcheon，*A Poetics of Postmodernism*：*History*，*Theory*，*Fiction*，London，Routledge，1988，p. 39. 此处的译文转引自龚敏律《西方反讽诗学与二十世纪中国文学》，博士论文，湖南师范大学，2008 年，载中国期刊网。

③ ［美］华莱士·马丁：《当代叙事学》，伍晓明译，北京大学出版社 1990 年版，第 227 页。

④ 龚敏律：《西方反讽诗学与二十世纪中国文学》，博士论文，湖南师范大学，2008 年，载中国期刊网。

逝，使我们许多读者或评论家过高地关注了其杂文中表述出的精神价值，而往往忽视了其独特的小说艺术形式。实际上，王小波的小说比其杂文更能体现其艺术创作的高度。诸多后现代主义的叙事技巧，如元小说、互文、拼贴、戏访等手法都在他的作品中有所体现，其中，充满调侃意味的语言意义重大。若与王朔式的调侃相比，王小波式的调侃在话语的表述风格上要平静得多。比如，两者都涉及了对"文化大革命"记忆的书写，并在一定意义上构成了作品调侃的主要对象，王朔更多地彰显了人物的"痞子性"，而王小波则更多地体现了对体制或生存方式进行幽默叙述的特征。王小波小说中人物说话的方式很少会像王朔笔下的"顽主"那样发出一长串"侃言"。可以说，三小波的调侃在一种幽默的格调中，有种"智性"的特征，形成了某种思考的深度。

在中国文学史上，还没有人象王小波的作品那样给人强烈的幽默感。比如，《革命时期的爱情》（1994 年）中，因为厕所里出现的裸体画，王二总被女领导老鲁追赶，王二为了躲避或逃脱老鲁的追赶，想尽了各种办法，其中有一个写了"我"用白纸画了自己的衣领来对付老鲁抓"我"的细节。文中写道：

> 我说过，老鲁揪住我的领子时，那个领子是白纸画的。我轻轻一挣就把它撕成了两段，就如断尾的壁虎一样逃走了。当时我非常得意，笑出声来。而老鲁气得要发疯，嘴角流出了白沫。但这只是事情的一面。事情的另一面是我找着了一块橱版纸，画那条领子时，心里伤心得要命，甚至还流了眼泪。这很容易理解，我想当画家，是想要把我的画挂进世界著名画廊，而不是给自己画领子。领子画得再好又有什么用？我说这些事，是要证明自己不是个二百五，只要能用假领子骗过老鲁，得意一时就满足了。我还在忧虑自己会有什么样的前途。而老鲁也不是个只想活撕了我的人。每个人都不是只有一面。①

这个细节充满趣味，即老鲁揪住"我"用纸做的领子，"我"轻轻一挣就逃脱了，把老鲁气得发晕。在此，不仅叙述者"我"觉得好笑，读者也会觉得这样的细节充满了幽默感。但是，如果仔细阅读这段话语，我们会

① 王小波：《革命时期的爱情》，《花城》1994 年第 3 期。

发现，幽默感不仅来自纸做的领子这一有趣的细节，而且来自叙述者在叙述这一细节时表现出的充满逻辑推理感的说明性文字。这里，叙述者头头是道地分析了"我"画领子时的心情，并用了"事情的一面"、"事情的另一面"这种极富说明文意味的语言，这种说明性语言的"科学性"与"我"的行为的"搞怪性"带来了很强的幽默感。叙述者告诉读者，令老鲁生气及自己感到好笑的纸制衣领"只是事情的一面"时，那么，"另一面"才是叙述者所要表现的重点。这"另一面"便是叙述者对自己只能画纸领子感到很"伤心"，这种伤心来自现实与自己想当画家的梦想的差距，并且，这里用了"前途"这个词汇。这个词汇的运用在此很有滑稽感，从而使叙述者"我"忧虑自己的前途这一点充满了调侃的意味。在此，叙述者并不是简单地以取笑老鲁的行为来制造调侃感的，而是故意通过展露自己内心想法的严肃与现实行为的滑稽来制造调侃感。读者当然不必把叙述者"我"关于前途的思考太当回事，但正是这种似是而非的、说明性很强的、带有科学分析意味的语言创造了语言的调侃意味。

像这类叙述者对主人公或叙述者自身行为充满逻辑感的说明，在王小波的小说中经常出现。比如，在《革命时期的爱情》中对王二打毡巴的事件作了如下叙述：

> 当时毡巴把衣服脱了一半，上身还穿着毛衣，下半截穿着中间有口的棉毛裤，远没有我这样什么都不穿的利索。动手之前我先瞄了他一眼，看见了这些，然后才开始打。第一拳就打在他右眼眶上，把那只眼睛打黑了。马上我就看出一只眼黑一只眼白不好看，出于好意又往左眼上打了一拳，把毡巴打得相当好看。有关这一点有些补充的地方：第一，毡巴白皮肤，大眼睛；第二，他是双眼皮；最后，他是凹眼窝。总之，眼睛黑了以后益增妩媚。[①]

这简直不是一场打架，而是一次科学实验，似乎每一个打人的细节都有种科学的依据。一只眼睛打黑了，又觉得另一只眼睛不好看，又打了一拳，这样的逻辑严密的语言带来的是异常生动鲜明的画面细节，让人忍不住笑

---

① 王小波：《革命时期的爱情》，《花城》1994 年第 3 期。

出声来。同样，在小说《黄金时代》中，叙述者叙述"我"与陈清扬的关系时，也用了这种逻辑推理的方式，作品中写道：

> 我说，要证明我们无辜，只有证明以下两点：
>
> 1. 陈清扬是处女；
>
> 2. 我是天阉之人，没有性交能力。
>
> 这两点都难以证明。所以我们不能证明自己无辜。我倒倾向于证明自己不无辜。①

在一个对陈清扬的身体充满垂涎、对性充满暧昧的窥伺的社会中，叙述者用一种逻辑推理的方式来叙述一个非常规事件，话语间充满了调侃的意味。

王小波的许多作品还通过安排一些具有科学家气质的人物来实践语言的推理性。如《红拂夜奔》中的李靖是一个数学家和大发明家，"我"是一个不断用推理公式计算的科学家；《万寿寺》中的薛嵩，不仅是一个节度使，更是一个万能的工匠，等等。这些人物的行为本身就充满了沉浸于科学推理的乐趣。这与王小波追求有趣的思维相关，也在一定意义上说明了王小波创作时的态度。正如他在《从〈黄金时代〉谈小说艺术》一文中所言："在我的小说里……真正的主题，还是对人的生存状态的反思。其中最主要的一个逻辑是：我们的生活有这么多的障碍，真他妈的有意思。这种逻辑就叫做黑色幽默。我觉得黑色幽默是我的气质，是天生的。我小说中的人也总是在笑，从来就不哭，我以为这样比较有趣。"②

正是因为这些有黑色幽默色彩的、充满逻辑感的话语的存在，王小波小说的调侃不是一种简单的逗笑，而是充满了有趣与智性的思考。理解王小波也成了一件有趣而又不那么容易的事情。从理论上说，调侃作为一种有非本质主义特征的写作技巧，叙述话语中出现的任何对象都可能是调侃或颠覆的对象，而任何似乎是调侃的施予者也可能再次成为调侃对象。因

---

① 王小波：《黄金时代》，花城出版社 1997 年版，第 6 页。

② 王小波：《从〈黄金时代〉谈小说艺术》，载《王小波小说全集·第二卷·我的精神家园》，云南人民出版 2006 年版，第 64 页。

而，寻找调侃话语中所要表达的精神意旨这一过程很复杂，甚至寻找本身就处于不断地被调侃的过程中，但这种寻找或论述本身将为我们理解调侃的精神找到突破口。在王朔的作品中，我们从作品人物对"文化大革命话语"的改造中读出了其对"文化大革命生活"的某种复杂情结，以及带有生存优越感的调侃意味。在王小波的作品中，"文化大革命"依然是一个重要的叙事背景，作家关于"文化大革命"的记忆是作品的重要表述内容。不过，王小波没有像王朔那样借用"文化大革命"政治话语的表达方式来创造调侃感，而是采取了相反的"隐蔽"这种话语逻辑的方式，通过一种新的、富有想象力的语言来表达对"文化大革命话语"的思考。其中，小说作品中体现出的对专制以及对自我生存逻辑的嘲笑是重要方面。

作为自由精神的追求者，王小波是 90 年代众多知识分子与读者的精神楷模，在小说中，这种向往自由的精神与叙事的智慧结合在了一起。比如，在王小波的许多小说中，主人公都面临着与权势对抗的处境。其代表作《黄金时代》（1993 年）较明显地体现了这一点。作品的故事情节很简单，以追忆的方式讲述了王二在知青时代与陈清扬的情爱故事。王二既是故事的叙事者，又是事件的主人公，因而，在叙述中既有第三人称式的对事件的概括，又有第一人称式的对体验的叙说，并且，这两种叙述的角度出离了当时大众以及读者的常规期待视野，表现出了对待知青生活、对待情爱的叙事新视角。故事以陈清扬不得不去证明自己不是破鞋的焦虑开始，王二便以其独特的逻辑进入了陈清扬的焦虑，作品开篇如此写道：

> 我二十一岁时，正在云南插队。陈清扬当时二十六岁，就在我插队的地方当医生。我在山下十四队，她在山上十五队。有一天她从山上下来，和我讨论她不是破鞋的问题。那时我还不大认识她，只能说有一点知道。她要讨论的事是这样的：虽然所有的人都说她是一个破鞋，但她以为自己不是的。因为破鞋偷汉，而她没有偷过汉。虽然她丈夫已经住了一年监狱，但她没有偷过汉。在此之前也未偷过汉。所以她简直不明白，人们为什么要说她是破鞋。如果我要安慰她，并不困难。我可以从逻辑上证明她不是破鞋。如果陈清扬是破鞋，即陈清扬偷汉，则起码有一个某人为其所偷。如今不能指出某人，所以陈清

扬偷汉不能成立。但是我偏说，陈清扬就是破鞋，而且这一点毋庸置疑。①

那么，王二是怎样对待陈清扬的这种询问呢？作品对此作了如下描述：

> 我对她说，她确实是个破鞋，还举出一些理由来：所谓破鞋者，乃是一个指称，大家都说你是破鞋，你就是破鞋，没什么道理可讲。大家说你偷了汉，你就是偷了汉，这也没什么道理可讲。至于大家为什么要说你是破鞋，照我看是这样：大家都认为，结了婚的女人不偷汉，就该面色黝黑，乳房下垂。而你脸不黑而且白，乳房不下垂而且高耸，所以你是破鞋。假如你不想当破鞋，就要把脸弄黑，把乳房弄下垂，以后别人就不说你是破鞋。当然这样很吃亏，假如你不想吃亏，就该去偷个汉来。这样你自己也认为自己是个破鞋。别人没有义务先弄明白你是否偷汉再决定是否管你叫破鞋。你倒有义务叫别人无法叫你破鞋。②

"我"奉行的这种证明方式本身是一种粗暴和不合逻辑的行为，但在那个众人都执著于想搞清楚陈清扬是不是破鞋、"我"和陈之间是不是在搞破鞋的时代中，"我"的这种证明的逻辑却倍感真实，并带上了调侃生活的意味，直指出众人隐蔽的、被压抑的正常欲求。作品也以这种相当直接的表白，带来了对抗压抑的有趣感。作品通过这种执著于性欲的描写，使作品在精神主旨上与时代的压抑形成了一种嘲讽的关系。而且，故事后来的情节，进一步说明了对这种嘲讽的直陈更多地不是来自"我"与陈清扬两人远离人群所过的生活，而是来自他们从山上下来后，"体制"或众人对他们之间曾发生的故事的兴趣，即强迫他们一遍遍地诉说两人在山上的生活，以致写交待材料与接受批判在陈清扬和"我"身上变成了一种日常生活。最后，故事结束于陈清扬说爱上了王二。作品写道：

---

① 王小波：《黄金时代》，花城出版社1997年版，第3页。
② 同上书，第4—5页。

陈清扬说她真实的罪孽，是指在清平山上。那时她被架在我的肩上，穿着紧裹住双腿的筒裙，头发低垂下去，直到我的腰际。天上白云匆匆，深山里只有我们两个人。我刚在她屁股上打了两下，打得非常之重，火烧火燎的感觉正在飘散。打过之后我就不管别的事，继续往山上攀登。

陈清扬说，那一刻她感到浑身无力，就瘫软下来，挂在我肩上。那一刻她觉得如春藤绕树，小鸟依人，她再也不想理会别的事，而且在那一瞬间把一切都遗忘。在那一瞬间她爱上了我，而且这件事永远不能改变。

陈清扬说，承认了这个，就等于承认了一切罪孽。①

这样的故事结尾突然使"我"与陈清扬之间发生的一切都变得严肃而又悲伤起来了，并丰富了调侃的意味。因为关于爱情的产生使之前叙述得轰轰烈烈的"性"变成了一个十分严肃的话题，是对压抑人性的体制及沉溺其中的主体（王二和陈清扬）的调侃，有了一种超越调侃之外的人生沉思。然而，所有的读者和研究者依然得注意的是：读王小波的小说时，切不可将这种人生的沉思太当回事，因为作品本身也许只是在追求一种虚构的乐趣而已。当然，在这一过程中，关于生活的感悟、生命热情的展示已经向我们表明了小说的"智性"，推动这种"智性"的动力来自作者对生命自由、生命热情的热爱。而正是这种热爱成就了王小波的精神家园和调侃的底蕴，读王小波的作品会有一种很纯美的感觉。我以为，这是来自王小波精神气质深处的唯美与浪漫，正如他自己讲到过的他所从事的人文事业："用宁静的童心来看，这条路是这样的：它在两条竹篱笆之中。篱笆上开满了紫色的牵牛花，在每个花蕊上都落了一只蓝蜻蜓。"②

三 调侃的力度与难度

在现代汉语词典中，调侃被解释为：用言语戏弄；嘲笑。然而，在小

① 王小波：《黄金时代》，花城出版社 1997 年版，第 49—50 页。
② 王小波：《我的精神家园》，文化艺术出版社 1997 年版，第 146 页。

说艺术形式中，它远不止这么简单，它不仅代表了某种写作技巧，也代表了某种对世界的看法，其所包含的"嘲笑"意味，不仅嘲笑对象，也嘲笑自我，而嘲笑本身也不是绝对的，往往包含着诸多出离于嘲笑之外的复杂情感。正如前文所说，这是一种出离了对世界进行黑白判断的视角，也是对生存境遇的一种智性的、带有诙谐感的体会。要实现调侃这种艺术形式，需要作家有较好的文字把握能力和认知事物的能力，需要较高的艺术才情与通达世事的能力。

新时期以来，调侃逐渐成为一种受关注的表现技巧。有些评论家将王蒙的《蜘蛛》、《买买提处长轶事》、《球星奇遇记》、《坚硬的稀粥》等作品中表现出的幽默、机智、洒脱、圆熟的色彩，作为调侃的重要标志。[1]也有一些评论家将《你别无选择》等作品中体现出的青年的"玩世不恭"的语调作为幽默风格感染下的调侃式的话语态度的开始。[2] 90年代，调侃成为一种流行话语，像王朔、王小波等作品的出现就是重要的推动力。其他诸多作品，如徐坤的《梵歌》（1994年）、刘震云的《故乡天下黄花》（1998年）等，以穿越时空的历史情境，以拉杂与戏访的语言等方式创造了调侃的艺术。总之，调侃这种艺术手法告别了革命现实主义传统中长期以来的价值判断、鲜明的叙事特征，带来了新的叙事意味，并成为许多作家彰显创作才情的重要艺术品质。

90年代以来，王朔与王小波两个人在调侃艺术上的展示无疑影响力巨大，但是，正如前文所说，调侃不仅是一种艺术技巧，更是作家对待生活、对待人生的一种态度。王朔与王小波他们都借助调侃展示了各自语言表达的高度，但同样是调侃，两人展示出的生活风貌和精神向度是不一样的。

王小波的小说与王朔的小说相比，多了些岁月的伤痕，充满了清晰的历史记忆和沉痛的生活体验，或者，这与两者的人生经历相关，王小波在云南那个物质和精神都极为匮乏的偏远之地当知青的经历，在其记忆中积淀了更多超越现实人生的沉重。而王朔的作品精神指向更趋向于现实人生以及各种社会现象。比如，他任主要编剧的《编辑部的故事》等，直接

---

[1]　参见李运抟《调侃中的人生透视——当代小说调侃艺术论》，《山花》1992年第1期。

[2]　参见王绯《文学调侃：集体反同与"反堂皇"仪式——关于九十年代——世纪末文学的报告》，《当代作家评论》1999年第6期。

以 90 年代的生活现象为表述中心，调侃当时社会种种常见的社会现象，博得了民众的喜爱。其他的许多作品，如《空中小姐》、《顽主》等代表作，都是以 90 年代青年的生活状态为叙写对象的，甚至，为了追求一种吸引力，这些青年的生活充满了时尚感。所以，90 年代王朔的作品成为了流行力极强的文本，王朔式的语言渗透至文学创作、影视剧本甚至日常生活。然而，王小波的作品却没有这么幸运的流行性，只是王小波去世后，人们才开始关注他的作品，这与王小波作品对现世生活的偏离是有关系的。他的作品主题更多地趋向于写历史和权力，"文化大革命"的世界和生活逻辑往往成为其作品叙写的中心，他以一种自由、理性的态度来观照社会非正常的生存逻辑，并将人类社会荒诞的政治压抑进行放大，即以调侃的方式，貌似正儿八经的充满逻辑推理感的语言来展示荒诞。他的作品尤其关注性和权力这类充满严肃意味的普泛主题，展示它们存在的非正常性，以形成对世界的调侃。一些历史题材小说，如《红拂夜奔》、《万寿寺》等，借助历史人物的创造性书写，表达了王小波作品复杂的叙事结构，精神指向于展示权力挤压下个人存在的渺小和生存的荒诞。所以，一定意义上，王小波这些面向历史和权力的存在主题的文本，都渗透着对"文化大革命"（或"文化大革命"期间充分展示出来）的狂欢式的荒诞逻辑的调侃。正如有评论家作此评价："毫无疑问，'文化大革命'的记忆是王小波及其同代人重要的精神矿藏，它事实上充当了八十年代（或曰新时期）文学与文化最为繁复的潜文本。换一种说法，'文化大革命'历史与个人记忆在整个八十年代更多地是作为'缺席的在场者'：在多数情况下，它并不浮现在文本之中，但它却始终是其话语构造的真正指涉与最重要的'参正文本'。"① 显然，王小波对"文化大革命"这一"参正文本"中政治和权力的掌控逻辑进行了放大式的展示。

可见，当调侃成为一种受人注目的艺术形式的时候，它实际上代表了一个时代新的思维方式的到来，然而，这种艺术形式在中国当代小说艺术史上是如此的年轻，加上其本身把握的难度，使得大量中国当代小说作品中的调侃只是充满了逗乐的情趣，并没有达到透析生活的力度。比如，以下是《梵歌》（1994 年）中记述拍摄电影的一段场景：

---

① 戴锦华：《智者戏谑——阅读王小波》，《当代作家评论》1998 年第 2 期。

　　韩愈一袭雪白丝袍，从袖筒子里取出一纸奏书，就是那篇流传后世的《谏迎佛骨表》，从左侧向前迈了一步，恭恭敬敬地双手呈给女皇："女皇陛下万岁万万岁！佛骨舍利是不应该去迎的呀！如今那帮做和尚的，光吃饭不干活，不保家来不卫国。不垦荒不种地，逃避兵役和徭役。又偷税来又漏税，又装神来又弄鬼。农民全都出了家，工人加大了剪刀差。长此以往，国将不国了呀……

　　韩愈悲愤地掩面而泣。

　　武则天听得有些心动，刚想张口问些什么，白马寺住持薛怀义赶紧上前一步，附在她耳边低声说："My 达令，亲爱的，不要听信他一派胡言！韩退之这人一向以知识分子中的精英自居，狂傲不羁，把谁都不放在眼里。这种人，用不得，信不得呵！"[1]

　　这段文字充满了荒诞与调侃的意味，叙述者借助这种语言调侃了阿梵铃所面对的生活的荒诞不经。然而，将韩愈、武则天、薛怀义这些历史人物团在一起，本身就已经是一件十分荒唐的事情，加上不文不白、不古不洋的语言，使我们看到，这群人物的对话和行为像极了一场闹剧，而且是一场纯粹娱人的闹剧。所以，这种将历史人物杂呈、天马行空的游戏历史的场景，在给人一种荒诞与调侃意味的同时，也给人一种语言表述的杂乱与作秀感。另外，像《贫嘴张大民的幸福生活》（1997 年），以写实的记录日常生活为叙事重心，从人物对白的角度将调侃化为日常生活的语言，以一种平民式的幽默和快乐，实现了对困难生活的调侃与对抗。作品体现出的平民的温情与乐趣是显而易见的，但调侃化解危机的叙事策略，多多少少降低了知识分子面对现实的严肃性与深刻性。从以上两个例子来看，调侃决不是人物说话方式上的好笑或者自我解嘲，而是一种需要作家对生活、对人生作深刻判断的艺术，倘若把控不好，要么，就会变成娱乐化的闹剧，要么，就会变成面对生活问题的避重就轻。

　　有意思的是，调侃这样一种话语表达的本身又引发了诸多话题。以王朔的作品为例，90 年代以来，他的作品备受争议，在褒贬的评述中，甚至引发了一系的"王朔现象"。其中争议最大的就是作品中塑造的一系列带着"痞性"的人物。比如，有评论者认为："与通常调侃具有某种精英

---

[1]　徐坤：《梵歌》，《人民文学》1994 年第 12 期。

立场、带着温和与调和姿态不同，王朔的调侃似乎出自文化程度不高和粗俗的人们——'俗人'——往往可以不讲道理，充满了对于官方化语言和精英独白的激烈的和不妥协的反叛色彩。"① 也有批评者将王朔的调侃定位在他作为"文化边缘人"的身份进行阐述，认为他的反传统思想主要通过他笔下的'文化边缘人'的生活和价值观体现出来，"他们就很自然的对于社会现有秩序和对于与他们的文化心理相背离的传统思想进行反叛与抗击，并且由于他们的强烈个人感情性，这一反叛还呈现出强烈的非理性和破坏色彩"②。然而，对于不满于王朔作品的评论者而言，他们往往将王朔的这种调侃视为病态，比如，有评论者就对王朔的电影人物充满了不满，认为："王朔的电影拍来拍去无非都是一些在信仰危机的浊流中无力自拔而沉浸在琐碎个人欲望里的病态的'顽主'们，甚至还把他们以无价值为价值而走向玩世或堕落的病态哲学、病态人格拿来冒充历史的'新生代'，更经过电影的叙事重构和诉诸视、听的艺术渲染，便将这一切悄悄地转化为可以接纳的东西了。"③ 更有批评家将王朔直接定义为"流氓文化"。暂且不论"王朔现象"本身是否代表了"流氓文化"，但其争议本身包含着两层意思，一是其受关注度极高，已经成为 90 年代以来流行文化的重要组成部分；二是调侃与反叛、嘲讽现实与玩弄生活之间很容易混淆，并存在着诸多交错的可能性。

　　同样，王小波作品被大众接受的过程也极富反讽性、戏剧感。他的作品进入文坛时，并没有引发人们的关注，甚至在一期王小波自己参与的电视节目中，主持人堂而皇之地将其解读为性爱叙事。虽然王小波自己不断地解释，但主持人依然将其解读为具有色情色彩的作品。王小波生前甚至也没有引起评论界的注意，但他去世后，人们对他关注的热情却一度升温。在或偶然的跟风、或误读的视野中，人们一遍遍地探讨和揣摩王小波的作品，不仅赞叹他创造的充满多重叙事空间的文本，更赞叹他追求自由和人格独立的精神，甚至将其视为中国当代知识分子追求自由精神的重要代表人物。不过，对于王小波，我更愿意用他自己所写的一篇文章《一

----

① 王一川：《语言神话的终结——王朔作品中的调侃及其美学功能》，《学习与探索》1999年第 3 期。

② 贺仲明：《"文化边缘人"的怨怼与尴尬——论王朔的反传统思想》，《中州学刊》1998年第 6 期。

③ 黄式宪：《王朔电影的文化构型及其负面值》，《光明日报》1989 年 11 月 2 日。

只特立独行的猪》去描述他，那只超凡脱俗并最终通过抗争而走向了自由而野性生活的猪，给人们带来了无数的话题和无穷的幽默感，其逃离猪圈后的生活是否合理、合适倒是一个次要的问题，更重要的是它真是那么能耐地秀了一把，在枪林弹雨、围攻堵截中，最终走向了大众极力不想让它过的生活，然而，这种逃离本身又是那么的荒诞和不可思议。我以为，这才是王小波真正想要向世界表明的一种态度，以及他对荒诞的生存逻辑的调侃。

　　从王朔和王小波的例子中，我们可以明白调侃本身是多义的，对它的解读也充满了暧昧不明，甚至解读的过程就是充满调侃意味的。但是，可以明确的是，任何文体或话语方式都表达了一种新的生存状态，调侃也不仅仅是一种语言的表达方式，它的背后传达了人的生存信息。巴赫金在《拉伯雷研究》中曾经指出："文艺复兴时期对待诙谐的态度，可以这样初步和粗略地加以说明：诙谐上具有深刻的世界观意义，这是关于整体世界、关于历史、关于人的真理的最重要的形式之一，这是一种特殊的、包罗万象的看待世界的观点，以一种方式看世界，其重要性比起严肃性来，（如果不超过）那也毫不逊色。"[1] 世纪末中国当代文坛上流行的调侃，当然不同于欧洲文艺复兴时期的诙谐，然而，其所体现出的看待世界的观点的变化特征，以及其不比严肃文学逊色的特征是相通的。此时期，调侃很大程度上代表了这样的一种叙事的精神状态：我们不再执著地追述世界的本质是什么，不再像以前那样固执地将事物分为黑白两面或对立的立场，我们试图以一种轻松的姿态面对生活中的诸多不幸或不尽如人意，通过调侃，我们对世界产生了新的对抗力量，并时不时地保持了自己个体的独立性。然而，这也暴露了我们对待世界的精神游弋和对事件结果无从确定的精神危机。因而，当王朔那种带有优越感的调侃被一代青年热烈追捧，王小波那种虚构的故事却被一而再地插上神圣的精神楷模的标签，调侃琐细生活的语调在网络上迅速流行时，我们不得不思考这样一个问题：调侃的限度在哪里？或许，对于大多数知识分子而言，当把调侃他者和调侃自我化作一种精神力度，而不只是面向市场的一种叙述策略时，调侃这一话语本身才能寻找到更重要的存在感。

---

　　[1]　M. 巴赫金：《拉伯雷研究》，李兆林、夏忠宪等译，河北教育出版社 1998 年版，第 77 页。

第 七 章
"个体经验"的审美："新生代
小说"的形式

一　用语言直击感觉的叙事策略

从根本上说，"个体经验"从来都是作家写作必不可缺的要素，没有个体经验的叙事是不可行的。不过，这里的"个体经验"主要强调文字对个体生命感觉的表现力，强调叙述者表述的自身内在的个体体验，特别是一些身体的、情感的体验。它是相对于中国文学史上长期注重集体经验、典型人物的塑造、社会责任、宏大叙事主题等艺术规约而言的。就90年代文坛的创作状况而言，较集中地将这种"个体经验"审美化的，是"新生代小说"[①]。

---

① "新生代"及"新生代小说"（又名"晚生代"）是90年代以来，中国文学批评界一直讨论的话题。其命名不是一个严格的学术概念，至今为止尚无人对其作出明确的界定。当对其特征进行描述时，我们甚至面临着种种矛盾，但也恰恰在这种矛盾中，事物才被描述得更加清楚和合理了。作为中国当代文坛上一个约定俗成的名称，评论界基本认同的内涵是：这是一个以60年代出生为主体的作家群，但也包括少数50年代后期及70年代前期出生的作家。他们主要在90年代涌上文坛，同时，这群作家的创作生涯正处于变动中，有些作家在90年代发表作品以后，便开始从事创作之外的其他工作，少见有作品发表，而有些作家创作日趋成熟，成为21世纪初期重要的创作者。从整体上说，尽管对这群作家的命名上，没有以往"伤痕"、"反思"、"知青"、"先锋"等作家群那样清晰的脉络，其在文坛上的创作情况，由于时间的关系，也没有达到沉者自沉，浮者自浮的程度，但仍不乏一些优秀作品，且存在一些普遍性的特征：以个体经验叙事为中心，展现了90年代的生存镜像。主要代表作家有：陈染（1962年）、刁斗（1960年）、东西（1966年）、韩东（1961年）、荆歌（1960年）、林白（1958年）、李大卫（1963年）、李洱（1966年）、李冯（1968年）、刘继明（1963年）、鲁羊（1963年）、棉棉（1970年）、邱华栋（1969年）、吴晨骏（1966年）、卫慧（1973年）、徐坤（1965年）、述平（1962年）、朱文（1967年）、张旻（1959年）等。对这些作家的研究，主要参照了以下文章和论著：李洁非：《新生代小说（1994—）》、《新生代小说（一九九四——）》（续），《当代作家评论》1997年第1、2期；吴俊：《九十年代诞生的新一代作家——关于六十年代中后期出生的作家现象分析》，《当代作家评论》1999年第3期；葛红兵：《新生代小说论纲》，《文艺争鸣》1999年第5期；陈晓明：《超越与逃逸：对"60年代出生作家群"的重新反省》，《河北学刊》2003年第5期；

语言,作为"新生代小说"区别于 90 年代其他小说作品的首要特征,从整体上充满了感性的气质,表现了其用语言直击生命感觉的特点。单从各个小说的题目中便可见一斑,如《一个人的战争》(林白)、《被雨淋湿的河》(鬼子)、《什么是垃圾什么是爱》(朱文)、《出手如梦》(李大卫)、《哭泣的游戏》(邱华栋)、《欲望手枪》(卫慧)、《盐酸情人》(棉棉)、《交叉跑动》(韩东)等等。在这些陌生化的词汇组合中,充满了生命的体验感和叙事的张力。如同一个人扬起的手势,作品着重表述的是手势的弧线和优美,而不是手势的目的及作用,充满了所指的迷惑感和抽象性。这样的语言必定要求读者细细品味,才能咂摸出其中的滋味。

林白的创作堪称代表,其语言充满了感觉的张力。比如,《一个人的战争》(1994 年)通篇以叙述一个女孩对自己的身体、情感以及周围世界的感觉为中心,描述了女孩子多米从有记忆起便感受到的自己对自己身体关注的成长历史,字里行间充满着女性感觉的想象力和细腻,该作常被称为是书写女性个体成长历史的代表文本。以下是描述女孩多米的一段文字:

> 女孩多米犹如一只青涩坚硬的番石榴,结缀在 B 镇岁月的枝头上,穿过我的记忆闪闪发光。我透过蚊帐的细小的网眼,看到她黝黑的皮肤闪亮的月光,细腻如流水。①

这里出现了三个直接表述容貌的词汇:"青涩坚硬"、"黝黑的"、"闪亮的";同时,又在"番石榴"与"多米"之间构成了一种对应性,这两个词汇在发音及展示的形态上都充满着独特的质感;而"结缀"、"细小的网眼"、"细腻如流水"则又进一步加强了一种体味的质感。这使女孩多米的形象即刻贯注于那一只青涩坚硬的番石榴中了,随着她黝黑的皮肤的光亮流动,读者可以直接通过想象及感觉来体悟她的生命存在,而且这种

吴义勤:《自由与局限——中国"新生代"小说家论》,《文学评论》2007 年第 5 期;汪政、张均、葛红兵:《关于新生代,我们如是说》,《花城》1999 年第 5 期;张钧:《小说的立场:新生代作家访谈录》,广西师范大学出版社 2002 年版。

① 林白:《林白文集·2·一个人的战争》,江苏文艺出版社 1997 年版,第 58 页。

感觉又有了种只可意会不可言传的味道。这种感觉化、细腻化的语言能顷刻间牢牢抓住人物情感的细微之处。女孩多米，与其说是以形象表现出来的，不如说是以感觉表现出来的。

林白的其他许多作品，也充满了感觉的味道。如《子弹穿过苹果》（1990 年）中父亲与男友充满强烈的蓖麻味，《回廊之椅》（1993 年）中的女人飘浮着暗香等等，这些都还是一些直接借用嗅觉或味觉来营造作品意境的小说，特别有意思的是，在林白的小说中，感觉是行文的中心，也是艺术世界的全部。林白的创作始终以探寻生命的感觉为出发点，她曾说："我常常幻想能写这样的小说，它既能包括音乐、绘画、电影、戏剧，也是诗歌也是散文也是新闻也是文献，当然更是独白、梦幻、想象、私语，像一个大花园，有各种颜色和气味的花。它应该让我们自己觉得好看，最好能深刻，不深刻也行，但一定要饱含生命汁液，它在一层层地进入事物的最深处。"① "饱含生命的汁液"成为作家对其笔下的艺术世界的追求，而这种汁液势必充溢着诸多或情感、或身体体验的感觉之语，即在一个私密的大花园里，女性人物是如此细心地感悟着生命个体的存在。也正是因为对女性感觉如此自觉而又执著的叙事，使林白成为了中国当代文坛女性文学的重要代表作家。

又如韩东的《交叉跑动》（1998 年），作品叙述了曾经玩弄了诸多女人的李红兵从监狱出来后，带着忏悔去找曾被自己伤害的女人珍珍，作品写道：

> 他终于见到了她，那个恨他如蛇蝎的妇人，仇恨完全改变了她的容貌，使李红兵感到既难过又轻松。他骑着那辆破车回家的时候，故意避开了路边的林荫，让太阳照着他那尚未长出头发的光光的头皮。这是第一次，他觉得自己从往事中摆脱出来了。②

"既难过又轻松"，极为恰当地描述了李红兵的心态，使他为自己的过去与未来找到了一种释放的心情。

另外，如朱文的《尽情狂欢》（1995 年）。作品通篇并未像林白的小

---

① 林白：《林白文集·4·空心岁月》，江苏文艺出版社 1997 年版，第 307 页。
② 韩东：《交叉跑动》，《花城》1998 年第 5 期。

说那样，充满了感觉化的叙述语言，而是用了一种类似于说明文的语言，但其中体现出的感觉的细腻性同样很强烈。作品中有如下的语句：

> 开车，开车。说完，她习惯性地从右侧向后一甩长发。几缕芳香的发丝拂面而过。于是我这个乡巴佬在劫难逃地陷入了意乱情迷之中。她的嗓音有些特别，富有磁性，使我自然地想起一个朋友。她是我或者我们倾心崇拜的偶像。一种刻骨铭心的而又不可能实现的爱，形成了我眼下对感情世界的基本态度。爱就是爱本身，一种没有来由的注定性。爱并不该助长你的贪婪与欲念。这个女人的眼角也布满了令人心碎的鱼尾纹，是不是笑起来也是那个样子？也是那样一种忽高忽低的虚幻不真的笑声？我一直想方设法企图证实这一点，但是坐在我身旁的这个女人始终没有笑起来。我讲的故事就这么乏味？我这个人就这么乏味？①

出租车上一个陌生女人的到来引发了叙述者无限的遐想，这里的文字虽不直击感觉，却通过一系列的追问 对爱情、对故事、对自身的感想等进行了细致的描述，始终以"体验"为中心。

"新生代小说家"对体验的描述，体现了文学语言的自觉意识，体现了语言的自足性，这是他们坚守艺术之美的最好阐释。其中，许多作家都表达了对小说语言的看法。比如，陈染将语言视为自己小说的一个重要追求，坦言"我非常喜欢语言操作这个过程"②。刁斗说："在我看来，一篇小说写什么故事并不重要，太阳底下无新事儿，重要的是语言的新鲜和结构的新鲜。语言是指叙述中的口吻、态度、控制是否准确；结构是指时空调度，对于人物事件的取舍和摆布。语言和结构决定了一篇小说的形式，而形式，只有它才能给予小说生命。"③ 这种对待语言的态度无疑表达了对语言感觉力的重视，也增强了小说叙事的可能性。因而，"新生代小说家"的这种追求，有效地避免了以往现实主义传统中追求内容创新、主

---

① 朱文:《尽情狂欢》,《山花》1995 年第 11 期。

② 林舟:《陈染——女性个体经验的书写与超越》,载《生命的摆渡——中国当代作家访谈录》,海天出版社 1998 年版,第 99 页。

③ 林舟:《刁斗——反抗无奈》,载《生命的摆渡——中国当代作家访谈录》,海天出版社 1998 年版,第 246—247 页。

题深刻的创作思维方式，而将对文学语言的"操作"视作一项重要的事情。

这种艺术追求为 90 年代小说艺术形式提供了新的审美品格。若将"新生代小说"与诸多以营造现实生活情节的小说相比，它们显然缺乏再现现实生活场面的目的，也缺乏构思跌宕起伏的故事情节的激情。尽管作品中描述的城市景象、酒吧风情及人物的生存环境以及与金钱、物质享受相关的生活内容最大限度地接近了 90 年代的生存场景，但我们依然认为，"新生代小说"并非致力于现实生活的描述，而是致力于小说世界的自足。其中，"虚构"是他们从 80 年代形式实验文本中继承的、实现此创作目的的最佳手段。以女性代表作家林白的创作为例，其作品在展示"自我世界"中，始终依靠虚构的力量。林白自己曾说："我的写作，如果同时出来两篇小说，一个是跟自己的实际生活有关的，一个是一点关系也没有的，我一般是后一种写得比较好。譬如我很喜欢我的一个小说《回廊之椅》，就是几乎没有现实生活的影子的……主仆两个女人的友谊，暴动，枪杀，等等，飘浮在现实之上，能造成飘逸流动的感觉。"[1] 可见，作品与其说在讲述故事，讲述女性个体经验，不如说是在虚构一种真实的个体经验，在用语言追求一种"飘逸流动的感觉"。如果说林白执著于女性经验的描述有其特殊性，那么，像男性作家邱华栋笔下诸多写城市生活的作品，毕飞宇笔下写农村生活的作品，尽管充满着城市、乡村的环境形态，但实质上，其真实性并不在于如何再现了生活，而在于语言通过虚构来营造了真实的感觉。

进一步说，"新生代小说"作为"先锋小说"艺术革命之后的一场叙事实验，在虚构性、语言的感觉化上都深受其影响，然而，"新生代小说"的虚构及叙事策略不同于"先锋小说"的叙事策略。如果说后者执著于超越传统的叙事形式、借鉴西方诸多的现代主义叙事技巧来进行形式的演练，隔绝着与现实、与传统的联系，在主题上执著于抽象的死亡、残酷、灾难、罪恶、不确定的书写，并最终导致了叙事与日常生活的脱节、与普通读者的脱节，那么，"新生代小说"显然注重用虚构的叙事策略来营造日常生活场景，以回到对世俗生活本身的观照来吸引更多普通读者的

---

① 林舟：《林白——守望与飞翔》，载《生命的摆渡——中国当代作家访谈录》，海天出版社 1998 年版，第 135 页。

目光。正如有评论者所言："先锋作家的这种局限和困境无疑给新生代作家以某种警示：全然脱离传统的形式演练在成就了某种艺术创新的同时，也彰显出难以克服的内在矛盾——纯粹主观性的艺术传达因失去生机灵动的现实生活的支撑，西方现代小说叙事技巧仅仅被作为一种技术来操作而不将其与汉语思维及汉语表达方式相结合——这样的艺术空间的开拓必然是有限的。朱文们在扯起‘断裂’旗号之际，显然没有在激情和反判的冲动中盲目接受和照搬苏童们的艺术经验，也没有简单地为了艺术超越而生搬硬套来自异域的叙事技巧、模仿新异的文体形式。朱文们尽管还谈不上有何深厚的艺术准备，但其心态的相对平静却是显而易见的。他们十分清醒地看到了先锋小说陷于困境的症结所在，并有意识地与其相错而行：他们不再步前先锋的后尘，而是在自身的历史语境和个体人生体验中寻求艺术突破的途径。这种途径，首先表现为不像先锋作家那样迷恋于历史碎片的感知和拼贴，而是热衷于在个人化的视角下，透析世俗生活的种种表象，并借助这种表象，传达作家内心最真实和本质的感受。为此，新生代作家的先锋写作便具有了一种既不同于前先锋又迥异于传统的完全属于他们自己的叙事策略：在背离历史、转向世俗生活的同时，摒弃了新写实小说对某一生活形态进行强化的表现，而力图通过对当下生活碎片的局部观照、叩问和感知，传达出作家对于存在的个人化的独特感悟和理解。"①在这段评述中，我们清晰地看到，论述者将"新生代小说"以个体化的方式感知当下日常的生活，作为其区别于"先锋小说"和"新写实小说"的重要特征。

在"新生代小说"的日常生活书写中，表现得最明显的是对当代消费社会中人的物质追求、爱与欲的情怀的书写。特别是一些女性作家的代表作，以极其丰富而又细腻的生命感受，追问自我成长、爱情婚姻伦理中的爱欲情怀，以及在都市物欲空间中的生活状态，像她们对于"恋物"情节的表达，是之前中国文学很少涉及的内容；而她们对日常人伦情感的表述，侧重于父女、母女、姐妹、恋人之间的非理性情感，以此激发并观照了女性独有的感知世界的方式和生命存在的状态。这样的表达，注定了"新生代小说"在审美意象上的与众不同。

———————————

① 管宁：《错位与弥合：新生代小说的叙事策略》，《厦门大学学报》2003 年第 1 期。

二 身体、爱情与性：体现"个体经验"的审美意象

当叙述者执著于用语言传达细腻的生存之感的时候，身体、爱情与性的审美意象便凸显出来了，并成了90年代小说艺术形式的重要组成部分。

身体是体现"个体经验"的关键词汇，"新生代小说"中的大量作品都写了身体。借用朱文在《什么是垃圾什么是爱》（2004年）中所写的一句话，我们可以概括出90年代以来"新生代小说家"面对身体的基本态度，文中说道："所有身体上的问题，也就是生活的问题。"又如，韩东的一本小说集就直接以《我们的身体》（1996年）命名，以彰显其对身体的关注。林白、陈染、卫慧、棉棉等女性作家，对女性情感、女性身体的关注，将中国小说中的女性叙事推向了一个新的维度，并成为90年代女性个体经验呈示的代言人，这在以往女性小说叙事中是从未出现过的。又如，鲁羊的作品整体上呈现了对身体的死亡和疼痛感的关注，像他的《黄金夜色》（1995年）开篇描述了主人公不同寻常的喝酒模样。李洱笔下的知识分子，则在身体的摆弄下，变得委顿而又虚幻。东西也是一位相信身体写作的作家，像他的《姐的一九七七》（1997年），叙写了姐姐牛红梅在时代的浪潮中，一次次认同权力、金钱又不断地遭受伤害的身体。而他的《不要问我》（2000年）则干脆直接将主题指向身体的无处安放。朱文的作品书写了因为身体的不确定而导致人的无处安生感，以他的《尽情狂欢》（1995年）为例，作品中的"我"几乎与周围的一切事物始终都有一段不可跨越的距离。就拿"我"的住处来说，"我"一直被朋友们嘲笑为住在城外，而"我"自己也不知道"我"在接近什么，即使"我"打车到了自认为的城里——光华门，也最终被否认到了城里。作品中最有意思的情节，还是"我"内心不断产生的对朋友许强是否被骗剐掉的焦躁、不安以及介入的热情。作品中不断出现这样的语句：

> 我在担心不等我赶到光华门，那个叫许强的好色之徒就已暴尸街头肝脑涂地。很多朋友从自身的教训出发早就向许强提出过规劝。不要总是和有夫之妇来往，那叫通奸，国家不提倡这个，哪一天你被人在街上砍了，也没人会同情你的。

　　恍惚之中我看到一道汹涌的血泉溅到了出租车的挡风玻璃上，紧接着，我看到我的朋友许强双手捂住下部，大声嚎叫着，跌跌撞撞地横穿过马路，向街的另一边过去。我的梦幻之马一失足就跌回了我的身体。我被惊出一身虚汗，紧张地四处张望。好象什么也没有发生呀。车辆行人，街道店铺，真的，什么也没有发生吗？

　　我在想，这个该死的许强是不是已经完蛋了？我看他还是干脆早点完蛋的好，别让我牵肠挂肚的，别让我为此奔波为此难受。我可有的是该做的事情。

　　危险仍然存在着，可能马上他就会再次向我呼救。我还要赶过去，为他该死的老二出力流血，尽一个朋友的道义。所以我暂时还必须在市里逗留，这样我才能对可能出现的暴力作出尽可能快速的反应。当走到瑞金路口的时候，我决定，自己之所以沿着这样一条路走的原因是，为了朋友的道义。我的脚步也因此坚定起来。但我从来不是这样一个人啊，我清楚自己的。①

这些话语仅仅是从文中摘录出的对许强的身体表示担忧的一部分，而对许强身体的担忧，也最大限度地代表了叙述者对自我身体的担忧。这种面对身体的莫名其妙的感觉，与叙述者跟社会环境的心理距离正好形成了一组对应关系，愈发展示了身体的不正常存在状态。总体上说，因对身体的关注而产生的对内心"非正常"焦虑或浮躁的描述是"新生代小说"给90年代文坛带来的别样风景。

　　对性的描述是身体描述的重要一维，在"新生代小说"中表现突出，这里不妨将其与相关的另一个词汇"爱情"放在一起讨论。何满子在《中国爱情与两性关系——中国小说研究》一书的导言中写道："但从本质上说，驱使男女追求爱情的动力确是双方的性欲，再推下去也是延续种

① 朱文：《尽情狂欢》，《山花》1995年第11期。

族生命的自然本能。"① 展示性的关系，成为展示爱情关系的核心，"新生代"小说中性的存在形态，也成为90年代中国人普遍的爱情存在形态的解码。比如，2004年，谢有顺选择东西、李洱、刁斗、北村四位作家的作品编辑了"爱情档案"丛书，力图展示一代人的爱情美学。四位作家中的三位作家是"新生代小说家"代表，许多作品是90年代较有影响力的作品，其中所表现的爱情美学不仅代表了"新生代小说"的爱情美学，也代表了90年代的爱情美学。在这些作品中，性欲或情欲在爱情生活中占据了最主要的位置，它压倒了传统爱情概念中的浪漫、依恋、温馨、忧伤、家庭、责任等核心意味，而常常与生存的焦虑紧紧相连。谢有顺在此丛书的《序》中总结的这些作家对爱情的描写极为准确，他说，"北村是想说，爱情存在着，但它是不可能的"②；"相比之下，东西的小说蕴藏着轻松、幽默和游戏的品质，但它一落实到爱情命题的处理上，导向的却是错位和荒谬感，令人忍俊不禁的同时，常给人带来浪漫、温情和梦想都被撕裂的不适和痛楚"③；"刁斗写过一篇名为《身体》的小说，探查的就是这个问题：身体、或者说单纯的性满足，究竟在爱情和婚姻生活中占据一个什么位置？我们是像过去那样，以某种高尚的理由忽视身体的正常需要，还是把身体所需要的合法性纳入到感情之中来考虑？爱情和肉体之间究竟有什么秘密的联系？刁斗显然是一个尊重肉体的作家，或者说，他承认人的存在受肉体的限制，而不愿在肉体之外制造爱情幻觉，更不愿意轻率地对肉体参与爱情一事作出道德审判"④；"比起刁斗的直接和执著，李洱却是更多地把性爱命题处理成游戏和暗示。大背景当然还是欲望汹涌的时代，但李洱所着意表述的似乎是知识分子如何利用智慧作面具，对爱情进行意淫和想象补偿"⑤。从"不可能"、"被撕裂"，到"尊重肉体"、"意淫和想象补偿"，编者显然认为这些作家笔下的爱情无不充满了性与游戏的成分。

---

① 何满子：《爱情与爱情小说》，载何满子《中国爱情与两性关系——中国小说研究》，香港商务印书馆1994年版，第2页。

② 谢有顺：《这一代的爱情美学》，载谢有顺主编《爱情档案》，中国社会科学出版社2001年版，第7页。

③ 同上书，第8页。

④ 同上书，第10页。

⑤ 同上。

　　如果将"新生代小说"的情爱叙事放在中国的爱情与两性关系的历史中来看,"新生代"小说中的情爱显然拒绝传统的道德载负,但也不像"五四"时期那样将爱情作为对抗封建礼教、追求自由平等的武器。而且,与"五四"时期文学作品体现出的积极向上的对抗精神相比,"新生代小说家"笔下的爱情显得无奈和游弋,对情欲的展示常常盖过对崇高爱情的追求,爱情只是在性欲包裹下随时都有可能消失的摇摇欲坠的"事物"。许多作品中的性描写指向了现代人生存的虚无和无奈,也伴随着展现灵魂困境与生存困惑的深刻性。

　　比如,李洱的《破境而出》(1998年)中关于爱情与婚姻的叙事充满了混乱、杂烩、无所事事与漫不经心的意味。王菲作为小说中出现的带点神秘色彩的美丽女子,她的感情生活被描述得若隐若现,甚至有点扑朔迷离。她对自己与单先生的关系显得冷漠与疏远,但单先生却冷不丁地向叙述者"我"倾诉:"我虽然从来不缺女人,可我真的是喜欢王菲啊。"王菲与罗小钢的关系最初给人一种稳定感,而王菲却告诉"我们",罗小钢只是"我"与妻子相见之前刚刚认识的一个人,王菲对他的感情同样是漫不经心的。王菲身边似乎总是有许多追求者,王菲似乎总是生活得很精彩,但王菲在情感上却总显出一种孤单感。文中叙述者"我"曾说:

　　　　王菲对此并不在意,她说,对她痴情的人多了,她总不能见一个就爱一个,捡到篮里就当菜。当时我想起了艾伦从北京回来给我讲的一些事。我的脑子里突然冒出了里尔克的那两句诗——苦难没有认清,爱也没有学成。但我没有资格教育王菲,也没有教育人的习惯。所以这两句诗在我脑子里闪了一下,也就过去了。①

　　对于爱的不在意,确切地说是无法辨别,可算得上是小说对王菲对待情感的方式的概括。作品中其他人对待爱情、婚姻及性也是浑浑噩噩。像老一辈人梅姨与王丰年的婚姻,充满了知青们排遣无聊生活的偶然性。比如,当年梅姨打胎快死时,王丰年先生像个没事人似的到附近村子偷鸡去了。叙述者"我"与妻子的关系似乎是可靠又稳定的,并且已经有了儿

————————

① 李洱:《破镜而出》,《花城》1998年第5期。

子，然而，从"我"对王菲情感生活的关注和妻子与王菲的紧密关系中，叙述者隐隐透出了三者间某些隐秘的情感线索。通过作品中多次写到的"我"和妻子待在陌生的环境中，性欲就莫名其妙地高涨起来的情节，读者隐隐地感到了他们之间情爱的迷离。作品还写到了范强割包皮手术失败，以及导致其心理扭曲的事件，这一事件增强了作品人物面对性生活时的混乱感。

在对身体、性、爱情的叙事这一点上，卫慧、棉棉等在 90 年代末期发表的作品曾引起了很大轰动，其中，对欲望或女性情感的细腻描述打开了小说叙事的新空间。以下是选自卫慧《蝴蝶的尖叫——送给 JUDE》（1998 年）中的两段话：

> 我穿很少的衣服，赤脚站在一面巨大的镜子前，抽着戒烟两个月来的第一支烟。蓝色的烟雾像猫爪轻轻地爬上了我的脸，我的眼睛，一丝晕眩攫住了我的身体。我看到在镜子闪闪烁烁的纵深处，有一张宛若午夜寒星的脸隐约浮现。是那个女孩的脸。

> 这眼泪也感动了皮皮，一直到我们躲在盥洗室里做爱的时候，他都在轻轻念叨我的名字。一声声一次次，他的器官温柔无比，将我的名字推进我的喉咙，将他的心跳射入我的子宫。身后肮脏的大镜子上晃动着柔软的来自皮肤的光泽。镜子渐渐模糊了，一些玻璃碎片随着肉体完美时分的到来悄悄剥落，刺耳的声响，锐声的尖叫，我们的爱情越过厕所的气窗超度了。这是最后一次了，我模模糊糊地听到皮皮在我耳边轻轻说。①

第一段的叙事文字在感觉的流动间展开，从蓝色的烟雾，到感觉的眩晕，到镜子中浮现出的女孩的脸，作品中人物的出场显得迷离而又伤感，身体本身的感觉代替了一切而成为叙事的中心。第二段文字给读者一种一点一滴搭建情感的阅读感，性与爱情带上了深深的伤悲与决绝。不管情感本身充满了怎样的情绪色彩，或者带来了怎样的关于道德感的质疑，这样的语言形式起码是中国文学史上第一次将女性那种悲伤的情感演绎得如此纯粹

---

① 卫慧：《蝴蝶的尖叫——送给 JUDE》，《作家》1998 年第 7 期。

的叙事。这里的情感，几乎找不到其他的"背负"，只有身体以及身体的感觉。

福柯在面对身体和与之相关的性的规范时，曾作如此描述："因此，在生存艺术和自我关注的艺术日臻精致的过程中，某些训条就被提出了，它们非常接近于我们在以后的道德中所发现的那些训诫。但是这种相似不应该造成错觉。这些道德规定了自我关系的其他样式：一种从有限、堕落和罪恶出发的伦理实体；一种服从于作为人格神之意志的普遍法律的方式；一种牵涉到精神认识和净化欲望的解释学的对自我的作用形式，一种否弃自我的伦理实现的方式。有关快感结构、夫妻忠诚和男人之间性关系的各种规范要素可以依然是类化的。它们都属于一种经过大幅改造的伦理和另一种把自我塑造为自己性行为的道德主体的方式。"① 在"新生代小说"中，关于身体、性的叙事成为个体自我认知和欲望净化的一种载体，然而，在身体、性及相关的各种欲望中来展示自我及自我的经验，这种经验是以身体的感觉和自我内心的状态为中心的，甚至很少顾及身体的社会身份和社会角色。因而，在这样的身体叙事中，关于伦理与道德的内涵也发生了转移，身体所遵循的道德，往往超越或偏离了社会规范的道德，而是以自己的内心情感体验为中心，一定意义上，这里的道德主体从社会道德主体转向了个体道德主体。像卫慧、棉棉等作品就受到了来自集体意识所规范的道德观的批判。在我看来，对情感体验的书写只要是严肃而又认真的，我们便不应该简单地用集体意识形态所规范的道德来指责。许多身体叙事的语言细腻地展现了人的情感，体现的不仅是一代人特殊的情感及道德规范，更显示了艺术对生存关注的细腻化，以及艺术表现力的成熟化。所以，身体是体现和对抗某种集体意识形态的最佳诠释者，它与意识形态的疏离性，恰能为人的个体本验找到最佳的叙事对象，并生成为一种新的、脱离了意识形态所规约的宏大叙事主题的艺术品格。

三 历史视野中的"个体经验"

"新生代小说"以感性化的语言表述"个体经验"的方式，为小说艺

---

① ［法］米歇尔·福柯：《性经验史》 佘碧平译，上海世纪出版集团 2005 年版，第 473—474 页。

术形式的变化提供了新信息。有评论家曾作如此评述："新生代关注个体自我经验的书写，他们对自我经验的坚守是其小说写作的基本支点。韩东的小说强调对个体自我的直接面对，着重挖掘自我的隐秘心理，突出主体最真切的痛感；而朱文的创作则将自我的私人体验转化为小说内容，揭示个体生命在某一瞬间的独特感受；而鲁羊则以'在冥想和独语的私人世界中'的叙事方式，坦现冥想者的生存状态和心理历程。"① 这里，评论者概括的个体性展示了"新生代小说"的创作突围，然而，对于其实践"个体经验"表述的历史意义作进一步的阐述是必要的。

首先，就"新生代小说"体现出的语言直击感觉这一特点来说，它与 80 年代中后期中国文坛进行的形式变革紧密相连。"文化大革命"结束时，中国小说的语言表述方式基本延续了以往现实主义常用的表述方式，注重对社会问题的思考和评论。而且，这种思考和评论主要站立在主流意识形态的高度上，在表述方式上，比较注重作者对事件或人物的意识形态的判断，在视角上，常常显示出了叙述者的视角大于叙述对象的视角。像《班主任》那种叙述方式就是代表，班主任总是站在拯救者的角度看待他的学生和世界，对事件和人物充满了理性的判断和描述。80 年代中期小说艺术观念变革以来，语言趋向"感"的特质。语言不再是简单的认识功能的语言，追求修辞的陌生化的写作加强了语言的叙事张力，作者所要表述的意旨，也不再告诉读者要做什么，不像《班主任》中的语言那样号召读者要担负社会责任，而是对生命的感觉进行细腻的描述。这种语言是对文学性的接近。对感觉的重视及叙述在许多文本中有了良好的体现，其中许多感觉良好的句子，充满生命的质感，饱满得不能再用其他任何语言代替。比如：

> 现在，这个叫杏的姑娘用食指、拇指、中指捻动那根细长的银针，萧忽然觉得喉头涌出一股咸涩的味道。他的眼睛无法从她那白皙细长的手上挪开了，那根针像是扎在了他的脉上，他闻到了屋子里越来越浓的清新的果香。②

---

① 张琴凤：《论新生代小说"断裂"本质的双重内涵》，《四川大学学报》2006 年第 1 期。
② 格非：《迷舟》，《收获》1987 年第 5 期。

　　大概就在这个时候颂莲猛地回过头，她的脸在洗濯之后泛出一种更加醒目的寒意，眉毛很细很黑，渐渐地拧起来。颂莲瞟了雁儿一眼，她说，"你傻笑什么，还不去把水泼掉？"①

　　现在夜深人静，宫殿里阒无人迹，书页的翻动声可以通过幽长的走廊传至深宫，一名容貌倾城的妃子正在井边洗涤一方丝帕，宦官的私语和婢女的喘息随处可闻，皇帝已经在纵情的豪饮之后入寝，他的为世人所传颂的淫逸将持续至午夜……②

以上这些例子中，指尖与银针，脸上醒目的寒意，深夜的深宫等等，都体现了文字表现的力度。而许多作品也从整体上表现出了把握感觉的力度，有时我们甚至能用短短几个描述感觉的词汇捕捉文本的艺术特征。如《红高粱》荡涤着红色的生命活力，《纪实和虚构》浸润着一股宁静的孤独，《妻妾成群》散发着令人窒息的味道，《白鹿原》充满着神秘的气息，等等。有评论家在论述20世纪末中国文学变革时曾指出："文学艺术确实完成了一次从古典形态往现代形态的转移。转移的特征是明显的，也是很多的。在情调、时空观念、价值认同、叙述手段等方面，两者都有了极大的不同。其中有一个非常重要的特征，我们并未用直截了当的语言将它加以提示。这一特征便是：文学艺术从'义'过渡到'感'。"③ 在这里，论者显然看到了文学语言在人的感觉力上的表现，并将其作为文学形态变革的重要标志。

　　实际上，语言的这种变革，曾使80年代文学评论者们兴奋不已，有评论者直接将语感的外化作为形式意味的表现之一，认为："如果说画家将情感和想象力转化为有意味的线条和色彩的话，那么文学家的情感和想象力所倾注的则是有意味的语感。或者说，文学家的情感和想象力的独特性在于对语言的文学性感受上。这种语感的外化，就是有意味的文学语言。"④ 语言是文学家表达情感和构筑其艺术世界的最基本的手段，一个

---

① 苏童：《妻妾成群》，《收获》1989年第6期。
② 孙甘露：《夜晚的语言》，《上海文学》1989年第5期。
③ 曹文轩：《20世纪末中国文学现象研究》，北京大学出版社2002年版，第148页。
④ 李劼：《试论文学形式的本体意味》，《上海文学》1987年第3期。

优秀的文学家必定是对文学语言的感觉力超强的人，这种语感也是作家创建其艺术世界的个体性和独特性必不可少的要素，换言之，只有在语感的激发中，作家才能彰显自己的个性，反之，如果让语言陷于一种僵化的、固定的模式，则艺术家的个性和才情也会被限制。

在"新生代小说"作品中，这种感觉外化的语句随处可见，有时，作者会用反复陈述的方式，以显示自己对世界的感觉，比如：

有时候我就觉得北京是一座沙盘城市，它在不停地旋转和扩展，它的所有正在长高的建筑都是不真实的，我用手指轻轻一弹，那些高楼大厦就会沿着马路像多米诺骨牌一样依次倒下去，包括 52 层高的京广大厦和有 30 米高、88 层的望京大厦。毫无疑问，我的这个想法是个恶狠狠然而也显得无可奈何的想法。每当我行走在楼群的峡谷间和三层立交桥下，听着城市宠大身体微微颤抖和喘息的声音，我都会下意识地伸出中指和拇指，轻轻一弹，接着我就会恶毒而又带几分傻气地笑起来。①

我提到了鸽灰色。对我来说，它不是一个简单的词。在我所生活的这个城市，天空往往就是这种颜色，这是一种柔弱而有穿透力的色泽，有如一幅照片上高光之外的那种暗影。当它和轻逸的鸟联系到一起的时候，它就更使人难以忘怀了。②

天上的云开始迅速聚拢，成为一个巨大的女人的嘴唇，鲜红的颜色在天上散发着魅人的肉感，在这唇形的云后面，是依然纯蓝的天空。肉柱形的石山中有一个最高最大的石柱，它在越来越低的唇形之中显得充满动感，它们越来越接近，伴随着一声荡人心魄的叫喊，她看见肉柱的石山进入了鲜红的唇形云之中，她感到有一阵热气从那朵云的处所散发出来。③

---

① 邱华栋：《沙盘城市》，《中国作家》1994 年第 10 期。
② 李洱：《破镜而出》，《花城》1998 年第 5 期。
③ 林白：《一个人的战争》，《花城》1994 年第 2 期。

用语言不断地去呈现个体对世界的感觉,代表了作家们对艺术语言的理解力和把控力的增强,也是 80 年代中期追求艺术形式本体化的重大表现。而这一点无疑是 20 世纪现代汉语在文学艺术形态上的一种前行姿态,因为此文学作品才有可能发出最个体性的声音。

因而,90 年代"新生代小说"用语言直击感觉的叙事策略,体现了 80 年代小说艺术形式变革的延续性。"感"的凸显代表了文字表现力的突破,因为书写感觉意味着摆脱雷同,寻找个性化的叙事,在人类那种极为微妙的感觉中,作家和作品才能找到存在的自信,这也是所有文学语言的最终追求和存在的理由。反之,对"感"的重视,也意味着对语言的重视,意味着意识到语言在小说中的价值。从此意义上说,"新生代小说"继续保持了小说语言与现实生活语言的疏离性,保证了小说语言的"陌生化"形式要素。这也是小说展现自身叙事可能性的有效手段,保证了以语言为载体的文学提供给人的是一个可以展开无限想象和阐释生命万物奇妙意蕴的话语空间。也正是从这个意义上,"新生代小说"为中文小说的创作和阅读提供了希望和挑战。

其次,就"新生代小说"所提供的新的"个体经验"而言,"新生代小说"继续探讨了人的存在内涵,并表现了 90 年代与新时期对经验的不同理解。以作品为例,我们将东西的《不要问我》(2000 年)与宗璞的《我是谁》(1979 年)进行比较。因为两部作品在追问人的存在主旨上有很大的相近性,并体现了不同时代作家的不同人生经历,以及在此影响下对人所进行的不同的思考角度。宗璞的《我是谁》叙述了"文化大革命"期间知识分子遭受迫害的伤痕,运用了意识流、魔幻现实主义等手法,属于同类"伤痕文学"作品中艺术性较强、意旨较深刻的作品。作品以植物学家韦弥在"文化大革命"中遭受辱骂与暴打后的内心活动为叙述中心。在遭受肉体和精神的折磨后,韦弥冲出家走向黄昏的校园,辱骂和殴打使她分不清自己是谁,当有人叫她韦弥姑时,她产生了如此的想法:

"韦弥姑!"这声音好奇怪。谁是韦弥?在她的思想中,孟伯伯很自然地译成了孟文起三个字。可谁又是孟文起?但这些都不必管,最要紧的是:我是谁?我,这被轰鸣着的唾骂逼赶着的我,这脸上、心中流淌着鲜血的我，我是谁呵？我——是谁？①

在韦弥进行的关于"我是谁"的追问中，她觉得自己是毒草和毒虫，同样受迫害的丈夫孟文起和相熟的教授或讲师们也都变成了一条条蠕动的虫子。"毒草"和"毒虫"是"文化大革命"中用来辱骂知识分子的称谓，韦弥化身为这两种物象，直接代表了作者对"文化大革命"的指涉。这里，韦弥内心的哀哭、压抑以及渴望，与"文化大革命"对知识分子的迫害直接相关，而对自我的追问，最终实现了控诉"文化大革命"对知识分子迫害的目的。

《不要问我》通过主人公卫国的经历，表达了对人的身份的追问，同样也表示了人的个体存在与外界环境的对抗性。故事中的主人公卫国是大学副教授，因多喝了几杯，酒后在男性荷尔蒙的催动之下，稀里糊涂地被同伴架着来到学生宿舍找到自己喜欢的学生冯尘，并抱着冯尘说，"我想跟你睡觉"。为此，学校、学生家长都要找他算账，卫国试图证明自己那天的冒犯只是喝多了酒，而自己是真心喜欢冯尘，但一切皆被视作流氓行为，甚至那天与他一起喝酒的人也不愿意出来为他证明那天他只是喝多了酒。于是，为了逃避尊严上的折磨，卫国辞职南下。然而，他的皮箱却丢失了，皮箱里装的是现金、证件、获奖证书和衣裳，还有他的所有积蓄3万元，以及一切能证明他身份的材料。又因为卫国不愿意去学校开关于自己的证明材料，他就成了一个无法证明自己的人。曾经的副教授变得一无是处，找不到工作、无法谈恋爱，甚至被当成流氓。虽然自从失去了皮箱之后的卫国一直想证明他自己，并想象着皮箱可以被找到，但事实告诉我们，卫国是无法证明自己是谁的。最后，卫国终于找到了一份不需要出具身份证明材料的工作——喝酒，然而，本来就酒量甚差的卫国却在酒精的作用下丧失了生命。在卫国的这段经历中，起作用的有两个很重要的因素，一个是他对女人的想象和性的冲动；一个是离开一切所谓的证明材料后，他想证明自己是谁。这两者也成了他对抗外界的两个目标。然而，若与《我是谁》相比，卫国的这种对抗显然是充满了不确定性的，甚至在表现方式上也不同——《不要问我》用整个故事的结构来追问"我是谁"，而《我是谁》通过意识流来追问"我是谁"——前者陷于一种无物

---

① 宗璞：《我是谁》，《长春》1979 年第 12 期。

之阵般的困顿中,后者清晰地来自于自己内在的心灵。可以说,卫国喝醉酒,卫国向女生表达爱慕之情,卫国离开学校去南方打工,以及在火车上皮箱被偷等等,整个故事情节的设置中充满了不确定和偶然的因素。与宗璞的《我是谁》相比起来,与其说《不要问我》中的卫国要对抗什么明确的对象来确认自己是谁,不如说卫国以及他深处其中的所有的社会关系都充满了不确定性。卫国的遭遇让我们看到了一个人失去身份证明之后的不安和生存焦虑,说到底,人的存在本身充满不安,这种不安成为了卫国所要对抗之物。也就是说,东西的作品,以人的个体为中心,探讨了"人的社会存在"的问题,更带有从哲学意义上思考人的存在的意味。

从宗璞的《我是谁》和东西的《不要问我》的比较中,我们看到了两个时代的差异。90年代"新生代作家"体现的对人的个体的思考以及对个体经验的描述更多地带上了形而上学的意味,其中对人的存在进行哲性思考的议题更鲜明了。同时,"新生代小说"执著于个体经验的描述,代表了90年代作家对"个体生命感"的关注。一些评论家还直接将其叙述特征归结为"私人化"、"个人化",以强调他们的个体性。而这里的"个体性"显然强调了生命个体的自由与感受的自由,而渐离了国家、民族、社会责任意识所强调的个体自由。因而,无可否认,90年代独特的政治文化背景,使作家们改变了对人的看法和艺术主题。如果与20世纪其他时期因政治、社会、民族特殊的灾难和作家必须背负的社会使命以及政治意识形态影响的强势比起来,90年代"个体经验"书写所隐喻的创作独立性和自由性更明显。正如前面所说,这是作家摆脱政治式的、集体式的意识形态的一种表现,这一点不仅是一种创作趋优走向的表征,而且对任何一位想创作出优秀作品的作家都是十分必要的。

当"新生代小说"开创了形式新意时,也暴露了"个体化"的非完全性和不彻底性,以及艺术表现上的局限。从"新生代小说"的艺术形式因素来看,"新生代小说家"是在继承80年代"先锋小说家"的艺术策略的背景下凸显于文坛的,他们对个体经验的描述,显示了他们个体的独立精神,并保证了语言叙事的可能性。而在90年代的文学格局中,他们处于影响的焦虑中。一方面,他们的作品不同于已经成名的、80年代以变革姿态走向文坛的作家的作品。因为这些作家的新作很受评论家及读者的期待,并且,由于名人效应,市场销量很好,作家的生存条件也不错。另一方面,他们的作品也不同于迎合大众审美情趣的作品,如影视小说、读者喜爱的现实感强烈的反腐小说、社会题材小说等。这些作品往往注重故事情节的精彩性，也备受读者青睐，市场销量很好，特别是一些"主旋律"作品，不仅很容易被改编成影视剧，而且能够得到体制内投资的支持，不管艺术水准怎样，都能收到很好的经济效益。也就是说，"新生代小说家"既没有80年代已成名作家那样被评论界及读者追捧，又因追求保持自由的创作姿态，与体制保持一定的距离，即体制的好处他们很少享受到，与此同时，走向市场的他们，又深感受市场规则的控制。所以，"新生代小说家"的创作处境很复杂，他们自动与学院、与体制保持距离，又与大众审美情趣保持着距离。然而，他们的价值观是90年代以经济利益为中心的价值观的重要组成部分，在他们的意识深处，他们视90年代为他们自己的年代，他们渴望取代文坛上80年代已成名、90年代仍占据资源中心的作家的地位，他们也希望依靠市场去获取地位与价值认同。于是，在一个需要彰显与吆喝才能的时代里，他们显然有种急待证明自我的焦躁，这与他们艺术追求上的独立性、超越性又构成了悖反的关系。所以，他们处于价值取向动摇的尴尬处境。

其中，"断裂问卷"是一个集中的、过激的体现和爆发。从参与者的名单来看①，参与者只是"新生代"作家中的小部分。问卷的观点并不代表所有作家的观点，那种愤激以及取代前辈作家的狂吼，也不能体现出所有作家内心真正的声音，但这一事件足以让人感到这一代作家的不安、焦虑、偏激及奋进的勇气。1998年发生的这次"断裂问卷"是"新生代"作家的两位代表人物朱文和韩东发起的，问卷中对传统主流作家的文学立场、写作观念乃至生存方式都进行了"断裂式"的拒绝，对现有文学秩序和写作状态的抨击倾向也鲜明可见，同时，也力图表达他们自己的文学理想和纯粹的创作理念。比如，韩东在《备忘：有关"断裂"行为的问题回答》一文中说："这一行为要划分的是一空间概念，即在同一时间内存在着两种水火不容的写作。如果我们的写作是写作，那么一些人的写作就不是写作，如果他们的那叫写作，我们就不是写作。断裂，不仅是时间

---

① 参与者包括：刁斗、东西、海力洪、沈东子、杨克、张梅、凌越、王彪、夏季风、于坚、李森、翟永明、吕德安、李修文、葛红兵、徐江、林白、李冯、邱华栋、金海曙、李大卫、贺奕、朱也旷、赵凝、田柯、侯马、棉棉、赵波、羊羽、夏商西、张新颖、部元宝、蒋波。材料来自朱文《断裂：一份问卷和五十六份答卷》，《北京文学》1998年第10期。

延续上的，更重要的在于空间。我们必须从现有的文学秩序之上断裂开。甚至，在同一时间内的划分意义更为重大。"① 这里，韩东表明的空间概念的断裂，体现了这群作家们主动地剥离于传统与现状的姿态，作家们力图通过这种"断裂"来展示文学与自我的个体性。这一点也体现在"新生代"的许多作家都曾是自由作家、自由撰稿人这一身份上，比如，韩东、朱文、吴晨骏等，他们脱离于体制的生存方式，以自由写作的态度来表达写作的私人性，当然，这和人生态度和写作方式的重合，也直接引发了小说执著于对私人性的生存经验的表述。在这份"断裂"问卷中，他们的语气是如此的强硬，他们的态度是如此的决绝，以至于宣称这种"断裂"时充满了不安和狂吼。特别是朱文那篇《狗眼看人低》的文章，言辞中充满了咆哮式的愤怒。更重要的是，这种反抗的实质包含着对已占有的文学创作资源优势的自信和自负，包含着亟待证明自我的焦虑和不安。从整体上看，这场实际上草率收场的"革命"，一方面，反映了部分"新生代作家"对自己的作品被误读的愤怒，对现有文学秩序的强烈批判，对文学话语中心霸权的挑战；另一方面，这种充满"革命意味"的立场，也可能成为新的话语霸权。有谁能保证他们"断裂"成功后，不会成为另一个秩序的中心呢？或许这更能说明：在反叛公共叙事话语，保持创作的个体独立性上，中国作家还有很长的路要走。

因而，尽管产生了许多优秀之作，也不乏对语言保持新锐变革的勇气，"新生代小说"依然给人一种价值重构能力的不足感与虚浮感。大批作品中个人经验的描述被大面积贴上了性欲、金钱、物质等标签，乃至用吸毒、酒吧解忧、性爱游戏来填充个人经验的角落。这不仅使"个体经验"狭隘化，也表明了作家对人文精神建构的放弃或暧昧不明。虽然有些优秀作品恰切地描述了时代中某部分人的生活，把握了生存中最真切的感受，但这样的"个体经验"充其量只是一种非正常的经验，或者说是"变性的"经验，对其的叙事依然无法达到艺术经典的高度。特别需要提及的是，大量女性作家，如林白、陈染、卫慧、棉棉等，在"新生代作家"群中脱颖而出，她们用个体经验展示出女性独有的特质的同时，无疑给中国的女性文学贴上了"性别"的标签。也就是说，这些试图对抗男性中心话语而将笔触指向女性独有体验的写作，带来的不仅是一幅幅美

---

① 韩东：《备忘：有关"断裂"行为的问题回答》，《北京文学》1998 年第 10 期。

妙的女性经验图景，同时，也带来女性写作的狭窄化和性别化。对此，我们不得不说，当女性文学不断地展示自己的身体以彰显自我存在的时候，却陷入了女性身份认知的偏执和无奈中，我们更应该追求一种超越女性性别特征的女性文学，展示与男性共存的一个世界，来体现出真正的女性自我。

面对充满感觉化的语言和充满个体体验的艺术世界，作为研究者或读者，我们期待着这一批对语言充满感觉力的作家能创作出更优秀的作品。

下 篇

"俗性"的在场——90年代
小说艺术形式变化之二

　　20 世纪 90 年代文学与 80 年代文学相比，市场机制与消费文化对文学创作影响力的增强一直是一个重要问题。诸多纯文学期刊的转型、关闭，作品发行方式的改变、作品销量的变动、作家生存状态的改变等现象都表明了作家创作与市场之间的紧密性：市场无不在发挥着重要的作用，面向市场的叙事策略越来越显示了其重要性。面向市场就是面向大众读者，读者的审美需求便成了影响小说艺术形式的重要因素。在中篇关于"影响中的新变——90 年代小说艺术形式变化之一"的论述中，小说作品故事性的增强、调侃语言的广泛传播、"身体"叙事的凸显等诸多特征，已经展露了作品大众化的审美特征。而本篇将重点探讨那些鲜明地体现了大众审美趣味的小说艺术形式新变。

　　首先探讨的是 90 年代中后期的"现实主义冲击波"小说，这股现实主义风潮，突然逆转了 80 年代以来的反现实主义创作倾向，引发了文学对现实社会宏大问题的关注热潮。其次探讨的是影视与网络对小说创作的影响，这两种媒体本身就带有强烈的大众文化特征，并从另一角度反映出了新媒体带来的艺术形式的变化。希利斯·米勒曾在《文学死了吗》一书中，探讨了印刷时代文学受到新媒体冲击这一问题，他说："对以前那些革命来说，印刷并传播秘密报纸、宣言、解放性质的文学作品，是至关重要的，正如 email、互联网、手机、'掌上电脑'对我们今后要有的一切革命也是至关重要一样。当然，这两类沟通体制，同时也是强大的压迫工具。"① 这里，希利斯·米勒明确地提示了影响的存在，并用"压迫工具"来表达这种存在的不可避免性及特性。就 90 年代中国小说艺术发展的状况而言，尽管这些新媒体在中国发展的时间很短，并没有真正形成强烈的"革命"，事实上，其他国家也没有就此宣布文学的死亡，但其影响力的发生不容忽视。具体表现在大众审美趣味特征借助这些媒介越来越发挥着重要的作用，并给小说艺术形式带来了新的形式元素。一定意义上，

① ［美］希利斯·米勒：《文学死了吗》，秦立彦译，广西师范大学出版社 2007 年版，第 9—10 页。

在 90 年代中国文坛，大众审美特征是否实现了对传统艺术形式的本质性改变尚待考证，但这两种媒体带来了新的形式元素是不容置疑的。

总体上看，在市场机制与消费文化的影响下，小说作品的文字与情感更多地体现了小说的通俗性，许多作品在情节设置、语言风格上趋向简明、生动、有趣。同时，追求形式实验文本的声音已十分微弱，不仅许多作品追求的艺术独创性往往仅成了吸引市场关注度的技巧，缺少深度，而且，更多的作品因为看重市场销售的好坏，容易陷入流行性文本的创作模式，因循守旧。一定意义上，90 年代中后期以来，小说艺术形式变化的主要力量来自文本外界，其中，网络、影视业的发展以及作品销量都成为影响作家生存状态的因素。也就是说，对此时的作家而言，他们关心的不仅仅只是如何写好自己的作品，而且，还要关心作品如何走向市场等问题，那么，大众的审美趣味就成为影响小说艺术形式变化的重要因素。可以说，从这些小说艺术形式的变化中，我们看到了世纪之交社会环境因素变化对小说的影响，这些变化也决定了 21 世纪初期小说艺术创作的一些新特征。

第 八 章
宏大叙事的回归:"现实主义冲击波"的形式

一 现实的限制:题材选择与叙述视角安排

20 世纪 80 年代中期小说艺术形式变革以来,中国当代小说几乎都沿着注重语言叙述技巧变化和个体经验叙述的线索在发展,相对而言,对国计民生、社会改革、民族国家命运等宏大叙事主题少有涉及,这样的叙述多多少少引发了普通读者对小说所表现的主题的不满。因而,1995 年左右一大批以现实主义手法反映社会现实问题为题材的作品出现时,迅速引发了轰动,并被命名为"现实主义冲击波"。这些作品数量繁多,较有代表性的包括:"三驾马车"① 之一关仁山的《落魂天》(1995 年)、《大雪无乡》(1996 年)、《破产》(1996 年)、《九月还乡》(1996 年)以及何申的《奔小康的王老祥》(1995 年)、《年前年后》(1995 年)、《信访办主任》(1995 年)、《穷人》(1996 年),刘醒龙的《分享艰难》(1996年)、《挑担茶叶上北京》(1996 年)、《路上有雪》(1997 年),李佩甫的《学习微笑》(1996 年)、《羊的门》(1999 年),陆天明的《苍天在上》(1995 年)、《大雪无痕》(2000 年),谈歌的《大忙年》(1994 年)、《山间》(1995 年)、《年底》(1995 年)、《大厂》(1996 年)、《下岗》(1997年),彭瑞高的《本乡有案》(1996 年),王跃文的《国画》(1999 年),向本贵的《栗坡纪事》(1997 年),肖克凡的《最后一座工厂》(1997年),周梅森的《人间正道》(1996 年)、《中国制造》(1999 年),张平的《抉择》(1997 年),等等。

将此类作品命名为"现实主义冲击波",源于其体现的现实主义叙事传统。1996 年,雷达在《文学报》上发表文章对这类作品的特征进行了

---

① 河北省的三位作家关仁山、何申、谈歌被称为"三驾马车",评论界的这种命名,代表了对这股创作风潮的有意识宣扬。

概括："它们面对正在运行的现实生活，毫无掩饰、尖锐而真实地揭示以改革中的经济问题为核心的社会矛盾，并力图写出艰难竭蹶中的突围，它们或写国营大中型企业，或写家庭化的私营企业，或写一角乡镇，全都注重当下的生存境况和摆脱困境的奋斗，贯注着浓重的忧患意识，其时代感之强烈，题材之重要，问题之复杂，以及给人的冲击力之大和触发的联想之广，都是近年来所少见。"① 张新颖在 1996 年 8 月 2 日的《文汇报》上发表《文坛涌动现实主义冲击波》一文，认为它是"现实主义冲击波"，并以欣赏的口吻谈论了这一创作潮流，指出："近一二年来，出现了一些深入反映现实生活的比较有分量的作品，在《大厂》之前，有 1995 年初出现的《年前年后》，同时还有刘醒龙、陈源斌、毕淑敏、关仁山、邓一光等一些相当活跃的作家的作品，共同形成一股文学潮流。这些作家的作品充满了浓烈的当今实际生活的气息，表现出经济和文化转型过程中我们这个时代的勃勃生机，同时也写出了这一过程中普通民众的痛苦和艰难。转型作品在这一段时间里相对集中地出现，不约而同地提示出相似的矛盾和问题，形成一定的阵势，掀起一股现实主义的冲击波。这一股现实主义冲击波所传达的感情容量，突破了个人日常生活的琐碎、得失、悲欢，而表现出对我们共同承担的社会现实的真切忧思。"② 一时间，"现实主义冲击波"成为文坛上一个重要的议题。

20 世纪中国文学史的历程表明，现实主义创作手法的运用与社会问题凸显之间有着某种重要联系。美国研究者安敏成（Marston Anderson）曾敏锐地指出，中国知识分子对现实主义的召唤，"不是出于内在的美学要求，而是因为文学的变革有利于更广阔的社会与文化问题。现实主义，一方面由于它的科学精神，一方面由于它比早先的贵族形式描写更为广阔的社会现象，被当成了最为先进的西方形式……一旦现实主义被成功地引进，它将会激励读者投入到事关民族危亡的重大社会问题中去。"③ 的确，在中国的现当代文学史上，现实主义一开始便被赋予了承担重大社会问题的责任，像新时期涌动的"改革文学"潮流也是显例，其遵循国家政治

① 雷达：《现实主义冲击波及其局限》《文学报》1996 年 6 月 27 日。
② 张新颖：《文坛涌动现实主义冲击波》，《文汇报》1996 年 8 月 2 日。
③ ［美］安敏成：《现实主义的限制：革命时代的中国小说》，姜涛译，江苏人民出版社 2001 年版，第 27 页。

意识形态表达的社会问题，正反映了当时宏大的社会改革问题和国家意志，90 年代中后期出现的"现实主义冲击波"小说，则再次将现实主义的表现技巧与社会问题联系在了一起，并实践着宏大叙事的美学。

"现实主义冲击波"小说在创作题材选择方面，强烈地表现了社会问题，主要有三类：一是表现国有企业转型、工人下岗，国有企业生存艰难；二是表现农民生活贫困，农民问题亟待解决；三是表现官场腐败。这三类问题也常常在同一部作品中同时出现，共同表达生存艰难、社会制度变革任重道远的主题。比如：《大厂》以工厂效益不好为背景，讲述了大厂所面临的一系列问题：年关到了，厂里发不出工资、承包饭馆的赵明又仗着自己的姐夫是市委常委不交承包费、厂里的车子被扣、为了订单不得不"解救"嫖娼的客户郑主任等。作品涉及的国有企业濒临破产、工人面临下岗的社会主题很鲜明。《国画》、《抉择》等作品则直接以官场生活为背景，描述官场中权力、正邪交涉的错综复杂，表达了反腐倡廉的主题。如《抉择》以 90 年代面临着重重危机的国有大中型企业中纺集团为依托，描述了其中各种复杂的关系和矛盾：从纺织厂里成长起来的市长李高成与省委副书记严阵的矛盾、李高成妻子吴爱珍（检察院反贪局局长）因为贪婪陷入郭中尧的巨大的黑色网络之中、厂里工人的艰难生活与腐败分子挥霍无度形成鲜明的对比，等等。而《年前年后》、《分享艰难》等作品则以乡镇级的企业、行政单位改革为切口，展露了工人、农民生活的艰辛以及行政腐败等问题。

这几类题材的选择与中国 90 年代的现实社会情况密不可分。随着改革开放以来经济建设、行政改革的进行，中国社会在 90 年代产生了越来越多的矛盾，一时间，工人下岗、农民工进城务工、官场腐败等社会问题越来越突出，读者也越来越期待有文学作品来描述他们所面临的生活困境。这成了"现实主义冲击波"的现实背景和心理诱因。因而，文坛创作一改之前中国小说艺术重语言形式实验及沉溺于个体体验叙事的美学风格，在读者中迅速产生了较大的影响。在此，我们也可以看出这种影响力生发的动力主要来自社会题材的特殊性、读者的期待视野。

对企业改革、工人下岗、农民生活艰辛、官场腐败等题材的书写，本应是作家进行现实关怀的重要组成部分，不过，这类关乎国计民生的重大社会问题，其表现出的国家权力、政治诉求意图很明显，是最易接近政治意识形态主题的问题。作家选择这类题材时,其观察视角和价值观念就显得异常重要,因为如何面对社会问题直接决定了作品直击现实的力度。事实上,不管是一味地暴露问题、呈现现实的困境还是对问题提出明朗的解决方案,"现实主义冲击波"小说中大多数作品与主流意识形态的基调是一致的,对问题的暴露保持着可解决的"希望的光芒",对问题的解决,尽管可能存在诸多困惑和无奈,但也基本保持了乐观的可为性。比如,《大厂》、《抉择》、《年前年后》、《分享艰难》等作品,无不有一个尽如人意的充满正义感的结局。当然,这样的写作并不足以构成我们指责此类题材的理由,不管怎样,这种叙事态度也仅仅是代表了一种态度而已,作为一个面临发展的民族和国家,这样解决问题也并非不是现实。而问题的关键在于,许多作品因被纳入主旋律行列而得到了超越艺术品性之外的诸多"光环",像《抉择》的获奖就是一个例子。此作无论从艺术表现手法还是意旨上看,都没有显示出作为优秀小说的特征,但却因为符合主旋律文本的特征,成为"优秀献礼长篇小说"之一,并获得了茅盾文学奖,加上大力地宣传及影视改编,以及全国各级党政机关"包场"式的电影放映方式,使小说成为畅销之作。那么,我们分析此类作品时,不可忽视隐含其中的主题的复杂性以及意识形态的影响力。

所以,"现实主义冲击波"小说在文坛的凸显与中国独特的社会背景不可分,也与其内容、主题、题材的选择不可分,其命名及最初引起评论界的关注就在于内容与主题表现的现实主义特征。这种特征与80年代的小说艺术形式实验以及"新写实小说"客观、冷静地描述日常叙事的特征相比,不仅没有延续80年代小说艺术形式变革的成果,反而体现出了对80年代极力要突破的、新中国成立30年以来形成的现实主义传统的继承,具体表现于创作手法以及批判现实精神上的现实主义性。

在叙述视角上,"现实主义冲击波"小说基本采取了能够透视事件变化的来龙去脉以及人物内心活动的全知叙述视角。以下段落摘自几部代表作的开头部分:

往年一进腊月,各乡镇早早地就老和尚收摊吹灯拔蜡放众人回家喝酒去了。今年不行,今年上下抓得都特早特紧:县里是一过元旦就把九五年的事都给安排了,该签字的签字,该定指标的定指际,该翻番的谁也不能含糊全得认下,各乡镇的头头一看县里拉出的这架式,谁也不敢把活推到年后去，都蹭蹭蹿回去紧招呼。七家乡乡长李德林愣忙到哪种地步吧，他家离县招待所也就有二里地，在县开好几天会他竟然没回家住一宿。其实他也不是真忙到那份上，他曾经偷着回家一次，可没想到于小梅根本就没露面，那天晚上等到十一点半了，李德林心想别再是这娘们跟旁人相好去了吧，一个半路夫妻，这都是没鸡巴准的事，我别傻老婆等汉子了，回头一回招待所那帮乡镇长再掐咕我说我回家搂媳妇，其实我在这房子里挨一宿冻，我也太不合算了，于是锁上门就回招待所了，回去编瞎话说让人拉去喝酒去了。①

八月的夜晚，月亮像太阳一样烤得人浑身冒汗。孔太平坐在吉普车的前排上，两条腿都快被发动机的灼热烤熟了。车上没有别人，只有他和司机小许，按道理后排要凉快一些，因为离发动机远。孔太平咬紧牙关不往后挪，这前排座如同大会主席台中央的那个位置，绝不能随便变更。小许一路骂着这鬼天气，让人热得像狗一样，舌头吊出来尺多长。小许又说他的一双脚一到夏天就变成了金华火腿，要色有色，要味有味，就差没煺毛。孔太平知道小许身上的汗毛长得如同野人，他忽然心里奇怪，小许模样这么白净，怎么也会生出这许多粗野之物哩，他忍不住问小许是不是过去吃错了什么药。②

早上一上班，厂长吕建国就觉得机关这帮人都跟得了鸡瘟似的，这年过得好像还没缓过劲来呢。就恨恨地想，今年一定要精减机关。在走廊里，工会主席王超见面就跟吕建国诉苦，说厂里好几个重病号都住不了院怎么办？吕厂长您得想法弄点钱啊。吕建国含含糊糊地乱点着头说，行行，就往办公室走，心里直骂娘：我他妈的去哪偷钱啊？③

---

① 何申：《年前年后》，《人民文学》1995 年第 6 期。
② 刘醒龙：《分享艰难》，《上海文学》1996 年第 1 期。
③ 谈歌：《大厂》，《人民文学》1996 年第 1 期。

《年前年后》交代了各乡镇面临的工作情况，并完全从一个全知者的叙述视角，交代了李德林回家又回招待所的过程，这一过程不仅交代了事件，而且交代了李德林的内心活动。《分享艰难》将叙述视角对准了从物到人的全景，对孔太平的坐姿及言行都作了评论。《大厂》的叙述，更多地集中在了吕建国的视野，一定程度上，更接近通过旁观者的叙述视角来加强故事吸引力的叙事方法，但并未削弱全知的功能，对吕建国内心想法的叙述便是证明。这些作品的叙述方式都有一个明显的特点，即叙述者进行全知叙述时，将透视的人物内心集中在了一个关键人物的身上，《年前年后》是李德林，《分享艰难》是孔太平，《大厂》是吕建国。这样的叙述视点，使作品在叙述事件和人物内心活动时，产生了节制感。

在叙述作品中采用适当控制人物内心透视的方式，可以有效地帮助调节叙述的距离，并有效地突出作品所要表达的主要人物的形象。叙述者对某一人物的内心展露得越多，读者与这个人物之间的距离就会越近，人物的行为越会博得读者对他的同情和理解。这三部作品中，叙述者叙述李德林"跑官"、孔太平帮助洪塔山逃离法律制裁、吕建国多方跑动"救出"客户郑主任等事件，就集中体现了这点。比如，《分享艰难》中，洪塔山强奸了孔太平的表妹毛田田。事发后，叙述者紧紧围绕着孔太平的内心活动进行叙述，先是写他愤怒得要求黄所长将洪塔山铐起来，甚至想给他判个死刑，又写他看到养殖场门外聚集的群众产生了责任感，以及内心因不得不放了洪塔山产生的激烈的斗争。而对受害人毛田田的内心活动却少有叙述。在此，读者很容易忽略真正的受害者毛田田的感受，而对孔太平释放洪塔山的行为产生理解和同情。这就是叙述视点控制中产生的叙述距离感。

这种叙述视点及距离的控制，为人物通过非正常手段处理非正常事务的故事情节作了合理化的阐释，并在最大程度上博得了读者的同情。这种处理方式很容易引发争议，因为不管它如何鲜明地体现了人物的困境或能力，毕竟孔太平、吕建国这些人物为"大义"或"全局"而放弃了法律手段或正当的行为规则，这种做法令人生疑。若从故事情节推进的内在逻辑来分析，人物行为动机的合理或合法性也就受到了质疑。像《分享艰难》中孔太平就直接交代了动机，作品写道：

　　现在镇里的财政收入很大一部分来源于这座养殖场。所以他对养殖场格外重视，多次在镇里各种重要场合上申明，要像保护大熊猫一样保护养殖场。实际上，这座养殖场关系到自己今后的命运。回县城工作只是个早晚时间问题，关键是回去后上面给他安排一个什么位置，这才是至关重要的。小镇里政治上是出不了什么大问题的，考核标准最过硬的是经济，经济上去了就是一好百好。①

这里表明孔太平一次次地帮洪塔山处理"后事"的真实原因是要保住养殖场，而保住养殖场的真正原因是为了自己的官场命运。有评论家曾说："对孔太平们来说，对外不仅有一个圈将他们封闭起来，对内也有一个圈使他们与深刻的内省无缘。也就是说，作者在一种貌似冷静、客观、中立的外表的叙述笔调下，将人物进行了简单化处理，使其失去了内心复杂化所可能带来的不同叙述审美距离的张力。所以，无论这些作品只停留于表面的现象也好，还是缺乏批判性道德的超越也好，实际都是作者所选择的被动性狭窄单一视角所致。这种视角的选择，既给它们的问世谋得了体制制约的可容纳性，同时又造成它们与其所欲表现的现实的脱节。"② 我们并不要求全知叙事一定要以怎样的面貌呈现，作品一定要体现强烈的道德感，然而，其叙事控制点选择过程中展示的动机，不仅展示了权利、经济或官场生存规则的事实，而且，这种动机的合理化显然暴露了政治意识形态的意图，削弱了作品本应该具有的批判性，从而造成了此类题材写作的现实限制。

二　"身陷困境"到"解决困境"的情节模式

在小说艺术形式诸因素中，小说结构、情节是最能体现作家依据什么方式重建现实生活秩序的要素，它不仅体现了作家建构艺术世界的技巧，更加体现了作者认知世界的方式。20 世纪末，中国小说在作品结构上经历了从"意识流小说"体现出的散状结构、到"先锋小说"体现出的无情节可循、再到"新写实小说"记录日常生活碎片的线索，这条线索突

---

① 刘醒龙：《分享艰难》，《上海文学》1996 年第 1 期。
② 姚新勇：《现实主义还是意识形态的弥合剂——"现实主义冲击波"再思》，《中国文学研究》2000 年第 3 期。

破了故事的因果链及情节的连续性。而"现实主义冲击波"小说却与此相反，回归了现实主义传统叙事，拥有鲜明的、尽量依据现实生活时间顺序安排的故事情节，注重对重大社会问题的提出及解决，注重人物形象的鲜明性等，并从整体上表现出了"身陷困境"到"解决困境"的情节模式。

比如，《分享艰难》以西河镇委书记孔太平坐车进入西河镇为开篇，故事主要由孔太平处理与西河镇经济发展、民计民生相关的几个事件组成。西河镇是一个贫困镇，小说为此设置了教师、公务员发不出工资等情节。这里深处偏远山区，自然条件又极为恶劣，这一点极符合中国经济发展与地域分布的实情，为了突出这一实情，作品有意安排了泥石流突发这一情节。同时，作为镇委书记这么一个官职，孔太平面临着行政职位变更的官场命运，其间的斗争很复杂。总之，孔太平身处困境之中，每一件事情的处理都事关重大。在这种情况下，西河镇的唯一经济支柱——洪塔山的养鳖厂就显得格外重要，因为这不仅决定着全镇的经济发展状况，也决定了官员的政绩及政治命运。所以，在所有的事件中，孔太平如何处理与洪塔山相关的事件，在故事中显得很关键。像处理洪塔山客户嫖娼、处理举报洪塔山的材料、处理洪塔山的强奸案等，都离不开对经济发展和权力竞争的考虑。在这些事件的处理中，孔太平为了保住全镇的经济命脉，积极奔走，忍辱负重，最终将问题一个个解决。这样，小说从结构上表现了主人公孔太平身陷困境到突围困境的模式，并有效地将各个事件组成了相互关联的整体，因而，从情节推进的逻辑上说，制造了紧张点，并有效地运用了现实主义写作手法吸引了读者。

如《大厂》也鲜明地表现了这样的结构特征。作品开篇就提出了"吕厂长您得想法弄点钱啊"这样的现实处境问题，之后，吕建国的一切行动都围绕着解决这个问题展开。如，为了使厂子不倒，工人有饭吃，吕建国采取封店乃至挨打的方式逼迫赵明交出承包费；为了厂里的订单，不得不调动各种关系"救出"嫖娼并打伤公安干警的河南大客户郑主任。吕建国面临的不仅是物质贫困的困境，还有精神的困境。《人民文学》1996 年第 8 期编者按——《关于〈大厂〉及其续篇的话题》就提到——"小说《大厂》之所以引人注目，是因为作品真实的写出了转轨期间国有企业面临的困境，写出了困境中人们的种种心态和不屈不挠的奋斗精神，写出了人们在患难中的真情。"——将这部作品的主题和创作意图概括得十分确切。又如，关仁山的《九月还乡》中，兆田村长也面临着贫困与发展经济的困境。为了大家的发展利益，兆田村长不得不让九月去陪冯经理睡觉。而且，许多作品存在着权力斗争的困境，特别是那些反腐小说表现得更明显。这些作品中主人公所面临的困境往往不仅仅指现实的地区经济、制度执行等问题，更重要的是官场中人与人之间的钩心斗角。比如，张平的小说《抉择》中的李高成市长不仅面临着工人下岗的难题，更面临着领导及身边的亲人参与腐败的困境。

　　从整体上说，"现实主义冲击波"小说所表现的困境主要来自三个方面：一是"经济状态的贫穷"，二是"政治权力的斗争"，三是"情感的困顿"。从这三种困境模式中，我们可以看到作者的叙事意图。前两个方面，暗含着追求国强民富的焦灼和祈盼，特别是经济上的贫穷、人民生活水平的低下，多多少少给作品中的承担者带来了铁肩担道义的色彩。这两个方面的因素，使作品与80年代中期以来注重个人经验叙事的作品相比，在创作题材上有了很大的突破，也成为吸引读者的显要因素。而其中第三方面往往作为前两者的附属而存在，很大程度上是为了增强作品的可读性，以及主人公的"光辉形象性"。这种主次分明的情节结构思维，很容易制造出精彩的故事情节，但也导致了这类作品在涉及情感叙事时的苍白。作品中大多数描写主人公情感的细节，都没有深入到人物内心进行细致的描绘，仿佛在面对情感时，人性便简单化了。尽管这些小说中经常出现描写嫖娼或情妇的情节，但基本不会对其进行深刻的描述，往往仅将其作为凸显人物处境或处理事件能力的一种证明。如《分享艰难》中孔太平与妻子的感情只是寥寥数笔。《年前年后》中关于李德林和于小梅的夫妻关系的叙述，只是为了表达李德林在官场生存环境中面临的一个问题，当李德林回家，于小梅却未归时，他便迅速地回到了招待所。此时，李德林想的不是他们之间的感情问题，而是不能让其他人开他的玩笑的问题。这些作品似乎都向读者表明：在政治生活面前，情感生活总是可有可无的。这或许可作为政治人生之一种，也可算作是作者对情感的忽略。

　　在三个要素中，政治权力的描述往往是浓重之笔，不管是正面还是反面的人物都纠缠于其间，而这种纠缠也成为故事情节发展中最惊心动魄的力量。以官场为主题的小说自不必说了，连《分享艰难》这类虽不以叙写官场斗争为中心的作品，主人公也依然无法摆脱政治权力的漩涡。如情节的最紧张处在于洪塔山案件就只差是否立案这一点上，这让孔太平焦急万分，也在这里，情节道出了让孔太平焦急的真正原因——事关自己的政治生涯。这就从对抗经济贫困的焦点转向了政治权力斗争，这一点也是一切的核心。正像作品所写的：

> 最主要的有两点，一是县里已正式将自己同东河镇的段书记一起列为下一届县委班子的候选人，可实际空缺只有一个，因此竞争会很激烈。二是赵卫东今天在县财政局活动了一整天，最后搞到一笔五万元的财政周转金，拿回镇里去发工资。这两点都让他心绪难宁。①

在情节的建构中，尽管作者也许是无意的，但情节本身的发展已表明了这类作品在以现实社会问题为主题时，不可避免地接近了社会问题包含的权力争斗核心。正如英国历史学家阿克顿所说的："历史并不是由道德上无辜的一双双手所编织的一张网。在所有使人类腐化堕落和道德败坏的因素中，权力是出现频率最多和最活跃的因素。"②

从"困境"到"解决困境"的模式指向了困境解决的可为性和可靠性，为了显示这种解决的可靠性，叙事者基本采用了按故事先后发展的叙事时间，并能从事件中塑造出一个"能者"的人物形象。比如《分享艰难》，从孔太平坐着吉普车，回到他的"地盘"开始，按时间顺序编排故事情节。从孔太平收取赌博罚款来发教师工资、巧妙地让客户捐助泥石流受灾群众、处理揭发洪塔山的材料以及处理洪塔山强奸表妹等诸多事情中，读者都能感受到孔太平的智慧、真诚和办事能力。孔太平这一形象与《乔厂长上任记》中的乔光朴极为相近，两人都有承担困难的勇气和办事的魄力。从这里我们也可以发现中国语境中的现实主义传统。而在许多官场题材的作品中，会出现一个行政级别更高的人物来成功地处理陷于困境中的事件，他们似乎具有力挽狂澜的超强能力，而作品对这一更高一级的权力代表人物的叙事往往是抽象的，带有强烈的政治意识形态印痕。我们可将其视作中国现实主义文本中"不足道"的普遍法则，也可视作中国

---

① 刘醒龙：《分享艰难》，《上海文学》1996 年第 1 期。

② ［英］阿克顿：《自由与权力》，侯健、范亚峰译，商务印书馆 2001 年版，第 342 页。

文化传统中"青天"吁求的朴素思想，也可视作任何权力运作中普遍存在的选择。① 像80年代初期的"改革文学"代表作《乔厂长上任记》中的霍大道就是这类形象，他的介入直接帮助乔光朴排除了阻力。而像《抉择》、《中国制造》、《人间正道》等作品中的市委或省委书记也都是这一类形象，他们的存在不仅是情节建构的需要，而且更多地体现出了一种特殊的政治品格。

显然，这种"解决问题"的情节模式大有深意。作家们将李高成（《抉择》）、孔太平（《分享艰难》）、吕建国（《大厂》）等人物推向解决问题的能手位置上的时候，既有效地使人物变得生动，成全了英雄的出场，增强了作品的可读性，也有效地化解了社会矛盾的尖锐性。如《分享艰难》中孔太平与赵卫东之间的矛盾逐渐显现一样，作品将社会问题中现实困境与社会制度或官场体制的对抗，转化成了人物自身对自己的政治生涯的忧虑和对抗。结果，是现实制度的矛盾化为了人与人的矛盾，并最终导向矛盾的可解决性，使真正的社会问题、制度问题轻轻地滑离了视野。所以，许多"现实主义冲击波"小说，冲击的与其说是真正的社会问题，不如说是满足了大众对现实不满时，对权力运行规则产生的窥视欲望，这充其量只是面临问题时一种有效的逃离手法。

可以说，经济利益、政治权力及情感纠葛共同组成了"现实主义冲击波"小说的基本结构因素，对这些因素的处理，创造了紧张的故事情节，满足了读者对诸多社会问题的窥视欲，或者说，引起了读者强烈的阅读兴趣。正如有评论家认为的："但这一写作领域因其对中国社会、体制问题的暴露、追问，却极大地应和了当下民众对社会问题的不满情绪，也满足了一部分读者对'官场'或社会黑幕的窥视欲，因而最具畅销的可能性。"② 当然，题材本身并不能决定艺术表现的强弱或者优劣，优秀作

---

① 在中国古代的一些侦探或冤假错案小说或戏剧情节中，往往在冤情得不到明辨之时，最终会出现一个更高级别的官员来解决事件，平反冤情。当然，最高级别的权力拥有者是皇帝，像为人熟知的包拯的故事就是例子。因而中国老百姓习惯将包拯称为"包青天"，称能够给予正义的官员为"青天"，寓意着明辨事实真相，还世人以公道。这种描述也存在于西方国家的许多小说和影片中。最显著的是好莱坞影片中的灾难片，最后在危及人类生存的关键时刻，往往是总统先生作出了明智的选择，拯救了人类。所以，这是整个以权力为最大决断力的人类社会中的一种普遍叙事方式。

② 刘复生：《历史的浮桥——世纪之交"主旋律"小说研究》，河南大学出版社2005年版，第120—121页。

家并不是不能表现官场黑暗、腐败及其他社会问题，关键是要怎样表现。不容否认的是，"现实主义冲击波"小说在营造复杂、惊心动魄的情节时，有效地发挥了小说讲述故事之能，体现了故事建构的一种力量。但是，我们在这些有着基本结构因素的文本中，却遗憾地发现其艺术表现能力的不足，也就是说，许多作家叙述反腐或官场故事时，并没有摆脱追求满足窥视欲的快感，也没有摆脱"伤痕"、"反思"、"改革"小说式的叙事视角和叙述方式，政治意识形态的影响远远盖过了对艺术形式审美性的追求。

三　现实主义的增长空间

"现实主义冲击波"小说引起的轰动，一定意义上代表了读者对宏大叙事美学的吁求，并使中国小说逐渐显露出宏大叙事特征。其在官场腐败、工人下岗、社会改革等诸多问题上的关注热情，给 80 年代以来一直以超现实主义手法来突破传统叙事的写作方式以及注重于日常生活的琐碎性描述的"新写实小说"带来了无比兴奋的差异性力量，再一次引发了作家和评论家对文学"出路"的进一步思考，且符合当时主流意识形态对文学表达的诉求，这一点从 90 年代以后不断产生的现实主义题材小说中也可以看出来。然而，"现实主义冲击波"小说出现于文坛之时便陷于一种褒贬不一的评论中。比如，这样的批评观点很有代表性："没有继承借鉴前人的'现实主义'传统。这些小说的严重不足之处是对现实中的负面的一味妥协。他们对转型期的现实生活中丑恶现象采取某种认同的态度，缺少向善向美之心，人文关怀在他们心中没有地位。"[①] 甚至有批评者认为："这些小说所表达的绝不是处于社会底层无权无势的'人民'的苦难和艰辛，而是下层官僚们的苦难和艰辛。因此我们甚至可以说，'现实主义冲击波'是中国 20 世纪 90 年代最缺乏人民性的文学思潮。"[②] 那么，这样一种既符合主流意识形态的表述目的，又切近中国当下现实社会

---

① 童庆炳、陶东风：《人文关怀与历史理性的缺失——"新现实主义小说"再评价》，《文学评论》1998 年第 4 期。

② 方守金、李扬：《"现实主义冲击波"与新时期文学探索的终结——对 20 世纪 90 年代一种小说潮流的审视与批判》，《安徽大学学报》2004 年第 2 期。

问题的写作，为何引来如此强烈的批判之声呢？这不得不使我们重新面对"现实主义冲击波"创作中的局限性，并从中国现实主义存在的历史维度对其进行重新思考。

若结合安敏成（Marston Anderson）在分析中国革命时代的现实主义时提出的"现实主义的限制"的观点，我们将会把问题引向对现实主义本身的关注。根据安敏成的分析，小说以想象力为基础的创造起点与现实主义宣称的文本与现实相对应之间有着不可调和的矛盾。她指出："现代中国文学不仅仅是反映时代混乱现实的一面镜子，从其诞生之日起一种巨大的使命便附加其上。只是在政治变革的努力受挫之后，中国知识分子才转而决定进行他们的文学改造，他们的实践始终与意识中某种特殊的目的相伴随。"① 我们可以推断，这种特殊的目的使中国革命现实主义的表现不得不陷入一种主观意识形态决定论的、远离现实的叙事困境中。而90年代末期的"现实主义冲击波"小说，同样没有摆脱这种命运，从其反映社会问题的时代使命感中，我们同样可以看到这种巨大使命带来的叙事困境。

在这种传统的影响下，中国当代作家在叙述社会问题题材时，题材本身带来的叙事困境就表现出来了，因为题材的选择和转移本身对文体的变化会发生重大的影响。像中国文学史上，山水田园诗的出现代表了士大夫阶层的显现，英雄传奇的出现与市民阶层的兴起又有很大关系，每一种题材在特有的历史传统中，形成了特有的文体和表述方式。现实主义文学自"五四"时期成为中国文学的重大潮流以来，一直处于中国文学的主流和中心地位，对其所承担的社会责任、社会使命的期待以及创作手法的变革也在不断地进行着，并最终形成了背负沉重使命的文学传统。正如有评论者所概述的："现实主义建立在马克思主义唯物主义的反映论的哲学基础上，现实主义成为反映论的、认识论的马克思主义文学思想体系的基础和核心。'现实主义'曾在某种程度上成为了'文学'的同义词。现实主义成为了一种强大的信念，认为文学不仅可以反映现实，而且可以变革现实。我国对欧洲现实主义的接受有明显的特点，一方面是在20世纪30年代以后主要接受苏联'社会主义现实主义'理论，它强调文学的教育作

---

① ［美］安敏成：《现实主义的限制：革命时代的中国小说》，姜涛译，江苏人民出版社2001年版，第3页。

用；一方面受到传统儒家诗教'兴观群怨'说和'文以载道'观念的影响，强调文学的社会功能和教化作用。"① 当然，我们也无法否认现如今现实主义创作手法的多元化走向，但就"现实主义冲击波"小说而言，其所选择的题材以及叙事方式，无疑是这样一种传统的延承者。有意思的是，当中国的作家们涉及诸如官场或国计民生的大问题时，都会产生类似于这样的叙事方式。

比如，美国学者金介甫（Jeffrey C. Kinkley）在分析 21 世纪转型期中国的"反腐小说"时，曾概括中国 20 世纪以来的现实主义传统的普遍特征是：文学必须"（1）面对不说真话的官僚政治时要'说真话'。（2）直接地、甚至是有启发性地描述主要的、有问题的社会思潮，而不是借助实验性的技巧表达主体的内心世界或者非政治化的家庭心理。（3）为受压迫群体说话。（4）考虑到大众读者群的阅读品味，而不只为知识分子精英写作。"② 90 年代末期的"反腐小说"作为"现实主义冲击波"之一种，最大程度上保留了这种现实主义传统。可以说，众多的"现实主义冲击波"小说体现的对叙述视角、叙述距离的控制，以及情节安排上的雷同性，向我们提示了一个重要问题：在小说叙事艺术表现中，各类题材本身暗含着固定的叙事思路，如果创作的形式不改变，这种固定的叙事思路势必会干扰创作。

因而，如果说 80 年代初期以来文坛进行的轰轰烈烈的形式变革主要是以现代主义的创作手法来取得文学艺术形态的转变的话，那么，90 年代再次回归的现实主义传统及其暴露出的局限，则向我们昭示出现实主义存在的必然性以及变革的迫切性。同时，中国现实主义本身的历史因袭和叙事范式再次提示我们在观念层面追求现实主义的去政治意识形态化的必要性和艰难性。更进一步说，文学作品是否表达与政治相关的主题并不是决定文学作品优劣的标准，关键之处还是在于如何表达。所以，现实主义的重新建构依然回到了文学艺术的一个本体性的问题即形式的问题，或者说"怎么写"的问题。

---

① 旷新年：《现实主义：广阔道路，还是窄路？：当代现实主义的境遇》，《文艺研究》2014 年第 6 期。

② Jeffrey C. Kinkley：*Corruption and realism in late socialist China*：*the return of the political novel*，Stanford University Press，2007，p.11.

　　这里，我们有必要借用 80 年代中后期至今天文坛出现的一些优秀现实主义小说文本作进一步的阐释。毫无疑问，中国的文学在 80 年代中后期开始进入了一个多元化的时代，各种创作手法经过作家们的引进以及锤炼开始自由运用，不论是现实主义还是现代主义，或者是被称为后现代主义的手法，在许多作家笔下甚至同一部作品中同时存在，也使作品表达的意旨逐渐趋于丰富化，甚至我们很难将某部作品归于现实主义还是现代主义。像莫言就是十分鲜明的例子。比如，他的作品《天堂蒜薹之歌》（1988 年）包含着一个社会现实性极强的故事：天台县农民种蒜薹丰收了，但是乡政府任意对农民征税，禁止农民把过剩的蒜薹卖给外乡收购者，又压低收购价格，拒绝收购更多的蒜薹。结果，因为当地政府官员的玩忽职守和不负责任，导致了蒜薹卖不出去，于是，走投无路又不知如何是好的农民冲击了县政府。冲击中又不小心导致了火灾的发生，于是，引发了发生在农民身上的逃亡的故事、自杀的故事、惨死于车轮的故事等。以此，作者生动地展示了一幅农民的求生存的图景。不过，主题和故事情节的现实性却也让我们无法简单地将作品归于现实主义类别，因为，作品在结构故事时突破了传统现实主义普遍采用的全知叙事方式，而运用了十分精妙的技巧，采用了作家的全知视角、官方视角、民间艺人瞎子的视角这三个不同的视角讲述蒜薹事件，从而展示了事件本身的多义性和复杂性，以及对不同层面的人的不同影响力，打开了作品的多层意蕴空间。特别是民间艺人瞎子对蒜薹事件的说唱内容，像一种画外之音，悲情而又锐利地冲击着读者对故事的解读。莫言认为自己当时写此作"实际上是把我积压多年的作为一个农民的愤怒和痛苦，对这种官僚主义、腐败行为的不满发泄出来"①。如果从主题和创作意旨来讲，这是一部不折不扣的社会问题小说，从创作时间来看，它甚至远远早于"现实主义冲击波"，然而，作品的意蕴却远远高于后者，最主要的原因在于作者在艺术形式上对传统的现实主义的突破。所以，一定意义上说，形式的变革必将成为突破传统现实主义限制的有效手段。

　　近些年来，文坛也涌现了大量作家积极努力地建构自身的现实主义的现象，像陈应松、葛水平、阎连科等作家的作品都是主要代表作。陈应松作品以湖北神农架山民生活为背景，撩开神农架自然环境的神秘面纱，走

---

① 　莫言、王尧：《莫言王尧对话录》，苏州大学出版社 2003 年版，第 135 页。

向山民们的贫困生活和内心世界。小说《马嘶岭血案》（2004 年）是以一个已死的"我"为第一人称叙述的，一步步地讲述了这一群好人之间不断加剧的矛盾，以至于到了杀人的地步。作品的主题直指现实社会中贫苦农民的精神压抑和贫瘠，以及被异化的愤怒，并从人的精神层面还原了一出杀人血案的来龙去脉，以此书写出了山民们的现实生存困境，以及整个社会存在着的城乡之间、社会阶层之间巨大的心灵隔阂。葛水平的《喊山》（2004 年）以静谧平和的笔调叙述了一个从小被骗的苦命女子的故事。故事在情节设置上，没有直接去写她被拐卖、受丈夫虐待、被逼与丈夫过逃亡生活甚至成了"哑巴"的经历，而是从其丈夫不小心被山民韩冲炸死后的生活开始写，正是韩冲的这一次不小心以及事后对她和孩子承担的责任，才让她感觉到了人世的温暖，并最终为了给韩冲开脱而重新发出了她的第一声呼喊。作品也通过韩冲、村干部等人的行为展示了多个层面的太行风情。整个小说在一种平和的基调下进行，故事情节波澜不惊却处处设下伏笔，将现实生活的沉重和悲惨最终化作了一种温情，留下令人回味无穷的现实想象空间。

阎连科是这些年一直不断地建构他自己的"现实世界"的作家，他的《日光流年》（1998 年）、《受活》（2004 年）、《丁庄梦》（2006 年）、《坚硬如水》（2009 年）等作品引起了极大的社会轰动。他所表达的农民的生活困境显然是充满现实感的，然而，他的写作手法以及所谓的现实主义故事情节又是充满着幻想性和非现实色彩的。他的作品为现有的文学史提供了不同寻常的乡间图景，如那群被艾滋病折磨的人群，被短命的族群命运追赶的人。在中国当代文学史上，还没有一位作家像阎连科这般去展露乡土之中这样一群人的内在心灵世界的无望和追求。同时，虽然他的作品似乎只是着笔于一群偏远山区的异态人群，但实际上是如此生动而又直击着中国社会问题的普泛性。在他的现实主义世界图景中，无论是乡间的景物还是人物的生活环境，以及生活方式都是充满着写实性的，然而，读者总会发现一种似乎是不可思议的细节。比如，《受活》中出现的购买列宁遗体、残疾人"绝术团"等情节，充满了超现实的想象力，然而，这样的超现实叙述又如此和谐地存在于作品建构的"现实世界"。所以，李陀曾不无赞赏地说道："没想到的是你在《受活》里把非写实发展到这样一种地步——一种荒诞、超现实的叙述方式。在整部小说中和写实主义构成一种紧张、互相交错，非常好。开始读的时候，读者会感觉这部小说的写作方法和《日光流年》没有很大区别，可是到'购买列宁遗体'的情节出现时，已经有点意外。后来，等到残疾人'绝术团'出现的时候，荒诞的、超现实的意味已经非常明显。不过在这个时候，在写实和超现实之间，叙事上还有一种平衡。小说近结尾的时候，故事发展到绝术团被困在列宁纪念堂，就已经没有什么写实因素了，完全是一种荒诞，把一种日常的现实生活中本来就具有的'冷酷'（或者是'残酷'）在结尾时突然用一种超现实的方式表现了出来。"①　其实，不管评论家寻找怎样的词汇去描述阎作不同寻常的现实主义，我们都已经惊喜地看到一种全新的、充满力量的现实主义的诞生。正是这样一种充满荒诞、超现实细节的现实主义，使阎连科为我们增加了认识中国乡土社会的另一个视角，底层的苦难在这里得到了最奇特却充满真实性的展示。

　　从以上例子中，我们清晰地看到现实主义创作突破上的"非现实"形式艺术力量的作用。现实主义在中国的历史因袭，使我们不得不从艺术观念上进行突进，将其上升到一种真正的寻找现实主义精神层面上进行阐释，而其创作技法上的变革，离不开对现代主义或突破"典型化"理论的各类写作手法的突破。如果回到我们之前谈论的"现实主义冲击波"，其关注宏大社会问题本身并没有错，甚至可以说，它给80年代以来的中国文学带来了变革的新机，然而，如果没有脱净意识形态的控制，一谈到社会问题便受制于政治意识，那么，这样的社会问题不仅是有失真实性的，也自然变得不重要了。所以，在我看来，突破首先来自对"反映社会重大问题"的创作观的解构，社会重大问题不仅存在于主旋律规约的问题中，而且存在于作家与社会历史进程建立联系的每一个问题中，所谓的宏大叙事，也正是要求作家正视这种关系的存在。在所有叙述技巧中，小说与现实之间的关系，不是简单的反映关系，而是一种如何面对现实并表现出现实主义精神的关系。从哲学层面而言，任何一位作家都必须具备现实主义的精神品质。而小说作者既不是道德的审判官，也不是技巧的玩弄者，而是如米兰·昆德拉所认为的——存在的勘探者。如果说"现实主义的限制"让我们慎用现实这一词汇，那我们不妨说小说写的是存在。比如，像莫言的《酒国》中的腐败主题绝不比"现实主义冲击波"小说中描述的腐败主题逊色，而作品采用的"非现实主义"手法，却使艺术

　　①　李陀、阎连科：《〈受活〉超现实写作的重要尝试》，《南方文坛》2004年第2期。

文本变得更加动人,使艺术化的现实更加深刻。像阎连科的《受活》等作品,对苦难人生的现实关怀,让我们看到了现实主义的深刻之处,其中隐含的现实的批判和生存的温情,都体现了现实主义的力量,而其创作形式显然已经突破了以往现实主义的创作规约。

现实主义是一个历史的概念,需要以一种开放的视野来理解和推动。作家阎连科在《受活》的"后记"中曾经这样写道:"现实主义,不存在于生活与社会之中,只存在于作家的内心世界。现实主义,不会来源于生活,只会来源于一些人的内心。内心的丰饶,是创作的惟一源泉。而生活,仅仅是滋养一个优秀作家内心的养分。"① 作品的形式本身也是内容,形式能够决定作家表现的精神向度。在影响的焦虑中,我们从"现实主义冲击波"的文本中看到中国现实主义再次暴露了其缺陷——艺术形式上的陈旧决定了其精神向度的有限性。当我们再次去反思现状时,我们需要对艺术形式作一次有效的反思,这或许是"现实主义冲击波"小说流行之外一个更深刻的话题。

① 阎连科:《寻求超越的现实主义（代后记）》,载《受活》,春风文艺出版社 2004 年版,第 298 页。

第九章

视听的引力:影视剧本的诉求与
小说艺术形式的变化

一 剧本还是小说:从"本质性"的
问题看影响的发生

希利斯·米勒曾这样说:"我最近在中国参加了一次研讨会,汇集了美国的文学学者和中国作家协会的代表。在那次会议上,如今最受尊敬、最有影响的中国作家,显然是其小说或故事被改编成各种电视剧的作家。在过去十年中,中国最主要的出版诗歌的月刊,其发行量从惊人的70万份下降到了'只有'3万份,尽管十几种有影响的新诗歌刊物的出现,一定程度上缓和了这一衰弱趋势,是多样化的一种健康标志。但向新媒体的转移却是明确无疑的。"① 希利斯·米勒以一位外国研究者的身份,用一种惊叹的口吻道出了中国大量作家向影视创作转移的实情。虽然,影视事业在中国的高速发展只是80年代以后的事情,电视在普通家庭中的普及也仅是90年代以后的事情,但无可否认,作家的创作却与影视业建立了紧密的关系。许多作品因影视改编而销量大增,许多作家也因影视作品而名声大振。

90年代以来,越来越多的作品既以小说的形式又以影视剧的形式在发行,越来越多的作家既是作家又是影视剧编剧或制作人。面对这种现象,我们不禁要思考作家究竟在写小说还是写剧本,这个文本究竟属于小说还是属于剧本? 当然,本章所探讨的主要问题,不是以影视为中心,探讨小说如何或多大程度上被改编成了电影,而是以小说为中心,探讨在影视文化时代,小说多大程度上受到了影视剧这一艺术形式的影响。显然,关于形式"本质"问题的思考,有助于我们更准确地切入艺术形式并发

---

① [美] 希利斯·米勒斯:《文学死了吗》,秦立彦译,广西师范大学出版社2007年版,第16页。

掘其发生的变化。因而，什么是影视剧文本，什么是小说文本，影视促进了小说的发展还是导致了它的衰弱，看似十分简单，其实已成了一个个令人困惑又无法回避的问题。

　　小说和影视两者分属两种不同的艺术形态，区别明显。小说主要借助文字表述，属于时间艺术，电影、电视用画面和声音表述，属于空间艺术。乔治·布鲁斯东指出："小说是一种语言艺术，而电影基本上是一种视觉艺术；小说是一种理论的、推理的形式，而电影是一种视象的、表演性的形式。"① 不过，自电影产生以来，小说与电影这两种艺术形式之间便不断产生相互影响，有许多著名影视剧改编自小说，自然摆脱不了小说叙事的特征。小说也不断地从影视表现手法中吸收叙事技巧，提升自己的艺术表现力。阿诺德·胡塞曾指出："20世纪以来最有特色的艺术形式就是把叙述的、视觉的效果以及音乐配合这三者联系在一起，空间和时间打成一片；全神贯注于形式，乃现代派最为显著的特征。"② 诸如意识流、淡入淡出、切割、场景的转动等叙述手法，都是叙述、视觉甚至听觉相互融合的手法在小说中的运用，大大拓展了小说对人类情感的展示空间。在20世纪末中国小说艺术演变轨迹中，蒙太奇手法的运用就最先发出了新时期小说艺术形式变革的声音，画面感极强的细节描述，多条线索并存的空间叙事结构等，都促使小说摆脱了单一的叙事结构。这种影响的存在也说明了任何一种艺术形式都是开放的艺术形式，其变化总是持续不断的。可以说，除了画面、声音、文字这些显要特征之外，何为小说性、何为影视性在艺术的交融中成为两个很难厘清的概念。不过，这并不能阻止我们认定小说是小说，影视是影视，这是因为每一种艺术形态已经拥有了自己独特的发展轨迹，以及人们对其特性的约定俗成的认同。在影视文化为主导的时代里，人们越来越将更多的时间花在了影视剧的视听而不是小说文本的阅读上，这势必影响大众的审美情趣以及作家的创作思维，作家或许不经意间就受到了影视创作手法的影响，显然，我们的文学创作进入了一个影视剧盛行的时代，或者说是读图时代。

　　20世纪末，中国文学现状中能体现小说文本进入了影视时代特征的

---

　　①　[美]乔治·布鲁斯东：《从小说到电影》，高骏千译，中国电影出版社1982年版，第2页。
　　②　阿诺德·胡塞：《艺术的社会史》，载伍蠡甫主编《现代西方文论远》，上海译文出版社1983年版，第365—366页。

因素表现明显，首先来自小说因影视改编而产生了重大影响力的事实。比如，80年代莫言的小说《红高粱》被改编成同名电影，苏童的小说《妻妾成群》（1989年）被改编成《大红灯笼高高挂》等，直接推动两位作家的作品走向了世界。90年代初期，钱钟书的小说《围城》被搬上屏幕以后，小说的名声大涨。可以说，在90年代，被改编得较多的是王朔和池莉的作品。王朔属于较早踏入影视事业的作家，90年代初期就组建影视公司，创作或策划了《编辑部的故事》（1990年）、《渴望》（1990年）、《海马歌舞厅》（1993年）等影视作品。而且，其原创的小说，绝大多数被改编成了电影或电视剧，如，《空中小姐》（1984年）曾被改编为电视剧，《浮出海面》（1985年）、《一半是火焰一半是海水》（1986年）、《顽主》（1987年）、《永失我爱》（1989年）、《动物凶猛》（1991年）、《你不是一个俗人》（1992年）等作品都曾被改编为电影。一定意义上，王朔的成名很大原因是借助了影视的影响力。另外，作家池莉的作品也是诸多电视制片人青睐的对象。她的小说《太阳出世》（1988年）、《不谈爱情》（1989年）、《来来往往》（1997年）、《小姐你早》（1998年）、《生活秀》（2000年）等作品都被改编成了电视剧。这些作家的作品在前面几章的形式特征探讨中，都曾被论及，它们体现了90年代小说艺术形式的某些变化，而其被改编成电影、电视剧的现状，则再次体现了小说创作中的"影视剧元素"。

可以说，80年代以来，文学作品被改编的事实一直伴随着中国影视业的发展，中国目前的很大一部分影视剧本不是直接来源于编剧，而是来源于对小说的改编。有评论家曾统计："近20年来，世界电影改编自文学作品约20%—40%，我国电影电视改编自文学作品的比例也近40%，其中优秀电影和电视剧约70%来自文学作品的改编。"[1] 导演张艺谋也说："我一向认为中国电影离不开中国文学。你仔细看中国电影这些年的发展，会发现所有的好电影几乎都是根据小说改编的。"[2] "我们研究中国当代电影，首先要研究中国当代文学，因为中国电影永远没有离开文学这根拐杖。看中国电影繁荣与否，首先要看中国文学繁荣与否，中国有好电影

---

① 李红秀：《新时期的影像阐释与小说传播》，四川大学出版社2007年版，第2页。
② 转引自李尔葳《张艺谋说》，春风文艺出版社1998年版，第10页。

首先要感谢作家们的好小说为电影提供了再创造的可能性。"① 事实也证明，90 年代获得世界级优秀影片奖的作品，基本都改编自优秀小说。比如，前文提及的《妻妾成群》改编为《大红灯笼高高挂》，获意大利第 48 届威尼斯国际电影节银狮奖。另外，张艺谋导演的《菊豆》获法国第 43 届戛纳电影节特别奖和美国芝加哥国际电影节金雨果奖，其原著是刘恒的《伏羲伏羲》；获法国戛纳第 47 届国际电影节评委会大奖的《活着》，改编自余华的同名小说；谢飞导演的《黑骏马》获第 19 届蒙特利尔国际电影艺术节最佳导演奖，原著是张承志的同名小说；李少红导演的《红粉》获第 27 届印度国际电影节最佳影片金孔雀奖，原著是苏童的同名小说，等等。一定程度上，在这类作品的改编中，大量致力于小说创作的作家在最初创作小说时往往与影视之间没有什么直接的联系。不过，这种现象的大量存在，为我们的思考提供了信息：一方面，小说中体现出的可改编性为我们思考影视性与小说性这一问题提供了借鉴；另一方面，改编所带来的经济效益和社会效益，已经使改编成为风潮，像 80—90 年代著名作家的作品几乎无一漏网。

其次，伴随着影视业的发展，许多小说的创作明显体现了自觉接近影视剧的形式特征的倾向。许多小说家本身就是影视制作人，如王朔、刘恒、周梅森、李冯等都是代表。比如，王朔的一些作品是直接由剧本改编而成的，实际上是作家与导演、甚至是演员共同创作的结果，如《无人喝彩》（1993 年）就是王朔与李少红、英达合作的结果。至今，王朔在影视剧方面仍孜孜不倦地追求着，他在影视剧上创造的影响力大大高于其小说创作上的影响力。更有意思的是，文坛出现了影视与小说同行的现象，即小说的发表与影视剧的播放几乎是同时进行的。具体表现在：一些小说发行时就配上了诸多著名演员的剧照，一些作家的名声已与影视剧紧紧地联系在了一起。比如，周梅森、陆天明等作家就是伴随着小说被改编成电视剧而成名的。2000 年之前，周梅森的《人间正道》（1996 年）、《中国制造》（1999 年），陆天明的《苍天在上》（1995 年）、《大雪无痕》（2000 年）等作品，都在中央电视台及书店的书架上占据着显要位置。而海岩则是更具代表性的例子，从 80 年代进入读者的视野以来，他的作品一部部地被改编成电视剧，并收到了良好的收视效果，可以说，他的每部作品都在文学与影视联

① 转引自李尔葳《张艺谋说》，春风文艺出版社 1998 年版，第 10 页。

盟中获得了"双赢"。写于 2000 年前较成功的作品就有：《便衣警察》（1985 年）、《一场风花雪月的事》（1994 年）、《永不瞑目》（1998 年）、《玉观音》（2000 年）、《你的生命如此多情》（2000 年）、《拿什么拯救你，我的爱人》（2000 年）、《平淡生活》（2000 年）等。其作品产量与销量都相当可观，并往往在电视剧播放后，不断地再版。如《玉观音》，从 2000 年到 2008 年就有五个版本，这些版本的不断出现显然与电视剧的影响力相关。进入 21 世纪，像周梅森、陆天明、海岩等作家还不断地推出新作。

特别值得一提的是，在影视文化时代，许多出版社更是应时而动，借助电影或电视剧的影响力推出作品，这一现象到了新世纪日益明显，可以说，自 2000 年以后，一些与影视作品相关的小说真正成为了市场上的霸主，销量排行屡创佳绩。比如，江苏文艺出版社推出了"影视同期声·小说系列"，出版了《酷之春》（2001 年）、《妒忌》（2001 年）、《干部》（2002 年）、《不要和陌生人说话》（2002 年）、《月色撩人》（2002 年）、《结婚十年》（2003 年）等作品。有评论家将其称为小说的"后生"现象，即先有影视剧的流行，然后再推出小说作品，作品封面或插页上明星的照片赫赫在目。目前，已经有大量的研究者注意到了这种现象，并将其称为"影视小说"。有人立足于其对小说与影视剧特征的偏向性层面进行定义，认为："所谓'影视小说'，主要是指由电视剧或故事片改编而成的小说，又被称为'电视小说'、'电影小说'，或者'影视同期书'。它是在影视剧的热播过程中或刚刚播出不久，利用观众对影视情节的'先睹为快'或'好奇'心理，及时出版发行的小说文本。目前，影视小说大致可以分为两类：一类是以影视剧本为本位，文体介于影视剧本与小说之间，较多地保留了影视剧的艺术特征，但仍然以小说面貌出现。如作家出版社出版的郭宝昌的《大宅门》，中国工人出版社出版的万方的《空房子》，民族出版社出版的盛和煜、张建伟的《走向共和》等等。这类影视小说制作的目的在于追求商业利润，不大关注文本的艺术审美价值，只是将剧中台词、场景照搬复制下来，更不会注意影视与文学之间的叙事技巧转换，小说已彻底丧失独立性。另一类是以小说为本位，既追求影视与图文互动，又不放弃追求不依附于影视剧播放而独立存在的小说艺术价值。如刘震云的《手机》，都梁的《血色浪漫》，王海鸰的《牵手》、《中国式离婚》等等。这一类的影视小说既沟通了影像叙事和文学叙事，又能保持小说艺术的独立审美价值，受众可以比照赏析不同的'文本'，拓展了影视小说的生存空间。"① 评论家在这里明确提出了以剧本为本位的小说以及小说为本位的小说，区别出这两类作品的出现，意味着对新的小说艺术形态的一种描述。也有评论者对"影视小说"的特征作过更为详细的阐述，认为："影视小说是在影视剧的基础上创作完成的，它秉承了影视叙事的这一特点，也将故事作为自己叙事的核心，在追求情节的连贯性、矛盾性和离奇性上不遗余力。"② "影视小说大多于影视剧的同期或稍后出版，为了借助影视剧进行传播，其结构大多和影视剧的总体结构布局保持一致，甚至有的影视小说的章节就直接对应影视剧的每一剧集。"③ "影视小说语言整体倾向于写实，更擅长用可见的事物替代传统的隐喻、更喜欢对视觉冲击力强的颜色、运动进行描摹。"④ "影视小说"这一新概念的出现，不仅代表了某类作品的聚焦效应，而且更直接地表明了这类作品日趋走向规模化和成熟化。有的时候，同一个作品甚至产生了不同的版本，比如，麦家的小说《暗算》（2003 年），既有原著的小说版本，又有电视剧本，还有电视小说版本，作品的这种存在方式，也将为版本研究带来新的课题。实际上，这种现象存在的推动者或需求者显然是市场，各大书店甚至专门开辟了"影视小说"售书专柜。在一个消费文化盛行的快节奏年代，对于大多数普通读者而言，阅读"影视小说"或许比读原著更有吸引力。

　　以上列举诸多作品，是为了进一步说明 90 年代影视影响力的强势。不管是作品被改编成影视剧，还是许多作家创作小说时就有着创作影视剧的初衷，甚至是小说与影视剧本的同时出场，都说明影视时代已经到来，电影、电视剧的元素对小说艺术形式的影响已经发生了。特别是影视剧与小说几乎是同步发行的现象，更进一步表明了冲击的强势。许多研究者将这一现象的到来归结为图像社会的现象或影响力，认为 90 年代逐渐流行开来的电影、电视、VCD、街头广告、动漫、电子游戏等，标志着中国当代视觉文化时代的到来，这也势必影响到了传统的审美观，视觉享受的追求挤压着人们阅读纸质书籍的时间，图像充斥着人们的视野。用后现代主

---

① 荣吉：《论图像文化语境中小说叙事的变化》，硕士学位论文，扬州大学，2009 年，第 29 页。

② 张燕梅：《"共读"时代的影视小说叙事》，《小说评论》2012 年第 5 期。

③ 同上。

④ 同上。

义理论家詹姆逊的话说是一个消费时代的到来："文化不再局限于它早期的、传统的或实验的形式，而是在整个日常生活中被消费，在购物、在职业工作、在各种休闲的电视节目形式里、在为市场生产和对这些产品的消费中，甚至在每天生活中最隐秘的皱褶和角落里被消费……现代社会空间完全浸透了影像文化……所有这些……统统转换成可视物和惯常的文化现象。"①

在这样的文化时代中，影像成为人们生活中重要的部分，而影像的背后是人们生活方式、阅读方式的消费化，这种变化的影响是多方面的，而之于小说，它不仅影响到了作家的生存环境或生存方式，更影响到了作品的创作形式。所以，"影视小说"成了一个新的名词出现在中国当代文学的批评术语中。从小说艺术演变史来看，"影视小说"和那些明显有可能被改编成影视剧的小说作品，都从整体上表明了小说艺术形式的变化。当然，对这种改变的探索又因现象的复杂性以及艺术元素变化的开放性而变得复杂。有些评论家干脆称其为"挂小说的羊头，卖剧本的狗肉"，认为："影视趣味对于小说创作的影响，在这个文学市场化的年代里，正日益显现其威力。在某种意义上，影视剧本写作的规范正在摧毁传统的、经典的小说观念。""那种迂回曲折的精神挣扎、似断实连的心理逻辑、入木三分的性格刻画、峰回路转的情感历程、欲说还休的生命况味消失了，人们从中无法获得思想，只能'看'到喋喋不休的'台词'、走马灯似的动作、支离破碎的人物、浮光掠影的造型和又臭又长的篇幅。"② 这段评论明确地揭示了小说观念在影视时代的变化。而且，对于作家自身而言，他们也往往趋向于将自己的影视剧和小说进行区分，以认定小说创作的严肃性。比如，《手机》的创作者刘震云，虽然在剧本的基础上改编了小说，但他明确地说："对我来说，电影剧本就像一片试验田，而小说是在试验基础上重新构架，小说绝对不会是电影的附属品。"③

在笔者看来，这种变化不应简单地归结为是否卖了"剧本的狗肉"，

---

① ［美］弗雷德里克·詹姆逊：《文化转向》，胡亚敏等译，中国社会科学出版社 2000 年版，第 108 页。

② 黄发有：《挂小说的羊头 卖剧本的狗肉——影视时代的小说危机（下）》，《文艺争鸣》2004 年第 2 期。

③ 转引自李瑛《小说先于电影问世——刘震云：小说主体不是手机》，载人民网 2003 年 11 月 20 日（http://www.people.com.cn/GB/wenhua/1086/2200356.html）。

或者简单地去追究作家的作品究竟是否受了影视剧的影响、是为迎合影视剧而创作的,而是要从小说艺术特征的内部出发,发现小说艺术形式的变化,对影视剧冲击下小说创作中产生的新元素进行梳理,寻找出不同时代小说艺术要素的转变。

二 熟悉又陌生的情节设置与平实的叙述风格

进入 90 年代以来,作家们越来越受到影视剧的影响,如果借用作家海岩的话说是:"我们现在处于视觉的时代,而不是阅读的时代,看影视的人远远多于阅读的人,看影视的人再去阅读,其要求的阅读方式、阅读心理会被改造,对结构对人物对画面感会有要求,在影像时代,从事文本创作时应该考虑到读者的需求、欣赏、接受的习惯变化,所以作家在描写方式上很自然会改变,这是由和人物和事件结合在一起的时代生活节奏和心理节奏决定的。"① 作为每一部作品的推出都得益于文学与影视剧结盟的一位作家,海岩的话道出的不仅是一个时代作家生存环境的变化,更道出了追求作品的畅销性和可阅读性的作者的某种深层次的创作追求。也就是说,随着作家与影视的大面积接触,视觉思维与影视逻辑或者说影视剧的创作规则开始深深地影响着小说的叙事方式和生产方式,其中技法上的影视剧技巧的转换运用、故事通俗化等等自不待言,而我们更关心的是,90 年代普遍存在的这一现象,究竟怎样影响到了小说的叙事,在哪些方面体现出了鲜明的特征。如果与 80 年代中期那些形式实验感强烈的文本相比,与影视相关的小说的最大特征就是市场推广的可行性,作为一种畅销文本,迎合普通读者的需求显然是一个重要目标,况且,在一个读图时代中,人们的审美取向越来越偏向于图像化和对语义简洁文本的喜爱,所以,在 90 年代的众多小说中,故事的精彩与易读成为十分普遍的、关键性特征,这也是影视文化实质上是一种大众文化所决定的。

首先,影视创作影响下的小说的一个重要特征是故事的精彩性,而情节结构安排上的"恰到好处"是实现这一目标的重要技巧。这就如同中国古代说书体小说的每一节,总在事件即将有结局之处戛然而止一样,这

---

① 鲍晓倩:《作家纷纷触电影视 创作心态各不相仿》,《中华读书报》2003 年 11 月 26 日。

些小说的情节安排也伴随着紧张感，其中海岩的作品是显例。有评论家在探讨海岩作品为何走红时，认为："纵观海岩作品，其情节大体上就是'爱情＋案件'。海岩的代表作品大都以警匪之战为整个故事的依托，这些故事距离普通人的生活比较远，但警匪之战本来就是通俗文学中很吸引读者的要素，所以这批带有传奇色彩的故事吸引了很多的读者。"① "爱情＋案件"是海岩小说的内在模式，更重要的是，海岩能把这种爱情与案件结合的故事演绎得如真似幻，不断地吸引着读者的阅读兴趣。在许多故事情节的编排上，都以回忆开头，然后，又转向时间顺序的叙述，最终，产生意想不到的结局。也就是说，若从情节发展的时间顺序分析，海岩的故事往往是从事件的中间开始叙述的。这种设置的最大作用是既保证了开头的悬念，又保证了结局的出人意料。

比如，《平淡生活》（2000 年）从"我"与优优见面，优优追忆自己童年及初恋故事开始。"我"是一个作家，而优优是一位向我"出卖"其经历故事来换取一定生活费的人。但随着叙述的进行，叙述者很好地利用了"我"与优优最初建立起来的关系，使"我"进入到了优优"当下"的生活中，以此，故事从叙述优优的过去转向了叙述她的现在。优优现在的生活，主要集中于她与志诚的爱情经历以及发生在她身边的多个命案上。这样，作品就突破了单一的回忆结构而保证了情节设置的繁复性，避免了阅读者或观众对结局的"猜中"，这一点在保证阅读兴趣上极为重要。当然，为达到吸引读者兴趣的目的，在情节设置中不断地安排一个个意外情节，也是必不可少的。《平淡生活》中就有诸多意外，像志诚的父母被杀、连续两个孩子中毒死亡，以及阿菊杀害前男友又嫁祸给优优等，都是打破优优平静生活的意外。这些意外一次次将情节推向了紧张点，却又在最紧张处出现了转机。当优优无法提供无罪证据而即将被判死刑时，公安部门却发现了志诚家族的遗传病史，以此洗清了优优的罪名。在此，优优被判死刑的结局突然来了一个转折，不得不说是情节设置上的刻意为之，吸引读者阅读兴趣的叙事目的异常鲜明。又如，在《拿什么拯救你，我的爱人》（2000 年）中，结尾部分设置的对四萍死亡案的侦破结果也极具代表性。当韩丁终于费尽周折找到了张雄杀人的罪证，使龙小羽免除了死罪后，一切似乎都尘埃落定了，但结果却又发生了转折。原来祝四萍头

---

① 朱伟峰：《海岩小说走红原因分析》，《南昌高专学报》2007 年第 2 期。

部遭受的致命一击是龙小羽所为,因而,龙小羽还是难逃法律制裁。这样,从生理学以及动机学的角度清晰地使案件的真实情况浮出了水面。本以为可以与罗晶晶安静地生活下去的龙小羽再次卷进了案件,并以自杀而告终,晶晶也只能选择了出走。这种结局也促使故事在另一条线索中,韩丁失去了晶晶,并只能再次悻悻地等待爱情的到来。这种风云突变的转折,显然是作者为了增强故事的精彩性进行的"有意为之"。

这种悬念迭起的故事情节设置,是 90 年代以来中国小说艺术变革的一种新走向。如果说形式实验感极强的先锋小说叙事,将连贯的故事情节推向了边缘的话,那么,20 世纪 90 年代及 21 世纪初盛行的这些影视小说或影视观念影响下的小说,则再次将这类情节叙事方式推向了中心。故事情节的突转和变幻就像福尔摩斯的推理小说或 007 系列电影一样,成为文本的精彩之笔。

同时,为了使故事情节能够吸引更多的读者,在叙述技巧和语气上追求一种平实感,作者在叙述视焦上,往往采用全知或限知的第三人称视角,而且,重视场面的描写,在叙述中自觉或不自觉地出现了一个个场景或画面。比较有趣的例子是海岩小说中不断出现的杀人案件,它总是作为推动情节演进的元素出现,作者更看重案件带给阅读者或观众的悬疑感,而对作案人或案件本身带来的心理压力的描述往往比较少,叙述者对案件过程往往有一个清晰而又明确的交代,当案情明了的时候,几乎都采用全知的视角,以此让阅读者同样产生明了感。这一点,我们可以对照先锋小说家余华的前期小说《河边的错误》来说明,这也是以杀人案件为结构核心的作品,但作品并没有着力于杀人这一案件的发展情节的叙述,而是着力于恐惧与悲凉氛围的营造,读者甚至不能分辨出案件的来龙去脉,作者对死亡、残酷的意旨的传达,远远超越了向读者讲述一个悬念迭起案件的意图。如果将这样的作品改编成影视剧,则必须重新加入新的元素,使人物形象鲜明化,使故事背景清晰化。

其次,影视剧中画面和动作元素以及转换场景的叙述方式在小说中有了明显的体现。以下是选自池莉、海岩、周梅森三位作家作品中的文字:

　　王自力的两手抄在裤子口袋里,黑西服两边分开披在屁股上,微腼的肚皮突出着白色的衬衣和深色的领带。在戚润物面前无奈晃动的王自力像一只委屈的企鹅。"①

　　他们闻着香去寻碧螺春，路过那间中式的家具店，店外落地的橱窗前，散漫着三五个围观的人。女孩好奇地过去看个究竟，她看到一张红花梨木的官帽椅，端坐了一位浓妆高JI的女孩子，一件大摆宽袖的真丝红褂，一条千缀百褶的细布黑裙，一把如烟如雾的白纱团扇，半遮了那位盛装少女毫无表情的桃花粉面、柳眉玉颜。那只轻执团扇的纤纤玉手，环绕着一条晶莹冷艳的白色珠链，珠联璧合的一点翠绿，生机勃勃，夺目其间……②

　　1998 年 6 月 23 日 19 时

　　省委大院

　　省委常委会结束后，天已经黑透了，省委副秘书长高长河离开办公室，急急忙忙往家赶。老岳父前几天又住院了，高长河和夫人梁丽约好今晚要去探视，下午梁丽还打电话提醒过，高长河不敢有误。不料，在一号楼门口正要上车时，偏见着一脸倦容的省委书记刘华波站在台阶上向他招手。③

从引文中，我们可以看到，这里的场景和人物都充满了画面感。像池莉的《小姐你早》，王自力的服饰和动作表现得"像一只委屈的企鹅"，而且，小说涉及的是第三者这类社会敏感性较强的题材，较容易引发公众的兴趣。海岩《拿什么拯救你，我的爱人》作为一部情节跌宕起伏的案情片，则充满了镜头感，在这一段话中，我们看到镜头随时在切换中，由远及近，先是家具店的外观，然后是橱窗，然后，镜头又慢慢切近，到椅子、女孩，直到其双手及手上的珠链，每一个细节的展示，都像是一个精心设计的画面，随着镜头的转换和拉近而越来越细节化。读这样的一段文字，像极了看一段电影。周梅森的《中国制造》这一部分，似乎并没有什么

---

　　① 池莉：《小姐你早》，载《池莉文集 · 6 · 致无尽岁月》，江苏文艺出版社 1998 年版，第69 页。

　　② 海岩：《拿什么拯救你，我的爱人》，作家出版社 2001 年版，第 446 页。

　　③ 周梅森：《中国制造》，作家出版社 1999 年版，第 1 页。

鲜明的影视化特征，然而，我们却发现，作者以交代时间、地点的方式来书写故事的情节，这种先确定场景的写作方式，恰恰十分接近剧本的表述方式。

我们也可以看到，一些作品完全依照着场景变动的方式来结构故事情节。比如，池莉的小说《你以为你是谁》，整部小说是依据时空的变换来结构的，分别是：陆武桥家—楼下—餐厅—同济医院急诊室门口—陆武桥父母家—酒吧—解放大道—亚洲大饭店—餐厅—交通路口—陆武桥家—丁曼家—陆武桥办公室—餐厅雅间—陆武桥家—菜市场—陆武桥家。大量的物象在以空间的方式而不是时间变动的方式进行组合，故事情节也在空间的变动中展开。换句话说，时间只是空间变化中的一个附庸品，场景及空间的变化才是小说的结构要素。这样的一种方式，显然更接近于电影的表达方式。

一定意义上，这些写景状物、描述人物神态的叙述手法并不算新颖，并不是小说因受到了影视剧创作的影响才特有的，但当这样的叙述手法在小说作品中频频出现的时候，无疑表明了影视文化对小说创作的深层影响。因为在一个影视文化盛行的时代里，作家对画面感和故事情节精彩性的追求，更容易使作品成为影视剧改编的选择对象，更进一步说，甚至有一些作品，完全借鉴了影视剧的画面式展示手法，处处充满了图文并茂的表现形式。比如，潘军的小说《独白与手势》（2000 年）借助图片的表现力，与文字共同完成了故事的叙述。小说分为"白"、"蓝"、"红"三部，时间跨度从 1967 年到 1997 年，共 30 年，情节主要在于展示主人公"我"在此期间的种种经历以及心灵嬗变，故事发生的地点涉及石镇、水市、犁城、海口、北京等城市。小说每叙述一段经历或一个故事，总是伴随着鲜明的城市特质，而且，总有一幅充满时空色彩的图片与之呼应。比如，第一部"白"开篇就是一幅一条古老的石板路在昏黄的灯光下向远处延伸的画面，下面的文字是："石镇：1967 年 10 月你眼前的这条小巷，是故事开始时的路……"[1] 而作品中也会频频出现这样的时间和地点的交代："犁城：1992 年 3 月"、"海口：1992 年 4 月"等，并配以反映当时情景的图片，给读者一种极为直观的故事效果。在这里，图片和文字共同完成着一种强效叙述，这样的叙述技巧或方式，带给读者的绝对是一种不

---

① 潘军：《独白与手势·白》，人民文学出版社 2000 年版，第 1 页。

同于单纯用文字表达的阅读体验。而且，在一个读图时代，人们似乎更愿意将目光转向色彩纷呈的图片。所以，我们可以看到，一些在新世纪近十年间活跃于文坛的新作家，他们更趋向于在自己的作品中，运用诸多产生画面效果的或动漫感极强的文字。比如，莫言在给张悦然的《樱桃之远》写的序中，就用了这样的评论语言："在故事的框架上，我们可以看到西方艺术电影、港台言情小说、世界经典童话等的影响。在小说形象和场景上，我们可以看到日本动漫的清峻脱俗，简约纯粹。"① 可见，影视的表现手法已经越来越内化为小说艺术的表述方式。

　　在一个人们习惯于借助视觉图像来进行阅读和思考的时代中，作家的创作更追求作品意旨的明了化以及展示方式的图像化。正如海岩指出的："我们现在处于视觉的时代，而不是阅读的时代，看影视的人远远多于阅读的人，看影视的人再去阅读，其要求的阅读方式、阅读心理会被改造，对结构对人物对画面感会有要求，在影像时代，从事文本创作时应该考虑到读者的需求、欣赏、接受的习惯变化，所以作家在描写方式上很自然会改变，这是由和人物和事件结合在一起的时代生活节奏和心理节奏决定的。"② 海岩对读者需求的考虑，不仅表明了叙事的变化，也表明了"影视小说"不断发展的深层原因。

三　影像化时代中寻求小说艺术的创新

　　每个时代的艺术形态在发展中都有自己所面临的问题，与 20 世纪 80 年代小说通过语言自觉、文体革新等变革方式来冲击政治意识话语形态相比，进入 90 年代，小说文本与市场、与文化规约等外部条件的联系进一步显现。我们看到的影视特征或叙述手法在小说中的表现，以及"影视小说"的出现，正体现出了小说与市场关系紧密度的加强，在这种被强化的关系中，读者的审美取向越来越成为左右作家创作的重要因素，因此，小说该如何面对市场对创作规范的影响和对文体的冲击成为重要的

---

　　① 莫言：《她的姿态，她的方式》，选自张悦然《樱桃之远》附录《〈樱桃之远〉序》，上海文艺出版社 2010 年版，第 292 页。

　　② 鲍晓倩：《作家纷纷触电影视　创作心态各不相仿》，《中华读书报》2003 年 11 月 26 日。

问题。

在认识这个问题的过程中，我们清晰地看到，影视剧的经济利益带来了小说家生存状态的改变，大量的作家因为创作"影视小说"或者自己的作品被改编成了影视剧，而获得了更多的收入。比如，刘恒说："作家辛辛苦苦写的小说可能只有 10 个人看，而导演清唱一声听众可能就达到万人。"① 周梅森也说道："过去我对小说改编成影视作品不太重视，有人要拍我的小说，我只是把版权卖出去就不管了，现在我感到虽然小说和影视是两回事，但是它们还是可以互动的。影视作品的影响面是很广泛的，对图书销售的作用也相当大。上世纪 90 年代中期以前，我的 15 部作品总共发行了不到 10 万册。而《绝对权力》至今已经发行了近 20 万册，《中国制造》的发行量累计达到了 30 万册。《国家公诉》更是第一版就达到 12 万册。"② 可见，作品改编带来的经济效益已真正撼动了作家的经济收入模式。有时，小说与影视剧的同台出场，使我们不可否认其背后巨大的经济操控力。当然，作家们面对自己作品频频被改编成影视剧时，往往特别强化自己作为作家的身份。比如，池莉在谈到自己的创作时，就说："小说与影视剧就好比猪与红烧肉的关系，猪是我养的，但红烧肉不是我烧的。我对自己的小说改编为影视剧，从来不作任何要求。"③ 不管作家说的话是否属实，但从这样的话语中，我们可以感受到作家对影视剧的市场化采取的主动疏离化的姿态，或许，这也反映出作家对文学艺术市场化的一种清醒认知以及力图保持小说艺术的纯正性的诉求。

作家生存状态的改变，也从另一个角度说明了小说艺术发展的生态环境的改变。90 年代中期以来，一方面是大量文学期刊改行或缩减，艺术形式实验衰微，另一方面是经过影视改编的小说销量大增。在一个大众消费原则规约的社会中，自然引发了大量小说创作与影视创作的结合，这不得不说是小说文体变革面临的一种压迫。在我看来，这种压迫带来的最大的不安不在于小说出现了"影视小说"的叙事方式，而在于大量的小说趋向了"影视小说"的叙事方式。许多小说作品多多少少迎合了影视剧

---

① 刘江华：《刘恒讲述当导演的幸福生活》，《北京青年报》2002 年 11 月 27 日。

② 转引自郭珊、贺敏洁《周梅森：不会为了迎合影视而创作小说》，《南方日报》2003 年 3 月 24 日。

③ 转引自罗劲松《池莉谈电视剧——小说和电视好比猪和红烧肉》，载《江南时报》2000 年 9 月 23 日第 4 版。

改编的特征，这很容易导致小说叙事的平面化、简单化、过分强调故事情节等特征，特别是对作家的创作心态影响巨大。所以，我们可以看到，90年代中后期以来的许多小说作品趋向于过分追求故事情节的精彩性，过分迎合大众的审美趣味，其中过于通俗的结构及主题导致了艺术表现力度的肤浅性，导致大量的读者及作家无暇顾及小说艺术语言的独特魅力，这使得作家对艺术独创性的追求显得力不从心。毕业于戏剧文学系的西飏就说："我觉得作家在进行创作的时候不能为着电影去写小说，这样会使小说的创作路子越走越窄，小说越写越粗。影视对小说的威胁是值得重视的，那种粗糙、那种影响，渗透在每个角落。如果每个作家都这么去写，那么小说创作的故事会越来越简单化、平面化。我觉得每个作家都应该重视这个问题，警惕这个问题。"① 的确，大量可被改编成电影，尤其是电视剧的小说，其艺术的独创性是值得怀疑的。特别是当影视剧创作获得的利益远远大于创作小说带来的利益而导致大量作家成为大众趣味的趋从者时，小说艺术的发展令人担忧。

　　不过，影视剧冲击带来的不安是问题的一个方面，问题的另一方面是，我们并不能否认影视剧对小说艺术形式变化的促动作用。在讨论这个问题之前，首先得厘清的一个事实是影视剧的表现手法在小说中的运用并不代表小说能够转变成影视剧，这正如前面所探讨的，影视和小说是两种不同的艺术形态。美国学者爱德华·茂莱在他的《电影化的想象——作家和电影》一书的导言中开宗明义地指出，"随着电影在 20 世纪成了最流行的艺术，在 19 世纪的许多小说里即已十分明显的偏重视觉效果的倾向，在当代小说里猛然增长了"，"1922 年以后的小说史中，即《尤利西斯》问世以后的小说史，在很大程度上是电影化的想象在小说家头脑里发展的历史，是小说家常常怀着既恨又爱的心情努力掌握 20 世纪的'最生动的艺术'的历史"②。《尤利西斯》借鉴了电影手法的例子说明了艺术手法的相互影响，以及影响的微妙性，或者说，在传达人类情感的方式上，人类总在不断地寻找最佳的方式。这不仅代表了艺术发展的开放性，而且，也为我们缓解影视冲击小说带来的焦虑找到了依据。

----

① 转引自罗望子等《影视拯救了小说还是伤害了小说?》，《北京日报》2003 年 2 月 9 日。
② ［美］爱德华·茂莱：《电影化的想象——作家和电影》，邵牧君译，中国电影出版社1989 年版，第 4—5 页。

因此，在影像化时代建立一种小说艺术发展的自信感是十分必要的。2012 年《上海采风》曾刊登了《影像时代文学的未来写作之路》一文，大卫·米切尔、阿刀田高、吴念真、莫言、苏童等人分别发表了意见，都基本认同了影像时代中文学发展的希望之路。正如莫言所说："文学和影视的关系是非常密切的，且不说很多电影都改自小说。即便没有小说蓝本的剧本创作也需要文学基础，它本身也是文学，好的文学剧本本身是可以阅读的，好的电视剧应该有很强的文学性。如果没有文学性不可能转化成电影的艺术性，所以从这个意义上来讲，文学应该是很多艺术的基础，起码应该是电影和电视艺术的基础。所以尽管我们处在所谓的影像时代，但是影像跟文学实际上不是一种仇人的关系，而是互相利用、互相影响，是一种共存共融的关系。好的影片也可以刺激作家的想象力，好的小说也可以刺激影视创作人员的想象力，大家互相帮忙、共同促进，我觉得这应该是长期存在的状态。"①

如果回到当下的现状，20 世纪末期以来那些直接被称为"影视小说"的作品，尽管艺术水平参差不齐，甚至许多作品的确是在"挂小说的羊头，卖剧本的狗肉"，但是，有人买单、有市场是事实，这从客观上提示了大众需求的小说形态。从小说发展史看，这类小说作品在艺术形态上体现了小说的大众化生存路线，但更接近于"小说乃街谈巷语"的"俗性"。其中对爱情故事及日常生活的叙事都采用了读者感兴趣的方式，即在题材选择、结构方式和人物设置上都有效地推动小说走向市场。从这个意义上来讲，影像化时代特别起作用的市场化需求也并不是可怕的阻碍小说艺术发展的事物。

在众多的文本中，我们可以看到，一些影视特征鲜明的、或者直接被称为"影视小说"的作品，在小说的主题上，普遍选择这一时代大众所关注的日常事务，或者极力借助特殊题材去营造故事的精彩性。对日常生活的关注不仅吸引了读者，也从另一层面表达了小说的"俗性"以及与大众情感的贴近性，同样，对一些历史或爱情题材的青睐，也表达了小说承载的说教功能的弱化。在小说的叙述技巧上，因为受到了影视剧的影响，越来越多的作品直接用图文并茂的方式去表达，或者，有意地凸显了文字表达上的画面感，提升了审美的丰富性。众多空间化结构小说的出

---

① 转引自胡凌虹采编《影像时代的未来写作之路》，《上海采风》2012 年第 11 期。

现，强化了小说的结构技能，并且丰富了表达当代人情感的艺术传达方式。可以说，在一个资讯传达宽泛而迅速、交通便捷的时代中，人们的日常生活越来越突破了固定时空的限制，在日常生活体验中，也有了种超越单一时空限制的可为性。所以，我们的小说作为传达人类情感体验的艺术形态之一，它需要去表达现代人的生存体验，而来自影视表达策略的诸多手法，以及强化空间感的结构方式，必然带来意想不到的表达效果。

值得注意的是，受大众欢迎与小说艺术的创新之间的关系繁杂而又微妙，一定意义上说，小说艺术的优秀性并不是由是否受大众欢迎所决定的。比如，像《金瓶梅》、《红楼梦》这类优秀小说，拥有小说的通俗性，虽然备受大众喜爱，但决定其优秀性的根本原因在于小说的创造力。作品的流行，是因为对人生与俗世的艺术性表达有了洞明世情的高度。而如今我们大多数"影视小说"文本，其艺术的创新力尚不足。其中，大量情节的类型化，倒让人想起了中国小说从唐代开始走向市井的发展流变过程中，因为走向市井的需求，小说开始走向庸俗化、故事情节的套路化。因而，读者（或听者）数量的增多，使小说成为大众娱乐项目之一，这并不能代表小说艺术的真正创新，而真正的创新需要作家们拥有出离市场的勇气。

我们探讨"影视小说"的出现带来了小说艺术变化时，我们是以"小说"的"小说性"为其核心要素的，尽管我们首先要保持一种对待"小说性"的开放态度，然而，任何创作手法只有使小说语言发挥出其表达人类情感的最大功效时，它对"小说性"的促进才是有效的。正如爱德华·茂莱说："如果要使电影化的想象在小说里成为一种正面力量，就必须把它消解在本质上是文学的表现形式之中，消解在文学的'把握'生活的方式之中，换句话说，电影对小说的影响只有在这样的前提下才是有益的：即小说仍是真正的小说，而不是冒称小说的电影剧本。"① 因而，一种有益的影响的产生需要形式发生有效的改变。影视时代小说受影视文化的影响，生成并流行开了"俗性"的审美特征，而如何使其成为推动小说艺术演变的新力量，还需要更多的作家作出更加努力的探索。

---

① ［美］爱德华·茂莱：《电影化的想象——作家和电影》，邵牧君译，中国电影出版社1989年版，第302页。

第 十 章

虚拟世界中的直率与媚俗:网络空间与小说艺术形式的变化

一 概念界定及文学性探讨

网络媒体时代已经到来,它三时时刻刻影响着我们的生活。德国美学家沃尔夫冈·韦尔施说:"电子高速公路将迄今为止躺在沙发上吃着土豆片、着迷于看电视、懒得动弹的电视迷改造成生龙活虎的'沙发司令员',调动着无穷无尽的互动信息库存和娱乐的可能性。""依靠电子技术,我们似乎正在不仅同天使,而且同上帝变得平等起来。"① 而随着网络技术占据着我们的日常生活,文学也与网络建立了密切的联系,一个称之为"网络文学"的概念成为当今众多文学研究者必须面对的问题,正如有评论者所说:"数字技术的强劲推力不仅为文学打上了'网络'的印记,还日渐内化为文学的某些新特性,创生出网络文学不一样的品格,并通过文学体制谱系的悄然置换,让千百年来积淀起来的文学规制出现'格式化式'变异。"② 可见,网络与文学之间的密切性已经被网络文学的存在事实所证明。

中国的网络文学自 90 年代中后期开始发展,至今已成为一股蔚为壮观的文学风潮,它的存在以及对它的存在的认同已经成为不争的事实。比如,有研究者曾作这样的论述:"截至 2011 年底,仅盛大文学旗下 6 家文学网站,就拥有作品数超过 580 万部,累计发布作品超过 730 亿汉字,每天有超过 6000 万字的原创作品增量,月度访问用户 6970 万,拥有作者总数近 160 万。其麾下的'起点中文网'每天有超过 3 亿的 PV 流量,千万

---

① [德]沃尔夫冈·韦尔施:《重构美学》,陆扬、张岩冰译,上海译文出版社 2002 年版,第 235 页。

② 欧阳婷、欧阳友权:《网络文学的体制谱系学反思》,《文艺理论研究》2014 年第 1 期。

计的用户访问量，这几年来的几何式快速增长已让网站积累原创作品超过百亿字。老牌的文学网站'榕树下'，每天能收到近5千篇自由来稿，1997年建站以来，共收藏文学投稿超过40万篇。女性文学网站'红袖添香'有注册用户240万，储藏的长短篇原创作品总量超过192万部（篇）。'晋江文学城'简介上写着：网站有注册作者40万，小说65万部，并以每天750多部新发表的速度继续发展。网站平均每1分钟有一篇新文章发表，每3秒有一个新章节更新，每0.5秒有一个新评论产生。网络上的高产写手、超长篇作品不断涌现，如淡然的《宇宙与生命》长达2730多万字，创下长篇之最。著名写手唐家三少曾在一年内写下400万字，并创造了连续100个月不间断更新小说的纪录，阅读人次超过2.6亿，2012年4月，盛大文学为他申请了个人连续写作的吉尼斯世界纪录。我国有经常更新的文学网站数百家，加上门户网站文学板块、个人文学主页、文学社区论坛，还有超过3亿手机网民的'段子写作'，3个多亿的微博群体，以及近4亿微信用户中的文学类信息等等，如此看来，网络作品存量的恒河沙数及其作品阅读的'涌动'效应，已经构成了我们这个时代特有的'网络文学现象'。"① 从网站数量的庞大，到创作者与阅读者数量的庞大，到出品量的庞大，乃至网络作者个体出产量的巨大，"网络文学"已成为一个特有名词占据我们的生活和视野。

然而，面对褒贬不一的评价以及纷繁复杂的各种类型化创作，关于网络文学的内涵本质、价值意义、文学史的地位的思考依然是一个基础性的问题。比如，2013年7月在拉萨召开了"网络与文学变局"学术研讨会，会后，与会者在会议综述中总结道："学者们回到原点，对网络文学的内涵和价值进行了再审视，认为应该重新思考网络文学的内涵和本质，抛弃既有的对网络文学的成见，正视其价值与意义；应该积极地切入网络文学发展的现场，从实践经验出发，从作品出发，从阅读出发，树立一种大文学甚至大文化的观念，但对自己的研究又要有一个准确的定位，正确对待与网络写手的关系；针对目前年轻学生热衷于网络阅读的实际情况，

---

① 欧阳婷、欧阳友权：《网络文学的体制谱系学反思》，《文艺理论研究》2014年第1期。

学者们呼吁,高校文学专业开设网络文学课程已势在必行。"① 所以,经过了 10 余年的发展之后,我们回到 90 年代的文学现场,进一步审视网络文学在中国的萌发和立足的最初状态,对我们进一步探索网络与文学的关系、网络文学的艺术特征以及树立我们对网络文学正确的认知观十分必要。而我们面临的一个首要问题是如何界定网络文学及网络小说的概念,目前已有许多创作者及评论者对此问题作出过回答。

比如,"榕树下"文学网站的创始人朱威廉说:"什么是网络文学?这是个一直在持续争议的问题。我觉得网络文学就是新时代的大众文学,Internet 的无限延伸创造了肥沃的土壤,大众化的自由创作空间使天地更为广阔。没有了印刷、纸张的繁冗,跳过了出版社、书商的层层限制,无数人执起了笔,一篇源自于平凡人手下的文章可以瞬间走进千家万户。"② 这里强调了网络给文学带来的便利,对网络文学作了功能性的描述。欧阳友权在《网络文学:挑战传统与更新观念》一文中,描述了网络文学的特征,他说,"一是作家身份的网民化","二是创作方式的交互化","三是文本载体的数字化","四是流通方式的网络化","五是欣赏方式机读化"③。这里,作者从世界、作者、作品、读者的多维空间出发,对网络文学的存在状态进行了概括。也就是说,由于网络媒介这一要素的作用,网络文学改变了文学作品的存在形态:从纸制存在转化成了媒体存在;改变了作者的存在形态:大量的普通大众成为了创作者;改变了读者的存在形态:读者不仅是作品的阅读者,也可以成为作品的创造者。也就是说,读者与读者之间,读者与作者之间随时可以通过网络平台进行交流,作品的存在也成为一个流动的、互动的过程。另外,有网络文学研究者在探讨网络文学的界定时,还对目前的界定活动作了总结。有研究者曾说:"我们大体可以根据人们对于网络文字的不同态度,把界定活动分成'认同取向'、'质疑取向'和'技术取向'三个类型。"④

---

① 欧阳文风、吕蕾:《网络文学的繁荣与文学新变——"网络与文学变局"学术研讨会综述》,《文艺理论研究》2014 年第 1 期。

② 朱威廉、李寻欢等:《网络文学的生机与希望——网络文学新人新春寄语》,《文学报》2000 年 2 月 17 日。

③ 欧阳友权:《网络文学:挑战传统与更新观念》,《湘潭大学社会科学学报》2001 年第 1 期。

④ 蓝爱国:《网络文学的概念观察》,《文艺争鸣》2007 年第 3 期。

诸如这样的回答或总结显然是有效的，本书的研究就从认同网络文学存在的合理性以及开创了新的文学形态开始。今天看来，网络文学的出场对文学发展格局产生了越来越深刻的影响。网络文学改变了传统的阅读方式和阅读的力量，在传统的阅读方式中，决定着作品好坏的评价权以及推动作品传播的往往是精英知识分子，而在网络文学的世界里面，起重大决定作用的往往是读者。早期的网络写手李寻欢就曾说道："在过去的文化体制里，文学是属于专业作家、编辑、评论家们的事情。他们创作，发表，评论，津津有味，却不知不觉间离开'普通人'越来越远。……现在我们有了这个网络，于是不必重复深更半夜爬格子，寄编辑，等回音，修改等等复杂的工艺了。想到什么打开电脑，输入，发送——就 OK 了。"[1] 并且，他将网络文学功能论述为网络解决了文学与民众间的"通道壁垒"问题。从这个层面来说，网络文学打破了传统意义上的作家的定义，使人人都有可能成为作家和作品的评判者。有评论家将其称为写作方式的自由化，或网络文化的自由精神，比如，李洁非就认为："关于网络文化精神，如果非得用一个词加以概括，我所能想到的便是 Free。"[2] "必须注意到，这种写作的冲动，不是平面媒体上作家写作的'文学冲动'，它没有边界，完全'Free'（取其所有含意）。"[3] 而这里的"Free"包含着的内涵是，"自由的、不受别人管制的"、"自主的"、"宽松的，无拘束的，随便的"、"自愿的"、"免去……（比如免费）"、"空闲的，打闹的"、"随时有的"、"任意的"，等等。[4] 当然，这种自由也带来了读者在网络文学作品上强势的左右力量，导致了写作者们的媚俗化倾向和写作过程中不断采取的情节的重复化乃至庸俗化取向。

从这些论述中我们可以看到，网络文学因网络的力量改变了写作和阅读的方式。然而，当我们看到了技术性功能的影响力之后，我们更应该关注文本的形式变革问题，即当我们确认了概念的合理性之后，我们应该借助文本分析的有效例证，来看待网络文学的"文学性"问题。本章力图从形式的角度切入小说艺术文本分析，即关注网络文学或网络小说呈现了

---

[1] 李寻欢：《我的网络文学观》，《网络报·大众版》2000 年 2 月 21 日。
[2] 李洁非：《Free 与网络文学》，《文学报》2000 年 4 月 20 日。
[3] 同上。
[4] 同上。

怎样的艺术形式。换言之，这个问题涉及了媒介变化后，文学性或小说的艺术性在哪些方面产生了改变的问题。

探讨网络对文学（小说）产生了何种影响的过程，就包含着我们如何认识"文学性"及"小说性"的问题。"文学性"或"小说性"不是一成不变的固定体，后现代主义的思维方式，已经使我们对事物本质的界定变得越来越小心翼翼。在此，我们与其给出一种明确性的描述，不如说以此术语来满足我们分析的逻辑性和论述的明理性。在笔者看来，从口头文学转化为纸质文学再到网络文学，不同媒介的转变，对文学性或小说性必定会产生影响，而且，不仅仅只是媒介的改变，还必定带来其他诸多文学要素的变化。尼尔·波斯曼就认为："既然印刷术替代手稿创造了新的文学样式，所以以电子书写创造新文学形式的可能性也是存在的。"① 而在这种新媒介的不断变化中，我们今天依然能将文学与其他艺术形式区别开来，将小说与其他文学类别区分开来，源自我们头脑深处对某种事物特性的认同，这种认同根深蒂固，使我们可以适度地跨越烦琐，通过永远都不尽如人意的文字的描述而对事物有种明辨性。简言之，对这部作品作出是不是小说的判断，与我们原有的知识相关。当然，对研究者来说，认识这种既定的、约定俗成的知识时，始终要保持一定的反思。比如，历来的小说艺术形式告诉我们，故事在小说性上占据了十分重要的位置，但我们依然看到诸多突破了故事的可靠文本。又如，我们将虚构视为小说艺术的本质属性之一，但诸多纪实性的描述，达到了与虚构同样的效果。不管如何，对文学性或小说性的认识总是存在的，这也保证了我们思考问题的逻辑性和合理性。

就网络文学而言，它始终是文学的一维，与纸质文学相比，它可以自由地运用图像或声音的手段，可以运用网络提供的可无限变动或无限链接的可能性，使文本处于不断变动的过程中，但文学性依然存在。面对一个网络文学作品，读者习惯将图像或声音作为一种小说文本的有效补充手段，习惯在变动的文本或超文本中，寻找固定的有效文本，对小说也同样如此，这保证了我们在研究对象上确立的自信。这种自信，使研究者在面对诸多变化时，依然能够将其纳入"文学性"或"小说性"的范畴中进行思考。

---

① 转引自李俊《论网络文学的颠覆特质》，《安徽文学》（下半月）2009 年第 1 期。

　　从现有的诸多文学网站的设置来看，网络小说的类别已变得越来越宽泛，并显示着对以往固定分类标准的改变。比如，2009 年 9 月 1 日，我们打开"榕树下"网站的页面①，网站将文学类作品分为"小说"、"散文"、"诗歌"三类，小说又分为"爱情城市"、"乡村故事"、"都市伦理"、"青春物语"、"鬼魅夜话"、"武幻聊斋"七个类别。这七类分法，总体上以主题、题材为中心，但已打破了以往小说的题材框架。若打开"起点中文网"②，小说的排列则更复杂，借助网络链接优势，排列着"起点小说强烈推荐"、"三江阁小说推荐"、"传统小说推荐"等等不同的门户小说群。而在"小说分类推荐"栏目中又排列着"玄幻奇幻"、"武侠仙侠"、"都市言情"、"历史军事"、"游戏竞技"、"科幻灵异"、"女性时空"等多个栏目。更为复杂的是，随着网络文学的发展，如今，网络小说的类型更加复杂化和多样化，据不完全统计，当下的网络类型小说有40 余种，常见的有玄幻、奇幻、武侠、仙侠、科幻、都市、言情、青春、校园、职场、官场、灵异、穿越、历史、架空、盗墓、悬疑、惊悚、恐怖、侦探、探险、军事、太空、权谋、宫斗、女性、美男、同人、耽美、百合、黑道、种马、变身、反 YY 等等。每一种类型小说都有其相对固定的题材、主题、故事情节，以及阅读群体。显然，网络小说正打破传统小说的分类方式，构建它自己的一种格式。虽然这些类型化的小说作品中优秀作品凤毛麟角，叙述方式不免充满复制感和雷同感，但是，其受众群体却极为庞大，甚至影响到了当下青少年的整体阅读品位。这无疑为我们的研究提出了新的课题，也提示了当下小说艺术面临的新挑战。

　　就我们的研究而言，我们已经明显感觉到了网络小说与纸质媒介小说的诸多不同，如上文提及的，这不仅是媒介、创作者或分类类别的差异，也是一种阅读方式的变化。文学网站对小说的不同分类，标志着网络小说表述的重心与纸质媒介小说表述重心的差异；而那么多普通人通过网络，而不是以往那样通过各种文学刊物去实现自己的文学梦想的事实，标志着一种新的文字表述方式的生成。这一切都在不断地提醒我们：要以一种新的观念和评价体制来看待网络文学，若用固有标准去对其衡量，只能削足适履。这种新的品性是文学本身的开放性所致，也是网络为我们古老的文

---

① 参见"榕树下网"（http：//www. rongshuxia. com/）。
② 参见"起点中文网"（http：//www. qidian. com/）。

学样式带来的新活力。网络文学研究者欧阳友权曾作如此的总结:"我们看到,自打文学与互联网'联姻'以后,数字技术的媒介载体和无远弗届的传播方式,便使得网络文学(指网络原创文学)衍生出自己有别于传统的文本形态:原有的文学类型出现分化,小说、诗歌、散文等文体分类在这里已不再了了分明,如汉语网络小说的开山之作《第一次的亲密接触》讲述的是小说式的网络爱情故事,却采用了分行排列的诗歌文体形式,并在其间掺杂了许多极富幽默和想象的新体诗;文学的边界变得模糊——在网络写手的即兴表达中,纪实与虚构、文学创作与生活实录、文学与非文学的界限被逐步抹平,传统的'文学'界定和作品分类早已成'昨日成规'被抛到了脑后,这在近几年迅速兴起的博客、微博客写作和手机短信文学中表现得最为明显;还有,依托数字化技术衍生的艺术形式如'超文本'、'多媒体'等在网络创作中的广泛运用,形成了网络文学形式的典型形态,让原有的文本形态发生了'格式化'般的裂变,而一些新的网络文体如'聊天体'、'接龙体'、'短信体'、'对帖体'、'链接体'、'拼贴体'、'分延体'、'扮演体'、'废话体'、'凡客体'、'羊羔体'等,正从新媒体文学的海洋中源源不断地涌现出来,让网络时代的文学形式创新成为这个时代文学转型的一大表征。"① 所以,我们的研究就是在文学表达人的至真情感的本性中,找寻网络小说的这种新的、有效的特质,以厘清网络技术带来的小说叙事变革中值得重视的新的形式要素。

二 自由简洁的文字与生动的故事情节

2000 年之前,网络小说的创作可谓小荷初露尖尖角。大量作品表现了与网络相关的生活,其中因网络而发生的爱情故事颇为流行,如邢育森的《活得像个人样》(1997 年)、李寻欢的《边缘游戏》(1999 年)、俞白眉的《寻常男女》(1999 年)、宁财神的《缘份的天空》(2000 年)、安妮宝贝的《告别薇安》(2000 年)等。这些作品的故事模式与当时引起轰动的台湾作家痞子蔡的小说《第一次的亲密接触》(1998 年)有许多类似之处。当然,也出现了一部分带有科幻、灵异色彩的作品,如燕垒

---

① 欧阳友权:《网络时代的文学形式》,《文艺理论研究》2011 年第 3 期。

生发起并被众多网友接续的连载小说《瘟疫》（2000 年 6 月 16 日开始发帖）、瞎子的《佛裂》（2000 年）、今何在的《悟空传》（2000 年）等。也出现了以历史故事或民间流传的历史传说为素材的作品，如南琛的《太监》（2000 年）等。这些作品虽然没有 21 世纪以后出现的网络小说那样繁荣，在艺术水平上也参差不齐，但已经表现出了纸质文学向网络文学转变过程中的形式新要素。

　　网络媒介影响下的小说文学形式的表现是多方面的，但从整体上看，与纸质文学的小说作品相比，网络小说的语言在句子格式上要简短得多，段与段的分层更频繁，更注重对个体感觉的描述。正如前文所提到的，《第一次的亲密接触》这样写爱情故事的作品，采用的是诗歌体的短句。以下分别是选自安妮宝贝的《告别薇安》与邢育森的《活得像个人样》中的段落：

　　　　他不知道她在哪里。

　　　　这样也好。也许她就会随时出现。这个游戏一开始就如此容易沉沦。他不知道是游戏本身。还是因为这仅仅是他和她之间的游戏。

　　　　他不记得是某月某日，在网上邂逅这个女孩。IRC 里她的名字排在一大串字母中。

　　　　VIVIAN。应该是维维安。可是他叫她薇安。也许是周六的凌晨两点。失眠的感觉就好像自杀。

　　　　他在听帕格尼尼的唱片。那个意大利小提琴演奏家。爱情的一幕。音乐象一根细细的丝线。缠绕着心脏，直到感觉缺氧苍白。他轻轻双击她的名字，HI。然后在红色的小窗里看到她的回答，HI。同样的简单和漫不经心。①

　　　　路灯凄凉，北京夜晚街上人总是很少。勾子坐在后面，趴在我背上哭哭啼啼，一间音像门市还没收摊，放着一支小提琴的曲子，在整条街上哑哑的吟唱。

　　　　拐到一间迪厅门口，勾子喊起来：停！停！下去蹦！于是把车子锁好，抬头，她已经拿了两张票冲我招手。一起进去，绕过几个走

① 安妮宝贝：《告别薇安》（http: //www. williamlong. info/anni/archives/vivian. html）。

廊，钻进一个门，铺天盖地的声浪就震起来。我是一听见节奏感强的音乐就收不住腿的人，当下和勾子就挤进去，连扭带蹦的狂到了一起。

　　勾子真能跳，两条腿扎了根似的戳在地上一动不动，但腰肢，手臂，脖子，每一个关节都在颤抖，颤抖的就真是那么回事。象风里倒伏的芦苇，一荡荡的涌起碧波。象一只巨大的蝙蝠，在月夜里寂寞的飞翔。音乐震撼心扉，撞击我们的心跳和血液。

　　一曲罢了，灯光昏下来，几只苍白的追影灯胡乱的漂浮。是慢四的点，我们拥在一起，跟着世界一起晃。我闭上了眼睛，感觉自己的脚尖在轻轻触着她的。她紧紧贴在我胸前，能感觉她的鼻息和混着香水的汗味儿。①

选自《告别薇安》的这些语句正是故事的开头部分，每个句子都十分简短，都有一种终结式的话语意味．或是事件交代的完整，或是心绪断层的完整。段与段之间也是如此，在这种文字格式的排列中，凸显的不是故事的起始、进程与结局，而是将读者的关注直接拉入了一种心绪的空间。"他"与"她"之间的关系出自一种距离，这种距离凸显于语句中对"他"与"她"的主语格式的调换。如第一句——"他不知道她在哪里"，这既是叙述者对事件的一种交代，也是"他"的心声。第二段的前半部分——"这样也好。也许她就会随时出现。这个游戏一开始就如此容易沉沦"，则明显地带有内心叙说的语言特征；后半部分——"他不知道是游戏本身．还是因为这仅仅是他和她之间的游戏"，则又回到了交代事件的叙说特征。后面的文字也都在这种转变中跳跃，文字很短，超越了对故事作前因后果交代的结构，扩大了空间的跳跃性，也在这种程度上，扩展了语言的张力。《活得像个人样》中的语言不及《告别薇安》中简练，但也始终将叙写心绪放在了首位。作品中写勾子的舞蹈"象风里倒伏的芦苇，一荡荡的涌起碧波。象一只巨大的蝙蝠，在月夜里寂寞的飞翔"，就是对心绪的描写，以此将自我内心的虚弱与寂寞推向了笔端。这样的语言又因为分段的频繁而带有了更多的跳跃色彩，表达的意旨也产生了很大的可供想象性的空间。一定意义上，这样的表述并不是网络小说语

---

① 邢育森：《活得像个人样》（http：//www.douban.com/group/topic/15655406/）。

言的独有特色，在 90 年代"新生代小说"中已有所体现，但这种表述方式的确在网络小说中有了普遍性。更重要的是，网络小说语言的简洁与生动，也带来了率真、质朴与调侃的风格。

大量网络符号语言也被运用在小说中，比如："E-mail"是"伊妹儿"，"Home page"是"烘焙鸡"，"MM"指"妹妹"，"GG"指"哥哥"，"TMD"指"他妈的"，"BTW"指"By the way"，"OIC"指"Oh, I see"，"Ur"指"your"等；还有各种脸谱，如："）"（笑脸），":?"（撇嘴），":（"（哭脸），等等。因为其独特性，有学者还为网络语言主编了《中国网络语言词典》①。如果从文学语言追求"陌生化"的特征来说，这里借助网络特有的"比特格式"完成了日常语言的陌生化处理，成为了一种有趣的、特殊的语言。而且，当用符号表达内心情绪时，往往比用文字的表达更"可视"，这也包含了对经验表述的直接和简朴，方便了文本对内心情绪的传达。

作家徐坤曾明确表示了对网络文学中简洁、生动的语言的热爱，她说："网络在线书写就是越简洁越好，越出其不意越好，写出来的话，越不像个话的样子越好。一段时间网上聊天游戏之后，我发现自己忽然之间对传统写作发生了憎恨，憎恨那些约定俗成的、僵死呆板的语法，恨那些苦心经营出来的词和句子，恨它们的冗长、无趣、中规中矩。整个对汉语的感觉都不对头了。我一心想颠覆和推翻既定的、我在日常工作中所必须运用的那些理论框架和书写模式，恨不能将它们全部变成双方一看就懂的、每句话的长度最多不超过十个汉字的网络语言。"② 徐坤的概括一语中的，这种从敲击状态下生成的语言为汉语直接、生动地表达人类的情感提供了新的范例。

从整体上看，一些有着独特图像或寓意标志的语言，成为网络文学新创语言的重要组成部分，而且，这些语言往往和人们的日常生活紧密联系在一起，有时常常成为一种日常流行语。比如，除了我们前面提到的 GG、MM 这种语言符号之外，一些网络文学作者及读者充分利用键盘上的符号，创制了许多生动有趣、惟妙惟肖的表情和动作，甚至借助数据或一些特殊的语言来直接表达自己或人物的情感。比如，"％－#·！￥＊"

---

① 于根元主编：《中国网络语言词典》，中国经济出版社 2001 年版。
② 徐坤：《网络是个什么东西》，《作家》2000 年第 5 期。

这样一长串符号代表着心情的复杂或面对问题的困惑，"7456"代表气死我了，"表"是代表不要，"酱紫"代表这样子等等。同时，随着网络语言的运用，越来越多地出现了一些新名词，如，"囧"是近年来新出现的一个词，外"口"代表一个人的脸，框内的"八"字犹如皱着的八字眉，"口"则是嘴巴，整个字像极了一个人不高兴或困窘、无奈时的表情。这些模拟表情或者人体动作的图像符号，或者一些谐音的新创字，较之于传统的语言，在表达人的情绪上，更加直白和直观，甚至有时只需通过几个符号，就能更直观地传达一些只可意会不可言传的感情。在这样一个习惯于读图的时代，人们更容易接受一些表情鲜明直白的符号。所以，网络化给文学语言带来了新的传播和情感交流的表述方式，甚至用实物形象代替文字信息，加强了文学语言的生动性和可感性。当然，除了一些优秀文本给我们呈现的简洁、生动的语言之外，在虚拟的网络空间中，创作的自由也带来了语言表述的自由，出现了大量刻意颠覆、消解汉语的严肃性和规范性，追求语言的碎片化、快餐式、刺激性的表达，这些语言显然是缺乏美感的。

　　这些简洁的短句、图像化的鲜明的语言，已成为网络文学十分鲜明的标志，有评论者深究其背后思维方式的转变："汉语创作的执笔书写使用的是'字思维'，即点、横、撇、捺连字成篇的体验式思维和意象积淀的感悟式思维；电脑写作使用的是'词思维'，这是工具理性的代码思维，即基于机器程序操控的技术逻辑思维；'图思维'是以图像方式感知和把握世界的思维方式，数字化媒介的视频和音频技术最擅长图像表意，在思维方式上便易于形成'图思维'创意习惯，它是'词思维'的多媒体延伸，又是对'字思维'模式的'格式化'。如果说'词思维'的直观与快捷使表达'提速'，可能会消弭文字书写时的深思熟虑和因表达'延迟'而凝炼的语言诗性，那么，'图思维'则对整个文字表意体制给予了祛魅化的消解与置换，用视听直观的图像强势遏制了文字表意的审美空间，昔日的'语言艺术'不得不改头换面或脱胎换骨，'被形式'为'图像符号'或'视听写真'。"[1]的确，电脑写作的操作方式已经深刻地影响到了人们对文字的感受力和把控力。

　　对"网络小说"而言，语言不仅要生动，故事情节也要吸引人。在

---

　　①　欧阳友权：《网络时代的文学形式》，《文艺理论研究》2011年第3期。

90年代及新世纪初期的网络小说中，我们可以发现，大多数作品喜欢选择情感类题材故事，而且，故事情节设置上以简单、朴素、易读为主。比如，从痞子蔡的《第一次的亲密接触》中可看出网络爱情故事的典型特征：爱情故事的女主人公要漂亮动人，爱情结局要悲伤美丽，情感要推向一种至真至情的空间，在虚拟的空间中，演绎人世间的悲欢离合。又如邢育森的《活得像个人样》、李寻欢的《边缘游戏》、宁财神的《缘份的天空》、安妮宝贝的《告别薇安》等作品，直接以网络上发生的爱情故事为叙述对象，体现出了共同特征：爱情故事的凄美、人物造型的时尚、人物对白有趣、对自我生存状态的调侃等。

　　网络文学似乎离不开爱情，这与借虚拟空间来实现超越现实的美学功能相关。在此，今何在的《悟空传》值得一提，这部2000年开始进入人们视野的小说，无论在语言、结构，还是主旨立意上都体现了较高的艺术水准。虽然作品在主题上同样没有离开爱情，但与痞子蔡、李寻欢、邢育森、宁财神等倾诉自身人生困顿以及叙写网络爱情故事的模式不同，这部小说以《西游记》和民间传说的资源为基础，对传统意义的英雄或诸神进行了颠覆性的叙述：将传统意义的英雄或诸神化作了世俗情爱的演绎者。故事既有神话色彩，又充满了当代感。故事情节看似复杂，其实随意，意欲凸显的是人世间情感的苍凉和人生的苍茫。如：紫霞和悟空之间的爱，天蓬和阿月的爱情，小白龙对唐僧的爱，都写得如痴如幻。而500年前与500年后悟空的相遇与对战，绝妙地幻化了人生的诸般滋味，人应该怎样活着呢？是战斗还是妥协，是忘记还是记着并忍受痛苦？故事的语言有趣而又生动，调侃中表现出深刻，轻松中表现出哲性的思考，道出了人世间的万般无奈与真情，是一部动人而又深刻的文本。另外，像瞎子的小说《佛裂》（2000年）也表达了这样的情感，将佛与魔的撕裂与人的欲望相连，借助灵异的手法，虚构、夸大人对情欲的体验，并带着哲性的思考。

　　其他一些以历史故事为主的作品，也追求故事情节的简单，注重文字的煽情性。南琛的《太监》（2000年）是典型代表。故事讲述了清末太监的人生，主要写了西太后身边的红人小李子的故事。以清朝最后一批太监的生活为叙述题材，这本身就对读者产生了很强的吸引力，叙述语言京味十足，又进一步使皇宫大院的生活添上了"地道"的色彩。故事情节简单，从李富贵进宫做太监前的"去势"手术开始，讲述了他在宫中逐渐"得势"的经历，直到他因改朝换代离开皇宫并被日本人杀死为结局，按照事件发展的时间顺序，故事情节也简单有序。作品始终以李富贵为中心，着重描述他的经历及内心。这样的叙事导致了其他人物叙事的简单化，但这也反过来体现了网络小说追求简单的、吸引读者的叙述手法。

现如今，出现在网络小说上的各种类型小说，体现了情节的模式化和受众性的特征。比如，各类穿越题材小说中，无不带着男女主人公生死相依或悲情欲绝的爱情。又如，十分流行的盗墓小说，既有情节的悬疑跌宕，又有英雄传奇般人物的身手不凡，故事总是一步步地吸引着读者的眼球。而近年来十分流行的女性主义文本，往往从女性的角度将人生遭遇、爱情演绎得深情绵延，深受一些女性读者的青睐。当然，在一些优秀的文本中，也塑造了个性鲜明的女性形象，这些形象普遍有着独立的精神、个性化的性格特征，或者是敢爱敢恨的勇气，体现出网络文学时代女性主义文学的一种新的生长。比如，桐华是这些作家中创作较多、作品较优秀的作家，她的穿越小说《步步惊心》（2011 年）中的女主人公若曦，从现代穿越到清王朝雍正年间，在现代社会中是一个能干、鲁莽、率真的女性白领，到了那个时代，成了格格、皇宫大院中的姑姑，每一次逢凶化吉既有其了解历史背景的原因，更在于其具有现代女性敢于反叛、敢于担当的个性。正是因为这一人物形象的塑造，使该作品出离于众多穿越小说，成为有丰富思想内涵的网络小说文本。

从根本上说，网络小说追求的故事情节的模式化和精彩性，是受到读者偏爱的结果。对于大多数网络文学的阅读者而言，一方面，其本身的审美追求偏向于通俗故事，停留于故事语言的简单易懂、故事情节的简洁和精彩；另一方面，面对电脑屏幕阅读这种方式，也决定了人们视图模式的思维方法，更愿意接受一些简单明了的东西，而不是让人反复思索的深奥的意蕴。而网络文学这一特征的鲜明性，也从另一角度说明了网络文学商业化模式影响力的强大，或者说，商业性构成了网络文学的本质特性。因此，除了自由表达自我的情感之外，吸引读者的眼球、提高点击率是决定众多网络文学创作背后更深层的动因，这种动因显然是应该引起追求优秀文本的创作者、阅读者和评论者高度警惕的，当然，不管怎么说，网络文学本身为我们的文学形式提供了新的文本。

可以说，从语言的简单生动到故事情节的简单，网络小说显示了不同于纸质媒介小说的特征。这与网络空间赋予的作者身份的隐秘性相关。作者可以借助网络的虚拟空间，用虚拟的网名及形象跟读者见面。这样，更有利于叙述者执著于自己内心世界的表达，有种想怎么写就怎么写的自由。借用宁财神的话是："为了满足自己的表现欲而写、为写而写、为了练打字而写、为了骗取美眉的欢心而写。"① 正是这种自由轻松的写作姿态，赋予写作者在虚拟空间中天马行空、任意想象的自由。同时，这些被大众所熟悉的文本，必须有着最世俗的文本特征，以保证其流传性。所以，语言简洁生动，故事情节简单有趣，使人阅读后就能产生读下去的阅读冲动，则是网络空间开拓的另一显著的文学特征。而网络平台也成了人们表达热恋的愉快、失恋的悲伤、倾诉情感历程及发表爱情、婚姻感言的最佳场所。总之，不管是凄婉的爱情故事，还是灵异奇妙的科幻小说，抑或是充满了神秘气息的历史题材故事的小说，作品无一不反映出大众化的审美需求。

三 娱乐中生成的轻逸

大众化的审美特征，作为网络小说重要的艺术特色，有着很强的娱乐性功能，这是由读书和读屏两种不同方式包含的不同的阅读心态决定的。人们在阅读文字时，常常倾向于静下心来细细品味；而人们在读屏时，思维方式流于简单，并不愿意作细细的咀嚼，娱乐与放松是许多人上网写小说和看小说的普遍心态。像网络上常常流行的"接龙小说"就是例子，读者不仅有阅读带来的乐趣，还有参与故事建构的乐趣。这也提示了这样的事实：面对着人们快速浏览屏幕的习惯，文字便有了种过眼云烟的"危机"。只有那些简单和瞬间能渗透阅读者内心世界的文本，才能保证阅读的继续进行。面对不断更新以及随时都可变换窗口的阅读方式，网络小说不可能像一些纸质媒介小说那样纠缠于人物的繁多、景物的大量描写或故事情节的慢节奏，因而，文字的简洁，故事的通俗、感人，便成了许多网络流行文本的显要特征。反之，这种自在与轻松的特征，使许多作者和读者抱着"草根情怀"看待和参与网络小说——每个人都可以成为网络写手，上网时的娱乐性与情绪的自由传达是多数网络写手的创作

---

① 转引自朱维廉、李寻欢等《网络文学的生机与希望——网络文学新人新春寄语》，《文学报》2000 年 2 月 17 日。

初衷。

陶东风将这种娱乐性归于文学的本源,也有评论者将网络文学的娱乐和大众精神与传统文学相比较,认为传统文学是"纯文学"、"严肃文学",而网络文学是"大众文学":"也许早该分清,被冠以'文学'之名的东西,本来就是两个东西,纯文学和大众文学。虽然两类文学疆域不很清晰,互有重合与转化,但无法简单以相同尺度测量。即使将来传统文学作品一律改为电子文本,其特质与普通的网络文学也仍然有别。传统文学大体属于纯文学,而今天的大众文学有了新的名字,即网络文学,它是一种读者文学,先天具有纯文学难以企及的人气和大众缘。当然,不可由此认为纯文学可以与读者绝缘。"① "某种意义上,传统文学是现实倾向的文学,网络文学是理想倾向的文学,代表着不同文化气质。传统文学以揭示真实为最高目的,崇尚现实主义,主张按照世界的本来面目再现世界;幻想文学首先看重愿望,依照理想的面貌制造幻象。网络文学更迎合人的本忄,传统文学则无意屈从于人的善良愿望。所以网络文学是一种轻松消遣的文学,传统文学是一种严肃的文学。"② 这样的评论不免是对传统文学的一种窄化,但是,也一定程度上展示出网络文学独特的大众文学特征,同时,也提示出传统通俗文学往往在文学史上被忽略的事实,反过来,也再次折射出了网络文学因通俗文学气质而备受批判的现实处境。所以,当我们面对网络文学,面对其能给中国的小说艺术带来怎样的艺术变茧这一问题的时候,我们不妨从认同其通俗文学气质开始。

换言之,网络文学在大众情感趣味观照方面,是新时期以来任何文学变革都未曾达到的。我们可以从各类作品中十分轻松地看到对爱情故事充满纯粹感的书写,对人生理想的完美化描述,以及各种充满科幻性的场景描述,甚至是历史想象。比如,2000 年以来至今依然十分畅销的《后宫·甄嬛传》一书,完全架空历史背景,描摹后宫女性的权欲纷争和爱恨情仇,引发读者沉浸于众多角色的情感流转以及权力争斗情节的失落起伏中。虽然后来改编后的电视剧增加了清宫这一背景,但是,对于有经验

---

① 胡平:《当代网络文学:与传统通俗文学联袂而舞》,《贵州政协报》2014 年 4 月 10 日。

② 同上。

的读者而言，自然不会将其作为一个历史读本，而更倾向于解读其间流露的人生况味，甚至有读者将其与中国当下的职场相联系，解读为职场生存的宝典。又如，目前十分流行的仙侠、玄幻类小说，从故事主题和题材选择上借用了古代神话故事和英雄传奇，但是，这些网络文学作品对神奇事物的想象和借用，已经完全不同于先古神话，往往是借助这些故事，以一种现代性的思维来审视现实的社会和人的生存状态，或者完全带着娱乐的性质，吸引受众的眼球，以天马行空的想象完成故事本身的超现实性和精彩性。

从整体上看，网络文学在叙事上形成的故事的精彩性、文字的易懂性、情感传达的直接性等，带来了其形式上的易读、易懂、轻松愉快的特征，从一定意义上说，这种特征在传统文学中也有所体现，只是在网络文学中表现得更集中和更鲜明。当然，网络小说的轻松与娱乐性，不免产生了大量粗糙的作品，甚至许多作品为了迎合点击率而重复地制造着庸俗的故事，或者以拖沓冗长的、低俗的语言去追求字数。不得不提的是，网络文学的创作者和阅读者大多是青年人或中学生，在中国目前还没有良好的阅读分类和限制的情况下，网络文学所展示的文化气质和精神追求对这一群体的影响是直接的、深刻的。这些充当文学的写作者和阅读者的中学生们，对社会还缺乏一些深层次的判断力，习惯于直接宣泄情绪，并直接地、简单化地将现实世界投射到作品世界中。因而，以一种健康的精神姿态去营造良好的网络文学氛围和发展路向，不仅是文学本身的健康发展问题，也是事关一代人健康的价值观和生活建构的问题。

值得欣喜的是，诸多优秀网络小说既发扬了汉语本身具有的简洁、透彻的能力，也包含着对人世间最普通的情感世界的深刻关怀。像安妮宝贝、今何在等人的作品都展现了很强的文学功力。所以，从这个意义上说，网络为艺术形式的变革增加了新的活力。若将此与20世纪以来中国作家赋予文学的沉重使命相比，这里的文学显然有了种自在与轻松的本质。若对这种轻松、简洁、质朴与娱乐性的文字作进一步的概括，可以说，它使中国文学普遍开始有了种轻逸的色彩。

"轻逸"一词是卡尔维诺在《未来千年文学备忘录》中强调的一个要素，他说："我想指出：我的写作方法一直涉及减少沉重。我一向致力于减少沉重感：人的沉重感，天体的沉重感，城市的沉重感；首先，我一向致力于减少故事结构和语言的沉重感。"① "轻逸"是一种趋向于文学的想象力又保持着文学的厚重价值感的奇妙的特质，是一种很智慧的直面沉重世界的转化。正如卡尔维诺所讲的能砍下美杜萨（Medusa）的头的英雄柏修（Perseus）的故事。美杜萨（Medusa）能让一切化作石头，这是一种重的隐喻，而柏修斯（Perseus）借助了"轻"取得了胜利，如万物中最轻者风和云，如那双长翅膀的鞋。这里，我们看到英雄用"轻"战胜并承载了"重"，"轻"显然不是对"重"的逃避，而是另一种面对"重"的方式。卡尔维诺说："只要人性受到沉重造成的奴役，我想我就应该像柏修斯那样飞入另外一种空间里去。我指的不是逃进梦境或者非理性中去。我指的是我必须改变我的方法，从一个不同的角度看待世界，用一种不同的逻辑，用一种面目一新的认知和检验方式。我所寻求的轻逸的形象，不应该被现在与未来的现实景象消溶，不应该像梦一样消失……"② 根据卡尔维诺的提示，我们可理解到 20 世纪中国特殊的民族和国家危机及重任，使我们的文字带上了"沉重的"色彩：从鲁迅先生扛着黑暗的闸门，到新时期之初对历史的反思、对现实的礼赞，乃至80 年代末期以来虚构历史时的人生隐喻。而世纪末兴起的网络虚幻空间，让我们从一定意义上推动了超越现实时空的能力的发挥，这种能力有效地帮助我们摆脱"沉重"。尽管大多数网络小说尚停留于发泄一己之情思的层面，将文字化作了对现实中忧郁、悲伤等情怀的表达，并没有真正达到"轻逸"之品格，但是，其对文字想象力的保留，创作的轻闲姿态的树立，已成为一种新的美学力量，这也是我们对今后网络小说发展的最大期盼。

---

　① ［意］卡尔维诺：《未来千年文学备忘录》，杨德友译，辽宁教育出版社 1997 年版，第 1页。
　② 同上书，第 5 页。

结 语

从形式的角度研究 20 世纪末中国小说艺术的变化，属于文学本体论的研究范畴，在理论上受到了形式主义、新批评、符号学、叙事学、结构主义等理论的影响。其中，叙事学的理论为解读文本提供了有效的、具体的方式。面对小说文本，本书采取的分析思路是：以叙述者的叙述形态为解读起点，进入对叙述结构、故事情节、人物形象等因素的分析，并对作品语言风格进行整体性的把握。这种思路和方法较有效地形成了从"怎么写"进入"写了什么"的解读方式，从艺术形式的角度理解了小说文本的意蕴。

"形式"是这一过程中的关键词汇。之所以选择"形式"这一研究主题，主要是力图从理论上突破以往研究中内容与形式相分离的文本解读方式，力图从实践上关注我们是如何表述我们所知晓的世界这一命题，希望进一步建构形式是小说艺术本体的理论。

宗白华在论述艺术时，认为每一个艺术品必须创造自己独特的形式，艺术形式应该表达生命的内核，艺术形式必须有种生命的律动。比如，他说："美与美术的特点是在'形式'、在'节奏'，而它所表现的是生命的内核，是生命内部最深的动，是至动而有条理的生命情调。"[①]"真正的艺术家是想通过完美的形式感动人，自然要有内容，要有饱满的情感，还要有思想。"[②]尽管宗白华没有对所有艺术形式作详尽的阐释，但是，其对艺术形式美的本质性认同，以及对艺术表现生命感的强调，无疑是所有艺术作品追求的真谛。同样，艺术形式的变化和创新也意味着感悟生命方式

---

① 宗白华：《论中西画法的渊源与基础》，载《宗白华全集·2》，安徽教育出版社 1994 年版，第 98—99 页。
② 宗白华：《艺术形式美二题》，载《宗白华全集·3》，安徽教育出版社 1994 年版，第 399 页。

的变化。像现代主义艺术形式对现实主义艺术形式的突破，就意味着产生了一种新的感受世界的方式，用一种新的、积极的、活跃的因素，打破了旧有的秩序化的感觉方式。所以，研究艺术形式的过程也是探索艺术之美、感悟艺术情怀和生命的过程。就小说文本的解读而言，所探讨的不仅仅是叙述人称、技巧、结构、语言风格等要素，更要发掘作品中蕴含的深意。借用韦恩·布斯的话是："仅仅说明一个故事是第一人称或第三人称讲述的，并不能告诉我们什么是重要的事情，除非我们能更精确地描述叙述者的特性与某些特殊效果相关。"① 因而，本书所探讨的形式，不再是传统意义上与内容相对的形式，而是融艺术生命力于一体的形式，形式就是有内容的形式，它的存在不受内容的主导，相反，往往是不同的形式决定了不同的内容，决定了不同的艺术精神内涵。

　　本书选择 20 世纪 80 年代、90 年代这两个时期进行考察，在材料上延续了目前文学史采用的小说思潮分类法，基本按照"现代派"、"寻根"、"先锋"、"新写实"、"新历史"、"新生代"、"现实主义冲击波"、"影视小说"、"网络小说"等已有的文学史框架选择文本。这既是为了找到史的依据，也是为了建构史的意图，希望从这种潮流变动中，考察艺术形式的变化，透析小说艺术演变的特征，因而在文本的选择和解读上，有较强的历史流变意识。当然，在文本解读及历史脉络的分析中，这种"史"的依据，使我不得不承认会遗漏诸多未能被纳入潮流的文本，一些优秀的作品因为无法从总体上体现艺术形式变化而未被详细地探讨。不过，对历史演变踪迹的探寻，为我们更好地理解更多的小说文本提供了新的背景。历史学家克罗齐说："历史也像从事工作的个人一样，一次只做一件事情，对于当时来不及照顾的问题则加以忽视或临时稍加改进，任其自行前进，但准备在腾出手来的时候给予充分的注意。"② 对小说艺术新的形式因素的发掘，意味着解读小说艺术史的一种新视角。不管如何，在文学史的框架中重新从形式的角度解析我们的作品，呈现出了不同的历史景观。

　　本书从艺术形式变革角度探讨艺术演变史的过程，以下四个方面的结论值得指出：

① ［美］韦恩·布斯：《小说修辞学》，付礼军译，广西人民出版社 1987 年版，第 425 页。
② ［意］克罗齐：《历史学的理论与实践》，傅任敢译，商务印书馆 1982 年版，第 229 页。

　　第一，就 80 年代小说艺术形式变革而言，新时期初期的"意识流"、"荒诞派"等小说，运用了西方现代派的表现技巧，最初触动了艺术形式的变化，但这些变化主要体现在叙述技巧上，从实质上并没有触及艺术观念。在 80 年代中、后期，小说家和批评家将形式上升到小说本体意味的高度，视语言为变革核心，其间兴起的"先锋小说"直接推动了形式实验潮流的形成。这个时期进行的形式变革，不再停留于运用一点新的表现技巧的层面，而是着力于文学观念（小说观念）的变革，一定意义上，堪称是叙述策略的变革。这一变革直接改变了我国长期以来一直存在的现实主义创作方法，作家们甚至视摆脱现实主义传统为乐事。正如格非所说："在那个年代，没有什么比'现实主义'这样一个概念更让我感到厌烦的了。种种显而易见的，或稍加变形的权利织成一个令人窒息的网络，它使想象和创造的园地寸草不生。"① 这种极力突破以往现实主义创作原则的情绪既体现在一些形式实验感强的文本中，也体现在当时兴起的一股"新写实小说"的创作潮流中。"新写实小说"与"先锋小说"相比，后者似乎更注重语言表现方式的实验，而前者更注重对生活内容的呈现，并且这些内容有种强烈的"现实感"。然而，"新写实小说"对以往现实主义创作原则的突破不容忽视，它与"先锋小说"一样，都拒绝了以往的现实主义传统，创造了新的小说艺术观念和思维方式。具体而言，主要表现在叙述者的存在形态上："先锋小说"中的许多作品尽量让叙述者的身份显现于文本中，提示其虚构作品或建构故事的能力；而"新写实小说"中的大量作品，尽量让叙述者隐藏，创造一种客观化的叙述效果。但在体现叙述者之于小说叙事的重要性这一点上，它们的艺术观念和功能是相通的，共同体现了小说叙事摆脱以往那种作者直接发言的小说观，而将叙述者的主体性或曰主动性发挥到了最大限度，这也意味着对小说艺术是虚构的艺术的确认。这使"先锋小说"与"新写实小说"的形式变革对后来的小说创作产生了重大影响，并大大推动了中国当代小说艺术的发展。

　　第二，从 80 年代到 90 年代，就文化表现形态而言，90 年代与 80 年代有着截然不同的特征。比如，在 90 年代，商业气息的加重、80 年代充满理想情怀的文化氛围的消逝、作家生存状态的改变、各类文学期刊的改版，都给人一种 90 年代文学与 80 年代文学的断裂感。然而，从艺术形式

----

① 格非：《十年一日》，载《塞壬的歌声》，上海文艺出版社 2001 年版，第 68 页。

角度考察，本书却发现了 90 年代小说对 80 年代小说的继承。90 年代的大量作品都受到了 80 年代中后期小说艺术变革观念的影响，像"新历史小说"对历史的虚构，"新生代小说"直陈生命感的叙事，以及诸多充满调侃意味的语言等等，都是表现的方面。而且，90 年代的许多优秀作品摆脱了 80 年代形式实验时期那种过分追求文本的奇异、过分玩弄语言技巧的特点，在汉语表述能力上显得更成熟了。一定意义上，无论是语言的表述力度，还是对人的生命、对现实世界的关怀，90 年代诸多优秀作品绝不亚于 80 年代的文本。因而，在 90 年代文学期刊改版、作家下海的现象中，依然隐含着小说艺术发展的勃勃生机。

第三，20 世纪末这段时间，正是中国市场经济蓬勃发展的时期，创作受市场的影响越来越突出。如果说 80 年代还是一个追求精神的崇高与纯粹的年代，那么，90 年代则是一个追求经济利益的年代。因而，90 年代的大量作品，受市场经济影响，越来越看重在读者中的影响力，题材选择、情节结构安排、语言风格上都增强了小说的"世俗性"。这点显然与 80 年代小说艺术形式实验所追求的语言变革的创新感完全不同，并从精神层面上，体现出了一种世俗乃至媚俗性。比如，活跃于 90 年代文坛的创作主力——"新生代小说家"，他们既继承了 80 年代小说艺术形式变革的成果，同时，他们作品中对日常生活的执著表述、对物质欲望的书写，又在一定程度上体现了作品面向市场的叙事策略。更为显著的是 90 年代中后期涌现的"现实主义冲击波"文本及诸多处于流行潮流中的"影视小说"，它们明显体现了大众的小说艺术审美观。而 90 年代末期开始出现的网络小说，进一步扩大了大众对作品创作、阅读的参与性，语言风格更显平实简洁。那么，小说艺术中充满"俗性"的审美特征的流传，究竟会给我们的小说艺术演变带来怎样的影响？这是对小说生存本性的接近，还是对创造力的打击？我们尚难定论。然而，不管怎么说，其变化作为艺术形式变化之重要一种，势必对小说艺术史产生重要影响。

第四，"先锋小说"在形式实验上的突破，是本书思考艺术形式变革问题的一个重要诱因。因为其变革引发了当代小说艺术观念及思维方式的变化，而且，小说家与批评家共同参与探讨形式问题，将形式上升为本体意味层面进行重新认识，与文学评论界进行的小说艺术形式本体论的探讨构成了互动关系，直到今天，艺术形式问题还是一个重要的问题。但是，"先锋小说"的创作实践也为我们留下了值得思考的问题——小说如何实现虚构。像马原在作品中反复提示其所讲述的故事是虚构的，影响了一批人，在当代文坛语境中，它无疑有了提示小说是虚构的艺术的功能，并且，直接促成"虚构"成为 20 世纪末期中国小说艺术史中的一个关键词汇。这种方式作为一种艺术技巧，本身并不存在问题，然而，当作家反复在作品中进行提示，并故意通过反复的提示让读者对其进行认同，并导致故事阅读的障碍时，这种技巧的高明性必然受到质疑。在笔者看来，马原、洪峰、孙甘露、余华、格非等作家对"虚构"的彰显，尽管有着小说观念变革的意义，但因为其过分彰显叙述者的虚构之能，使其带上了强烈的技术性倾向，这种技术性倾向使作品多多少少产生了某种虚幻与不足。明显的后果是使作品沉溺于语言的游戏而远离了大多数读者，并迅速在时代精神价值取向的变动中发生了改变，乃至失去了创新的力度。实质上，"虚构"并不仅仅是一个技巧的问题，更是一个哲学命题，是与人生、与世界的生存相连的，其背后隐含着深刻的真实。伍尔夫曾说："世界是广袤无垠的，而除了虚伪和做作之外，没有任何东西——没有一种'方式'，没有一种实验，甚至是最想入非非的实验——是禁忌的……所谓'恰当的小说题材'，是不存在的。一切都是恰当的小说题材：我们可以取材于每一种感情，每一种思想，每一种头脑和心灵的特征；没有任何一种知觉和观念是不适用的。如果我们能够想象一下，小说艺术象活人一样有了生命，并且站在我们中间，她肯定会叫我们不仅崇拜她、热爱她，而且威胁她，摧毁她。因为只有如此，她才能恢复其青春，确保其权威。"① 诸多"先锋小说"作品追求的"虚构"，无疑代表了对世界的新的认知观，但其不断追求叙述方式上的奇异性，并不能体现艺术创作的最高才能。虚构的能力是一种透视现实的能力，是一种表达真实的能力。没有虚构，我们无法将现实世界中最真实的东西呈现在文本中，没有虚构，也不可能达到艺术世界的完美。同时，虚构的能力也是一种想象的能力、创造的能力，它是任何一位小说家创作时必不可少的，如果没有这种想象力，那么，文字将是苍白与无力的；虚构的能力更是创造真实的能力，不管采用何种方式，一个作品让读者感受到真实才是最可靠的。因而，"先锋小说"的"虚构"拥有改变了小说艺术观的意义的同时，留下了未能

---

① ［美］弗吉尼亚·伍尔夫：《论现代小说》，载《论小说与小说家》，瞿世镜译，上海译文出版社 1986 年版，第 13 页。

深刻表达真实的遗憾，而如何在小说中虚构并实现真实的问题，也是当今我们绝大多数创作者所要思考的重要问题。

从 80 年代到 90 年代，从"形式"到"形式的意义"，本书以小说文本的解读为基础进行了一次艺术演变史的梳理。这次梳理无意、也无法构建一个完整的文学史面貌，只是想借助形式这一问题，发现这个时期小说的某种存在形态，为小说这一艺术形式的发展提供一种新的解读经验。这个过程无疑是艰难的，解读中既要面对如何解读一个个充满多种意蕴的小说文本的问题，又要面对如何利用原有的文学史的材料来有效表达自己的结论的问题。更重要的是，什么是优秀的小说，什么是小说的本性，这 20 年来中国小说艺术形式变化带来了哪些新的因素，哪些作品体现出了优秀的小说艺术形式等等，诸如比类的问题，一直贯穿本书的行文中。或许，面对着这个离我们如此之近的年代中这些熟悉又陌生的文本，其间产生的解读的艰难，正应了罗兰·巴尔特所说的："历史叙述愈是接近自己的时代，话语行为的压力愈大，历史时间的移动愈缓慢。"① 然而，尽管艰难，却充满惊喜，从形式角度的解读，使笔者发现了文本中的深刻意蕴，并在形式流变的历程中，呈现了新的小说风貌。所以，这是一次新的探索，可以为文本、为小说史提供新的意义。

---

① ［法］罗兰·巴尔特：《历史的话语》 李幼燕译，载《符号学原理——结构主义文学理论文选》，三联书店 1988 年版，第 51 页。

附　录

新时期以来探讨文学艺术形式的
代表性论著及论文目录

一　论著

［美］苏珊·朗格：《艺术问题》，滕守尧译，中国社会科学出版社
1983 年版。

［美］雷·韦勒克、奥·沃伦：《文学理论》，刘象愚等译，三联书店
1984 年版。

［英］克莱夫·贝尔：《艺术》，周金环译，中国文联出版公司 1984
年版。

［美］苏珊·朗格：《情感与形式》，刘大基译，中国社会科学出版社
1986 年版。

［美］韦恩布斯：《小说修辞学》，付礼军译，广西人民出版社 1987
年版。

［美］韦恩布斯：《小说修辞学》，华明等译，北京大学出版社 1987
年版。

［法］R. 巴特：《符号学美学》，董学文、王葵译，辽宁人民出版社
1987 年版。

［英］特伦斯·霍克斯：《结构主义和符号学》，瞿铁鹏译，上海译文
出版社 1987 年版。

［法］罗兰·巴尔特：《符号学原理：结构主义文学理论文选》，李幼
蒸译，三联书店 1988 年版。

［英］雷蒙德·查普曼：《语言学与文学》，王士跃等译，春风文艺出
版社 1988 年版。

［美］罗伯特·休斯：《文学结构主义》，刘豫译，三联书店 1988
年版。

［苏］巴赫金：《文艺学中的形式主义方法》，李辉凡译，漓江出版社

1989 年版。

　　［以］S. 里蒙—凯南：《叙事虚构作品》，姚锦清等译，三联书店 1989 年版。

　　［俄］什克洛夫斯基等：《俄国形式主义文论选》，方珊等译，三联书店 1989 年版。

　　［美］司格勒斯：《符号学与文学》，谭一明译，台北：结构出版社 1989 年版。

　　［美］华莱士·马丁：《当代叙事学》，伍晓明译，北京大学出版社 1990 年版。

　　［法］热拉尔·热奈特：《叙事话语　新叙事话语》，王文融译，中国社会科学出版社 1990 年版。

　　［美］卡勒：《结构主义诗学》，盛宁译，中国社会科学出版社 1991 年版。

　　［美］约瑟夫·弗兰克等：《现代小说中的空间形式》，秦林芳编译，北京大学出版社 1991 年版。

　　［苏］巴赫金：《文学中的形式方法》，邓勇、陈松岩译，中国文联出版公司 1992 年版。

　　［俄］波利亚科夫编：《结构—符号学文艺学——方法论体系和论争》，佟景韩译，文化艺术出版社 1994 年版。

　　［荷］米克·巴尔：《叙述学：叙事理论导论》，谭君强译，中国社会科学出版社 1995 年版。

　　［英］戴维·洛奇：《小说的艺术》，王峻岩等译，作家出版社 1998 年版。

　　［法］尤瑟夫·库尔泰：《叙述与话语符号学》，怀宇译，天津社会科学院出版社 2001 年版。

　　［美］詹姆斯·费伦：《作为修辞的叙事：技巧、读者、伦理、意识形态》，陈永国译，北京大学出版社 2002 年版。

　　［美］J. 希利斯·米勒：《解读叙事》，申丹译，北京大学出版社 2002 年版。

　　［美］戴卫·赫尔曼主编：《新叙事学》，马海良译，北京大学出版社 2002 年版。

　　［美］苏珊·S. 兰瑟：《虚构的权威：女性作家与叙述声音》，黄必

康译，北京大学出版社 2002 年版。

　　［英］马克·柯里：《后现代叙事理论》，宁一中译，北京大学出版社
2003 年版。

　　［爱沙尼亚］扎娜·明茨、伊·切尔诺夫：《俄国形式主义文论选》，
王薇生编译，郑州大学出版社 2005 年版。

　　［英］克莱夫·贝尔：《艺术》，薛华译，江苏教育出版社 2005 年版。

　　［法］A.J.格雷马斯：《论意义：符号学论文集》，吴泓缈、冯学俊
译，百花文艺出版社 2005 年版。

　　［美］约翰·克罗·兰色姆：《新批评》，王腊玉、张哲译，江苏教育
出版社 2006 年版。

　　［美］费伦、拉比诺维茨主编：《当代叙事理论指南》，申丹等译，北
京大学出版社 2007 年版。

　　［美］杰拉德·普林斯：《叙事的形式与功能》，徐强译，人民大学出
版社 2013 年版。

　　高行健：《现代小说技巧初探》，花城出版社 1981 年版。

　　周英雄：《结构主义与中国文学》，东大图书公司 1983 年版。

　　赵毅衡：《新批评——一种独特的形式主义文论》，中国社会科学出
版社 1986 年版。

　　张秉真、黄晋凯：《结构主义文学批评论》，辽宁大学出版社 1987
年版。

　　南帆：《小说艺术模式的革命》，上海三联书店 1987 年版。

　　王先霈、张方：《徘徊在诗与历史之间——论小说的文体特性》，长
江文艺出版社 1987 年版。

　　程德培：《小说本体思考录》，上海文艺出版社 1987 年版。

　　王定天：《中国小说形式系统》，学林出版社 1988 年版。

　　中国社会科学出版社文学编辑室编：《小说文体研究》，中国社会科
学出版社 1988 年版。

　　俞建章、叶舒宪：《符号：语言和艺术》，上海人民出版社 1988
年版。

　　赵毅衡编选：《"新批评"文集》，中国社会科学出版社 1988 年版。

　　史亮编：《新批评》，四川文艺出版社 1989 年版。

刘孝存、曹国瑞:《小说结构学》,光明日报出版社 1989 年版。

张寅德:《叙述学研究》,中国社会科学出版社 1989 年版。

赵毅衡:《文学符号学》,中国文联出版公司 1990 年版。

秦秀白:《文体学概论》,湖南教育出版社 1991 年版。

徐剑艺:《小说符号诗学》,浙江大学出版社 1991 年版。

徐岱:《小说叙事学》,中国社会科学出版社 1992 年版。

徐岱:《小说形态学》,杭州大学出版社 1992 年版。

张毅:《文学文体概说》,中国人民大学出版社 1993 年版。

傅修延:《讲故事的奥秘——文学叙述论》,百花洲文艺出版社 1993 年版。

胡亚敏:《叙事学》,华中师范大学出版社 1994 年版。

罗钢:《叙事学导论》,云南人民出版社 1994 年版。

王一川:《语言乌托邦——20 世纪西方语言论美学探索》,云南人民出版社 1994 年版。

童庆炳:《文体与文体的创造》,云南人民出版社 1994 年版。

陶东风:《文体演变及其文化意味》,云南人民出版社 1994 年版。

蒋原伦、潘凯雄:《历史描述与逻辑演绎:文学批评文体论》,云南人民出版社 1994 年版。

赵毅衡:《苦恼的叙述者:中国小说的叙述形式与中国文化》,十月文艺出版社 1994 年版。

张开炎:《文化与叙事》,中国三峡出版社 1994 年版。

王岳川:《艺术本体论》,上海三联书店 1994 年版。

何镇邦:《文体的自觉与抉择》,人民文学出版社 1995 年版。

戴少瑶等:《新时期小说文体的自觉》,西南师范大学出版社 1997 年版。

王一川:《修辞论美学:文化语境中的二十世纪中国文艺》,东北师范大学出版社 1997 年版。

董小英:《叙事艺术逻辑引论》,社会科学文献出版社 1997 年版。

申丹:《叙述学与小说文体学研究》,北京大学出版社 1998 年版。

方珊:《形式主义文论》,山东教育出版社 1999 年版。

谭君强:《叙述的力量:鲁迅小说叙事研究》,云南大学出版社 2000 年版。

杨星映：《小说艺术的奥秘——小说文体学》，重庆出版社 2001年版。

王珂：《诗歌文体学导论——诗的原理和诗的创造》，北方文艺出版社 2001 年版。

谭君强：《叙事理论与审美文化》，中国社会科学出版社 2002 年版。

李洁非：《中国当代小说文体史论》，陕西人民教育出版社 2002年版。

格非：《小说叙事研究》，清华大学出版社 2002 年版。

刘绍信：《当代小说叙事学》，黑龙江教育出版社 2002 年版。

庞守英：《新时期小说文体论》，山东大学出版社 2002 年版。

雷达：《思潮与文体：20 世纪末小说观察》，人民文学出版社 2002年版。

王阳：《小说艺术形式分析：叙事学研究》，华夏出版社 2002 年版。

李裴：《小说结构与审美》，贵州人民出版社 2003 年版。

陈平原：《中国小说叙事模式的转变》，北京大学出版社 2003 年版。

李建军：《小说修辞研究》，中国人民大学出版社 2003 年版。

赵毅衡编选：《符号学文学论文集》，百花文艺出版社 2004 年版。

赵宪章：《文体与形式》，人民文学出版社 2004 年版。

王守元、郭鸿、苗兴伟主编：《文体学研究在中国的进展》，上海外语教育出版社 2004 年版。

黄华新、陈宗明主编：《符号学导论》，河南人民出版社 2004 年版。

吴义勤：《长篇小说与艺术问题》，人民文学出版社 2005 年版。

姜耕玉：《汉语智慧：新诗形式批评》，东南大学出版社 2005 年版。

王烨：《二十年代革命小说的叙事形式》，云南人民出版社 2005年版。

夏德勇：《中国现代小说文体与文化论》，中国广播电视出版社 2005年版。

杨星映：《中西小说文体形态》，中国社会科学出版社 2005 年版。

刘恪：《现代小说技巧讲堂》，百花文艺出版社 2006 年版。

刘万勇：《西方形式主义溯源》，昆仑出版社 2006 年版。

王素霞：《新颖的"NOVEL"——20 世纪 90 年代长篇小说文体论》，光明日报出版社 2006 年版。

郭宝亮:《王蒙小说文体研究》,北京大学出版社 2006 年版。

南志刚:《叙述的狂欢与审美的变异:叙事学与中国当代先锋小说》,华夏出版社 2006 年版。

李广仓:《结构主义文学批评方法研究》,湖南大学出版社 2006 年版。

董希文:《文学文体理论研究》,社会科学文献出版社 2006 年版。

朱玲:《文学文体建构论》,海峡文艺出版社 2006 年版。

刘世生、朱瑞青编著:《文体学概论》,北京大学出版社 2006 年版。

赵宪章:《形式的诱惑》,山东友谊出版社 2007 年版。

曹禧修:《中国现代文学形式批评理论与实践》,中国社会科学出版社 2007 年版。

张闳:《感官王国:先锋小说叙事艺术研究》,同济大学出版社 2007 年版。

汪正龙:《西方形式美学问题研究》,黑龙江人民出版社 2007 年版。

张风:《文本分析的符号学视角》,黑龙江人民出版社 2008 年版。

谭君强:《叙事学导论:从经典叙事学到后经典叙事学》,高等教育出版社 2008 年版。

赵宪章、张辉、王雄:《西方形式美学》,南京大学出版社 2008 年版。

董小英:《超语言学:叙事学的学理及理解的原理》,百花文艺出版社 2008 年版。

倪浓水:《小说叙事研究》,群言出版社 2008 年版。

赵毅衡:《重访新批评》,百花文艺出版社 2009 年版。

程文超:《中国当代小说叙事演变史》,中国社会科学出版社 2009 年版。

赵宪章、包兆会:《文学变体与形式》,南京大学出版社 2010 年版。

赵宪章等编:《文学与形式》,南京大学出版社 2011 年版。

邓颖玲主编:《叙事学研究:理论、阐释、跨媒介》,北京大学出版社 2013 年版。

晏杰雄:《新世纪长篇小说文体研究》,作家出版社 2013 年版。

李丽:《中国现代短篇小说的文体自觉》,光明日报出版社 2013 年版。

赵宪章、王汶成主编：《艺术与语言的关系研究》，人民出版社 2013 年版。

侯姝慧：《20 世纪新故事文体的衍变及其特征研究》，中国社会科学出版社 2014 年版。

二 重要论文

廖公弦：《形式不可忽视》，《贵州文艺》1978 年第 1 期。

周正：《尊重各种艺术形式的特殊性》，《陕西日报》1979 年 12 月 20 日。

雷达：《文学的突破与形式的创新》，《北京文学》1980 年第 1 期。

王琦：《艺术形式的演变初探》，《文艺研究》1980 年第 3 期。

金学智：《"一"与"不一"——中国美学史上关于艺术形式美规律的探讨》，《学术月刊》1980 年第 5 期。

叶朗：《艺术形式美的一条规律》，《文艺研究》1980 年第 6 期。

洪毅然：《形象、形式与形式美》，《文艺研究》1980 年第 6 期。

朱彤：《论形式美的基本规律——多样的统一》，《学术月刊》1980 年第 9 期。

王元化：《和新形式探索者对话》，《文艺报》1981 年第 1 期。

庞安福：《试谈艺术形式美的特性》，《河北大学学报》（哲学社会科学版）1981 年第 1 期。

金诺：《形式与内容辩证法》，《社会科学》1981 年第 1 期。

伍蠡甫：《再谈艺术的形式美》，《学术月刊》1981 年第 3 期。

饶芃子：《不能削足适履——关于恩格斯的一段引文的辨析》，《南方日报》1981 年 4 月 17 日。

蓝翎：《关于形式与风格的断想》，载《断续集》，花城出版社 1981 年版。

洪毅然：《关于"形式美"》，《西北师范大学学报》（社会科学版）1982 年第 1 期。

虞频频：《艺术形式美的规律浅谈》，《复旦大学学报》（社会科学版）1982 年第 2 期。

彭会资：《文艺的民族形式创新的根本途径》，《广西师范学院学报》

1982 年第 3 期。

南帆:《近年小说形式漫谈》,《福建文学》1982 年第 12 期。

李士文:《愿新形式探索者胸怀人民群众》,《社会科学研究丛刊》1982 年第 15 期。

天白:《"美"的规律与新诗的形式》,《宁夏社会科学》1983 年第 1 期。

王长俊:《戴着镣铐跳舞——新诗与形式美》,《南京师大学报》(社会科学版)1983 年第 1 期。

伍蠡甫:《试论艺术抽象和艺术形式美》,《文艺研究》1983 年第 1 期。

邓丽丹:《文学作品的结构分析》,《外国文学报道》1983 年第 1 期。

吴士余:《初探当代小说结构的发展趋向》,《求索》1983 年第 4 期。

虞频频:《论艺术形式美的价值》,《复旦大学学报》(社会科学版)1983 年第 5 期。

黄药眠:《论艺术文学中的内容与形式》,《文艺研究》1983 年第 5 期。

赵捷:《内容与形式》,《青海湖》1983 年第 11 期。

王长俊:《试论形式美》,《南京师大学报》(社会科学版)1984 年第 1 期。

鲁荫:《论内容和形式统一的中介》,《青年论坛》1984 年第 1 期。

黄海澄:《论形式美》,《广西师范大学学报》(哲学社会科学版)1984 年第 1 期。

章利国:《"被曲解了的形式"正好是"普遍的形式"——读马克思致斐·拉萨尔信札记》,《天津师范大学学报》(哲学社会科学版)1984 年第 1 期。

李戎:《试谈"被曲解了的形式正好是普遍的形式"》,《聊城师范学院学报》1984 年第 1、2 期。

吴哲辉:《浅谈艺术形式的创新与现代派》,《牡丹江师范学院学报》1984 年第 2 期。

杉沐:《关于艺术形式美的创造》,《长江文艺》1984 年第 3 期。

南帆:《论小说的心理—情绪模式》,《文学评论》1984 年第 4 期。

刘德重:《文学作品的内容、形式及其相互关系》,《文科月刊》1984

年第 4 期。

周来祥：《建国以来美学研究概论》，《文史哲》1984 年第 5 期。

程琦琳：《论中国艺术的形式与内容》，《学术月刊》1984 年第 8 期。

黄子平：《意思和意义》，载《沉思的老树的精灵》，浙江文艺出版社 1984 年版。

王吉有：《谈形式美》，《社会科学辑刊》1985 年第 2 期。

李运抟：《艺术活力寓于不拘一格的变化中——略谈蒋子龙两篇近作艺术形式的变异》，《当代文坛》1985 年第 3 期。

张灿全：《艺术形式具有相对的独立性吗》，《吉林师范大学学报》（人文社会科学版）1985 年第 3 期。

苏宁：《论形式》，《文艺研究》1985 年第 3 期。

施维达：《审美形式的非对称性》，《云南日报》1985 年 6 月 5 日。

洪保秀：《整齐一律的形式美》，《前进报》1985 年 6 月 8 日。

朱克：《美的形式与形式美》，《语文导报》1985 年第 9 期。

孟悦、季红真：《叙事方式：形式化了的小说审美特性》，《上海文学》1985 年第 10 期。

钱谷融：《关于艺术性问题——兼评"有意味的形式"》，《文艺理论研究》1986 年第 1 期。

南帆：《小说技巧十年》，《文艺理论研究》1986 年第 1 期。

阮延陵：《有形与无形——试论艺术的形式与内容》，《温州师范学院学报》1986 年第 1 期。

吕孝龙：《形式美探源》，《云南师范大学学报》（哲学社会科学版）1986 年第 1 期。

娄博生：《文学内容与形式问题的再探索——兼评贝尔"有意味的形式的问题"》，《上海教育学院学报》1986 年第 1 期。

王向峰：《形式美的层次结构》，《吉林大学社会科学学报》1986 年第 3 期。

孙绍振：《论文学形式的规范功能》，《福建论坛》1986 年第 3 期。

吴秉杰：《论新时期小说创作中的"假定形式"》，《文学评论》1986 年第 4 期。

吴俊：《试论形式即主客体审美关系的显现》，《文艺理论研究》1986 年第 5 期。

程德培:《受指与能指的双重角色——关于小说的叙述者》,《文艺研究》1986 年第 5 期。

宋光成:《文学作品的内容与形式的关系》,《自学报》1986 年 5 月 24 日。

殷国明:《艺术形式不仅仅是"形式"》,《上海文学》1986 年第 7 期。

庞安福:《艺术形式美漫谈》,《广西师范学院学报》(哲学社会科学版)1987 年第 1 期。

朱兰芝:《艺术作品的内容与形式》,《理论学刊》1987 年第 1 期。

孙歌:《文学批评的立足点》,《文艺争鸣》1987 年第 1 期。

徐岱:《论文学符号的审美功能变体》,《文学评论》1987 年第 1 期。

胡宗健:《一个秘密:艺术形式》,《山花》1987 年第 2 期。

陈德礼:《艺术的形式与形式美问题》,《河北学刊》1987 年第 2 期。

李劼:《试论文学形式的本体意味——文学语言学初探》,《上海文学》1987 年第 3 期。

张陵、李洁非:《艺术概念的评价与解释》,《上海文学》1987 年第 3 期。

张玉能:《艺术形式与艺术本体》,《江汉论坛》1987 年第 4 期。

伍蠡甫:《漫谈形式》,《上海文论》1987 年第 4 期。

刘春华:《形式美问题研究》,《哲学动态》1987 年第 6 期。

景国劲:《陌生化:形式化了的小说审美潮汐》,《小说评论》1987 年第 6 期。

王又平:《新时期小说:来自本文的挑战》,《华中师范大学学报》(人文社会科学版)1987 年第 6 期。

陈晋:《形式——在文学探索中的不同意义》,《文艺报》1987 年 10 月 3 日。

潘新宁:《论艺术形式的双重性内容》,《文艺理论家》1988 年第 1 期。

田盛静:《论艺术形式的相对独立性及其审美价值》,《宝鸡文理学院学报》(人文社会科学版)1988 年第 2 期。

应雄:《形式悖论及其它》,《文艺报》1988 年 2 月 25 日。

李满:《美的形式和形式美》,《江西教育学院学报》1988 年第 3 期。

栾贻信、盖光：《简论艺术形式的层次结构》，《文论报》1988 年 3 月 15 日，4 月 5 日。

吕周聚：《生命化的艺术形式与艺术形式的生命化》，《临沂师专学报》1988 年第 4 期。

钱中文：《论文学形式的发生》，《文艺研究》1988 年第 4 期。

杨咏祁：《论形式美的相对独立性》，《求是学刊》1988 年第 5 期。

李劼：《论中国当代新潮小说的语言结构》，《文学评论》1988 年第 5 期。

高尔泰：《人道主义与艺术形式》，载《美是自由的象征》，人民文学出版社 1988 年版。

纵瑞彬：《艺术意向与艺术形式间的矛盾统一关系之我见》，《西藏民族学院学报》（哲学社会科学版）1989 年第 1 期。

李浚文：《美学论辩之一——"和谐"说与"形式"说》，《宁夏社会科学》1989 年第 2 期。

胡家祥：《感情共鸣与艺术形式》，《湖北民族学院学报》（哲学社会科学版）1989 年第 3 期。

唐弢：《关于艺术形式》，《人民文学》1989 年第 3 期。

徐恒醇：《审美形式与人的形式感的形成》，《文艺研究》1989 年第 3 期。

李洁非：《语言艺术的形式意味》，《文艺争鸣》1990 年第 1 期。

金梅、赵玫：《没有纯粹抽象的艺术形式》，《文学自由谈》1990 年第 2 期。

邵斯：《跃动的感觉世界和激越的理性世界——评〈艺术形式不仅仅是"形式"〉》，《暨南学报》（哲学社会科学版）1990 年第 2 期。

云峰：《艺术形式美的魅力》，《社会科学战线》1990 年第 3 期。

杨扬：《文艺美学研究中的形式主义倾向》，《上海艺术家》1990 年 4 期。

满江：《艺术形式和艺术内容不可分割——马克思〈政治经济学批判〉序言重读之后》，《文艺理论与批评》1990 年第 5 期。

胡家祥：《感情共鸣与艺术形式》，《学术论坛》1990 年第 6 期。

季红真：《形式的意义》，《上海文学》1990 年第 6 期。

赵国乾、聂滨：《别无选择的探求——对新时期小说艺术形式变革的综合考察》,《玉溪师范学院学报》1991 年第 5 期。

穆纪光:《艺术形式与简单性》,《甘肃社会科学》1991 年第 6 期。

邹元江:《试论作为审美对象的艺术形式的审美层次》,《武汉大学学报》(哲学社会科学版) 1992 年第 4 期。

蒋孔阳:《关于思想内容与艺术形式相互统一的思考》,《上海文学》1992 年第 5 期。

宜诚:《美学研究领域里的一朵新葩——读〈论艺术形式美〉》,《江淮论坛》1992 年第 5 期。

王元骧:《文艺内容与形式之我见》,《高校理论战线》1992 年第 5 期。

翰·马丁、欧建平:《艺术的形式与创作》,《文艺研究》1993 年第 1 期。

黄南珊:《"丽":对艺术形式美规律的自觉探索》,《文艺研究》1993 年第 1 期。

周书文:《论小说的艺术形式规范》,《固原师专学报》1993 年第 1 期。

吴东胜:《论艺术形式》,《广东技术师范学院学报》1993 年第 3 期。

赵宪章:《形式概念的滥觞与本义》,《文学评论》1993 年第 6 期。

马小朝:《论文学形式的创作论意义》,《当代文坛》1994 年第 1 期。

马小朝:《论文学形式的接受论意义》,《当代文坛》1994 年第 6 期。

宗白华:《常人欣赏文艺的形式》,载《宗白华全集·2》,安徽教育出版社 1994 年版。

宗白华:《论中西画法的渊源与基础》,载《宗白华全集·2》,安徽教育出版社 1994 年版。

宗白华:《艺术形式美二题》,载《宗白华全集·3》,安徽教育出版社 1994 年版。

赵宪章:《形式主义的困境与形式美学再生》,《江海学刊》1995 年第 2 期。

马小朝:《论文学形式的历史实践来源》,《当代文坛》1995 年第 3 期。

刘继保:《文学形式新议》,《洛阳师范学院学报》1995 年第 4 期。

思宇:《艺术形式的美的根源》,《长沙电力学院学报》(社会科学版）1995 年第 4 期。

张仁香：《论艺术形式与物质媒介的关系》，《辽宁大学学报》（哲学社会科学版）1995 年第 6 期。

董馨：《试论文学形式的自足性》，《广东社会科学》1996 年第 1 期。

马小朝：《论文学形式的现实发生机制》，《当代文坛》1996 年第 2 期。

崔清明：《艺术形式的时代选择》，《河北学刊》1996 年第 2 期。

赵维森：《艺术形式的内涵及其作用》，《延安大学学报》（哲学社会科学版）1997 年第 3 期。

魏家骏：《〈马桥词典〉和小说艺术形式问题》，《淮阴师范学院学报》（哲学社会科学版）1997 年第 3 期。

姚文放：《当代审美文化与艺术形式》，《学术月刊》1997 年第 4 期。

冯丽杰、常雁：《浅论形式美》，《学术交流》1998 年第 2 期。

疏延祥：《巧妙的艺术形式》，《青年文学》1998 年第 4 期。

余松、沈怀灵：《论艺术形式美的生成规律》，《云南师范大学学报》（教育科学版）1998 年第 4 期。

赵静蓉：《论情感与形式》，《南京师大学报》（社会科学版）1998 年第 4 期。

林木：《20 世纪中国艺术形式问题研究得失辨》，《文艺研究》1999 年第 6 期。

马一平：《"艺术形式"浅说》，《美术向导》2000 年第 2 期。

詹七一：《论艺术形式的本体意义》，《昆明大学学报》2000 年第 2 期。

徐正非：《美的形式和形式美》，《高等函授学报》（哲学社会科学版）2001 年第 1 期。

丁松丽：《关于艺术形式美的探讨》，《中州大学学报》2001 年第 2 期。

张玉能：《形式美的基本特点》，《益阳师专学报》2001 年第 2 期。

张玉能：《形式美的生成》，《云梦学刊》2001 年第 2 期。

程小平：《符号论美学：艺术形式的诗学研究》，《阴山学刊》2001 年第 4 期。

许建平、黄毅：《文学形式与文学研究的新方法》，《江海学刊》2002

年第 1 期。

毛信德：《论艺术形式的崇高》，《浙江工业大学学报》2002 年第 3 期。

赵宪章：《词典体小说形式分析》，《南京大学学报》（哲学·人文科学·社会科学版）2002 年第 3 期。

董馨：《艺术形式的美学功能》，《南京工业大学学报》（社会科学版）2002 年第 4 期。

董馨：《艺术形式与美感——兼论形式主义对美育的贡献》，《佛山科学技术学院学报》（社会科学版）2002 年第 4 期。

丁纯：《论形式美和情感积淀》，《重庆社会科学》2002 年第 5 期。

张贤根：《形式美与艺术本性》，《江汉论坛》2002 年第 5 期。

尹华斌、王菊花：《对艺术形式与内容关系的思考》，《湖北职业技术学院学报》2003 年第 2 期。

李胜清：《艺术形式的意识形态含义解读》，《北京航空航天大学学报》（社会科学版）2003 年第 2 期。

袁春红：《文学内容与形式关系论考察》，《云南师范大学学报》（哲学社会科学版）2003 年第 3 期。

张宏梁：《不同艺术形式的互补与嫁接》，《扬州大学学报》（人文社会科学版）2003 年第 4 期。

申丹：《小说艺术形式的两个不同层面——谈"文体学课"与"叙述学课"的互补性》，《外语教学与研究》2004 年第 2 期。

于林立：《艺术形式概念的历史演变》，《山东理工大学学报》（社会科学版）2004 年第 3 期。

李跃亮：《论现代艺术的"形式—结构"倾向》，《云南财贸学院学报》（社会科学版）2005 年第 1 期。

赵宪章：《形式美学与文学形式研究》，《中南大学学报》（社会科学版）2005 年第 2 期。

于林立：《艺术形式的关系性存在》，《山东社会科学》2005 年第 3 期。

龙健才、李映山：《论艺术的形式美及形式美的创造》，《湘南学院学报》2005 年第 4 期。

胡建伟：《从作品本体到艺术的形式》，《江苏教育学院学报》（社会科学版）2006 年第 2 期。

时宏宇：《宗白华论艺术形式》，《山东师范大学学报》（人文社会科学版）2006 年第 2 期。

李小燕：《艺术形式美与时代》，《美术大观》2006 年第 4 期。

谭崇正：《艺术形式之我见》，《淮北煤炭师范学院学报》（哲学社会科学版）2006 年第 4 期。

朱雁：《艺术中的形式与内容——读丹纳〈艺术哲学〉有所得》，《艺术教育》2006 年第 5 期。

宋荣欣：《谈艺术形式的构成要素》，《艺术教育》2006 年第 8 期。

谢建华：《论 20 世纪艺术形式概念的本土化进程》，《南京社会科学》2006 年第 8 期。

周景伦：《关于形式美》，《当代人》2006 年第 9 期。

王敏：《中国现代文学批评史上的"形式"概念》，《西北工业大学学报》（社会科学版）2007 年第 1 期。

金清：《浅论现代艺术的形式美》，《艺术探索》2007 年第 1 期。

王坤：《阎连科小说的艺术形式研究》，《新乡师范高等专科学校学报》2007 年第 3 期。

陈长利：《文学形式与原型复制》，《文艺理论研究》2008 年第 6 期。

毛娜：《论艺术的形式与内容》，《黑龙江科技信息》2008 年第 8 期。

蔚然：《文学形式批评的新探索》，《青海师专学报》2009 年第 1 期。

谢昭兴：《20 世纪 30 年代小说艺术形式理论的时代性演进》，《安徽师范大学学报》（人文社会科学版）2010 年第 3 期。

南帆：《文学形式：快感的编码与小叙事》，《文艺研究》2011 年第 1 期。

刘晓丽：《文学形式的意味从何而来?》，《文艺研究》2011 年第 1 期。

张辉：《试论文学形式的解释学意义》，《文艺理论研究》2011 年第 1 期。

欧阳友权：《网络时代的文学形式》，《文艺理论研究》2011 年第 3 期。

陈长利：《文学接受·文学形式·意识形态——"客观说"下的关系反思与理论建构》，《重庆师范大学学报》（哲学社会科学版）2013 年第

4 期。

  刘旭：《叙述行为与文学性——形式分析与文学性问题的思考之一》，《文艺理论研究》2013 年第 5 期。

  郐杰：《形式作为艺术本体——创作视角中的艺术形式问题释义》，《人文杂志》2013 年第 10 期。

  南帆：《文学形式的构成与多边关系》，《文艺理论研究》2014 年第 2 期。

参考文献

一 论著

高行健:《现代小说技巧初探》,花城出版社 1981 年版。

[意] 克罗齐:《历史学的理论与实践》,傅任敢译,商务印书馆 1982 年版。

[美] 乔治·布鲁斯东:《从小说到电影》,高俊迁译,中国电影出版社 1982 年版。

黄子平:《沉思的老树的精灵》,浙江文艺出版社 1984 年版。

[美] 雷·韦勒克、奥·沃伦:《文学理论》,刘象愚等译,三联书店 1984 年版。

[美] 苏珊·朗格:《情感与形式》,刘大基译,中国社会科学出版社 1986 年版。

[美] 弗吉尼亚·伍尔夫:《论小说与小说家》,瞿世镜译,上海译文出版社 1986 年版。

[美] 韦恩布斯:《小说修辞学》,付礼军译,广西人民出版社 1987 年版。

南帆:《小说艺术模式的革命》,三联书店 1987 年版。

[瑞士] 荣格:《心理学与文学》,冯川、苏克译,三联书店 1987 年版。

王定天:《中国小说形式系统》,学林出版社 1988 年版。

[英] 雷蒙德·查普曼:《语言学与文学》,王士跃等译,春风文艺出版社 1988 年版。

高尔泰:《美是自由的象征》,人民文学出版社 1988 年版。

[法] 罗兰·巴尔特:《符号学原理——结构主义文学理论文选》,李幼蒸译,三联书店 1988 年版。

周英雄:《小说 历史 心理 人物》,东大图书公司 1989 年版。

[美] 爱德华·茂莱:《电影化的想象——作家和电影》,邵牧君译,中国

电影出版社 1989 年版。

方珊：《俄国形式主义文论选》，三联书店 1989 年版。

鲁枢元：《文艺心理阐释》，上海文艺出版社 1989 年版。

［以色列］里蒙—凯南：《叙事虚构作品》姚锦清等译，三联书店 1989
年版。

徐剑艺：《小说符号诗学》，浙江大学出版社 1991 年版。

［美］约瑟夫·弗兰克等：《现代小说中的空间形式》，北京大学出版社
1991 年版。

陈美兰：《当代长篇小说创作论》，上海文艺出版社 1991 年版。

［美］伊恩·P. 瓦特：《小说的兴起》，高原、董红钧译，三联书店 1992
年版。

［苏］巴赫金：《文学中的形式方法》，邓勇、陈松岩译，中国文联出版公
司 1992 年版。

徐岱：《小说叙事学》，中国社会科学出版社 1992 年版。

［捷克］米兰·昆德拉：《小说的艺术》，唐晓泽译，作家出版社 1992
年版。

傅修延：《讲故事的奥秘——文学叙述论》，百花洲文艺出版社 1993
年版。

张京媛主编：《新历史主义与文学批评》，北京大学出版社 1993 年版。

陈晓明选编：《中国先锋小说精选》，甘肃人民出版社 1993 年版。

王彪：《新历史小说选》，浙江文艺出版社 1993 年版。

陈平原《小说史：理论与实践》，北京大学出版社 1993 年版。

何满子：《中国爱情与两性关系——中国小说研究》，香港商务印书馆
1994 年版。

宗白华：《宗白华全集》，安徽教育出版社 1994 年版。

罗钢：《叙事学导论》，云南人民出版社 1994 年版。

胡亚敏：《叙事学》，华中师范大学出版社 1994 年版。

童庆炳：《文体与文体的创造》，云南人民出版社 1994 年版。

王一川：《语言乌托邦——二十世纪西方语言学美学探究》，云南人民出
版社 1994 年版。

陶东风：《文体演变及其文化意味》，云南人民出版社 1994 年版。

蒋原伦、潘凯雄：《历史描述与逻辑演绎：文学批评文体论》，云南人民

出版社 1994 年版。

张开炎：《文化与叙事》，中国三峡出版社 1994 年版。

赵毅衡：《苦恼的叙述者：中国小说的叙述形式与中国文化》，十月文艺
　出版社 1994 年版。

［俄］尼古拉·别尔嘉耶夫：《人的奴役与自由》，徐黎明译，贵州人民出
　版社 1994 年版。

吕同六主编：《20 世纪世界小说理论经典》，华夏出版社 1995 年版。

苏童：《苏童文集》，江苏文艺出版社 1996 年版。

［法］米歇尔·福柯：《知识考古学》，谢强、马月译，三联书店 2007
　年版。

朱立元：《当代西方文艺理论》，华东师范大学出版社 1997 年版。

［意］卡尔维若：《未来千年文学备忘录》，杨德友译，辽宁教育出版社
　1997 年版。

［加］高辛勇：《修辞学与文学阅读》，北京大学出版社 1997 年版。

杨扬：《月光下的追忆》，山东友谊出版社 1997 年版。

林舟：《生命的摆渡——中国当代作家访谈录》，海天出版社 1998 年版。

［英］戴维洛奇，《小说的艺术》，王峻岩等译，作家出版社 1998 年版。

王朔：《王朔自选集》，华艺出版社 1998 年版。

申丹：《叙述学与小说文体学研究》，北京大学出版社 1998 年版。

［美］王德威：《众声喧哗——三〇与八〇年代的中国小说》，台湾远流出
　版公司 1998 年版。

巴赫金：《拉伯雷研究》，河北教育出版社 1998 年版。

李尔藏：《张艺谋说》，春风文艺出版社 1998 年版。

金汉：《中国当代小说艺术演变史》，浙江大学出版社 2000 年版。

陶东风：《社会转型与当代知识分子》，上海三联书店 2000 年版。

［法］让·波德里亚：《消费社会》，刘成富、全志钢译，南京大学出版社
　2000 年版。

王朔：《王朔最新作品集》，漓江出版社 2000 年版。

［法］米歇尔·福柯：《性经验史》，佘碧平译，上海人民出版社 2000
　年版。

马原：《虚构之刀》，春风文艺出版社 2001 年版。

［美］安敏成：《现实主义的限制：革命时代的中国小说》，江涛译，江苏

人民出版社 2001 年版。

［英］阿克顿：《自由与权力》，侯健、范亚峰译，商务印书馆 2001 年版。

陈思和、杨扬选编：《九十年代批评文选》，汉语大词典出版社 2001 年版。

于根元主编：《中国网络语言词典》，中国经济出版社 2001 年版。

格非：《塞壬的歌声》，上海文艺出版社 2001 年版。

林建法、傅任选编：《中国当代作家面面观》，华东师范大学出版社 2002 年版。

许志英、丁帆主编：《中国新时期小说主潮》，人民文学出版社 2002 年版。

格非：《小说叙事研究》，清华大学出版社 2002 年版。

李洁非：《中国当代小说文体史论》，陕西人民教育出版社 2002 年版。

［英］汤因比等，《历史的话语》，张文杰译，广西师范大学出版社 2002 年版。

张均：《小说的立场：新生代作家访谈录》，广西师范大学出版社 2002 年版。

曹文轩：《20 世纪末中国文学现象研究》，北京大学出版社 2002 年版。

［德］沃尔夫冈·韦尔施：《重构美学》，陆扬、张岩冰译，上海译文出版社 2002 年版。

贺仲明：《中国心像：20 世纪末作家文化心态考察》，中央编译出版社 2002 年版。

陈晓明：《表意的焦虑：历史祛魅与当代文学变革》，中央编译出版社 2002 年版。

莫言、王尧：《莫言王尧对话录》，苏州大学出版社 2003 年版。

陈平原：《中国小说叙事模式的转变》，北京大学出版社 2003 年版。

林建法、徐连源主编：《中国当代作家面面观：寻找文学的魂灵》，春风文艺出版社 2003 年版。

欧阳友权主编：《网络文学本体论纲》，人民文学出版社 2003 年版。

钱谷融、鲁枢元主编：《文学心理学》，华东师范大学出版社 2003 年版。

李建军：《小说修辞研究》，中国人民大学出版社 2003 年版。

［法］克洛德·托马塞：《新小说·新电影》，李华译，天津人民出版社 2003 年版。

吴晓东：《从卡夫卡到昆德拉：20 世纪小说和小说家》，三联书店 2003 年版。

欧阳友权：《网络文学本体论》，中国文联出版社 2004 年版。

吴义勤：《告别虚伪的形式》，山东文艺出版社 2004 年版。

[美] 韩南：《中国近代小说的兴起》，徐侠译，上海教育出版社 2004 年版。

赵宪章：《文体与形式》，人民文学出版社 2004 年版。

林建法、徐连源主编：《中国当代作家面面观：灵魂与灵魂的对话》，浙江文艺出版社 2004 年版。

[美] 王德威：《被压抑的现代性——晚清小说新论》，宋伟杰译，北京大学出版社 2005 年版。

[美] 华莱士·马丁：《当代叙事学》，伍晓明译，北京大学出版社 2005 年版。

[意] 安贝托·贝柯：《悠游小说林》，俞冰夏译，梁晓冬审校，三联书店 2005 年版。

王洪岳：《审美的悖反：先锋文艺新论》，社会科学文献出版社 2005 年版。

[英] 克莱夫·贝尔：《艺术》，薛华译，江苏教育出版社 2005 年版。

於可训主编：《小说家档案》，郑州大学出版社 2005 年版。

李荣启：《文学语言学》，人民出版社 2005 年版。

杨扬：《无限的增长》，山东文艺出版社 2005 年版。

吴义勤：《长篇小说与艺术问题》，人民文学出版社 2005 年版。

刘复生：《历史的浮桥——世纪之交"主旋律"小说研究》，河南大学出版社 2005 年版。

刘恪：《现代小说技巧讲堂》，百花文艺出版社 2006 年版。

查建英：《八十年代访谈录》，三联书店 2006 年版。

甘阳主编：《八十年代文化意识》，上海人民出版社 2006 年版。

郭宝亮：《王蒙小说文体研究》，北京大学出版社 2006 年版。

王素霞：《新颖的"NOVEL"——20 世纪 90 年代长篇小说文体论》，光明日报出版社 2006 年版。

[俄] 瓦·叶·哈利泽夫：《文学学导论》，周启超等译，北京大学出版社 2006 年版。

孔范今、雷达、吴义勤、施战军总主编：《中国新时期文学研究资料汇编》，山东文艺出版社 2006 年版。

林建法、乔阳主编：《中国当代作家面面观：汉语写作与世界文学》，春风文艺出版社 2006 年版。

赵宪章《形式的诱惑》，山东友谊出版社 2007 年版。

曹禧修：《中国现代文学形式批评理论与实践》，中国社会科学出版社 2007 年版。

杨春时：《文学理论新编》，北京大学出版社 2007 年版。

〔英〕特雷·伊格尔顿：《二十世纪西方文学理论》，伍晓明译，北京大学出版社 2007 年版。

南帆：《五种形象》，复旦大学出版社 2007 年版。

王蒙：《王蒙自传·第二部·大块文章》，花城出版社 2007 年版。

程永新：《一个人的文学史：1983—2007》，天津人民出版社 2007 年版。

〔美〕希利斯·米勒斯：《文学死了吗》，秦立彦译，广西师范大学出版社 2007 年版。

马季：《读屏时代的写作：网络文学 10 年史》，中国工人出版社 2008 年版。

Jaques Derrida, *Writing and Difference*, tran, *Alan Bass*, Chicago：University of Chicago Press，1978

Patricia Waugh, *Metafiction：The Theory and Practice of Self-Conscious Fiction*, London：Methuen，1984

Poster M. （ed）, *Jean Baudrillard, Selected Writings*, Stanford：Stanford University Press，1988

Steven Cohan and Linda M. Shires, *Telling the stories：A Theoretical analysis of narrative fiction*, New York：Routledge，1988

Linda Hutcheon, *A poetics of Postmodernism*, London，Loutledge，1988

Irena R. Markaryk General Editor and Compiler, Encyclopedia of Contemporary Literary Theory：Approaches, Scholars, Terms, University of Toronto Press，1993

Dominic Strinati, An Introduction to Theories of popular Culture, Routledge Press，1998

Ming Dong Gu, *Chinese Theories of Fiction：A Non-Western Narrative System*,

Albany：State University of New York Press，2006

Jeffrey C. Kinkley：*Corruption and realism in late socialist China：the return of the political novel*，Stanford University Press，2007

二 论文

胡苏：《革命英雄的谱系》，《文艺报》1958 年第 9 期。

梁斌：《漫谈〈红旗谱〉的创作》，《人民文学》1959 年第 6 期。

［俄］卢那察尔斯基：《社会主义现实主义》，载中国科学院文学研究所苏联文学组编《苏联作家论社会主义现实主义》，人民文学出版社 1960 年版。

雷达：《文学的突破与形式的创新》，《北京文学》1980 年第 1 期。

王蒙：《关于"意识流"的通信》，《鸭绿江》1980 年第 2 期。

阎纲：《小说出现新写法——谈王蒙近作》，《北京师院学报》1980 年第 4 期。

王蒙：《在探索的道路上》，《首都师范大学学报》1980 年第 4 期。

方顺景：《创造新的艺术世界》，《文艺报》1980 年第 8 期。

吴士余：《初探当代小说结构的发展趋向》，《求索》1983 年第 4 期。

冯骥才：《中国文学需要"现代派"——给李陀的信》，载《西方现代派文学论争集》，人民文学出版社 1984 年版。

张灿全：《艺术形式具有相对的独立性吗?》，《吉林师范大学学报》（人文社会科学版）1985 年第 3 期。

苏宁：《论形式》，《文艺研究》1985 年第 3 期。

韩少功：《文学的"根"》，《作家》1985 年第 4 期。

宋丹：《"意识流"手法与短篇小说的艺术创新》，《当代作家评论》1985 年第 5 期。

郑万隆：《我的根》，《上海文学》1985 年第 5 期。

吴亮：《〈小鲍庄〉的形式与涵义——答友人问》，《文艺研究》1985 年第 6 期。

阿城：《文化制约人类》，《文艺报》1985 年 7 月 6 日。

郑义：《跨越文化断裂带》，《文艺报》1985 年 7 月 13 日。

王安忆：《我写〈小鲍庄〉》，《光明日报》1985 年 8 月 15 日。

陈村:《关于〈小鲍庄〉的对话》,《上海文学》1985 年第 9 期。

李杭育:《理一理我们的根》.《作家》1985 年第 9 期。

孟悦、季红真:《叙事方式:形式化了的小说审美特性》,《上海文学》1985 年第 10 期。

吴士余:《新时期小说形式美的变化》,《当代文艺探索》1986 年第 1 期。

张德祥:《论近年来小说视野的拓展和结构的变化》,《当代文艺思潮》1986 年第 1 期。

宋耀良:《意识流文学东方化过程》,《文学评论》1986 年第 1 期。

董之林:《通向"更加丰满"的路——关于新时期小说创作借鉴西方现代文学断想》,《社会科学战线》1986 年第 4 期。

殷国明:《艺术形式不仅仅是"形式"》,《上海文学》1986 年第 7 期。

[美] 米歇尔·布托尔:《作为探索的小说》,载柳鸣九编选《新小说派研究》,中国社会科学出版社 1986 年版。

[美] 弗吉尼亚·伍尔夫:《论现代小说》,载《论小说与小说家》,瞿世镜译,上海译文出版社 1986 年版。

朱兰芝:《艺术作品的内容与形式》,《理论学刊》1987 年第 2 期。

吴亮:《马原的叙述圈套》,《当代作家评论》1987 年第 3 期。

李劼:《试论文学形式的本体意味》,《上海文学》1987 年第 3 期。

南帆:《论小说的心理——情绪模式》,《文学评论》1987 年第 4 期。

周梅森:《题外话》,《中篇小说选刊》1988 年第 3 期。

李劼:《论中国当代新潮小说》,《钟山》1988 年第 5 期。

高尔泰:《人道主义与艺术形式》,《美是自由的象征》,人民文学出版社 1988 年版。

李兆忠:《旋转的文坛——"现实主义与先锋派文学"研讨会纪要》,《文学评论》1989 年第 1 期。

《新写实小说大联展·卷首语》,《钟山》1989 年第 3 期。

余华:《虚伪的作品》,《上海文论》1989 年第 5 期。

王干:《近期小说的后现实主义倾向》,《北京文学》1989 年第 6 期。

汪政:《新写实小说的位置》,《上海文学》1990 年第 4 期。

丁永强整理:《新写实作家、评论家谈新写实》,《小说评论》1991 年第 3 期。

南帆:《札记:关于"寻根文学"》,《小说评论》1991 年第 3 期。

中国社会科学院文学研究所当代文学研究室：《“新写实”小说座谈辑录》，《文学评论》1991 年第 3 期。

李运抟：《调侃中的人生透视——当代小说调侃艺术论》，《山花》1992 年第 1 期。

王元骧：《文艺内容与形式之我见》，《高校理论战线》1992 年第 5 期。

张业松：《新写实：回到文学自身》，《上海文学》1993 年第 7 期。

[美] 海登·怀特：《作为文学虚构的历史文本》，载张京媛主编《新历史主义与文学批评》，北京大学出版社 1993 年版。

宗白华：《常人欣赏文艺的形式》，载《宗白华全集·2》，安徽教育出版社 1994 年版。

宗白华：《论中西画法的渊源与基础》，载《宗白华全集·2》，安徽教育出版社 1994 年版。

宗白华：《艺术形式美二题》，载《宗白华全集·3》，安徽教育出版社 1994 年版。

赵宪章：《形式主义的困境与形式美学再生》，《江海学刊》1995 年第 2 期。

雷达：《现实主义冲击波及其局限》，《文学报》1996 年 6 月 27 日。

杨小滨：《中国先锋文学与“毛语”的创伤》，载刘青峰编《文化大革命：史实与研究》，香港中文大学出版社 1996 年版。

李洁非：《新生代小说 1994》，《当代作家评论》1997 年第 1 期。

李洁非：《新生代小说（一九九四）（续）》，《当代作家评论》1997 年第 2 期。

吴俊：《九十年代诞生的新一代作家——关于六十年代中后期出生的作家现象分析》，《当代作家评论》1999 年第 3 期。

葛红兵：《新生代小说论纲》，《文艺争鸣》1999 年第 5 期。

汪政、张均、葛红兵：《关于新生代，我们如是说》，《花城》1999 年第 5 期。

王绯：《文学调侃：集体反同与“反堂皇”仪式——关于九十年代——世纪末文学的报告》，《当代作家评论》1999 年第 6 期。

朱维廉、李寻欢等：《网络文学的生机与希望——网络文学新人新春寄语》，《文学报》2000 年 2 月 17 日。

姚新勇：《现实主义还是意识形态的弥合剂——“现实主义冲击波”再

思》，《中国文学研究》2000 年第 3 期。

徐坤：《网络是个什么东西》，《作家》2000 年第 5 期。

蔡翔：《有关"杭州会议"的前后》，《当代作家评论》2000 年第 6 期。

欧阳友权：《网络文学：挑战传统与更新观念》，《湘潭大学社会科学学报》2001 年第 1 期。

李陀：《漫说"纯文学"》，《上海文学》2001 年第 3 期。

格非：《十年一日》，载格非《塞壬的歌声》，上海文艺出版社 2001 年版。

周罡、刘震云：《在虚拟与真实间沉思——刘震云访谈录》，《小说评论》2002 年第 2 期。

刘江华：《刘恒讲述当导演的幸福生活》，《北京青年报》2002 年 11 月 27 日。

南帆：《边缘："先锋小说"的位置》，载南帆《问题与挑战》，海峡文艺出版社 2002 年版。

［意］本尼戴托·克罗齐：《历史和编年史》，载［英］汤因比等著，张文杰编《历史的话语》，广西师范大学出版社 2002 年版。

罗望子等：《影视拯救了小说还是伤害了小说?》《北京日报》2003 年 2 月 9 日。

陶东风：《90 年代小说的热点与走势的个案分析之一——王朔与所谓"痞子文学"》，2003 年 3 月 19 日，文化研究网站（www. culstudies. com）。

郭珊、贺敏洁：《周梅森：不会为了迎合影视而创作小说》，《南方日报》2003 年 3 月 24 日。

赵宪章：《形式美学之文本调查——以〈美食家〉为例》，《广西师范大学学报》（哲学社会科学版）2003 年第 2 期。

王一川：《中国电影的后情感时代——〈英雄〉启示录》，《当代电影》2003 年第 2 期。

吴炫：《穿越当代经典——文化"寻根文学"及热点作品局限评述之一》，《南方文坛》2003 年第 3 期。

陈晓明：《超越与逃逸：对"60 年代出生作家群"的重新反省》，《河北学刊》2003 年第 5 期。

鲍晓倩：《作家纷纷触电影视 创作心态各不相仿》，《中华读书报》2003 年 11 月 26 日。

王尧：《1985 年"小说革命"前后的时空——以"先锋"与"寻根"等

文学话语的缠绕为线索》，《当代作家评论》2004 年第 1 期。

黄发有：《挂小说的羊头，卖剧本的狗肉》，《文艺争鸣》2004 年第 2 期。

阎连科：《寻求超越的现实主义（代后记）》，载阎连科《受活》，春风文艺出版社 2004 年版。

王敏：《论新写实小说的后现代性》，《福建论坛》2005 年第 4 期。

王一川：《想象的革命——王朔与王朔主义》，《文艺评论》2005 年第 5 期。

吴俊：《关于"寻根文学"的再思考》，《文艺研究》2005 年第 6 期。

王安忆：《"寻根"二十年忆》，《上海文学》2006 年第 8 期。

谢有顺：《叙事也是一种权利》，载《从俗世中来，到灵魂里去》，郑州大学出版社 2007 年版。

王小波：《从〈黄金时代〉谈小说艺术》，载《王小波小说全集·第二卷·我的精神家园》，云南人民出版社 2007 年版。

朱伟峰：《海岩小说走红原因分析》，《南昌高专学报》2007 年第 2 期。

残雪：《残雪的文学观点》，《延安文学》2007 年第 4 期。

吴义勤：《自由与局限——中国"新生代"小说家论》，《文艺评论》2007 年第 5 期。

龚敏律：《西方反讽诗学与二十世纪中国文学》，2008 年，中国期刊优秀硕博论文网。

李俊：《论网络文学的颠覆特质》，《安徽文学》（下半月）2009 年第 1 期。

罗劲松：《池莉谈电视剧——小说和电视好比猪和红烧肉》，《江南时报》2000 年 9 月 23 日。

欧阳友权：《网络时代的文学形式》，《文艺理论研》2011 年第 3 期。

欧阳婷、欧阳友权：《网络文学的体制谱系学反思》，《文艺理论研究》2014 年第 1 期。

胡平：《当代网络文学：与传统通俗文学联袂而舞》，《贵州政协报》2014 年 4 月 10 日。

三　主要引用小说

王蒙：《布礼》，《当代》1979 年第 3 期。

王蒙：《夜的眼》，《光明日报》1979 年 10 月 21 日。

宗璞：《我是谁?》，《长春》1979 年第 12 期。

王蒙：《春之声》，《人民文学》1980 年第 5 期。

王蒙：《海的梦》，《上海文学》1980 年第 6 期。

张辛欣：《疯狂的君子兰》，《文汇月刊》1983 年第 9 期。

阿城：《棋王》，《上海文学》1984 年第 7 期。

阿城：《树王》，《中国作家》1985 年第 1 期。

郑万隆：《老棒子酒馆》，《上海文学》1985 年第 1 期。

阿城：《孩子王》，《人民文学》1985 年第 2 期。

王安忆：《小鲍庄》，《中国作家》1985 年第 2 期。

马原：《冈底斯的诱惑》，《上海文学》1985 年第 2 期。

刘索拉：《你别无选择》，《人民文学》1985 年第 3 期。

刘索拉：《蓝天绿海》，《上海文学》1985 年第 6 期。

韩少功：《归去来》，《上海文学》1985 年第 6 期。

徐星：《无主题变奏》，《人民文学》1985 年第 7 期。

残雪：《山上的小屋》，《人民文学》1985 年第 8 期。

宗璞：《泥沼中的头颅》，《小说导报》1985 年第 10 期。

莫言：《红高粱》，《人民文学》1986 年第 3 期。

马原：《虚构》，《收获》1986 年第 5 期。

乔良：《灵旗》，《解放军文艺》1986 年第 10 期。

方方：《风景》，《当代作家》1987 年第 5 期。

格非：《迷舟》，《收获》1987 年第 5 期。

王朔：《顽主》，《收获》1987 年第 6 期。

池莉：《烦恼人生》，《上海文学》1987 年第 8 期。

莫言：《红高粱家族》，解放军文艺出版社 1987 年版。

格非：《褐色鸟群》，《钟山》1988 年第 2 期。

格非：《青黄》，《收获》1988 年第 6 期。

孙甘露：《请女人猜谜》，《收获》1988 年第 6 期。

池莉：《不谈爱情》，《上海文学》1989 年第 1 期。

苏童：《妻妾成群》，《收获》1989 年第 6 期。

刘震云：《一地鸡毛》，《小说家》1991 年第 1 期。

余华：《呼喊与细雨》，《收获》1991 年第 6 期。

王朔：《动物凶猛》，《收获》1991 年第 6 期。

苏童：《我的帝王生涯》，《花城》1992 年第 2 期。

苏童：《刺青时代》，长江文艺出版社 1993 年版。

刘恒：《苍河白日梦》，江苏文艺出版社 1993 年版。

陈忠实：《白鹿原》，人民文学出版社 1993 年版。

王小波：《革命时期的爱情》，《花城》1994 年第 3 期。

何申：《年前年后》，《人民文学》1995 年第 6 期。

朱文：《尽情狂欢》，《山花》1995 年第 11 期。

刘醒龙：《分享艰难》，《上海文学》1996 年第 1 期。

谈歌：《大厂》，《人民文学》1996 年第 1 期。

韩少功：《马桥词典》，作家出版社 1996 年版。

邢育森：《活得像个人样》，1997 年（http：//www. 21gbook. com/yx/
　　y94. htm）。

张平：《抉择》，群众出版社 1997 年版。

王小波：《黄金时代》，花城出版社 1997 年版。

林白：《一个人的战争》，江苏文艺出版社 1997 年版。

李洱：《破镜而出》，《花城》1998 年第 5 期。

韩东：《交叉跑动》，《花城》1998 年第 5 期。

卫慧：《蝴蝶的尖叫——送给 JUDE》，《作家》1998 年第 7 期。

池莉：《致无尽岁月》，江苏文艺出版社 1998 年版。

刘震云：《故乡面和花朵》，华艺出版社 1998 年版。

痞子蔡：《第一次的亲密接触》，1998 年（http：//www. tianyabook. com/
　　wangluo2005/diyiciqinmidejiechu/index. htm）。

周梅森：《中国制造》，作家出版社 1999 年版。

王跃文：《国画》，人民文学出版社 1999 年版。

刘恒：《贫嘴张大民的幸福生活》，《北京文学》1999 年第 10 期

今何在：《悟空传》，2000 年（http：//www. tianyabook. com/xuanhuan2005/
　　wukongzhuan/）。

安妮宝贝：《告别薇安》，2000 年（http：//www. williamlong. info/anni/ar-
　　chives/vivian. html）。

瞎子：《佛裂》，2000 年（http：//culture. 163. com/edit/001127/001127_
　　43547. html）。

南琛：《探监》，2000 年（http：//edu. sina. com. cn/literature/wene/tj. ht-
　　ml）。

东西：《不要问我》，《收获》2000 年第 5 期。

海岩：《平淡生活》，文化艺术出版社 2000 年版。

王安忆：《纪实与虚构》，人民文学出版社 2001 年版。

海岩：《拿什么拯救你，我的爱人》，作家出版社 2001 年版。

王小波：《红拂夜奔》，载《王小波全集》，云南人民出版社 2007 年版。

后 记

　　本书交付打印时，正是一个秋日的午后，阳光暖暖的，很是惬意，秋风徐徐地吹着，偶尔令打落在地的黄叶旋转而起，我故意将地上的梧桐叶踩得嚓嚓作响，就这样快乐地奔向打印店了。说也奇怪，当时那种美好的心情，至今记忆犹新，而写作过程的艰辛却不太记得了，翻看日记，才想起写作中出现过牙龈肿痛、腰肌劳损、卧床不能动弹、百思不得其解的焦虑等状况，只是这些困惑都没有什么印象了。生活的美好大概正是因为记住了那些快乐的事情，而这种快乐更让我拥有了继续写作的兴趣。

　　读博三年多，即将告别这段生活之际，突然觉得时间过得好快。依然记得 2006 年 9 月自己头顶着短短的刘海来报道时的模样，现在还有同学取笑我当时傻傻的样子，如今模样还是没有什么改变，只是岁月在脸上平添了几道细纹。三年时间，对人能改变点什么呢？时间又被拉得很长。校区从中山北搬到了闵行，记忆也从丽娃河畔移到了樱桃河畔。其间我还去了美国，每每想起图桑市美丽而宁静的黄昏、漫山的仙人柱、图书馆被磨得发白的书桌，就觉得三年时间其实不短。而这期间不断发生的有关工作之事的变动、硕士导师金汉先生和亲爱的爷爷的先后去世，又让我伤怀不已，每每记起两位老人的好，不免落泪。有时，我自己也觉得自己是一个被宠坏的孩子，性格太脆弱，但爷爷的离开，让我突然感觉自己长大了很多，突然体会到自己在这世界上拥有的很多东西是会失去的，所以，除了要有面对失去的勇气外，拥有时更要懂得珍惜。

　　三年多的时间，在华师大度过了许多美好的日子，我不知道自己很老很老时，回忆起现今的经历会是怎样的一种心情，然而，无论如何，我可以确定，这期间所有点点滴滴的美丽生活，都会推动我人生之旅不断向前，感恩之情长久留存。

　　感谢导师杨扬教授，我的研究在与您的多次交流之中才得以完成，您的点拨，让我豁然开朗；您传授给我的学术研究理念，让我受益匪浅。更感谢您对学生的关怀，您的为人和为文之道，深深地影响着我。

感谢殷国明教授，非常感谢您当年将我招收进来。而与您交往时，您常常于不经意间流露出的对问题的看法，使我深受启发。

感谢陈子善、马以鑫、谭帆、王铁仙等教授，你们的授课，让我收获颇丰。

感谢我的朋友们，那份兄弟姐妹般的情谊，让我的生活充满了快乐和温馨。

感谢我的家人，感谢你们一直以来对我的宠爱、信任和宽容。特别感谢我的丈夫张黎明，你对我的支持，让我感到无限的幸福。

本书的写作算是告一段落了，然而，是终点，更是起点，新的人生正在开启，我会认真对待。

2010 年 10 月

跋

本书由我的博士论文修改而成，论文于 2010 年 11 月就通过了答辩，当时，参与答辩的老师便提出好好地修改一下，争取出版。但是，直到今天才出版，作为写作者总是会找寻诸多理由。比如，始终对论文的质量惴惴不安，希望能够修改得更好一些；比如，总是忙于一些烦琐的日常事务，疏于修改和整理等等。然而，细究起来，还是跟自己总是不够积极的心态有关，这样的心态既有向好的一面又有不好的一面。向好的一面，即在一个浮躁的时空中，能保持这样一种状态实在是不错的，况且，每每有机会提升、修改一下自己的话语，也不乏喜悦之情。不好的一面，当然在于研究看不到"出品"，这实在不是一个专业的研究者应该做的事情。

关于本书，是我多年来感受文学、思索文学的一种结果，对小说文体的关注一直是我接近文学本质的感兴趣的途径。2000 年读研究生后，开始系统地接受了叙事学的理论，以后，便常常借此理论和研究方法来进行文体的评读和阐释，或许有所偏颇，但是，我还是坚定地感受到这种方式让我体会到了小说文本的诸多魅力和内涵的丰富性。将博士论文的研究对象定位于"小说形式"，是一次与导师杨扬先生谈话的结果。当时，我只是有种试图系统地解读 20 世纪 80 年代、90 年代小说的冲动，但无法把握到切入点，杨扬先生提及的"形式"这一命题，让我豁然开朗。翻阅过往的研究资料后，惊喜地发现 80 年代时期，学界前辈和同仁对此曾经进行过如此热烈的讨论，虽然经历了 90 年代的视点转移，但至今依然是一个有趣的、有意思的话题。在写作的过程中，我不断地摸索进入小说艺术形式和文学史的方式，将阅读文本的体悟与理性的评述相结合，这一过程充满了困惑和惊喜，也为我自己今后的学术研究积累了经验。如今，此书终于要离开我的个人世界了，并不成器，只是我一个时期思考的一种见证。不过，我相信，它将推动我对文学、对人生进行全新的思索。

感谢导师杨扬教授的悉心培育，并在百忙之中为本书写序。感谢支持和帮助过我的各位师长和学术同仁们。感谢我的硕士研究生戈丽琴和蔡玲同学，她们帮我完成了校对任务。感谢浙江师范大学行知学院、浙江师范大学、省社科联分管社科工作的同志们，感谢出版社的编辑，谢谢你们的辛勤劳动。

俞敏华

2014 年 9 月 25 日于春江花园寓所